新 潮 文 庫

松 風 の 門

山本周五郎著

新 潮 社 版

2141

目次

松風の門

松風の門

一

　その洞窟《どうくつ》は谿谷《けいこく》にのぞむ断崖《だんがい》の上にあった。谷は深く、両岸にはかつて斧《おの》を入れたことのない森がみっしりと枝を差交わしているので、日光は真昼のほんのわずかのあいだ、それも弱々しく縞《しま》をなしてそっと射《さ》し込むだけであった。そのうえ少し遡《さかのぼ》ったところに大きな滝があり、そこから吹下りて来る飛沫《しぶき》が絶えず断崖を濡《ぬ》らし、樹々《きぎ》の枝葉にあとからあとからと水晶のような滴《しずく》の珠《たま》を綴《つづ》るので、盛夏の頃《ころ》でも空気はひどく冷えていた、洞窟はその谷に向って開いていた。高さは八尺ほどで奥行は二十尺ほどしかなかったが、入口が東南に面しているためにかなり明るく、また比較的によく乾いている。里人たちはそれを「白狐《びゃっこ》の窟《いわや》」と呼んでいた。そして其処《そこ》へ近寄ると思わぬ災厄《さいやく》に遭うと云《い》い伝えられていたし、そうでなくとも一番近い村里から五里に余る嶮《けわ》しい道を攀登《よじのぼ》らなければならないので、その付近にはほとんど人の姿を見ることが無かった。

　ある新秋の日、一人の若い武士が谿谷を遡って来てこの洞窟の前に立った。若いといっても三十にはなるであろう、輪郭の正しい切りそいだような頰《ほお》と、やや眼尻《めじり》の下った深い眼許《めもと》がきわだっている。彼は大きく膨れた網の旅嚢《りよのう》を背負い、左手に厚く折畳んだ緋羅紗《ひらしゃ》を抱えていた。どんなに困難な道だったか、高く秀《ひい》でた額から衿首《えりくび》まで膏汗《あぶらあせ》が流れていたし、草鞋《わらじ》も足袋も襤褸《ぼろ》屑《くず》のように擦り切れていた。

「やはり、考えていたような場所だ」暫《しばら》くのあいだ両岸の深い森と、断崖に支えられた底知れぬ谿谷を覗《のぞ》いていたが、やがて背負って来た荷物を下ろしながら呟《つぶや》いた「此処《こ》なら邪魔をされずに済むだろう」彼は洞窟の中へ入って荷を解きだした。

その明る朝、まだ灰色の薄明が漸《よう》やくひろがり始めた時分、若い武士は既に起きて、洞窟の入口に近く静坐していた……骨太の逞《たくま》しい足を半跏《はんか》に組み、両手の指を組合せて軽く下腹に当て、半眼にした眸子《ひとみ》でじっと壁面を瞶《みつ》めたまま身動きもせず坐《すわ》っていた。大滝の音は、音というより絶えざる震動となって谿谷に反響し、霧のように渦巻《うずま》く飛沫は、ときたま颯《さつ》と吹下りて来る風と共に、樹々の枝葉から滴となってばらばらと白雨《はくう》の如《ごと》く散り落ちた。……若い武士は直《す》ぐに疲れた。

「ただ坐っているというだけでも困難なものだな」

彼はそう呟きながら立った。そして首を捻《ねじ》曲げたり肩を揺上げたり、両腕を振廻《ふりまわ》したりして、暫く筋肉の凝《こり》をほぐしてから、ふと思出したように旅嚢を引寄せ、乾《ほ》した棗《なつめ》の実を二つ三つ取出して口へ入れた。

洞窟の入口は疎《まば》らに草で蔽《おお》われていて、その中に一寸ほどの深山竜胆《みやまりんどう》が飛び飛びに可憐《かれん》な花を咲かせていた。指尖《ゆびさき》ほどの小さな花ではあるが、光に透いて見える濃い紫が如何《いか》にも鮮かで、じめじめした暗鬱《あんうつ》な周囲に美しい調和を与えている。そして昼なか、僅《わずか》に日光の縞がこぼれかかる時になると何処《どこ》からか一疋《ぴき》の蜥蜴《とかげ》がやって来て、その花蔭《はなかげ》にじっと身を温めるのが見えた。若い武士がそれをみつけたのは、彼が其処へ来てから三日目のことであった。それから幾日も幾日も、真昼のその時刻になるごとに、彼の眼は自然と其方《そちら》へ惹《ひ》かれ、かなり長いことその小さな生物の動作に気を奪《と》られるのであった。季節はもう秋であった、そのうえ陽射《ひざし》の弱い空気の冷えたそのあたりでは他《ほか》に仲間も無いであろう、おそらくその蜥蜴も越冬の穴へはいる時が来ているに違いない。まだ稚《おさな》そうだし、背中には美しい縞を持っているが、動作も緩慢なうえにひどくもの憂《う》げな眼つきをしていた。日光の縞が斑《まだら》にこぼれて、深山竜胆の鮮かな紫を染める時になると、蜥蜴はどこからかそろそろと這出《はいだ》して来て、定《きま》ったように或《あ》る一本の花蔭に身を落着ける。円いつぶらな眼をうっとりと閉じ、長い尾尖《おさき》を力無げに曲げ、僅な陽射の下でじっと動かなくなるのだ。

「……はてな」ある日、若い武士は吃驚《びっくり》したように呟いた、「達磨《だるま》はこんなことに気が付いたかしらん、蜥蜴などに気をとられたことがあるだろうか」

「……そうだ」暫くして彼は再び呟いた、「同じことだ、見ようと見まいと蜥蜴はやって来る、たとえ達磨が気をとられなかったとしても、やっぱり彼の側近《そば》くには蜥蜴が這い廻っていたに違いない」

若い武士の唇《くちびる》にはしずかな微笑が泛《うか》んだ。日は経《た》っていった、彼の頬や顎《あご》は濃い髭《ひげ》で蔽われ、深い両眼は益々《ますます》深く落窪《おちくぼ》んだ。いまでは静坐にも馴《な》れて、半日あまりは身動きもせずに坐っていられる。食べ物は乾した棗の実と僅に干飯《ほしいい》を嚙《か》むだけである。そして夜になると緋羅紗に身を包んで、ごつごつした岩床の上にそのまま眠った。そしてある朝、冬の前触れの霜が洞穴《ほらあな》の外いちめんに白々と結んだ。

二

寛文《かんぶん》十年十月、伊予国《いよのくに》宇和島の領地へ、藩主として初めて国入をした伊達《だて》大膳大夫《だいぜんのだいぶ》宗利《むねとし》は、亡父秀宗《ひでむね》の展墓を済ませるとすぐその翌日、鶴島《つるしま》城で家臣たちの引見を行った。宗利はこの宇和島で寛永十一年に生れ、十一歳のとき江戸へ去ってからほとんど二十六年ぶりの帰国である。亡《な》き秀宗が就封するとき、祖父政宗から選ばれて来た十五人の老職と、五十七騎衆の人々が居並んでいる広間で、式は朝の八時から午近《ひる》くまで掛った、午後は賜宴《しえん》であったが、宗利は長く席にいないで去り、朽木《くちき》大学《だいがく》と二人だけで庭へ出ていった。

朽木大学は宗利の傅《ふ》で、もう五十九歳になり、宗利が去年家督すると共に参政となった。非常に口数の寡《すくな》い小柄《こがら》な老人で、宗利とは影の形に添う如く、いつも側去らず侍しているのだが、平常はほとんどいるかいないか分らぬという風の人柄であった。しかし傅としての彼がどんなに厳格であるか、事に対していかに身命を賭《と》して掛るかということを宗利はよく知っていた。

二の曲輪《くるわ》まで来たとき、ふと宗利は見覚えのある草原の前で立止った。

「此処はあの時分よく跳ねまわって遊んだ処《ところ》だな」

「お上《かみ》がお眼を傷つけなされた場所でございます」

「そうだった」

今は視力を失った右の眼を押えながら、ふと宗利は遠い空をふり仰いだ。――誰《だれ》も知らないことだ。彼が十歳の秋であった。その時分お相手として殿中に召出された少年たちの中に、郡奉行《こおりぶぎょう》の子で池藤小次郎《いけふじこじろう》というのがいた。宗利より一つ年下であったが、神童と云われた俊才で、学問にも武芸にもずばぬけた能力を持ち、ほとんど一家中の注目の的になっていた。

宗利は正直にいうと小次郎を嫉《ねた》んだ、領主の子としての自分よりも、遥《はるか》に多く人々の尊敬と嘆賞を集めている彼が憎かった。それでいながら、宗利は最も多く彼を相手に選んだ。小次郎にはどこかしらそういうような、人を惹《ひき》つけるところがあったのである。江戸邸に移る前年の夏、宗利は彼に剣術の相手を命じた。彼等《かれら》は二人きりでこの曲輪の草地へ出て来て、袋竹刀《ふくろしない》で烈《はげ》しく打合った。体力に勝《すぐ》れていた宗利は、そのとき小次郎を思うさま叩《たた》き伏せてやる積《つもり》だったが、相手は巧《たくみ》に鋭鋒《えいほう》を避けて逃げ廻った。宗利は苛《いら》だち、遂には法もなにも無く打掛っていった。小次郎は避けきれずとみたか、遽《にわか》に構えをたて直して向って来たが、そのとき彼の袋竹刀の尖《さき》が強《した》たかに宗利の右の眼を突いた。宗利は悲鳴をあげながら、両手で眼を押えて草地へ転げた、指のあいだから溢《あふ》れ出る血が半面を染めた。いまでも宗利は歴々《ありあり》と覚えている。小次郎は白く乾いた唇《くちびる》をあけ、空洞のようになった眼を大きく瞠《みひら》いたまま立竦《たちすく》んでいた。それは痴呆《ちほう》のような顔であった。日頃の俊敏な、いかにも犀利《さいり》な表情はあとかたもなく消え、恐怖悔恨にうちのめされて、ほとんど白痴そのままの顔つきをしていた。

――黙っているんだぞ。宗利はそのとき彼に命じた。――転んで傷をしたことにして置くから、其方《そのほう》がしたということは口外してはならぬぞ。

事実は誰にも知れずに済んだ。そして宗利は初めて小次郎に優越を感じた。小次郎が神童と云われて、どんなに人々の賞讃《しょうさん》を集めるとしても、宗利に受けた恩典から逭《のが》れることはできない。彼の持っている優れた能力を、宗利は自分の小さな掌《てのひら》に握ってしまったように思ったのである。

「そうだ、此処でこの眼を失ったのだっけ」宗利は二十七年まえの出来事を思出しながら、ふと今日の引見に小次郎の姿を見なかったことに気づいた、「あのころ殿中へ相手に上っていた者たちの中で、四五人は此方《こちら》に残っていた筈《はず》だな」

「たしか五名であったと心得ます」

「昔話をしてみたいと思うが、明日にでも揃《そろ》って出るように計らって置け」

「承知仕《つかまつ》りました」

小次郎がどんな顔をして出るかと空想しながら、宗利はふとまた盲《めし》いた方の眼へ手をやった。

その翌日、むかし遊び相手を勤めた者たちだけが、宗利の前に伺候《しこう》した。年頃はみんな同じであるが、その頃の俤《おもかげ》の残っている者はなく、孰《いず》れも見違えるほど変ったり老《ふ》けたりしていた。然《しか》しその中に池藤小次郎はいなかった。ひとわたり思出の数々が話し尽されたとき、宗利は小次郎のことをたずねた。すると彼等は妙な含み笑いをした。

「神童の小次郎ならば、いま家を継ぎまして八郎兵衛《はちろべえ》と申しております」

「彼はひどく人柄が変りました、事実を申上げましても、お上にはお信じあそばすことはなるまいかと存じます」

「まったくあんなに変った者も珍しい」などと口々に云いだした。

三

「変ったといって、どう変ったのか」

「一言では申上げ兼ねますが、詰り神童と云われていた頃とはまるで反対になったと申しましょうか、家は継ぎましたがお役にも就けず、妻《めと》を娶りましても」

「これ角之進《かくのしん》、慎もうぞ」

側《そば》から一人が驚いて制止した。

「いや無作法は許す、申してみい」

「はあ、まことにこれは、口が滑りまして」

貝岡《かいおか》角之進はひどく困ったようすで、暫《しばら》くもじもじしていたが、宗利に問詰められて仕方なく話しだした。宗利が江戸へ去ってから程なく、小次郎のようすはにわかに変り始めた。眼から鼻へ抜けるような利巧さは無くなるし、挙措動作も次第に鈍くなり、一家中からあれほど注目されていた才能も影が薄くなって、ついにはその存在さえ人々から忘れられていった。彼は元服して八郎兵衛と名乗り、二十五歳のとき父を亡くして家を継いだ。然し父の役目であった郡奉行の職には八十島《やそじま》治右衛門《えもん》が就き彼は無役のまま今日に及んでいる。治右衛門は彼の亡父と親しい人で二男二女があり、その長女うめと彼とは親たちに依《よ》って許嫁《いいなずけ》の約を結ばれていた。

池藤八郎兵衛という名が、ああ、あの神童の小次郎か、と人々の記憶に甦《よみが》えってきたのは、三年まえそのうめとの婚礼が行われてからのことだった。婚礼はめでたく行われたが、彼はうめを近づけなかった。夫婦は別棟《べつむね》に住んだまま半年あまり経《た》った。それで遂にうめは耐兼ねて実家へ逃げ帰った、尤《もっと》も治右衛門がそれを許す筈はなく、直ぐ自分で連戻《つれもど》したうえ、八郎兵衛の存意をたしかめた。彼は別に他意のないようすで、——うめはまことに善き妻です、拙者が未熟者なので御迷惑を掛けました。そう云ってうめを引取った。

けれどその後も矢張り夫婦とは名ばかりの生活が続いた。うめを嫌《きら》っているのかと思うとそうでもなし、なんのためにそんな不自然な生活をするのか誰にも分らなかった。神童と云われただけにどこか人と違っている。なにか体に欠陥でもあるのだろう。それともまだ子心が失《う》せないのか。そんな批評が家中の人々のあいだに弘《ひろ》まった。……然し八郎兵衛はまるで気にもかけず、極めて無関心な、ぼやっとしたようすで日を暮していた。

「なるほど、だいぶ変ったようだな」宗利は苦笑しながら聞いていたが、「だが、今日はどうして一緒に出て来なかったのだ」

「はあそれが……」角之進はちょっと口籠《くちごも》ったが、「実は八月はじめに家を出たまま、何処《どこ》へ行ったものやら行方知れずでございます」

「行方が知れぬ、それはどうした訳だ」

「どう致しましたことか、ある日ふらりと出たまま、まるで音沙汰《おとさた》がございません、国越えをしたのでないことは番所を調べて分りましたし、家の者たちが手分けをして捜し廻ったのですが、どうしても所在が知れないのでございます」

八月はじめと云えば、宗利が領主として初めて帰国することが発表された時分である、さっきから面白《おもしろ》半分に話を聞いていた宗利は、その事に気づくと不意に心をうたれた。――もしかすると、片眼盲《めし》いた自分に会うことが辛《つら》くて身を隠したのではないか。それはあり得ないことではない、過失ではあっても主君の眼を失眼させたのだ。あのときは少年だったし、間もなく遠く相別れたからよかったが、改めて眼の前に盲いた主君を迎えるとなると辛いことに違いない。

「国越えをして居《お》らぬというのが慥《たしか》ならば」宗利は面謁《めんえつ》を終ったときに云った、「直ぐに必要なだけの人数と手配をして捜し出すがよい、たとえ無役であろうと届けも出さずに家を明けておるというのは不都合だ、一日も早く捜し出してまいれ」

宗利の側には朽木大学がいた。彼は話題のすべてを聴きながら一言も口を挿《は》さまず、始終ひっそりと沈黙を守っていた。

八郎兵衛の捜索は直《す》ぐに始められた。然しその噂《うわさ》は次《つい》で起った藩政上の大きな問題のために蔭《かげ》へ隠れてしまった。宇和島ではその前年から、領内の検地に取掛っていた。先代秀宗が就封して以来、万治《まんじ》元年に吉田領を分地して七万石になったままあたらしく開墾された田地が相当多いにも拘《かか》わらず、それらの調査が出来ていなかった。然も宇和島の反別《たんべつ》は六尺三寸の竿《さお》で行われた古法のもので、これは当然六尺竿に改めなければならない、そこで新しい竿入れと、従来脱税のまま捨てて置かれた新田の調査を始めたのであった。然し領民たちはこの検地が重税を課すためのものであると考え、その相い通謀して猛烈に反対運動を始めた。中にも河内《かわち》村の庄屋安藤弥次右衛門《しょうやあんどうやじえもん》は、その一族と共に最も頑強《がんきょう》に検地を拒み、竿入れのため出張した役人たちとのあいだに、争闘を演ずるという事件さえ起った。

——是《これ》は一揆《いっき》になるぞ。

そういう空気が一藩の上に重くのしかかってきたのであった。

四

八郎兵衛が発見されたのはその騒動のさなかであった。彼は城下の南方七里にある鬼ケ城山の奥で、滑床川《なめとこ》の深い谿谷《けいこく》を遡《さかのぼ》った「白狐《びやっこ》の窟《いわや》」からみつけ出された。洞窟《どうくつ》の中で坐禅をしていた彼は、飢えと寒気のためにすっかり憔悴《しょうすい》し、足軽の背に負われて帰るのがやっとのことであった。それは折から河内村を中心にして、今にも農民たちが一揆を起そうとしていたときで、宗利も八郎兵衛のことなどに構っている暇はなく、騒動を未然に防ぐため日夜心を砕いていた。

家へ帰った八郎兵衛は十日あまり養生して、どうやら元気を恢復《かいふく》すると、一応伺いを差出した後登城をした、宗利は彼を見ると直ぐ、あの頃の小次郎の俤がそのまま残っているのを見て驚いた。

「白狐の窟にいたそうではないか」挨拶《あいさつ》を終るのも待たず宗利が云った、「余の帰国することは知っていたであろう、迎えもせずにそんな処《ところ》へ隠れて不届きだとは思わぬか、……なにか仔細《しさい》でもあったのか」

「不調法を仕りまして申訳ございませぬ、ふと、思いついたことがございましたので、御帰国までには必ず立戻る心得で出掛けたのでございますが、心懸けた事がなかなか

「お上は恥かしげに膝《ひざ》を撫《な》でた、「お上は思うようにまいらなかったものですから」

「なにを思いついたのだ」

「はあ、それが、申上げますと恐らく」八郎兵衛は恥かしげに膝《ひざ》を撫《な》でた、「お上はお笑いあそばしましょうから」

「他人に笑われるようなことか」

「みんな笑いますので、誰も真面目《まじめ》に聞いて呉《く》れませぬので弱りました、実は、達磨《だるま》が面壁九年に大悟したと申します、むろんお上にも御承知でございましょう」

「それがどうした」

「九年の面壁で、達磨はなにを悟ったのでございましょうか、私はふとそれが知りたくなったのでございます、お上にはお分りあそばしましょうか」

「知らんな、大学はどうだ」

宗利は笑いながら振返った。朽木大学は黙って八郎兵衛の顔を瞶《みつ》めていた。

「誰にたずねましても笑われるばかり、致方《いたしかた》なく自分で試みる決心をつけまして、白狐の窟に籠ったのでございます」

「それで達磨の悟が分ったのか」

「はあ……」

「ばかに早いではないか、どう分った」

八郎兵衛はちょっと黙っていたが、やがて同じような平板な口調で答えた。

「面壁九年ののち、達磨は結跏《けっか》を解いて起《た》ちながら、かように申したと存じます、なるほど、ただ睨《にら》んでいるだけでは壁に穴は明かぬ」

「なに、もういちど申してみい」

「睨んでいるだけでは」と彼は繰返した、「……壁に穴を穿《うが》つことは出来ぬ、そう申したと存じます」

宗利は声をあげて笑った。真面目くさって云えば云うほど、それはばかげた、埒《らち》もない言葉に思われた。宗利は八郎兵衛のとり澄した顔と、その言葉の愚かしさとの対照の奇妙さに、大学の侍していることも忘れて笑った。そのときもし彼が、八郎兵衛の面《おもて》を瞶めている大学の鋭い表情に気づいたとしたら、たぶんそんな笑い方はしなかったに違いない。

「益もない者になってしまった」八郎兵衛が退出してから、宗利は明らさまに失望の色を見せながら云った、「人間は誰でも、一生に一度は花咲く時期をもつというが、八郎兵衛は十歳までに生涯《しょうがい》の花を咲かせてしまったのかも知れぬ、あれではもうしようがないな」

大学はやはり黙っていた。宗利はそのとき初めて、老人の眸子《ひとみ》が責めるように自分を見戍《みまも》っているのをみつけた。「大学はさようには思いませぬ」老人は低い静かな声で云った、それは久しく聞いたことのない厳しい調子をもったものだった。宗利は足下の敷物をひき抜かれたような気持で、老人から眼《め》を外《そ》らした。

農民たちの不穏な動きがとうとう一揆に発展したのはそれから四五日後のことであった。中心はやはり河内村の安藤弥次右衛門で、近郷十五カ村六百人あまりの人たちが党を組み、鷹《たか》ノ巣《す》山に籠って蓆旗《むしろばた》をあげ、竹槍《たけやり》、山刀、猟銃などを手に、今にも城下へ攻寄せる気勢を示した。……城中の意見は二つに別れた。国許《くにもと》の者は強硬で、兵を出して揉潰《もみつぶ》してしまえと主張した。然し宗利はじめ江戸から来た人々は幕府の監察を慮《おもんぱか》って、あくまで穏便な方法を固守しようとした。こうして両者が互いに意見をたたかわしていたとき、鷹ノ巣山では騒動を一挙に転換するような事件が起ったのである。

五

是《これ》より少しまえ、池藤の屋敷では外出から帰った八郎兵衛が昼中だというのに珍しく酒を命じ、夫婦だけで居間に相対して坐《すわ》った。うめは二十三歳で、体つきの小柄《こがら》な、腫《は》れぼったいような眼蓋《まぶた》と、唇の色の鮮かな、どこかまだ生娘《きむすめ》のような初々《ういうい》しさの残っている面《おも》ざしをしていた。

「おまえも飲め」盃《さかずき》の酒をひと口啜《すす》ると、八郎兵衛はそう云って妻に盃を与えた、うめは覚悟の決っている眼で良人《おっと》を見上げながら、それを受けた。「いま舅《しゅうと》どのを訪ねてまいった」うめの父八十島治右衛門は郡奉行で、今度の検地の支配役を勤めていた、うめは良人がなにを云おうとするのか、その一言でも分ったようすであった。「それで己《おれ》は、これから鷹ノ巣山へ行く、たぶんこれが御奉公納めになるであろう、おまえが当家へ来てから三年になるが、なに一つしてやることができなかった、おまえのためにはまことに不仕合せな縁であったが、不運なめぐりあわせだと思って諦《あきら》めて呉れ」

「勿体《もったい》のうございます、わたくしこそ……」うめは微笑しながら眼をあげた。然しその唇は感動を耐えるために痙攣《ひきつ》っていた、「わたくしこそ、不束者《ふつつかもの》で、色々と旦那《だんな》さまの足手《あしで》纏《まと》いにばかりなっておりました、どうぞお赦《ゆる》しあそばして……」

「夫婦は二世という」八郎兵衛はつと妻の手を取った、「次の世には、まことのめおとになろうぞ」

嫁《か》して来て三年余日、初めて触れる良人の手であった、初めて聴く血のかよった言葉であった。この瞬間を少しでも延ばすことが可能なら、自分の七生を賭《と》しても悔いはない。うめは心の内でそう絶叫しながら、つきあげてくる嗚咽《おえつ》をけんめいに抑えつけていた。

「では行ってまいる」八郎兵衛は盃を措《お》いた。

「どうぞ、お首尾よろしく」うめはもう面をあげられなかった。

八郎兵衛は馬に乗って屋敷を出た。城下を出端《ではず》れたところに、八十島治右衛門が十五人の配下と騎馬で待受けていた、別に五十人ばかりの鉄砲足軽もいて、揃《そろ》って河内村の方へ出発した。

鷹ノ巣山は鬼ケ城山塊の一つで、なだらかな丘陵をなし、松と杉《すぎ》が蔽《おお》い茂っている、八郎兵衛は先頭を駆《はし》りながら、山麓《さんろく》いちめんに焚火《たきび》の煙と、右往左往する人の群を認めた。そしてそのとき、どんな連想作用でか、「白狐の窟」に籠っていたとき、深山《みやま》竜胆《りんどう》の花蔭《はなかげ》にみつけたあの蜥蜴《とかげ》の姿が、ふと幻のように眼前にえがきだされた。――あの蜥蜴も、もう穴へ籠ったであろう。そう思いながら、然《しか》しどうしてこんなとき蜥蜴のことなど思出したのかと不審な気がした。

「此処《ここ》でお待ち下さい」小さな土橋の処に来たとき、八郎兵衛はそう云って、馬を下りた。治右衛門は手を挙げて一同に止れと合図をした、そして鉄砲足軽たちを用水堀《ようすいぼり》の堤《つつみ》へ一列に並べた。

「どのような事があっても、拙者が合図をするまでは決して手出しをなさらないで頂きたい、固くお願いして置きます」

「出来るだけそうしよう」治右衛門は婿《むこ》にうなずいてみせた。

八郎兵衛はしずかに歩きだした。一揆の群は早くもそれを認めたらしく、松林の中から蟻《あり》の塔を突崩したように、手に手に得物《えもの》を持った人々がばらばらと道の方へ押出して来るのが見えた。——どうして蜥蜴のことなど思出したのだろう。八郎兵衛はまだそれを考えていた、大滝の飛沫《しぶき》は霧のように渦巻《うずま》き、日光の縞《しま》が、深山竜胆の紫を美しく透している、そして朝な朝な、谿谷の冷えた空気がしみいるように匂《にお》う、とつぜん吹きあげる風に、枝葉から雨のようにこぼれ落ちる滴《しずく》、その気忙《きぜわ》しい音までがはっきり耳に甦《よみが》えってくるようだった。

村道まで十間の距離に近づいた。押し合いへし合いしている人々の殺気に充《み》ちた顔が、大きく瞠《みひら》いた眼が、八郎兵衛一人の上へ集っていた。そして彼がなおも、黙って大股《おおまた》に間隔を縮めて来るのを見ると、その群の中から浪人態《てい》の恐しく巨《おお》きな男がとび出して来て立ち塞《ふさ》がった。

「止れ、何用で来た」

浪人は三尺に余る野太刀《のだち》の柄《つか》に手をかけて叫んだ。八郎兵衛は近寄りながら、

「一揆の軍師と称しているのは其方《そのほう》か」

「そんなことに答える舌は持たん、検地を取止める使者なら許すが、その他の用で来たのなら此処から帰れ、我われは暴政を拒《しりぞ》けるか、伊達《だて》の家を宇和島から逐《お》うか、孰《いず》れか一途を貫徹せぬ限り手はひかんのだ」

「其処《そこ》を退《の》け、退かぬか」

言葉と共に八郎兵衛の腰から大剣が「の」の字をえがいて飛んだ。あっ、という声が一揆の人々の口を衝《つ》いて出た。じつに思切った一刀である。けさがけに斬《き》り放された浪人が、根株ばかりの泥田《どろた》へ、横ざまに顚落《てんらく》するのを見ながら、道の上に犇《ひし》めいていた人々は慄然《りつぜん》と色を喪《うしな》った。まさかと思ったのである、そして八郎兵衛の一刀は、そのまさかという感じを根底から覆《くつが》えす断乎《だんこ》たるものであった。

「みな鎮《しず》まれ、得物を捨てろ」

八郎兵衛は大剣を右手に、声高く叫びながら進んだ。すると人垣《ひとがき》の中から更に二人、小具足を着けた浪人者が、ひとりは太刀、ひとりは槍を取って走り出て来た。八郎兵衛は足も緩《ゆる》めず、「鎮まれ、手向いする者は斬るぞ」そう叫びながらぐんぐん寄って行った。

槍を持った浪人が、喉《のど》の裂けるようなするどい声で絶叫しながら突込んだ。そして八郎兵衛が体を捻《ひね》った刹那《せつな》に、太刀を振かぶった浪人が跳躍して斬込んだ。然しなんとも形容しようのない、ぶきみな音が聞えたと思うと、槍の半ばから真向へ斬割られた一人は道の上に、片方は右手の稲叢《いなむら》の堆《つか》を血に染めながら倒れていた。

「得物を捨てろ」八郎兵衛は更に進みながら叫んだ、「向うには鉄砲五十挺《ちょう》が並んでいるぞ、軍師などと申して一揆を企《たくら》んだ浪人者は斬って捨てたが、おまえ達《たち》にお咎《とが》めはない、みな得物を捨てて静かに御沙汰《おさた》を待て、手向いする者はいま見たとおり容赦なく斬るぞ」

彼等《かれら》は竹槍を捨てた。山刀を捨て、猟銃を捨てた。八郎兵衛はそれを見届けてから、振返って治右衛門に、無事に済んだという合図をした。もう蜥蜴の事は頭から消えていた。

六

御前へ出た八郎兵衛は、宗利の表情がかつて見たことのない、烈《はげ》しい忿《いか》りに顫《ふる》えているのを認めた、彼は悄然《しょうぜん》と頭を垂れた。

「一揆の者を斬ったというのは事実か」

「はい、粗忽《そこつ》を仕《つかまつ》りました」

「誰《だれ》が斬れと命じた、八郎兵衛、紛らわしい返答はならんぞ」

「私一存にて仕りました」脇息《きょうそく》を摑《つか》んでいた宗利の手は、忿りのために見えるほど顫えていた、八郎兵衛は床板に平伏したまま、「舅《しゅうと》治右衛門に些《いさ》さか助力を致そうと心得、出向きましたところ、一揆の有様を目のあたり見まして、事の恐しさに前後を忘れ、思わず三名を斬ったのでございます」

「斬ってよいものなら、其方《そのほう》などの手を俟《ま》つまでもなく斬っておる、事を穏便に納めようと思えばこそ、余をはじめ老職共もこれまで苦心していたのだ、それを知りもせず、短慮に事を誤るとは不届きなやつだ」

「恐入り奉《たてまつ》る、平《ひら》に、平に」

八郎兵衛の額は床板に喰込《くいこ》むかと思われた。その声はただ慈悲を願う響きしかもっていなかった。……そしてそのようすを、朽木大学だけが、眼をうるませて覓《みつ》めていた、今にも涙の溢《あふ》れ出そうなまなざしだった。

「起《た》て」宗利は叱咤《しった》した、「沙汰するまで閉門を申付ける」

そして暴々《あらあら》しく奥へ去った、一揆は、然しそれで逆転した、八郎兵衛の思切った方法が功を奏したのであろうか、騒擾《そうじょう》は其日の内に鎮まって、検地の事もいつ始めてもよいという状態にまで解決した。

宗利は予想外の結果に驚いた。彼の考えでは、血を見た農民たちは更に兇暴《きようぼう》になって、恐らく城兵を動かさなくてはならぬ事になるだろうと案じたのである。もしそうなれば、大名取潰《とりつぶ》しの機会を覗《ねら》っている幕府の好餌《こうじ》となるに違いない。僅《わず》か二代にして宇和島の家名を喪《うしな》ったら、父祖の霊にどう云って詫《わ》びられるか、そこまで心をいためていたのであった。

「七万石の拾い物であったな」凡《すべ》てが無事に納まり、検地の竿入《さおい》れが始められたという知らせがあったとき、宗利は久しぶりでのんびりと大学ひとりを伴《つ》れて城内の庭へ出て行った、ずいぶん久しぶりで歩く庭だった。暖かい冬の陽《ひ》ざしが天守の白壁に眩《まぶ》しいほど輝いていた。「こうなると八郎兵衛にも多少は怪我《けが》の功名を認めてやらなければなるまい、然し斬ることはなかった、三人も斬るなどとは」

「いや斬るべきでござりました」

大学がはじめて口を挿《は》さんだ。

「なんだ、大学までがさようなことを申すのか」

「斬るべきでござりました、八郎兵衛が斬りました三人は浪人者で、穏便のお沙汰を城中に力無きものと思い誤り、農民を煽動《せんどう》して一揆を企てたのでござります、断乎《だんこ》として彼等を斬ったればこそ、一揆の者共はその支配者を失うと共に、はじめて竿入れの正しい事実を見知ったのでございます」

「然し、それは事実なのか、浪人者であったというのは、事実なのか」

「事実でございます」大学は静かに歩き続けながら云った、「よし又、そうで無かったとしましても、一揆は騒擾の重罪でございます、事納ったうえは、主謀者は刑殺されなければなりませぬ、前か後か、孰《いず》れにしても何人かは、犠牲者を出さなければ相済まぬ場合です」

「……うん」宗利は眼を伏せた。

「然し初めに三人斬ったため、農民たちからは罪人を出さずに相済みました」

宗利は体の中から、なにかがすっと脱《ぬ》けてゆくような気持を感じた。二人はいつか二の曲輪《くるわ》まで来ていた、宗利は再びあの草原を前にして立った。

「明日にでも使をやって」と宗利は其処の草地を見やりながら云った、「閉門を赦《ゆる》してやるとしようか」

「恐れながら八郎兵衛には御無用でございます」

「赦しては悪いか」

「彼は切腹をして相果てました」

七

宗利はなにか聞き違いでもしたように大学の方へ振返った、一羽の尾長が、二人の上を低く叫びながら飛び去った。

「八郎兵衛はあの日、屋敷へ立戻ると間もなく切腹を仕りました、まことにあっぱれな最期《さいご》でござりました」

「なんで……なんで、八郎兵衛が」

「おわかりあそばしませぬか」宗利は自分の顔が蒼白《あおざ》めてゆくのを感じた。大学は一語ずつ区切りながら、感動を抑えつけたこわねで云った、「もし仮に、このたびの騒動がこういう結果にならず、裁判にかけて何人かを刑殺した場合、農民たちの怨嗟《えんさ》はどこへ向けられましょうか、……恐らく宇和島藩の御政治に長く恨みを遺《のこ》すことでございましょう、八郎兵衛はそれを、御政治に向うべき遺恨を、即《すな》わち自分の一身に引受けたのでござります、彼は穏便にという御意《ぎょい》に反《そむ》いて三人を斬りました、斬ったのは彼の独断でござります。農民たちが遺恨を持つとすれば、相手は八郎兵衛一人、御家には些《いささ》かも遺恨を含む者はございますまい」大学は言葉を切った、かなり長い沈黙があった。それから再びつづけたが、その声はもう隠しようのないほど濡《ぬ》れていた、

「いつぞや達磨《だるま》の悟りの話をしていたことを、覚えておいであそばすか……お上はお笑いなされた、益もない者になったと仰《おお》せられた、然しあれは決して笑うような言葉ではございません、睨《にら》んでいるだけでは壁に穴は明かぬ、もういちどよくお考えあそばせ、彼が断乎として三人を斬ったのも、即日腹を切って果てましたのも、みな、この一語の悟りから出ているのです、農民たちの遺恨を背負って彼は死にました、もはや……御家は安泰でございます」

宗利の眼は大きく瞠《みひら》かれたまま、枯れた草地の上を見戍《みまも》っていた。……其処は北側を鉄砲庫で塞《ふさ》がれているため、一面に枯れた草の根からは、もう薄青い芽を覗《のぞ》かせているものもあった。

——そうだ、たしかにそうだ、宗利は大学の言葉とはまったく別にそう考えた。八郎兵衛はこの盲《めし》いた右の眼のために死んだのだ、あのとき以来、あの過失を償う機会の来るのを待っていたのだ、伊達《だて》家のためもあるかも知れない、七万石を安泰にしようと思ったのも嘘《うそ》ではないだろう、然しもっと深く、もっと厳しく考えていたのは、この右の眼だ。

ぬくぬくと陽を浴びた草原が茫《ぼう》と霞《かす》んで、遥《はる》かに遠く幼い日のことが、まざまざしく思出された。血まみれになって転げている自分と、それから唇《くちびる》を白くして、驚きのあまり白痴のようになった彼の表情とが。

——あの日以来、彼はいつか身命を擲《なげう》つ日の来ることを待っていたのだ、其の日の他《ほか》にはなんの役にも立たなくともよい、そう覚悟していたのだ。それで娶《めと》っても子を生むことを欲《ほっ》しなかったのだ。宗利には初めて八郎兵衛の本心が分った、そしてその事実は誰《だれ》にも知られず、死んだ八郎兵衛と自分だけの秘密だと思い、——分ったぞ、よくした八郎兵衛、と胸いっぱいに叫んだ。

「墓へまいってやりたいが」宗利は暫《しばら》くして云った、「忍びで、このまま直ぐに行きたいが、供するか」

「お供仕りまする」

大学は静かに眼を押拭《おしぬぐ》った。

城を出た二人は、馬を駆って城北祇陀林寺《ぎだりんじ》へ向った。少しまえから風が出て、やや傾きかけた陽が雲に隠れたので、空気はひどく冷えて来た、宗利は先に馬を駆っていたが、道から寺の山門へかかるあいだの、左右に松並木のある参道まで来るとそこで馬から下りた。

二人は馬を繋《つな》いで歩きだした。松風が蕭々《しょうしょう》と鳴っていた、前も後も、右も左も、耳の届くかぎり松風の音だった、宗利は黙って歩いていった、石段を登って、高い山門をぐると、寺の境内も松林であった。そして其処もまた潮騒《しおさい》のような松風の音で溢《あふ》れていた。

——八郎兵衛、会いに来たぞ。宗利はその松風の音へ呼びかけるように、口のなかで呟《つぶや》いた。そのとき、初めて堰《せき》を切ったように泪《なみだ》がこみあげてきた。二人は松風の中を歩いて行った。だから、山門の脇《わき》のところに、切下げ髪にした武家風の若い女が一人、地に膝《ひざ》をついたまま、涙で腫《は》れた眼をあげて、じっとかれらを見送っていたことには気がつかなかった。

（「現代」昭和十五年十月号）

鼓《つづみ》くらべ

一

庭さきに暖い小春日の光が溢《あふ》れていた。おおかたは枯れた籬《まがき》の菊のなかにもう小さくしか咲けなくなった花が一輪だけ、茶色に縮れた枝葉のあいだから、あざやかに白い葩《はなびら》をつつましく覗《のぞ》かせていた。

お留伊《るい》は小鼓《こつづみ》を打っていた。

町いちばんの絹問屋《どいや》の娘で、年は十五になる。眼鼻《めはな》だちはすぐれて美しいが、その美しさは澄み徹《とお》ったギヤマンの壺《つぼ》のように冷たく、勝気な、驕《おご》った心をそのまま描いたように見える。……此処《ここ》は母屋《おもや》と七間の廊下でつながっている離れ屋で、広い庭のはずれに当り、うしろを松林に囲まれていた。打っている曲は「序《じょ》の舞《まい》」であった。白い艶《つや》やかな頰《ほお》から、眉《まゆ》のあたりまでぽっと上気しているが、双の眸《ひとみ》は常よりも冴《さ》えて烈《はげ》しい光をおび、しめった朱《あか》い唇《くちびる》をひき結んで懸命に打っている姿は、美しいというよりは凄《すさま》じいものを感じさせるし、なにか眼に見えぬ力で引摺《ひきず》られているようにも思えた。

鼓の音は鼕々《とうとう》と松林に反響した。微塵《みじん》のゆるみもなく張り切った音色である。それは人の耳へ伝わるものでなくて、じかに骨髄へ徹する響を持っていた。曲は三段の結地《ゆいち》から地頭《じがしら》となり、美しい八拍子をもって終った。……お留伊は肩から小鼓を下すと、静かに籬の方を見やって、

「そこにいるのは誰《だれ》です」

と呼びかけた。……一輪だけ咲き残った菊の籬の蔭《かげ》で誰か動く気配がした。そして間もなく、一人の老人がおずおずと重そうに身を起した。ひどく瘦《や》せた体つきで、髪も眉毛も灰色をしている。身なりも貧しいし、殊《こと》に前跼《まえかが》みになって、不精らしく左手だけをふところ手にした恰好《かっこう》が、お留伊には忘れることの出来ないほど卑《いや》しいものに感じられた。

「おまえ何処《どこ》の者なの、二三日まえにもそこへ来たようだね、なにをしに来るの」

「申しわけのないことでございます」

老人は嗄《しゃが》れた低い声で云《い》った。「……お鼓の音があまりにおみごとなので、ついお庭先まで誘われてまいりました。お邪魔になろうとは少しも知らなかったのでございます」

「鼓の音に誘われて、……おまえが」

お留伊の眼は老人の顔を見た。

加賀国は能楽が旺《さか》んで、どんな地方へ行っても謡《うたい》の声や笛、鼓の音を聞くことが出来る。あえて有福な人々ばかりでなく、其《そ》の日ぐらしの貧しい階級でも、多少の嗜《たしな》みを持たぬ者はないというくらいである。だからいま、そのみすぼらしい老人が鼓の音に誘われて来たと云っても、それほど驚くべきことではなかったし、お留伊が老人の顔を疑わしげに見詰めたのも、まるで別の意味からであった。

お留伊は暫《しば》くして冷やかに云った。

「おまえ津幡《つばた》の者ではないの、そうでしょう。津幡の能登屋から、なにか頼まれて来たのでしょう」

「わたくしは旅の者でございます」

「隠しても駄目《だめ》、あたしは騙《だま》されやしないから」

「わたくしは旅の者でございます」

老人は病気ででもあるとみえて、苦しそうに咳《せ》きこみながら云った。「……生まれは福井の御城下でございますが、ながいこと他国を流れ歩いて居《お》りました。けれども、もう余命のない体でございますから、せめて先祖の地で死にたいと思って、帰る途中でございます」

「ではどうして福井へ行かないの、どうしてこの森本でぐずぐずしているの」

「持病の具合が思わしくないので、宿はずれの宿にもう半月ほども泊って居ります……一日も早く帰りたいとは存じますが、帰っても親類縁者の頼るところはなし。いや!」

老人は急に灰色の頭を左右に振った。

「こんな話はなんの興もございません。本当になんの興もございません。それよりもお嬢さま、今まで通りこの老人に、お庭の隅からお手並を聴かせてやって頂きとう存じます」

「いつ頃から此処へ来はじめたのだえ」

お留伊は疑の解けた声音で云った。

「はい、ちょうど五日まえでございましょうか、ふとお庭外を通りかかって『男舞』をうかがいましたが、それ以来ずっとお邪魔をしていたのでございます」

「あたし二三日まえから気付いていました。でもまるで違うことを考えていたのよ」

「津幡の能登屋がどうとか仰有っておいででしたが」

「もうそのことはいいの、それから庭の外なら構わないから、いつでも聴きにおいで」

老人は鄭重に礼を述べ、やはり左手をふところ手にしたまま静かに立去った。

明くる日も老人は来た。

二

それからその翌日も……お留伊は次第にその老人に親しさを感じはじめた。そして色々と話しあうようになった。老人は口数の寡《すくな》い、どちらかというと話し下手であったが、それでも少しずつは身の上が分った。

老人は名もない絵師だと云った、そして僅《わず》かな絵の具と筆を持って、旅から旅を渡り歩く困難な生活を過して来たという。苦しかったこと、悲しく辛《つら》かったこと、お留伊には縁の遠い世間の、泪《なみだ》と溜息《ためいき》とに満ちた数々の話をしながら、けれど老人の声音にはいつも温雅な感じが溢れていた。……そしていつでも話の結びには斯《こ》う云った。

「そうです、わたくしはずいぶん世間を見て来ました。なかには万人に一人も経験することのないような、恐しいことも味わいました。そして世の中に起る多くの苦しみや悲しみは人と人とが憎みあったり、嫉《ねた》みあったり、自分の欲に負かされたりするところから来るのだということを知りました。……わたくしにはいま、色々なことがはっきりと分ります。命はそう長いものではございません、すべてが瞬《また》くうちに過ぎ去ってしまいます、人はもっともっと譲り合わなくてはいけません、もっともっと慈悲を持ち合わなくてはいけないのです」

老人の言葉は静かで、少しも押しつけがましい響を持っていなかった。それで斯ういう風な話を聞いたあとでは、ふしぎにお留伊は心が温かく和やかになるのを感じた。

「いつか能登屋がどうしたとか仰有っていましたが」

或日《あるひ》老人が訊《き》いた。「……津幡の能登屋といえば名高い海産物問屋だと存じますが、こちらさまとなにか訳があるのでございますか」

「別にむずかしい訳ではないのだけれど、お正月に金沢のお城で鼓くらべがあるの、それでこの近郊からは能登屋のお宇多《うた》という人とあたしと、二人がお城へ上ることになったんです」

新年の嘉例《かれい》として、領主在国のときには金沢の城中で観能がある。そのあとで民間から鼓の上手を集め、御前でくらべ打ちを催して、ぬきんでた者には賞が与えられる、……今年もまたそれが間近に迫っているので、賞を得ようとする人々は懸命に技を磨《みが》いていた。

お留伊は幼い頃からすぐれた腕を持っていたので、教えに通って来る師匠の観世仁《かんぜに》右衛門《えもん》は、これまでに幾度もお城へ上ることを勧めていた。けれど勝気なお留伊は、御前へ出て失敗したときのことを考え、もう少しもう少しと延ばして来たのである。

……能登屋のお宇多という娘は十六歳で、もう二度もお城へ上っているが、まだ賞を与えられたことはいちどもなかった。そのうえこんどはいよいよお留伊が上るというので、それとなく人を寄越してはこちらの様子を探るのであった。

「そうでございますか」

老人は納得がいったようにうなずいた。「……それでわたくしを、能登屋から探りに来た者と思し召《おぼ》したのでございますな」

「でも同じようなことが何度もあったのだもの」

「わたくしはすっかり忘れて居りました」老人は遠くを見るようにして云った。

「……鼓くらべはもうお取止めになったかと思っていたのです」

「どうしてそう思ったの」

老人は答えなかった。……そして、どこか遠くを見るような眼つきをしながら、ふところ手をしている左の肩を、そっと揺りあげた。

それから二日ほどすると、急にお留伊は金沢へ行くことになった。師匠の勧めで、城下の観世家から手直しをして貰《もら》うためである。その稽古《けいこ》は二十日ほどかかった。観世家でもお留伊の腕は抜群だと云われ、大師匠が自分で熱心に稽古をつけて呉《く》れた。……もう鼓くらべで一番の賞を得ることは確実だった。大師匠もそうほのめかせていたし、それ以上にお留伊は強い自信を持っていた。

森本へ帰ったのは十二月の押迫った頃であった。——あの老絵師はどうしているだろう。家へ帰って、なによりも先に考えたのはそのことだった。……まだこの町にいるだろうか、それとも故郷の福井へもう立って行ったか。若《も》しまだいるとすれば、自分の鼓を聴きに来るに違いない。お留伊はそう思いながら、残っている僅かの日を、一日も怠らず離れ屋で鼓の稽古に暮していた。

けれど老人の姿は見えなかった。

すでに雪の季節に入っていた。重たく空にひろがった雲は今やまったく動かなくなり、毎日こまかい雪がちらちらと絶えず降ったり歇《や》んだりした。……はじめのうちはたまたま射《さ》しかける陽《ひ》のぬくみにも溶けた雪が、家の蔭に残り、垣《かき》の根に残りして次第にその翼をひろげ、やがてかたく凍《い》てて今年の根雪となった。

おおつごもりの明日に迫った日である。お留伊が鼓を打っていると、庭の小柴垣《こしばがき》のところへ、雪蓑《ゆきみの》に笠《かさ》をつけた人影が近寄って来た。

——まあ、やっぱりまだいたのね。

お留伊はあの老人だと思って、鼓をやめて縁先まで立って行った。……けれどそれはあの老人ではなく、まだ十二三の見慣れぬ少女であった。

三

「あの？　お願があってまいりました」

少女はお留伊を見ると、笠をとりながら小腰を跼《かが》めた。

「おまえ誰なの」

「わたくし宿《しゅく》はずれの松葉屋と申す宿屋の娘でございますが、うちに泊っておいでの老人のお客さまから、お嬢さまに来て頂けますようにって、頼まれてまいりました」

「あたしに来て呉れって」

「はい、病気がたいへんお悪いのです。それでもういちど、お嬢さまのお鼓を聴かせて頂いてから死にたいと、そう申しているのです」

あの老絵師だということは直《す》ぐに分った。

普通の場合なら、いくら相手があの老人であっても、そんなところへ出掛けて行くお留伊ではなかった。けれど……老人はいま重い病床にあるという、そして死ぬまえにいちど自分の鼓を聴きたいという、その二つのことがお留伊の心を動かした。

「いいわ、行ってあげましょう」

彼女は冷やかに云った。「……おまえあたしの鼓を持っておいで、それから家の者に知れてはいけないから静かにしてお呉れ」

手早く身支度をしたお留伊は、その娘に鼓を持たせて家を出た。松葉屋というのは宿はずれにある汚い木賃宿であった。老人はひと間だけ離れている裏の、狭い煤《すす》けた部屋に寝ていた。

「ようおいで下さいました」

老人は衰えた双眸《そうぼう》に感動の色をあらわしながら、じっとお留伊の眼を瞶《みつ》めた。

「……御城下へおいでになったとうかがいましたので、もう二度とお嬢さまのお鼓は聴けないものと諦《あきら》めて居りました。……有難《ありがと》うございます。ようおいで下さいました」

お留伊はただ微笑で答えた。……自分の打つ鼓に、この老人がそんなにも大きなよろこびを感じている、そう思うとふしぎに、金沢で大師匠に褒《ほ》められたよりも強い自信と、誇らしい気持が湧《わ》きあがって来た。

「いやお待ち下さいまし」

お留伊が鼓を取出そうとすると、老人は静かにそれを制しながら云った。「……いま思いだしたことがございますから、それを先にお話し申し上げるとしましょう」

「あたし家《うち》へ断りなしで来たのだから……」

「短いお話でございます、直ぐに済みます」老人はそう云って、苦しそうにちょっと息を入れながら続けた。「……お嬢さまは正月の鼓くらべに、お城へお上りなさるのでございましょう」

「上ります」

「わたくしのお話も、その鼓くらべに関《かか》わりがございます。お嬢さまは御存じないかも知れませんが、昔……もうずいぶんまえに、観世の囃子方《はやしかた》で市之亟《いちのじょう》という者と六郎《ろくろ》兵衛《べえ》という者が御前で鼓くらべをしたことがございました」

「知っています、友割《ともわ》り鼓のことでしょう」

「御存じでございますか」

十余年まえに、観世市之亟と六郎兵衛という二人の囃子方があって、小鼓を打たせては竜虎《りゅうこ》と呼ばれていたが、二人とも負け嫌《ぎら》いな烈《はげ》しい性質で、常づね互に相手を凌《しの》ごうとせり合っていた。……それが或年の正月、領主前田侯の御前で鼓くらべをした。どちらにとっても一代の名を争う勝負だったが、殊《こと》に市之亟の意気は凄じく、曲なかばに到《いた》るや、精根を尽くして打込む気合で、遂に相手の六郎兵衛の鼓を割らせてしまった。

打込む気合だけで、相手の打っている鼓の皮を割ったのである。一座はその神技に驚嘆して、「友割りの鼓」といまに語り伝えている。

「わたくしは福井の者ですが」と老人は話を続けた。「……あのときの騒ぎはよく知って居ります、市之亟の評判はたいそうなものでございました。……けれど、それほどの面目をほどこした市之亟が、それから間もなく何処《どこ》かへ去って、行衛《ゆくえ》知れずになったということを御存じでございますか」

「それも知っています。あまり技《ぎ》が神《しん》に入《い》ってしまったので、神隠しにあったのだと聞いています」

「そうかも知れません、本当にそうかも知れません」

老人は息を休めてから云った。「……市之亟はある夜自分で、鼓を持つ方の腕を折り、生きている限り鼓は持たぬと誓って、何処ともなく去ったと申します。……わたくしはその話を聞いたときに斯《こ》う思いました。すべて芸術は人の心をたのしませ、清くし、高めるために役立つべきもので、そのために誰かを負かそうとしたり、人を押《お》し退《の》けて自分だけの欲を満足させたりする道具にすべきではない。鼓を打つにも、絵を描くにも、清浄《しょうじょう》な温かい心がない限りなんの値打もない。……お嬢さま、あなたはすぐれた鼓の打ち手だと存じます、お城の鼓くらべなどにお上りなさらずとも、そのお手並は立派なものでございます。おやめなさいまし、人と優劣を争うことなどはおやめなさいまし、音楽はもっと美しいものでございます、人の世で最も美しいものでございます」

お留伊を迎えに来た少女が、薬湯を喫《の》む刻《とき》だと云って入って来た。……老人は苦しげに身を起して薬湯を啜《すす》ると、話し疲れたものか暫《しばら》く凝乎《じっ》と眼《め》をつむっていた。

「では、聴かせて頂きましょうか」

老人はながい沈黙のあとで云った。「……もう是《これ》が聴き納めになるかも知れません、失礼ですが寝たままで御免を蒙《こうむ》ります」

四

金沢城二の曲輪《くるわ》に設けられた新しい楽殿では、城主前田侯をはじめ重臣たち臨席のもとに、嘉例《かれい》の演能を終って、すでに、鼓くらべが数番も進んでいた。

これには色々な身分の者が加わるので、城主の席には御簾《みす》が下されている。お留伊は控えの座から、その御簾の奥をすかし見しながら、幾度も総身の顫《ふる》えるような感動を覚えた。……然《しか》しそれは気臆《きおく》れがしたのではない。楽殿の舞台でつぎつぎに披露《ひろう》される鼓くらべは、まだどの一つも彼女を惧《おそ》れさせるほどのものがなかった。彼女の勝は確実である。そしてあの御簾の前に進んで賞を受けるのだ。遠くから姿を拝んだこともない大守《たいしゅ》の手で、一番の賞を受けるときの自分を考えると、その誇らしさと名誉の輝かしさに身が顫えるのであった。

やがて、ずいぶん長いときが経《た》ってから、遂にお留伊の番がやって来た。

「落着いてやるのですよ」

師匠の仁右衛門は自分の方でおろおろしながら繰返して云《い》った。「……御簾の方を見ないで、いつも稽古するときと同じ気持でおやりなさい、大丈夫、大丈夫きっと勝ちますから」

お留伊は静かに微笑しながらうなずいた。

相手は矢張り能登屋のお宇多であった。曲は「真の序」で、笛は観世幸太夫《こうだゆう》が勤めた。……拝礼を済ませてお留伊は左に、お宇多は右に、互の座を占めて鼓を執った。

そして曲がはじまった。お留伊は自信を以《もっ》て打った、鼓はその自信によく応《こた》えて呉れた。使い慣れた道具ではあったが、かつてそのときほど快く鳴り響いたことはなかった。……三ノ地へかかったとき、早くも充分の余裕をもったお留伊は、ちらと相手の顔を見やった。

お宇多の顔は蒼白《あおざ》め、その唇《くちびる》はひきつるように片方へ歪《ゆが》んでいた。それは、どうかして勝とうとする心をそのまま絵にしたような、烈しい執念の相であった。

その時である、お留伊の脳裡《のうり》にあの旅絵師の姿がうかびあがって来た、殊に、いつもふところから出したことのない左の腕が！——あの人は観世市之亟さまだった。

お留伊は愕然《がくぜん》として、夢から醒《さ》めたように思った。

老人は、市之亟が鼓くらべに勝ったあとで自分の腕を折り、それも鼓を持つ方の腕を、自ら折って行衛をくらましたと云ったではないか。……いつもふところへ隠している腕が、それだ。——市之亟さまだ、それに違いない。

そう思うあとから、眼のまえに老人の顔があざやかな幻となって描きだされた、それからあの温雅な声が、耳許《みみもと》ではっきり斯う囁《ささや》くのを聞いた。……音楽はもっと美しいものでございます。お留伊は振返った。そして其処《そこ》に、お宇多の懸命な顔をみつけた。眸《ひとみ》のうわずった、すでに血の気を喪《うしな》った唇を片方へひき歪めている顔を。

——音楽はもっと美しいものでございます、またと優劣を争うことなどおやめなさいまし、音楽は人の世で最も美しいものでございます。老人の声が再び耳によみがえって来た。……お留伊の右手がはたと止った。

お宇多の鼓だけが鳴り続けた。お留伊はその音色と、意外な出来事に驚いている客たちの動揺を聴きながら、鼓をおろしてじっと眼をつむった。老人の顔が笑いかけて呉れるように思え、今まで感じたことのない、新しいよろこびが胸へ溢《あふ》れて来た。そして自分の体が眼に見えぬいましめを解かれて、柔かい青草の茂っている広い広い野原へでも解放されたような、軽い活々《いきいき》とした気持でいっぱいになった。

——早く帰って、あの方に鼓を打ってあげよう、この気持を話したら、きっとあの方はよろこんで下さるに違いないわ。お留伊はそのことだけしか考えなかった。

「どうしたのです」

舞台から下りて控えの座へ戻《もど》ると、師匠はすっかり取乱した様子で詰《なじ》った。「……あんなに旨《うま》く行ったのに、なぜやめたのです」

「打ち違えたのです」

「そんな馬鹿《ばか》なことはない、いやそんな馬鹿なことは断じてありません、あなたはかつてないほどお上手に打った。わたくしは知っています、あなたは打ち違えたりはしなかった」

「わたくし打ち違えましたの」

お留伊は微笑しながら云った。「……ですからやめましたの、済みませんでした」

「あなたは打ち違えはしなかった、あなたは」

仁右衛門は躍起《やっき》となって同じことを何十回となく繰返した。

「……あなたは打ち違えなかった、そんな馬鹿なことはない」と。

×

父や母や、集っていた親族や知人たちにも、お留伊はただ自分が失敗したと告げるだけであった。誰が賞を貰ったかということももう興味がなかった、ただ少しも早く帰って老人に会いたかった。森本へ帰ったのは正月七日の昏《く》れがたであった。疲れてもいたし、粉雪がちらちらと降っていたが、お留伊は誰にも知れぬように裏口から家を出て行った。

「まあお嬢さま！」

松葉屋の少女は、不意に訪ねて来たお留伊を見て驚きの眼を瞠《みは》った。……そして直ぐ、訊《き》かれることは分っているという風に、

「あのお客さまは亡《な》くなりました」

とあたりまえ過ぎる口調で云った。「……あれから段々と病気が悪くなるばかりで、到頭ゆうべお亡くなりになりました。今日は日が悪いので、お葬《とむら》いは明日だそうでございます」

お留伊は裏の部屋へ通された。

老人は北枕《きたまくら》に寝かされ、逆さにした枕屏風《まくらびょうぶ》と、貧しい樒《しきみ》の壺《つぼ》と、細い線香の煙にま

もられていた。……お留伊は顔の布をとってみた。衰えきった顔であった、つぶさに嘗《な》めて来た世の辛酸《しんさん》が、刻まれている皺《しわ》の一つ一つに浸みこんでいるのであろう。けれどいますべては終った、もうどんな苦しみもない。困難な長い旅が終って、老人はいまやすらかな、眼覚《めざ》めることのない眠《ねむり》の床に就いているのだ。

——ようなさいました。

お留伊には老人の死顔が、そう云って微笑するように思えた。

——さあ、わたくしにあなたのお手並を聴かせて下さいまし。

「わたくしお教《おしえ》で眼が明きましたの」

お留伊は囁くように云った。「……それで色々なことが分りましたわ、今日まで自分がどんなに醜い心を持っていたか、どんなに思いあがった、嗜《たしなみ》のない娘であったか、ようやくそれが分りましたわ、それで急いで帰って来ましたの、おめにかかって褒めて頂きたかったものですから」

お留伊の頰《ほお》にはじめて温かいものが滴《したた》った。それから長いあいだ、袂《たもと》で顔を蔽《おお》いながら声を忍ばせて泣いた。……長いあいだ泣いた。

「今日こそ本当に聴いて頂きます」

やがて泪《なみだ》を押し拭《ぬぐ》って、お留伊は袱紗《ふくさ》を解きながら囁いた。「……今までのようにではなく、生まれ変った気持で打ちます、どうぞお聴き下さいまし、お師匠さま」

今はもう、老人が観世市之亟であるかどうか確めるすべはない、けれどお留伊はかたくそう信じているし、またよしそうでないにしても、その老人こそ彼女にとっては本当の師匠であった。

部屋はもう暗かった。……取寄せた火で鼓の皮を温めたお留伊は、老人の枕辺に端坐して、心をしずめるように暫く眼を閉じていた。……南側の煤《すす》けた障子に仄《ほの》かな黄昏《たそがれ》の光が残っていて、それが彼女の美しい横顔の線を、暗い部屋のなかに幻の如《ごと》く描きだした。

「いイやあ――」

こうとして、鼓は、よく澄んだ、荘厳《そうごん》でさえある音色を部屋いっぱいに反響させた。

……お留伊は「男舞」の曲を打ちはじめた。


（「少女の友」昭和十六年一月号）

狐《きつね》

一

いちばんはじめに、誰《だれ》が云《い》いだしたかわからなかった、また、はじめのうちは誰もほんとうだと思う者はなかった、「まさか、いまどきそんなばかなことがある筈《はず》はない」そう云って笑う者が多かった、「そんならためしてみるか」「いいとも」そんなことがいくたびとなくあった、そうして、だんだんと笑う者がなくなった。けれども梅雨期にはいるまではそれほどひろまってはいなかった、ごく近しいなかまのあいだで、ひそひそ囁《ささや》きあいはするが、内容が内容なので迂闊《うかつ》な者に聞かれたくないという気持がみんなにあった。それが五月（新暦六月）にはいって、じめじめした雨の日がつづくようになったある夜、さらに思いがけない出来事がおこって、噂《うわさ》は本丸やぐら番ぜんたいにひろまる結果となった。……その夜いつつ（八時）頃《ごろ》になって、非番のはずの斧塚新五郎《おのづかしんごろう》がふいと詰所へあらわれた。しかも、かなり酒に酔っているらしい、かれは詰所へはいって来ると、詰めていた十人の番士たちをぐるっと見まわして、「おい、貴公たちみんな知っているのか」といきなり云った。そこにい合わせた者の半数にはなんのことかわからなかった、すぐわかった者も黙っていた、「お天守に妖《よう》怪《かい》がでるという話を聞いたんだ、貴公たちも知っていたんだろう」

知っている者も知らない者もただ妙な顔をした。新五郎はちから自慢で武ばった男だった、じぶんで寛永武士を気どっていて、口をあくと当世（享保《きようほう》年代）ぶりを軽侮するのが癖であった。父の代までは旗本の先手組《さきてぐみ》だったが、かれが相続してから徒士《かち》になり、いまでは平の櫓番《やぐらばん》である。

「返辞のできないところをみると、みんな知っているんだな、だらしのないれんじゅうだ」新五郎はかたなをとって右手にさげながらあがって来た、そして、みんなのそばへ暴々《あらあら》しく坐《すわ》り、えんりょもなくつづけさまに酒気を吐いた、「百姓か町人ならまだしも、岡崎《おかざき》武士ともあるものが妖怪とはなんだ、宮内、いつごろからそんなばかな評判がたったんだ」

「さあ、拙者《せつしや》は知らないが……」

「茂木は知ってるだろう」

「拙者もよくは知りません、そんなことをちょっと聞いたように思いますが」

「ふん、そろいもそろって歯痒《はがゆ》いやつらだ」新五郎は軽侮に耐えぬという眼《め》つきで、みんなの顔を見まわしながら鼻を鳴らせた。それから、かたなを抱いて仰向に寝ころび、「もし仮りにそんなことがあったとしても、組うちの事は組うちで始末をすべきじゃないか、おれはさっき二の丸番の岸田竜弥《きしだたつや》に聞いてやって来たんだ、こんなことがよその組へ知れるなんて本丸番ぜんたいの恥辱だぞ」

「………」みんな黙っていた。

「今夜から当分おれが天守へ泊ってやる、よつはんが鳴ったらおこせ、わかったか茂木、よつはんだぞ」

「承知しました」

かれは鼾《いびき》をかいて眠った、酔っていたせいもあるだろうが、そのようすはいかにも剛胆だった。時刻がきて呼びおこされると、彼は熱い茶をなん杯ものんで天守へでかけていった。その夜もけぶるような雨だった、本丸やぐら番の詰所は月見櫓にある、天守閣はそこから二百歩ばかり西南になっていて、たいてい暗い晩でも、詰所の窓からは三重のやぐらが黒く夜空へそそり立っているのがみえる。城主が在国のときは番士はそこへ詰めているが、留守になるとみな月見櫓へひきあげ、夜なかに一回みまわりをするだけが役目のきまりだった。もっとも、かならずしもそれは励行されていたわけでなく、みまわりにでかけても天守の上へはあがらず、石垣《いしがき》のへんで時間をつぶして戻《もど》るというのが、番士たちの常識になっていた。

ここのつ（午前零時）をすこし過ぎたころ、なんの前触れもなくもうひとりの人物が詰所へやって来た、国老次席の拝郷弥左衛門《はいごうやざえもん》であった。ちょうど弁当をつかってい た番士たちはおどろいて箸《はし》を投げだしながら出迎えた、「いずれもご苦労じゃ」弥左衛門は濡《ぬ》れた笠《かさ》と合羽《かっぱ》をとって戸口をはいった。この深更にこんな場所へなんのために国老次席がやって来たのか、誰にもちょっと見当がつかなかった、それで挨拶《あいさつ》にも困っていると、

「わあっ」というような奇妙な叫びごえがきこえ、天守のほうから人の走って来るはげしい跫音《あしおと》がした、あんまりその声が異様だったので、番士たちはもちろん弥左衛門もびっくりしてふりかえった。雨水をはねとばしながら闇《やみ》のなかをつぶてのように走って来たのは斧塚新五郎だった、「だ、だれだ」かれは戸口へとびこみながら、紙のように白くひきつった顔でわめきたてた、「今いたずらをしたのは、どいつだ、ここへ出ろ、いたずらをしたやつはこれへ出ろ」

かれは右手に大剣を抜いて持っていた、その白刃をつきつけながら狂気のようにわめいた。はだしで、頭からずっくり濡れていた。

二

朝食のまえにちょっと雲がきれ、あざやかに青い空がみえたと思ったけれども、ほ

んの僅《わず》かなあいだにすっかり曇ってしまい、いつかまた霧粒の舞うような、雨になってしまった。

「昨夜《ゆうべ》は夜釣《よづ》りにいったそうだな」

「……はあ、いってまいりました」

「なにを釣りにいった」

弥左衛門は食後の茶をすすりながら婿《むこ》の顔を見た。乙次郎はいつものとりとめのない表情で雨にけぶる庭の緑をみていた。

「なにを釣ろうというほどの、あてもありませんでした、なにか釣れるだろうと思って、ぼんやりでかけたのですが」

「なにか釣れたのか」

「さっぱりだめでした、魚釣りなどもなかなかむずかしいものとみえます」

弥左衛門はつねから、娘の婿は平凡な男でなければならぬと信じていた。とびぬけた才能をもっている者や非凡な人間はとかく圭角《けいかく》の多いものである。拝郷は代々老職の家がらで岡崎藩政の中軸を押えていた。そういう位置に圭角のある者がすわると政治の運用がまるくいかない、非凡な才能よりも、むしろ平凡でよいから包容力の大きい、人の「和」をはかることのできる人間でないといけない、弥左衛門はそう考えていまの婿をもらった。乙次郎は老職栂野騎兵衛《とがのきへえ》の二男であった。弥左衛門は栂野とはちょうどよい碁敵《ごがたき》で、しばしば往来するうちに乙次郎をみこんだ。どこをみこんだのか自分でもわからないが、あるときかれを見ているうちに、ふいと決心がついたのである。娘の美弥《みや》が十七、乙次郎が二十三歳でとしまわりもよかった。去年の二月に祝《しゅう》言《げん》をしてもう一年以上になるが、夫婦の仲もうまくいっているようすだった。

しかし弥左衛門の気持はこのごろすこし不安になってきた。一年あまりにもなるのに、婿のようすが茫漠《ぼうばく》として、まったくつかみどころがないのである。栂野にいた時分からひきつづき書院番の頭《かしら》をつとめているが、城中でも屋敷でもまったくいるのかいないのかわからない、用事があったり思いついたりしていってみると、城中にいる時刻にはちゃんとその役部屋にいるし、屋敷にいる時刻にはかならずその居間にいた。これはみそこなったかもしれぬぞ。老年にはありがちな堪性《こらえしょう》のなさから、弥左衛門はそろそろ疑惧《ぎく》にかられだしていた。

「このごろ本丸で妙な噂があるようだが、聞いたことはないか」弥左衛門がさぐるようにこう云った。

「はあ、四五日まえにちょっと耳にしました」

「それなら夜釣りにゆくひまで、なにかすべきことがあった筈だと思うが」

「しかしそれほど重大なことでないと考えたものですから」乙次郎はやはり庭の緑をみたままそう云った。

「重大でないことがあるか、噂にもせよお天守に妖異があるとあってはお留守をあずかるわれらの責任だぞ」弥左衛門は婿の顔をにらみつけた。けれどもいま怒っている場合ではないと気づき、昨夜おのれがたしかめた仔細《しさい》のあらましを話して聞かせた、

「……新五郎はお天守の三重へ登って、まっ暗がりのなかに坐っていたそうだ、すると頭の上の方でとつぜん、異様な叫びごえがおこり、なにか白いものが宙を飛んだという」

「しとめたのですか」

「抜き打ちをかけたがおそかった。それで元のところへ坐ってゆだんなく気を配っていると、うしろの階段をそっと忍び足でおりてゆく者がある、一段ずつ、みしりみしりと、二重へおりてゆく足音が聞えたそうだ、そこで、これはやぐら番の者のいたずらだと思い、嚇《かっ》となってとびおりて来たということだった」

「まだ噂はそうひろがっていないようだ」と弥左衛門はすぐにつづけた、「だが、いまのうちに始末をつけなければ岡崎城の名聞にかかわることになるかもしれぬ、書院番のほうはわしが扱って置くから、おまえ今夜にもいって妖怪の正体をつきとめてこ

い、今夜でいけなければ幾晩かかってもよい、正体をつきとめるまでは帰るに及ばないぞ」云うだけ云うと、老人は返辞も待たずに立っていってしまった。

乙次郎はしばらくそのまま坐っていたが、やがて自分の居間へはいった。そこでは妻の美弥が登城の服をとりだしていた。そして、はいって来た良人《おっと》をみるとしずかに眼で笑いながら、「よいお役目にお当りあそばしましたこと」と云った。夜釣りにいったと聞いて父が不興そうな顔つきをしたので、心配して、そっと襖《ふすま》の蔭《かげ》で聴いていたのである。

「なにしろもののけだからな」乙次郎は妻の笑っている眼にこたえながらそう云い、しずかに着替えをはじめた。

三

登城した乙次郎は、書院番のしごとを済ませてから本丸やぐらの詰所へいった、そして、みんなの話すことをいろいろと聞いた。

怪異の噂がはじまったのは桜の散りはじめるじぶんからだった、ふだん深更の見まわりに天守へあがらないのを、ある夜、ひとりの番士が登っていってみると、三重で異様なうめきごえを聞き、つづいて階段を誰かしずかにおりてゆく跫音《あしおと》を聞いた。そのときの「みしっ、みしっ」というしずかな、重々しい忍び足のもの音はすさまじかったという。恐怖からきた勇気で階段へとびだしていってみたが、どこにも人の姿はなかった、二重へおり、一重へおりてみると、こんどは上のほうへ登ってゆく跫音がする、やはりひどく落ちついた忍び足で、みしっ、みしっと、きわめてゆっくり登ってゆくのである、その番士は蒼《あお》くなって天守をとびだした。

ごく仲のいい男がその番士から話を聞いた、それからつぎの男、つぎの男という風に、なん人もその話を聞き、自分で天守へためしにいってみた。なにかしらみんな妖《あや》しいことに遭った、うめきごえを聞いた者もある、まっ暗な宙に白い異様なものがひらひら舞うのを見た者もある、ぞっとするような笑いごえを聞いた者もあった。みんなそれぞれ違う怪異を経験したが、誰もが一致して聞いたのは階段の跫音だった、それだけは例外なしに経験していた。

みしり……みしり……みしり。

落ちついた、ゆっくりした、そっと忍んでゆく跫音だった。こちらが登ってゆくと跫音はおりてゆく、こちらがおりてみると跫音は登ってゆくのである。たしかに妖怪のしわざだと云う者もあり、亡霊にちがいないと云う者もあった。半年ほどまえに、やはり天守番だったひとりの若侍が、つまらぬ過失を苦にやんで自殺したことがある、まだ朝々の霜のふかいじぶんで、かれは天守閣の北がわの石垣の下でみごとに切腹していた、死体の衣服に白く霜が凍っていたことを、そのとき駈《か》けつけた同僚たちははっきり覚えている。亡霊だと主張する人々はその自殺した若侍のことを指摘して、かれの亡魂が天守番をしに来るのだと云った。

……これらの話を聞いて、乙次郎は昼すぎ屋敷へ帰った。

「ちょっと寝る支度をして呉《く》れ」

「おかげんでもお悪うございますか」

「なに、夜詰めの用意だ」

夜具をとらせて横になった、美弥はちょっと不安になったようすで、

「ほんとうにあやかしが出るのでございますか」

「そうらしいな」

「いやでございますわ、まじめなお顔をあそばして、嘘《うそ》でございましょう」

心配そうに覗《のぞ》く妻の美しい眸《ひとみ》をみて、乙次郎はなにも云わずに微笑した。……弥左衛門が下城して来るのと、いれちがいに乙次郎は出ていった。しかし月見櫓の詰所へあらわれたのは八時ごろである。夕方から雨はあがっていたが、空は低く雲が垂れさがっており、梅雨期にはめずらしいひどく蒸し暑い晩だった。かれは十一時ごろまで

詰所にいて、それから天守のほうへでかけていった。「斧塚なんぞなら日頃の高慢の鼻を折っただけで済むが、国老の息子ではただしくじったでは相済まぬだろうに」「婿にはなりたくないものだ」話しながらも、みんなの耳は天守のほうへあつまっていた。いまにも乙次郎がとびだして来はしないか、なにか異変のもの音でも聞えはしないかと。

けれどなにごともなく時刻が経《た》った、そして夜のしらじら明けに乙次郎が詰所へ戻って来た。べつに変ったようすもみえなかったが、「いかがでございました」と訊《き》くと、彼はなぜかふと眼をそらした。

「いかにも、話のようなことがありました」

「ではやはりあの跫音をお聞きでしたか」

「聞きました」

みんな眼を見合せた。乙次郎は茶を一杯すすると、また晩に来るからと云いのこして下城した。

屋敷へ帰るとすぐにかれは寝た、案じていた妻はなにか訊きたそうだったけれども、かれのようすがそれを許さなかった。つねから口かずの寡《すく》ないほうであるが、その日はことに殻《から》を閉じた貝のような感じだった。

その晩も、あくる晩も、かれは天守で夜詰めをしては昼のうち屋敷へ帰って寝た。弥左衛門は苛々《いらいら》して顔を見るたびに、「どうした、まだ埒《らち》があかぬか」とせきたてた。乙次郎はなかなか思うようにはまいりませんと云うだけで多くを語らなかった。そして四日めになって、雨のどしゃ降りに降るなかを、かれはいつもより早く、まだ日暮れまえに下僕《げぼく》もつれずひとりで出ていった。

四

乙次郎が月見櫓へあらわれたのはやはり八時ごろであった。「今夜はすこし早くから詰めてみましょう」そう云って彼は天守へ登ったが、すこしするとふたたび詰所へあらわれた、「提燈《ちょうちん》をかして下さい」乙次郎の眼はいつもと違ってするどい光を帯びていた、かれは自分の燧袋《ひうちぶくろ》をさぐりながらきっぱりとした調子で云った、「もしなにかあったら提燈を振ります、そのときはすぐ手をかしに来てください」そして天守へ戻っていった。

雨はざんざんと降っていた、どこか樋《とい》の損じているところがあるとみえて、櫓の横のほうで溢《あふ》れ落ちる雨水の音がひときわ高くきこえている。番士たちは今夜にかぎって乙次郎のようすがひどく緊張していたのと、あまりにはげしい雨とに圧倒され、みんなかたく膝《ひざ》を寄せてひっそりと窓のほうをみまもっていた。……まえにも記したように、櫓の南窓からはたいてい暗い夜でも天守がみえた、しかしどしゃ降りではだめだった、それと思えるかたちもみえなかった。

「そろそろここのつではないかな」

誰《だれ》かがそうつぶやいたとき、隠居曲輪《くるわ》の時の鐘がやっと十時をうちだした、

「なんだ、まだそんな時刻だったのか」

みんながっかりしたような顔をした。茶でも淹《い》れかえようかと云《い》いながら、若い番士のひとりが立ちあがった。立ちあがった彼はなんの気なしに窓のそとを見た、すると闇《やみ》のかなた、かなり高いところに赤い火のたまがゆれていた。

「なんだ、どうした」若い番士の驚きのこえを聞いて、みんなぎょっとしながらふりかえった、そして、かれが窓のそとを指さしているのを見て、おっとり刀でそっちへ駈けつけた、「火のたまが、……あんなところに火のたまが」うす赤く丸い火が、ゆらゆらと闇の高い宙にゆれていた。ひとりがすぐ気づいて「拝郷どのだ、さっきの提燈だ」みんな眼を見交した。「なにかあったのだ」そして提燈が見えたらすぐ来て呉れと云った言葉がかれらの頭に甦《よみがえ》った。

「……ゆこう」けしかけられたような調子で、誰かがそう叫んだ、その調子がみんな

をうごかした、かれらは合羽《かっぱ》を頭からかぶり、はだしのまま豪雨のなかへとびだしていった。

乙次郎は三重の階段口にいた。階段へさしだしている提燈の光が、顎《あご》から逆に照らしているので、乙次郎の顔はひどく異常なものにみえた、「ご足労をかけました」かれは右手に、抜いたかたなを持っていた。

「なにかあったのですか」

「……斬《き》りました」えっというふうにみんなが息をつめた。乙次郎はかたなにぬぐいをかけて鞘《さや》へおさめながら、すっかり落ち着きをとりもどしたこえで云った、「そこに坐《すわ》っていると、またいつものように階段を登って来る跫音がきこえました、知らぬ顔をして黙っていると、なにものかうしろへ忍び寄るようすでした、それで抜き打ちに一刀あびせたのですが、そこの窓からそとへ」云われてみんな慄然《りつぜん》としながらふりかえった、北がわの窓格子《まどごうし》が壊れていた、「……ぱっとそとへ飛んだものがあるのです」

「やはり、やはり、妖怪《ようかい》でしょうか」

「しらべてみてください」乙次郎は番士のひとりに提燈をわたした、「じゅうぶん手ごたえはあったのです、屋根の上を見てください」

提燈をさきに、番士たちは窓のほうへ近寄った、壊れている格子のあいだから、ひとりが燈《ひ》をさしだすと、思いきって身をのりだした番士のひとりが、あっと云って叫んだ、「いる、毛物《けもの》が倒れている、それそこのところに……」みんな怖いもの見たさに争ってさし覗いた。その窓のすぐ右がわの、屋根瓦《やねがわら》の上に、尾のさきまでいれると五尺にあまるほどの野獣が倒れていた。はためく提燈の光で、斬り放された頸《くび》の根のすさまじい傷がみえていた。

「狐《きつね》だ、おそろしく大きなやつだぞ」

五

弥左衛門は婿のてがらを褒《ほ》めようともせず、むしろ不機嫌《ふきげん》な顔つきをしていた。

「窓格子はひどく壊れたのか」

「すっかり造り直さぬといけないようです、ついでにお天守ぜんたい修理をすべきでございましょう、木組みがゆるんでいますし、南がわの矢狭間《やざま》はひどくいたんでいて、そこから白鷺《しらさぎ》などがではいりしているようですから」

「鷺がではいりしておる……天守番はなにも云わぬが、どうしたのだ」

乙次郎はそれには答えなかった。

「修理はぜひ必要です、よろしかったらわたくしが宰領をいたします」

「ともかく、作事方《さくじかた》へ話してみる」

弥左衛門もそのつもりになったらしい、それからすぐに天守閣へ大工がはいるようになった。かたく口止めをしておいたので、広くは騒がれなかったけれども、やぐら番の人々を中心として乙次郎を讃賞《さんしょう》するこえが高くなった、それはかなり弥左衛門をよろこばせた。——やはりみこんだだけのことはあった。これなら拝郷の家をゆずれる、茫漠としてつかまえどころのなかった婿のなかに、はじめて骨のありどころをさぐり当てたという感じだった。そして、乙次郎を見るときの弥左衛門の眼は、ようやく温かい色をもちはじめた。

きれいに雨があがって、緑に染まったような爽《さわ》やかな風のわたる日だった。非番で家にいた乙次郎が庭の泉池の鯉《こい》に餌《えさ》をやっていると、裏庭のほうから妻の美弥がなにかくすくす笑いながら近寄って来た、「面白《おもしろ》いものをごらんにいれますから、納屋《なや》までおいであそばせ」「……なんだ」「ごらんになればおわかりになりますわ」美弥はやはり笑っていた。

乙次郎は残っている餌をすっかり泉池の上へ投げやって、妻といっしょに裏のほうへいった。裏庭には十五六本の柿《かき》の木がある、その柿畑のわきに納屋があった。

「この中をごらんあそばせ」と云われて乙次郎は中を覗いた、すると茶色の毛をした一頭のかなり大きな狐が、しっかりとそこに繋《つな》がれていた、「……南村の六兵衛と申す猟師が持ってまいりました、こんどのは雌狐だそうで、先日のとちょうど番《つがい》になるから買って呉《く》れと申しまして」

「……誰かに見られたか」

「いいえ」美弥は微笑しながらかぶりを振った。

乙次郎は納屋の戸をしめ、妻といっしょに庭のほうへ戻《もど》りながらいった。

「いろいろ考えたが、そのほかにいい智恵《ちえ》がなかった、この世に変化妖怪《へんげようかい》のあるわけはない、けれども無いという証拠もない、番士たちが聞いた異様な声というのは損じている矢狭間を出はいりする鷺だった、宙に舞う白いものというのもそれだ、また階段に聞えた跫音《あしおと》というのは、木組のゆるみが緊《し》まる音だった」

「どなたもお気づきなさらなかったのでしょうか」

「はじめに妖怪だと思いこんでいるからなにもかも怪しくなる、たとえ、いま話したことを聞いても信じられないだろう、……かたちにあらわれたもの、事実で示されたものを見るまでは、こういう噂は消せないものだ」

「狐を買いにいらしったのは、夜釣りの晩でございましたのね」

信頼と愛情のこもった眼で、美弥はつくづくと良人の横顔を見上げた。けれども乙次郎はそれには答えず、

「あの猟師はなにしにまた狐などを持って来たのだろう」

「それはあの……」猟師の話によると、このまえは五両という法外な値だったという、だから番になるようにと追っかけ雌を売りに来たのである。美弥には猟師の気持はわかった、しかし金のことになるので、良人には云えなかった、「御安心あそばせ、猟師には他言《たごん》せぬように申しておきましたから」

「しかし、……あの狐をどうしよう」

夫婦はふと顔を見合せた、そして、いっしょに笑いだした。

（「産報」昭和十七年四月号）

評釈堪忍記

一

駒田紋太夫《こまだもんだゆう》は癇癖《かんぺき》の強い理屈好きな老人であるが、酒がはいってるときはものわかりのよい人情家になる。そのときも程よく酔っていた。そのうえ多年の念願だった隠居の許しが下って、数日うちに城北いなり山の別宅に夫婦だけで移ることになり、すでに荷物も送り出したという状態で、甥《おい》の庄司千蔵《しょうじせんぞう》にとっては又とない面会の好機だった。もちろん初めは渋い顔をみせられた。江戸邸から精《くわ》しい手紙が来ていたとみえて、拳固《げんこ》一つくらいの事まで「なんたる態《てい》たらくだ」などとどなられた。千蔵のほうでは覚悟のまえであった。どうせ褒《ほ》められようとは思っていない、小さいじぶんこの伯父《おじ》さんが江戸に来るたんびに、癇癪《かんしゃく》を起こすのが面白《おもしろ》くってよく悪戯《いたずら》をした。父と酒を飲んでいるとき、汁椀《しるわん》の中へ蜻蛉《とんぼ》を入れたり、敷いてある寝床の中へ飛蝗《ばった》を二十も突込んで置いたり、帰り際《ぎわ》に刀を隠したりした。最も面白かったのは、厠《かわや》へはいっているとき窓から西瓜《すいか》を投げ入れたのと、酔って寝ている枕許《まくらもと》へ半挿《はんぞう》を置いて、起きると水をかぶるような仕掛けを拵《こしら》えたときだ、甲のばあいは夜の厠で蹲《しゃが》んでいる頭へ西瓜が落ちたらしい、ごつんという音といっしょに「ひょう」というような奇声が聞えた。乙のときも予期以上に仕掛けがうまく利《き》いて、起上るとたんにざっぷりと水をかぶったが、逆上したのだろういきなり刀を抜いて、無礼者と叫びながら転げている半挿を斬《き》ったのには驚いた。「こいつは碌《ろく》な者にはならん」とその頃《ころ》から目の敵《かたき》にされていたので、ぎゅっという目に遭うだろうくらいは暗算して来たのである。ところが小言は割かた軽く済んで、五年ばかり見ないうちにすっかり肥《ふと》って酒光りの出た赭《あか》ら顔も、どうやら隠居らしい温厚なおちつきが表われている。千蔵つい嬉《うれ》しくなって、世間の親爺《おやじ》という親爺をみんな隠居させたらさぞ安楽だろうと思ったくらいである。

「然《しか》しどうしておまえはこう喧嘩《けんか》ばかりするんだ」紋太夫の調子はぐっと親愛の調子を帯びてきた、「若いうちは有りがちだといっても、おまえのは願を掛けたようじゃないか、就中《なかんずく》この仁宅多二郎《にやけたじろう》を殴ったという訳がわからん、仁宅はこっちにいるじぶんおれの役所で使っていたが、ごく温厚で篤実《とくじつ》な人間だった、決して喧嘩や口論をするような性質ではない、どういう理屈であれを殴ったんだ」

「――あいつあふざけた糸瓜《へちま》ですよ」千蔵はぐいと唇《くちびる》をへし曲げた、「晩飯を食わせるから来いというんでいったんです、ふところ都合も余りよくはねえだろうと思ってこっちは頑《がん》てきに角樽《つのだる》を持たせていったくらいなんです、ところがあの蒟蒻玉《こんにゃくだま》は」

「ちょっと待て千蔵、――おまえ酔っているのか」

「いいえとんでもない素面《しらふ》ですよ」こちらは証拠を見せるためにに顔を前方へつきだした、それから景気よく話を続けた、「ところがあの蒟蒻玉は床間《とこのま》に木偶《でく》を飾っているんです、然もそれが女の木偶なんです、私はむらむらときたけれどもいちおう穏やかにそいつを取って庭へ抛《ほう》りだしました」

「床間の物を庭へ抛りだすのが穏やかなのか」

「だってまだ殴りもしないし喧嘩も吹っかけた訳じゃないんですから、ぽっと出の田舎者だと思うから柔らかく出たんです、それでわかる訳なのにあの頓痴気《とんちき》はなんとかいう名工の作だとか、やがて御老職にも成ることだから少しはこんな趣味もどうだとか、詰らない念仏を並べたてるんです、世の中に理屈と念仏と海鼠《なまこ》っくらい厭《いや》な物はありあしません、我慢したんですけれどもあんまり舐《な》めたことを云《い》うからつい、——なにしたんですよ、お蔭《かげ》で酒を一升棒に振っちまいました」

「どうもおかしい」紋太夫は腕組みをして首を捻《ひね》った、「おまえの云うことを聞いていると駕籠《かご》舁《か》きか魚屋とでも話してるようだ、江戸は言葉がぞんざいなことは知っているがおまえのは桁外《けたはず》れじゃないか、ふざけた糸瓜だ、晩飯を食わせる、蒟蒻玉頑てき頓痴気、とうてい武士の口にすべきたぐいの語彙《ごい》ではない、いかんぞ千蔵」

酒がはいっていなかったらこの辺で雷が落ちるのである、然し老人の生理的条件は最上であって、寧《むし》ろ甥の性格のなかに自分と同位元素のあることを認め、これを撓《た》め直すこと己れの為《な》すが如《ごと》くせよとさえ思ったくらいである。

「もっと此方《こっち》へ寄れ、——」紋太夫は声を柔らげて云った、「おまえの短気は世間を知らず苦労を知らないところから起こる、人間はそれぞれ感情もあり意地もあって、時には臍《へそ》を曲げたり毒口をきいたりしたくもなるものだ、いいか例えばここでおまえが殴られたとする」

「そんなことは断じてありません」

「これは譬《たと》えだ、例えばおまえが殴られたとして、ああよく殴って呉《く》れたいい気持だ、——そう思うか」

「誰《だれ》がそんなことを思うもんですか、もしそんな奴《やつ》がいたら」

「まあ聞くんだ、いいか、おまえが殴られていい気持がしないとすれば、おまえに殴られる相手だっていい気持はしない、そうだろう」

「そしたら殴り返しゃあいいんです、簡単明瞭《めいりよう》ですよ」

「黙れといったら黙れ、——手も早いが口も減らないやつだ、どう云えばいったい」

こう首を捻ったとたんに名案がうかんだ、黄金宝玉の如しとはいえないが一石二鳥の値打はたしかな名案である、老人はひそかにほくそ笑み手を擦った。

「おまえあの雨をどう思う」紋太夫は庭のほうを指さした、「もう四日も降り続いている返り梅雨のようなあの雨をどう思う」

「鬱陶《うっとう》しくってむしゃくしゃして堪《たま》りません」彼は見るのも厭だというように庭とは反対のほうへ顔をそむけた、「手の届くものならとっ捉《つか》まえて五つ六つぶん殴ってやりたいくらいですよ」

「そうだろう、然し相手が空では殴れまい、――また一つには、もう少し前へ出ろ千蔵」

こう云われて、なにげなく膝《ひざ》を進めるとたん、老人は拳《こぶし》を固めて甥の頭を殴った。ごつんと音がしたくらい手厳しく殴った。千蔵の躯《からだ》はひくっと痙攣《ひきつ》り、片ほうの膝と右手とが一種の運動を起こしかけた、これは意識の支配を受けない純粋の筋反射であって、交感神経の鋭敏な個躰《こたい》には特に著しくみられる現象の一つである。紋太夫は本能的に片手で防禦《ぼうぎょ》姿勢をとったが、千蔵はどうもしなかった。人がその躰内から一種の瓦斯《ガス》体を排泄《はいせつ》するときの如く、顔を赧《あか》くして力み、歯をくいしばった。

「どうした、殴り返さないのか――」

「な、ぐ、り、ま、せん」千蔵は、歯と歯の間からこう答えた、「伯父上には、手は、挙げら、れ、ま、せ、ん、から」

「いい心掛けだ、それならまだ望みはある」紋太夫は手を膝へ戻《もど》した、「おまえの短気は世間知らず苦労知らずと云った、詰り自分の感情に走って相手のことを考えない、紙の表を見て裏を見ない、凡《すべ》てに思慮が一方的だから短気が起こるのだ、この雨は鬱陶しい、むしゃくしゃする、然し農家などにはこの雨が天の恵みだ、雨具商人、辻駕《つじかご》人足などもさぞ儲《もう》かるだろう、まあ降るだけ降るがいいとこう考えてみろ、気持は軽くなるし癇癪も起こらないで済む」

「はあ、――」

「いまおれに殴られて伯父だから殴り返せないと云うが、なぜおれが殴ったかということを考えてみないか、殴られるようなことを昔おれにした覚えはないかどうか」

「むかし、――」と云いかけて千蔵はああと唸《うな》った。汁椀の中の蜻蛉、厠の窓から投込んだ西瓜、ひっくりかえった半挿、その他あらゆる悪戯の数かずが毀《こわ》れた玩具《おもちゃ》の転げ出るような具合に、ずらずらと記憶から跳びだして来たのだ。「なるほど」千蔵はこう頷《うなず》いた。

「おれの云う意味がわかったか、思い当ることがあったか」

「わかりました、然し、――」

彼は感に耐えたという風に首を傾《かし》げながら、つい知らず小さい声で、やっぱりじじい覚えてけつかったと呟《つぶや》いた。この呟きは老人に聞えたが、それは老人を怒らせるよりも寧ろ復讐《ふくしゅう》の快感に酔わせたくらいで、一石二鳥とは即《すなわ》ちここを指して云ったものである。

「ここをよく考えろ千蔵、この世の凡ては因果の律に支配されておる、おまえが生れたのはおまえの父と母とが、――えへん、広大な、詰りそうしたことが、原因となっておる、花は蝶《ちょう》に蜜《みつ》を与えて実を結び、源氏を滅ぼしたことに因《よ》って、平氏は源氏に滅ぼされる、因果は昭彰《しょうしょう》として無駄《むだ》も掛け値もない、だからして、わかり易《やす》く云えば、ここにおまえの癪に障る人間がいて、一つぶん殴ってやろうとするとき、こいつは今おれに肚《はら》を立てさせたが、こいつがおれに肚を立てさせるようなことをするようなことをおれにこいつが、いやおれが、こいつが、いや待て」老人はどうやら修辞法の網にひっかかって汗をかきだした、「詰りこうだ、このおれがおまえとする、いいか、そこでおまえのこいつがおれのおまえに肚を立てさせるとするだろう、そこでおれのおまえがおまえのこいつに、おれのおまえに肚を立てさせるようなことをおまえのおれが、こいつが、いやおれが、ええ癇癪が起こる、ばかばかしい」紋太夫は手の甲で額を撫《な》でながら、「今日はもうやめだ、また明日《あした》来い」

こう云ってさっさと立っていってしまった。

千蔵は明くる日また伯父を訪ねた。――だいたいこんど彼が国詰になって来たのは、庄司《しょうじ》の家名を継いで三十人組の組がしらに任ぜられたためである、庄司は母方の遠縁に当る姓で、二代まえに絶縁していたのを、こんど再興することになって彼が選ばれた、そしてまた同じ遠縁のうち宇野又右衛門《うのまたえもん》の二女かなを妻に迎える話も定《きま》っていたのである。――三十人組というのは藩主側近の衛士《えじ》で、江戸と国許《くにもと》に六十六人ずつ二組になっており、水練、木登り、早道などという特殊の技能者が集めてある、本来が戦場非常のばあいに備えた部署で、泰平には余り使いどころのない役だったが、それが却《かえ》って「側近の衛士」という虚名と結び着いて、傍若無人、横着僭上《せんじょう》、高慢不遜《ふそん》の気風を唆《そそ》るようになり、現在ではちょっと手に負えない存在になっていた。それなら廃止すればよさそうなものだが、元亀天正《げんきてんしょう》の頃からの由緒《ゆいしょ》ある職制だし、一つには藩主の意見で、「悪童的存在も武家気風の支柱として有るほうがよい」という封建的政略的主旨から存続されている訳だった。こういう次第なので、この組を支配する組がしらが難物だった、内には豹虎《ひょうこ》の如き連中を抱え、外には家中一般との折合をつけなければならない、これは裏急後重《りきゅうこうじゅう》の腸疾患《ちょうしっかん》を持って三三九度の席に列《つら》なると等しく、臀《しり》を押えて中座するか、とりはずして恥をかくかのどっちか一つと相場が定っていた、それで「三十人組を預かるには妻子親族と絶縁してかかれ」という金言ができたくらい、嫌《きら》われた役目だったのである。

三

千蔵に庄司を再興させ、三十人組の支配を宛《あて》がうという案は紋太夫から出たものだ。庄司はいずれ中老の席に直る家格なので、ひと修業させる意味もあるし、わる悪戯《ふざけ》な甥に眼から火の出るような思いをさせてやりたいという、無邪気な意地わる根性もあった、然しさて当人が来てみると、意地わる根性どころか急になにもかも心配になって、なんとか甥の短気を封じ、まん丸でなくともせめて楕円形《だえんけい》ぐらいには勤まってゆくようにと気を揉《も》みだしたのである。「人間には堪忍袋というものがある」既にあれから五日めとなって紋太夫の意見はようやく普遍性を帯びてきた。

「おまえも人間である以上は持っている筈《はず》だ、まずそれをぐっと緊《し》める、こう――」と老人は胸のところでなにかを握るまねをした、「こうぐっと緊めるんだ、いいか、さてそこで、こんどは相手の身になって考える、こいつがこんなことを云ったり仕たりするのは、おれがいつか知らずに侮辱したとか、不愉快な思いをさせたなんということがあるのではないか、もしなにもないとすれば、こいつはひどく運の悪いことか思惑はずれがあって癇が立っているんだろう、気の毒に、——こう思ってやる、またどうしても気の合わぬ者とか、厭なやつ、愚図《ぐず》、高慢な人間などはなるべく長所をみつけるようにするんだ、あいつは大嫌いだが鼻はみごとだとか、意地は悪いが耳が立派だとか、愚図だけれども気は好いとか、なんにも取柄《とりえ》はないがこんなに取柄のないということも一つの取柄だとか、根性は曲っているが足は真直《まっすぐ》だとか」

「もしもがに股《また》だったら、——」

「そしたら手とか、背骨とか、鼻筋とか」

「それがどこもかしこも曲っているとすると、——」

「そうすれば詰り、全体が曲ってるとすれば、詰りそれなりに、統一が取れている訳で、統一が取れているということはそれなりに真直だということになる、——だが口を出すな、話がこんがらかっていけない」

「要するに」八回めになって、いなり山の別宅まで意見拝聴に出張した千蔵は、もうこの辺で解放されたくなってこう云った「要するに喧嘩をしたり人を殴ったりしなければいいのですね」

「それだけではない、ひとを尊敬し、ひとの意見を重んじ、寛厚に付合い、過ちを恕《ゆる》し、常に堪忍袋の緒を緊めて、――」

「わかりました、きっとうまくやりますから安心して下さい」

「大丈夫だということが保証できるか」

「保証かどうかわかりませんが、今日で八回もお小言を聞きながら、いちども肚を立てなかったとしてみれば――」

「申したな、よし、その言葉を忘れるなよ」

こう云って老人は止《とど》めを刺すようにぐっと睨《にら》んだ。

実を云うと千蔵はこのとき既に自分の堪忍袋を発見し、その緒をぐっと緊めることに成功していたのだ。一度は家のことで、一度は富田弥六《とみたやろく》という三十人組の小頭《こがしら》のことで、――家のほうは狭くて古いのが気にいらず、係りの役所へ捻込《ねじこ》んだが、いま空家が無いので暫《しばら》く辛抱して貰《もら》いたいということで我慢をした。弥六のほうはかなり危なかった。後で考えると容子《ようす》を探りに来たものらしい、玄関に立って反り返ったまま「いつから出仕なさるか」と横柄《おうへい》な口を利《き》いた。恐ろしく反り返っているのでこっちからは顎《あご》だけしか見えないくらいだった、千蔵は頭がじいんと痺《しび》れた、臍《へそ》のあたりがむず痒《がゆ》くなり、それが胃の腑《ふ》のところへ移行して来た、従来の経験だとそれは準備完了の徴候であるがそのとき、移行して来たものがなにかにこつんと突当ったのである、胃の噴門部あたりで得態の知れないものにぶっつかり、そこで不決断に停止した、詰りその得態の知れないものが堪忍袋だった訳で、そう気づくなり千蔵は満身の力をこめてその緒を引緊めた、ぎゅっ、ぎゅっと力いっぱい引緊めた。富田弥六はじりじりと後ろへ退《さが》った、こちらが返辞をしないでいつまでも黙って立っているので少し不安になったらしい、千蔵はようやく袋の口を緊め終ったので、しずかに「この十二日から出仕する」と答えた。弥六は「この」という発音と同時に右の腕で頬《ほお》を掩《おお》い、左手でなにかを防ぐような恰好《かっこう》をしながら、蝗《いなご》のようにすばやく玄関の外へ跳び出した。この動作の敏速的確さは彼もまた或《あ》る種の人物であることを証明するものであろう、然し敏速なる退避行動にも拘《かかわ》らず、拳骨《げんこつ》も平手打もとんで来ないのを知ると、彼は（既に門のところにいたが）吃驚《びっくり》したように四辺《あたり》を見まわし、千蔵が依然として玄関に立ったままで、些《いささ》かも暴力的所作に出る容子のないのを慥《たし》かめると、もういちどこっちへ顎を見せたのち、悠々《ゆうゆう》と門の外へ去っていった。……噯気《おくび》の出るほど聞かされた伯父の意見と、この二つの経験、就中堪忍袋の発見に依《よ》って、千蔵は新生活に対する自分の力量に確信を持っていたのである。

四

世の中は艱難《かんなん》の待合室であり、人間は胎内より業苦《ごうく》を負って生れるという、されば人生は風雪を冒して嶮難《けんなん》悪路を往《ゆ》くが如く、二十四時寸刻の油断もならぬ酷薄苛烈《かれつ》なものである、千蔵は組がしらとして役所へ勤めだすなりそれを知った。彼は三十人組の士風作興という任務を授けられていた。かれらの傍若無人と横着高慢はその本分を尽さないところに原因がある、木登り、水練、速足などという、それぞれの特技に精励勉強させせれば、しぜん謙抑温順になり節義道徳を守るであろう、こういう意見に依って千蔵の任務は計量公課されていたのである。——出仕の第一日は老職の前で組下の小頭五人に紹介され、更にかれらの案内で詰所へいって、六十人の組下に紹介された。この儀式はごく単純なもので、要するに「庄司千蔵が今日からおまえたちの組がしらになった」という布告である、ところが儀式が終ったとき千蔵は極めて怪訝《けげん》な印象を受けた。それは組がしらに就任したのは六十五人のかれらであって、自分はかれら全体を長官とする唯《ただ》一人の部下であるという気持だった。海辺の蟹《かに》は時化《しけ》の襲来を予知するそうであるが、事実とすれば、庄司千蔵にも蟹的予知力が有ったに違いない、彼の受けた印象は誤らなかった。かれらが正《まさ》しく長官であって、然も長官族の中で最も長官らしい長官だということは、就任十日めにして次の如く証明されたのである。

「ちょうど季節だから泳ぎの稽古《けいこ》を始めたいと思うがどうだろう」

千蔵はその小頭である須井栄之助《すいえいのすけ》を呼んでこう云った。

須井栄之助は「結構ですね」と答えながら、えいと叫んで片手を振り、眼の前に飛んでいる蠅《はえ》をあっさり摑《つか》んだ、蠅捕り蜘蛛《ぐも》のような男である。

「――ではいつ始めようか」

「さよう、いつでもいいでしょう」

「明日からでよかろうか」

「いいでしょうな」

「では明日からとして、場所や師範者は定っているのだろうな」

「場所は川でも海でも沼でも池でもお好み次第です、お城の濠《ほり》以外はどこで泳いでも心配はありません、師範者というのは私は知りませんが、御希望なら捜させましょうか」

「御希望――」千蔵は唾《つば》をのんだ、「自分は別に希望もなにもないが、従来それでは師範者なしにやって来たのか」

「誰《だれ》が、なにをです」

「其許《そこもと》の組下たちで、水練を師範者なしにやって来たのかと訊《き》くんだ」

「私たちがですか」栄之助はけぶなことを聞くというようにこちらを見た、「——どうしてまたそんなことをお訊きになるんです、私たちは水練なんかやりあしませんしやりたいなんて思ったこともありませんよ、明日から始めるというのは組がしら御自身の話じゃなかったんですか」

「——」

千蔵は歯をくいしばって堪忍袋の緒を緊めつけた、袋は厭《いや》いやをしたり藻掻《もが》いたり、痙攣《けいれん》したり縮まったり、ぐっと伸びたり跳《は》ね上ったりした、彼は汗みずくになって格闘した結果ようやくそいつを捻伏《ねじふ》せたが、栄之助は不作法にも、「水練組に水泳ぎをやれだなんて妙なことを聞くものだ」こう呟《つぶや》きながら立っていった。千蔵は眼をつぶって歯ぎしりをした、それから思考を転位させるために、「えーと今日は、今日はなにか用事があった筈だが」などと空言を云ってみた。たしか用事はあった。その日は午後からいなり山へいって、伯父の家で宇野又右衛門の二女と会うことになっていた。然《しか》し栄之助との問答と堪忍袋との格闘で、疲労困憊《こんぱい》した結果まったく忘れてしまったのである。今日は、今日はと十遍も云ってから「よし今日は晩飯に鰻《うなぎ》を食おう」と呟いた。鰻うなぎと下城するまでにしゃにむに鰻のことを考え続けていた彼は、家へ帰るなり家僕《かぼく》にそれを命じた。ところが一言のもとにはねつけられたのである、「この土地には鰻なんかあござりやせん」にべもない返辞だった。だい体この秀六《ひでろく》という家僕は横着な怠け者で、否《いな》、——それどころではない、その時玄関へいなり山から使いが来て「皆様が待ち兼ねている」ということを息せき切って伝えた。千蔵は思わずあしまったと呻《うめ》き、着替えもそこそこ家をとびだした。まえに記したとおり宇野のかな女とは既に婚約ができ、十一月には祝言《しゅうげん》をする予定であるが、そのまえにいちど会って風貌《ふうぼう》性格を知って置きたいという要求から、その日の会合が企画されたのだ、但《ただ》しその「要求」は彼のものではなくかな女の提出にかかるものであって、率直に云えば「会合」ではなく一種の「召喚」だったのである。千蔵がこの事実をどう考えたかは云うまでもあるまい、然し彼は堪忍袋を片手に緊めて、須井栄之助と一刻以上の遅刻と水練と鰻とかな女のことで頭をいっぱいにしながら伯父の家へと駆けつけた。いなり山の客室では宇野夫妻とかな女と主人の紋太夫が待ち草臥《くたび》れていた、否そんな生ぬるいことではない、待ち勢《きお》い待ち挑《いど》み待ち熾《さか》っていたと云うべきだろう。紋太夫は甥《おい》の顔を見るなり「なにをしていた」と呶鳴《どな》った。之《これ》に対して千蔵は片手で汗を拭《ふ》きながら「役所で泳いでおりました」と答えた。「役所で泳——」と紋太夫が眼を剝《む》き、又右衛門が失笑《ふきだ》した。かな女は仏像の如《ごと》く端正に坐《すわ》り端正な眼と端正な鼻をこちらへ向けて端正に千蔵の顔を眺《なが》めていた。

五

中秋名月の招待と、かな女が仏像の如くあらゆる点で端正だという、二つの収穫を持って彼は自宅へ帰った。なにしろ「役所で泳いだ」という失言と、手を放せば暴れだしそうな堪忍袋の心配と、頭の中で嘲笑《ちようしよう》し手を叩《たた》いている須井栄之助の幻像とで、どんな話題が出たかなにを答えたかすらまるで記憶がない、帰る途中の或る町筋で鰻を売っている店をみつけたが、「なるほどこの土地には鰻なんかあ無いんだな」と感心したくらいあがりにあがっていたのである。

千蔵が有賀《ありが》子《ね》之《の》八《はち》を呼んだのはそれから半月ほど後のことだった。有賀は速足組の小頭であるが、六尺豊かな恐ろしく肥えた軀《からだ》に所有されていて、素人《しろうと》が見たのではその巨大な肉塊のどこに彼自身がいるのか見当がつかないくらいだった。水練組との交渉をひとまず延期した千蔵は第二の交渉相手としてこの子之八を選んだ。肥え過ぎた人間は概して善人だという、殊《こと》に有賀は肉躰《にくたい》的にも精神的にも百事超然たる風格にみえたから、須井の如く悪辣《あくらつ》な逆説を弄《ろう》する惧《おそ》れはないだろうと考えたのだ。ところがこれは非常な浅見だった、子之八の風貌が百事超然にみえるのは、脂肪の極大堆積《たいせき》に依って全皮膚の表面張力が限度に達しているため、全身的にも部分的にも心理の反映たる表情能力を欠如していたからで、その巨大な肉塊を掻分《かきわ》けて現われた実際の子之八は、千蔵の予想などとはまったく違う人品だったのである。

「仰《おっ》しゃることがよくわかりましぇん」千蔵の問いに対して彼はサ行に癖のある悠《ゆう》長《ちょう》な口ぶりでこう反問した、「稽古とはいったい、どんな稽古でしか」

「速足組だから速歩法の稽古をするのではないのか」

「ああそれでしか」彼は悠《ゆっ》くり点頭した、「それなら勿論《もちろん》やっておりまし、せれともやっていないとでも仰さるんでしか」

「そんなことは云わないが、今後なお組織立った方法でいっそう」

「いや御安心下しゃい、みんな実に達者なもので、それは実に吃驚《びっくり》するくらいでしから、その点なら実に塵《ちり》ほどの御心配もありましぇんでし」

「それはそうだろうが、役目のことであるからなお」

「いや大丈夫でしとも、なわも蓆《むしろ》もない金の草鞋《わらじ》に太鼓判でしよ、慶徳院さまの御治世に臼鉢百兵衛《うすばちひゃくべえ》という速足がいたそうでし、間坂山が崩れて七郷の田が流れたとき、彼《か》の百兵衛は半日で二十一里十二町を往復したそうでしが、いま私の組にいる井田典九郎なずはあなた、実に並足で半刻《とき》五里という記録を持つくらいでしからな、尤《もっと》も寿門院さまの御治世に一人、後に相法院さまが久良加平《くらかへい》の髭《ひげ》をお捲りなせった折、――あれは慥《たし》か蛇卵《だらん》論議といって江戸屋敷でも評判だったそうでしから御承知かも知れましぇんが、蛇《へび》が鶏小屋へ卵を盗みに来るに就いて、いや牝鶏《めんどり》を瞞着《まんちゃく》するために瀬戸物で卵を作るそうでしな、なぜ瞞着せなければならぬかというとでし、牝鶏というやつは卵を産むと、――」

千蔵はもう聞いてはいなかった、両手で懸命に堪忍袋を押えつけ、眼をつむり歯を噛《か》み緊《し》めながら、宇野のかな女が仏像に似ていることや、このごろ家僕の秀六が立ったままで自分にものを云うことや、いちど江戸前の蒲焼《かばやき》を飽きるほど喰《た》べたいなどということを考え続けた。子之八は約二時間も饒舌《しゃべ》ったのち、再び巨大な肉塊の中へもぐり込みその肉塊を運搬してたち去った。人間の感覚器官のうち視聴の二覚ほど天邪鬼《あまのじゃく》な唯物論《ゆいぶつろん》的な無拘束な自由主義者はない、例えば眼のことにしても、芝居などで贔《ひい》負役者《き》のぎっくりきまる表情を見ようとするときとか、疾走する列車の窓から林間川原で乙女が素裸で水浴しているのをみつけ、慌《あわ》てて（もちろん美的感性から）振返るときなど決して希望どおりに見えた例《ため》しがない、にも拘らず見たくないもの、面《おもて》を外《そ》向《む》けたくなるような事物は必ず見える、厭になるほどはっきり見えるうえに記憶の原板へ焼付いてしまう。耳もそのとおり、セヴェラックの甘美な田園描写曲の細部を聞き取ろうとか旅館で隣室の、――否、若夫婦の否、詰り、――戦争中来襲機と味方機との爆音を聞き分けようとするときなどてんから役に立たない癖をして、聞きたくない音、耳を掩《おお》いたいようなものは実によく聞える、聞くまいとすればするほどかさに掛って聞えるうえにこいつも記憶の石へ碑文のように彫付いてしまう、悪七兵衛《あくしちびょうえ》が眼を剔出《てきしゅつ》しゴッホ殿が耳をちょん切った所以《ゆえん》実にここに存するのである。千蔵は眼をつむり他処事《よそごと》を考えていた、子之八の姿を見ず声を聞かぬために懸命の努力をした。にも拘らず数日のあいだなにを見ても子之八に見え、耳の中では蛇だの相法院さまだの井田典九郎だの瀬戸物の卵だのが「しぇーん、しぇーん」と唸《うな》ったり叫んだりし続け、夜もおちおち眠れないくらいであった。

千蔵を取巻く家中《かちゅう》の状態はその前後からはっきりし始めた。彼等《かれら》は確認したのである、江戸屋敷に庄司千蔵という暴れ者がいる、短気で手が早くて恐ろしく喧嘩《けんか》に強い、こんどそいつが来るそうだからみんな気をつけろ、こう噂《うわさ》をしていた当人が、現に来て四五十日経《た》つのに喧嘩のけの字も見せない。小当りに当ってみても温順の如く鄭《てい》重《ちょう》に、或《ある》いは鄭重の如く温順に受流す許《ばか》りで、短気なところなど爪《つめ》の尖《さき》ほどもみつからなかった。

「あの評判は嘘《うそ》っぱちさ、大丈夫まるで腰の抜けた猫《ねこ》だよ」

家中の観察はこのように廻《まわ》れ右をしたのであった。

六

水練にも速足にも背負投げをくった千蔵は、中秋名月の数日まえに木登組を打診してみた、こんどは小頭を避けて、奥野兵衛《おくのひょうえ》という温和《おとな》しそうな組下の者を呼んで話した。

「私がですか」兵衛は眼を瞠《みは》り、「私が木登りを――あの子供がやっているあいつを」こう云って急に屠場《とじょう》へ牽《ひ》かれる羊のような声をだした、「お願いですそれだけは勘弁して下さい、私はもう三十七歳で妻もあれば、子供の六人もある人間ですから」

「この稽古《けいこ》が年齢や妻子に関係があるのかね」

「考えてみて下さい、この髭《ひげ》を生やした、鬢《びん》の毛に白いもののみえる男が七八つの腕白みたいにえっさえっさと木登りをやる、――否《い》え勘弁して下さい、私は構わないとしても妻や子供が可哀《かわい》そうですから、どうか私の妻子に泣きをみせないで下さい、妻や子供を憐《あわ》れんでやって下さい、お願いです」

千蔵は彼を退《さが》らせてやはり組下の吉木多左衛門《よしきたざえもん》を呼んだ。これはむやみに快活なまだ若い明けっぴろげた男だったが、話を聞くなり「本当ですか」と膝《ひざ》を乗出した。顔が活気だちぺろりと舌なめずりをして、恐ろしく張切ったうえ声をひそめた、「本当にお許しが出るんですか、まさか騙《だま》すんじゃないでしょうな」

「役目のことで騙すなんという訳はない、然《しか》し、――」千蔵はちょっと不安になった、乗気になって呉《く》れたのは有難《ありがた》いが、どうもあんまり乗気になり過ぎるようである、これ迄《まで》がこれ迄だからこれ迄の手とは違う手を打つかも知れないと思った、「然しまさか勘違いをしているのではないだろうな、稽古というのは木登りのことなのだが」

「ええ勘違いなんかしやあしません木登りです、手と足を使って樹《き》へ攀登《よじのぼ》るあれでしょう、わかっていますよ、ちょうどこれからしゅんに向うときですから申し分がありません、早速やります」

「――しゅんに向う」千蔵は相手を見た、「木登りにしゅんがあるか」

「御存じないんですね」こう云って吉木多左衛門は更に膝を乗出した、「御存じなければお教えしますがね、木登りは夏から冬がしゅんで面白《おもしろ》いんですよ」

「少し考えよう、――」

千蔵は手を振りながら今日はもういいと退らせた。世の中がいかに多くの艱難《かんなん》に満ちているか、生きることがいかに困難な味気ないものであるか今こそ身にしみて千蔵に了解された。彼は厳粛になり人生に頭を垂れた、今こそ彼は、「世間なるもの」の定価は、千蔵にとって恐ろしく高いものについたのである。

宇野家から中秋名月の招待を取消して来たのはその翌々日のことであった、「雨になりそうだから」という理由であるが、当日は朝から晴れて終夜皓々《こうこう》たる名月が眺められた。尤《もっと》も千蔵は眺めた訳ではない、彼はその日城を下るとき、本丸の桝形《ますがた》の処《ところ》で知らない人間にぎゅっと油を絞られた、向うから来た三人伴《づ》れとすれ違うとたん、「待て」と大きく呼止められた、振返ると三人がぐるっと取囲んで、「いまおれの刀へ鞘当《さやあ》てをしたがなにか遺恨があるのか」と云う、こっちはまるで覚えがなかったが、相手は喧嘩にする積りらしいので謝った。低頭して「申し訳がない」と謝った。

「おれは槍組《やりぐみ》の葉山津太郎という者だ」相手はこちらをこう上からねめおろした、「心得のために聞いて置こう、詰所はいずれで姓名はなんというか」

そして千蔵が名乗ると、相手はほうと眼を丸くし、態《わざ》とらしくじろじろ眺めながら、するとお本当なんですなと云った、「貴方《あなた》の堪忍袋が牛の革で出来ているというのは、まさかと思ってたんだが本当なんですなあれは」

そして三人でげらげら笑いながらたち去った。「堪忍の革袋か」と高声に嘲《あざけ》りながら、――幸いにして当の堪忍袋はたいして暴れもせず、ただ腋《わき》の下へ冷たい汗が出ただけだった、然し堪忍袋が牛の革で出来ているという言葉がいつまでも耳について離れず、食もたれでもしたように胸が重いので宵《よい》のうちから蒲団《ふとん》を被《かぶ》って寝てしまった、「堪忍の革袋か、――だがいいじゃないか、これでおれの堪忍強さも正札が付いた訳だ」こう思って満足し、月なんか勝手にしろと嘯《うそぶ》いた。

七

革袋には正札が付いた。こうなれば千人力である、観月の招待を取消した宇野家からは、間もなく婚礼延期の通告が来た、「些《いささ》か得心なり難《がた》きことあって」のことだという、人にはそれぞれ事情があるものだ、宜《よろ》しい、彼は承知の旨《むね》を答えた。なにしろ千人力である、城中で聞えよがしな蔭口《かげぐち》を耳にしても、通りすがりに態《わざ》と突当られても、牛の革で出来た袋はもうびくともしない、役所での彼の席は段だん隅《すみ》のほうへ押詰められ、小頭たちがまん中へのさばり出てきた、いいじゃないか、席が逆になったって天変地異が起こる訳もなかろう、富田弥六は立派な顎《あご》だし、有賀子之八は隅になんぞいられる軀じゃない、「人間は勘弁と折り合が大切だ、そこで初めて世の中が泰平無事におさまるんだ」――いかにも、泰平無事ほど結構なものはない、人類永遠の理想は恒《つね》に自由と平和であるから、然しこれほど求めて得難く、求め得て永続きのしないものはない、筆者は永遠の平和を信じない如く革袋の正札も信じないだろう。なぜなら「正札」はいつでも付替えられる仕掛けになっている物だからである。果して、革袋の正札の剝《は》げる日がやって来た、付替えではないさっぱりと挘《むし》り取られる日が――。

残暑の返ったような暑い日のことだった。城から家へ帰って来ると、千蔵の居間に家僕の秀六がごろ寝をしていた。肱枕《ひじまくら》で長ながと寝そべって、好い心持そうに鼾《いびき》までかいて眠りこけていた。千蔵の腋の下に冷汗がにじみ出て来た、これは堪忍袋が温和《おとな》しくなって以来の生理現象である。

「まあいい、――」彼は暫《しばら》く家僕の寝ざまを眺めた後でこう呟いた、「秀六だって同じ人間だ、たまには風のよく通る広い部屋で午睡《ひるね》もしたかろう」

それから足音を忍ばせて静かに寝間へゆき、着替えをして、汗でも拭《ふ》こうと裏へ出た。そして井戸端で半挿《はんぞう》へ水を汲《く》み、顔を洗おうと蹈《かが》んだ時である。彼は水の面へ妙な人間の顔が写るのでぎょっとし、急いで後ろを振向いた、もちろん誰がいる訳でもない、そこで改めてよく見るとどうやら自分の顔のようである、たしかにどこかしら見覚えがある、「おれの顔だ」と云い張る自信もないが、「おれの顔じゃない」とも云い切れない。千蔵は不安になった。手拭《てぬぐい》を抛《ほう》りだしたまま急いで寝間へ戻《もど》り、長持の中から鏡を取出した、縁側の明るい処へいって坐り、熟《つく》づくと鏡の面を瞶《みつ》めたが、半挿の水面に写ったのと少しの違いもない、「慥《たし》かにこれはおれだ、――が、これは決してお れの顔じゃない」いったいなに事が起こったのだろう、彼は鏡を置き腕組みをした。どのくらい考え耽《ふけ》ったことだろう、居間のほうで「あっーあ」という大きな欠伸《あくび》が聞え、どたんと足を投出す音がした。そのとたんである、どたんと足を投出す音といっしょに、千蔵の胃の噴門部のあたりでぷつんとなにかが千切れ、「ぶれい者」という叫びが口を衝《つ》いて出た。まったく無意識の叫びだったし、ああおれはなにか呶《ど》鳴《な》ったなと気づいた時には、既に居間へとび込んで秀六の枕許《まくらもと》へ立っていた、「――起きろ、五躰《ごたい》満足でいたかったら自分の部屋へ退《さが》れ」家僕は夢でもみていると思ったのだろう、ぽかんと口をあけて主人を見上げたが、とつぜん恐怖の悲鳴と共に腰を抜かし、「うな、うな、鰻《うなぎ》はあります、鰻はあります」と血迷ったことを喚《わめ》きながら、畳の上を這《は》い這い逃げていった。千蔵はまだ鏡を持っているのに気がつき、ちょっと覗《のぞ》いて床間へ置こうとしたが、吃驚《びっくり》したように慌《あわ》ててまた覗いた。それから縁側へ出てゆき、鏡の面を拭いてよくよく眺めた……自分の顔である、慥かに、紛《まぎ》れもなく庄司千蔵の顔である、「ははあ」こう彼は頷《うなず》いた、「ははあ、――」弁証法を借りるまでもない、この二つの顔の表明するものがわからなければ、それこそ頓痴気《とんちき》であり蒟《こん》蒻玉《にゃくだま》である。なにをか疑うべき、千蔵は鏡を置き声を張って「秀六これへ来い」と叫んだ、秀六は跳んで来た。千蔵はそっぽを向いたまま、「おれが我慢を切らしたということはわかるだろう」

「へえ」

「断わって置くがおれの拳骨《げんこつ》は痛いうえに文句なしの待ったなしだ、眼の玉が二つとも飛出した奴《やつ》があるから気をつけろ」

「へえ、よ、よくわかりました、それで鰻を」

「買って来い、荒いところを五人前だ、酒も付けるんだぞ」

そして彼は右手で拳骨を握り、それをぶんぶんと唸《うな》るほど振廻《ふりまわ》した。秀六は眼をつぶってけし飛んだ。正札は剝がれた、さっき胃の噴門部あたりでぷつんと千切れたのは堪忍袋の緒に違いない、胸も腹も裏返しにして大川で洗い晒《さら》したようにさっぱりしてきた、筋肉がうずうずして骨が鳴るようである、「そんなばかなちょぼ一があるか」彼はどかっと坐ってから云いだした、「おれの面《つら》がおれの面でなくなって革袋に正札が付いたってなんだ、堪忍袋を牛の革で包んでも米の出来がよくなる訳じゃねえ、芋虫は這うもの蜻蛉《とんぼ》は飛ぶもの、頓痴気は頓痴気で水練は水泳ぎだ、紋太夫が伯父貴なら甥のおれあ千蔵よ、正法にふしぎはねえまっぴら御免だ」ああやんぬる哉《かな》、遂に泰平は幕を下ろしたのである。

八

新しい幕は明くる朝の城の大手から始まる。登城して来た彼は大手先で葉山津太郎に会った。このあいだの伴《つ》れだろう、なにか高声に話しながら三人で歩いてゆく、それが槍組の葉山に相違ないと見るや、千蔵はぐんぐん追いついてゆき、いきなり後ろから力任せに躰当りを呉《く》れた。ふいを食って相手はつんのめった、否《いな》つんのめった許《ばか》りではないみごとに顔で地面に立った。

「ぶれい者」こう叫んだのは千蔵である、「こんな広い処で人に突当るとは遺恨でもあるのか、なに者だ」

「――――」

葉山津太郎は口から石ころを吐出しながら起きた、「な、なん、な」

「なにがなんだ、はっきり、――やあ、おまえさんはこのあいだの先生だな」彼はにやりとした、「なるほど、あのときの鞘当ての遺恨か、読めた、読めたとなったら問答はない、明朝六時に的場の森で会おうじゃないか、そこで話をつけよう、約束したぞ」

云うだけ云うと後をも見ずに歩きだした。本丸をまわってゆくとき第二の獲物があった。名は知らないがよく聞えよがしに「革袋革袋」と云った奴である。こいつはずんぐりむっくり小男なので、追い越しながら、「子供がこんな処へはいって来ちゃいけない」と叱《しか》りつけ、これにも明朝六時的場の森の約束手形を振出した。中の口から廊下へ上ると、富田弥六といっしょになったから、「おい、おまえの名前はとんだやろうとも読めるが、洒落《しゃ》れてるなあ」と云った。弥六は眼を剥《む》いて反った、恐ろしく反ったのでまた顎だけしか見えなくなった、「ほらまた反りゃあがった、おまえその他《ほか》に芸はねえのか」

「侮辱だ、侮辱だ」弥六は金切り声をあげた、「断じて赦《ゆる》せない、武士の面目が立たない、みんな証人になって呉れ、証人になってこの」

「やかましい、皮のやぶけた太鼓をそう叩《たた》くな、口惜《くや》しかったら的場の森へやって来い、朝の六時に待ってるぞ」

そしてさっさと歩きだした。三十人組の詰所へはいるとうまいことに有賀子之八《ありがねのはち》が猿山四郎次《さるやましろうじ》という木登組の小頭と茶を飲んでいた。猿山はいつか奥野と吉木多左衛門を使って嘲弄《ちようろう》した男である。――茶碗《ちゃわん》と土瓶《どびん》を前に置いて、有賀と四郎次が差向いでなにか話している。そのまん中をまっすぐに、千蔵がずかずかと通りぬけた。茶碗がすっ飛び土瓶がひっくり返って、熱い茶が景気よく四辺《あたり》へはねかった。二人はかまいたちとでも思ったのだろう、子之八は我知らず「なむとらやあ」と唱えたし、猿山は眼をつぶって両手で空気をひっ掻《か》きまわした。「茶は焚火《たきび》の間《ま》で飲め」千蔵はこう吸鳴った。そして二人がいまそこを通ったのがかまいたちではなく、組がしらの革袋だと知って憤然としたとき、「よしわかったなにも云うな」と先手を打って叫んだ、「話は的場の森でつけよう、明日の朝六時にやって来い、待っているから忘れるなよ」有賀は四郎次の顔を見、猿山は子之八の顔を見た。そしてぶるっと身震いをした後もっとよくお互いを眺めた。その時もう千蔵は次の獲物を摑《つか》んでいた、本来なら彼の席であるべき場所に、須井栄之助が坐って組下の者になにか云っている。彼はその面前へいって立ったまま相手を見下ろした。栄之助は顔をあげてこっちを見た。千蔵はそれをじっと見下ろしていたが、「――まずい面だ」こう云ってその廻りをぶらぶら歩きだした。

「なにか仰《おっ》しゃいましたか」

「おれかい、ああ仰しゃったね、聞えたかい」振向きもしないでこう云うと、栄之助はさっと蒼《あお》くなった。

「聞えました。まずい面だというのがはっきり聞えました」

「それはめでたいね、耳だけはまあ人並の証拠だ」

「それは正気で云うんですか、それとも寝言ですか」

「おまえ洒落れたことが云えるんだな栄の字、うん、——ちょいとしたもんだ」こう云いながらもまだ栄之助の廻りをぶらぶらしている、「然《しか》し断わって置くがそれで止《よ》せ、それ以上うっとも云っちゃいけない、おれの拳骨は痛いうえに文句なしの待ったなしだ、両方の眼玉の飛出さないうちに黙るほうがいい、——立たないのか」

立たないのかという言葉は天床《てんじょう》や襖《ふすま》がびりびりいったほどの大喝《だいかつ》である、栄之助は下から発条《ばね》を掛けられたように跳上った。千蔵はその跡へかっちりと坐り、「ここは組がしらの席だ、おれは組がしらだ、席の順序のわからぬやつは庭へ抛《ほう》り出す、小頭はみんな出ているのか」

「——出ておられます」蚊《か》のような声で向うから答えたのは奥野兵衛であった。見ると廊下から焚火の間へかけて、組下の者たちの仰天したような顔が並んでいた。

「おまえ達《たち》は向うへ退《さが》っていろ、見世物じゃない、小頭はここへ集まるんだ、なにを愚図《ぐず》ぐずしているか、おれは忙しいんだ、てきぱきとやれ」勝敗は決した、四人の小頭は憑《つ》きものでもしたようにそこへ坐った。

「みんな出たな」千蔵はじろっと眺めまわした、「それではこれから布令を出すからよく聞け、三十人組は殿御側近の衛士《えじ》という許りでなく、元亀《げんき》天正《てんしょう》より伝承する唯一《ゆいいつ》の名誉ある職制で、これに属する者は鍛錬これ努め修身を厳にし、職を瀆《けが》さざると共に一藩の模範たらねばならぬ、鍛錬とはなんぞ、——須井栄之助、おまえの預かる組はなにを以《もつ》て鍛錬とするか、おまえの組の鍛錬とはなんだ」

「——す、水練で……」

「はっきり申せ、なんだ」

「水練でございます」

「よし、猿山四郎次の組はなんだ」

「木登りでございます」

「有賀は」

「速足です」

「よし、——水練は水練、速足は速足、富田弥六は三組用達《ようたし》として明日から鍛錬にかかるんだ、布令に従わぬ者は支配へ申し達して屹度《きつと》処罰する、わかったか」

そして千蔵は座を立ち大股《おおまた》にずんずん廊下に出ていった、更に残りの獲物を探すために、的場の森の約束手形を振出す為《ため》に、——そしてその翌朝。

九

まだ仄暗《ほのぐら》い朝の五時、いま明けた許りの宇野家の門をはいって、こわ高に玄関で案内を乞《こ》う者があった。庄司千蔵である、「たのむ、たのむ」遠慮も会釈《えしやく》もない叫び声だ、奥から家扶《かふ》が走って来て、「お静かにお静かに」と制止した、「なに御用で、何誰《どなた》さまでございます」

「かなどのに伝言がある、こう伝えて貰《もら》いたい」千蔵は更に大きく声を張って叫んだ、「臆病犬《おくびょういぬ》をひと纏《まと》めにして、庄司千蔵の拳骨の音をお聞きにいれる、おこころあらば、的場の森へ六時までに来て頂きたい、宜《よろ》しいか」

そして唖然《あぜん》としている家扶に背を向け、力足を踏んで宇野邸を出ていった。霧の流れる城下町を北へぬける、大馬場を廻《まわ》って小川の畔《ほとり》をゆくこと三町、鉄砲的場を取巻いて深い杉《すぎ》の森がひろがっていた。千蔵はまっすぐ森の際《きわ》までいった、見まわしたが、誰もいない、舌打をして、転げている朽木《くちき》へ腰を掛けた、「——誰か一人ぐらいは来るだろう」こんなことを呟《つぶや》いた。

小鳥の囀《さえず》りが高くなり、霧がうすれた。千蔵は朽木から立ち、伸上って道の彼方《かなた》を見やった。もうとっくに刻限である、然し誰一人として現われる容子《ようす》がない、「ちょ

——」彼は舌打をし、右手で拳骨を握ってぶんぶん振廻した。するとうしろで「もうお帰りあそばせ」という声がした。これには千蔵も吃驚《びっくり》して、あっと叫んで振返った。そこに、——宇野のかな女が立っていた。

「あなたは、あなたは」

「ええ来ておりました、庄司さまよりほんのひと足早く、——」

「私より早くですって、だってどうしてそれが」

「昨日のお噂《うわさ》は城下じゅう知らない者はございませんですわ、そして伺ったわたしが、ここへまいらないでいられましたろうか、——」

千蔵はじっとかな女の眼を瞶《みつ》めた、そしていちど全身を見上げ見下ろしてから、改めてまた眼を瞶めた。彼女は仏像ではなかった、彼女自身に変化があったのか千蔵の眼が変ったのか筆者は知らない、「なるほど」千蔵は仏像でなくなったかな女の眼に微笑を送って頷いた。

「私は演説をつかうのが嫌《きら》いです、いまの言葉をこのあいだの延期の取消しとみていいでしょうな」

「——もう何誰もいらっしゃいませんわ」かな女は眩《まぶ》しそうに眼をそらした、「わたくし家の者には黙ってまいったのですから、もう帰りませんと、——」

「こいつを見せたかったんだがな、こいつを」彼は右手の拳骨を口惜しそうに押し撫《な》でた、「然しまた折があるでしょう、そのときは胸のすくようなのを」

「わたくしにはいやでございますよ」

ああみなさん、こう云ったとたんのかな女の眼が想像できるでしょうか、詩人共が何千年このかた讃《たた》えて来、何万年の将来も讃え飽かぬであろうそのまなざしが。――彼は大馬場の角まで送っていってかな女と別れ、その足でいなり山の家を訪ねた。

「伯父上はお起きになったか」玄関で千蔵はこう呶鳴った、すると面前へ「やかましい」と云いながら紋太夫が出て来た、「なにを早朝からどなりこんで来たんだ」

「お返し物があるんです」千蔵はにこっと笑った。

「返し物とはなんだ」

「堪忍袋ですよ、とうとうやぶけちまいましたし私にはもう用がありません、きれいさっぱりお返しします」

「――、――」

「そして十一月には祝言《しゅうげん》をやっつけますから」彼はこういって叩頭《こうとう》した、「伯母上によろしく」

（「新読物」昭和二十二年十二月号）

湯治

一

「そうそう、つい忘れるところだったけれど、結納が済んだら熱海《あたみ》へ湯治にゆくことになったのよ」

利休古流《りきゆうこりゆう》の華道教授というといかめしいが、そんなふうに話しだす絹女《きぬじよ》のようすは、どうしても下町の商家のおかみさんといった感じである。たいへん肥満していて、夏は半病人のように暑がるし、冬はまた冬でばかばかしいほど寒がる。一年のうちまあ凌《しの》ぎいいと思うのは春秋を通算してほんの四五十日しかないというのが彼女の口癖であった。

「湯治にゆくって誰《だれ》か軀《からだ》でも悪いんですか」

おたかは活《い》け終った花の残りを片づけながら、気のない調子で聞き返した。

「病気じゃあないの、遊山《ゆさん》にゆくのよ」絹女は莨盆《たばこぼん》を引き寄せながら、「――おとっい稲荷町《いなりちよう》のが来て云《い》いだしたんだけれど、おしずさんとあんたと、稲荷町のとあたしと四人で、ひとめぐりばかりいって来ようというの、それに費用はすっかり稲荷町で持つっていうんだからしめたもんじゃないの」

絹女が稲荷町「の」というのは、下谷《したや》稲荷町の大きな綿問屋、信濃屋《しなのや》和吉《わきち》の妻のおてつをさすのである。信濃屋の一人息子の友吉とおたかとは縁談が纏《まと》まって、あと七日ほどすると結納の取交わしがある筈《はず》だし、十一月中旬には結婚することになっていた。……つまりおてつとおたかとはまもなく嫁と姑《しゅうとめ》になるわけであるが、そのまえに、おてつとしては長いこと主婦役を勤めて来た慰労。またおたかはこれから多忙な主婦役をひき継ぐので、当分はどこへも出られないから事前慰労。その二つの意味で息抜きをして来ようというわけであった。

「だからおしずさんとあたしはお相伴《しょうばん》みたいで役不足だけれど、熱海なんておいそれとゆける処《ところ》じゃあないし、向うさまですっかり賄《まかな》って呉《く》れるというんだからがまんするわ」

「それはいいけれど姉さんがだめですよ。熱海なんてとてもとても、それこそおぞけをふるっていやだって云うわ」

「ところがゆくって云ったのよ、いいえほんと」彼女は煙管《きせる》を置きながら云った、「――さっき来たからその話をしたの、そうしたらふたつ返辞で、ええ伴《つ》れてって頂くわってはっきり云ったのよ」

「ふしぎなことがあるものねえ」おたかは信じられないという表情で、「――このあいだ目黒のお不動さまへいって来たんで自信がついたのかしら、それにしたって熱海へゆくっていうのはへんだわ」

「じゃあ熱海って処を知らないのかしら」

「それが知ってるからへんなんですよ」

五年ほどまえのことであるが、彫金家の島崎《しまざき》の妻女が火の見横丁の家へ来て、熱海へゆかないかと誘ったことがあった。島崎ではおしずが妹と協力して働き、婚期のおくれるのも構わず両親を養っていることにひどく感心していたし、また自分の娘が二人ともおしずに長唄《ながうた》を習っていたので、礼ごころを兼ねて慰めようというつもりらしかった。

――あたしも話に聞いただけだけれど、うしろに箱根山があって、前にずっと海を見はらして、そりゃあもう絵のような眺《なが》めなんですってさ、おまけに湯は地面の下から熱いのが自然と涌《わ》いて来て、夜も昼も休みなしに湯槽《ゆぶね》から溢《あふ》れこぼれているから、いつでもはいり放題だし凄《すご》いほどきれいなんですって。

そんなふうに遊心を唆《そそ》るつもりでいろいろ並べたのだが、実はこれがまったく逆効果になってしまった。まず温泉がいけない、地面の下から熱い湯が休みなしに涌いて来る、誰もなんにもしないのに自然と噴きあがって来るなどということは、おしずにとっては信じられもしないし、事実とすればいかがわしいうす気味の悪いものであった。

――だっておしずさん、あんた温泉ってものをこれまで知らなかったの。

――話には聞いていたけれど、でも話として聞いただけですもの、まさか自分の身にふりかかって来ようなんて思わなかったし。

――災難にでも遭うようなこと云うわね。

――それに山があるなんて、海ならまだいいけれど、おまけに箱根山だなんてとんでもないことだわ。

――箱根山がどうしてとんでもないの。

――あら知らないの、箱根山から向うは化物が出るっていうじゃないの。

こんなような問答で、そのときの話は遂にとりやめになってしまった。

「おしずさんらしいわね、ふうん」絹女はちょっと首を傾《かし》げた、「――すると女の四人伴れというんでゆく気になったのかしら、とにかくあんた帰ったら念を押してみてよ」

「聞いてはみるけれど、あたしはたぶんだめだと思うわ」

おたかはもうわかっているという顔でそう答えた。

「でも姉さんがもしかしてゆくと云ったにしても、あと五六日すると結納の事があるし、十一月にあれだというのにそんな暇があって、お師匠さん」

「暇のあるなしじゃないの、こんなときは旅にでも出るに限るのよ、あと五十日もあるのに間がもてやしないじゃないの」

絹女はこう云って先輩らしい顔をした。

稲荷町からは「支度なしで」と云って来ていた。云われなくとも支度らしい支度などの出来る状態ではなかった。兄が二人もいるのに、長兄は家を出て世帯《しょたい》を持ったきり、正月とお盆のほかには殆《ほと》んど往き来もしない。それでも次兄よりはまだよかった、次兄の栄二は妙な浪人者の仲間にはいって、十八の年に牢《ろう》へ入れられ、牢を出ると江戸お構いになったが、やっぱりその仲間たちと縁が切れず、ときどきやって来ては金をせびった。無いと云えば妹たちや親たちの物まで質に入れさせたり、自分で持出して売ったりする。

——この金は自分の道楽に遣うんじゃあねえぜ、世の中を善くするためだ、貧乏で苦しんでる大勢の人間のためなんだ。

それが彼の定《きま》り文句であった。そして自分では本当にそう信じているらしく、眼《め》を三角にして、いろいろと凄いようなことを云って、堂々と金を掠《さら》ってゆくのであった。

……小さい頃《ころ》からたいへんな乱暴者だったので、断わったりするとなにをされるかわからない。父親の新七は温和《おとな》しい一方の人でなにも云わず、母は母で蔭《かげ》では憎いように云うものの、栄二が来れば隠れてもなにかしてやるというふうだった。不孝な子ほど可愛《かわい》いというのは事実のようだが、それがつまりみんな姉妹にかかるわけで、生活はいつもぎりぎりいっぱい、月末には質屋へゆくことが稀《まれ》ではなかった。

こういう内情には周囲の誰も気がつかない。寧《むし》ろみんな逆な見かたをしていた。

——あんたたちはまるで苦労というものを知らないようね、どうしたらそんなに気楽にしていられるものかしら、ほんとに見ていて羨《うらや》ましくなるわ。

たいていの者がそう云うのである。おしずもおたかもかなり眼立つ縹緻《きりよう》で、性分も明るく、いつも暢気《のんき》そうにばかなことを云って、いかにも屈託のない楽しそうなようすをしている。どんなに困っても苦しくてもそれを色に出したり訴えたりすることはない。下町っ子の意地っぱりもあるだろう、娘二人で生計を立てている弱味を、見せたくないという気持もあるだろう。しかしそれより生れつき暢気で、あまりものに拘《こう》泥《でい》しないというほうが実際のところらしい。……例えばどうにも法のつかないほどゆき詰って、八方塞《ふさ》がりで、姉妹で途方にくれるようなばあいでも、暫《しば》く二人で向き合っているうちに、必ずどっちかが笑いだしてしまう。

——もうよしましょう、いくら考えたってしようがないわ、どうにかなるわよ。
——それもそうね、これまでだってどうにかなって来たんだもの、寝ちゃいましょう。

こんなぐあいにけりがつき、事実またどうにかなって来た。いちばん悩みの種である栄二が、ここ二年ばかり姿を見せないので、気持にも家計にも幾らかゆとりが出て来た。しかし今でも貧乏からぬけたわけではなく、どうかすると姉妹で顔を見合せて、溜息《ためいき》をつくような状態を周期的に繰り返しているのである。……稲荷町の信濃屋との縁談に当って、おしずは初めてこういう内情を話した。栄二という兄のことをうちあけるためだったが、しぜん生活状態も相当こまかいところまで話すことになったのである。信濃屋のおてつは薬研堀《やげんぼり》の師匠と縁つづきで、絹女からもいろいろ聞いていたらしく、おしずの云うことをよく了解して、

——支度などはなにも要らない、本当に着たきりで結構だから。

こう念を押して云った。おたかはもちろんそのつもりである、姉より先に結婚するのでさえ気がひけるのに、そのうえ少しでも心配をかけるのはいやであった。しかしおしずは姉としてそれでは気持が済まないらしく、隠れてなにやら算段しているようだった。

――なんにもしやしないわよ、出来るわけがないじゃないの。

聞けばこう答えるが、およそ隠し事のへたな性分で、すぐ眼に現われるし、顔が赤くなるからごまかしはきかなかった。

「ああそうだ、そうだわ」

薬研堀から帰る途中、おたかはこれらのことを考えて来て、ふと気がついてそう独り言を云った。

「そうだわ、きっとそれに違いないわ」

二

「ねえ、そう思わない姉さん」

その夜おたかは、姉と二人だけになるとすぐ自分の推察を話した。

「稲荷町では慰労だとか息抜きだとか云ってるそうだけれど、こんなに日がさし迫っているのに、それだけで熱海なんて遠くへゆく筈がないじゃないの」

「そうねえ、あんまり遠すぎるわねえ」

「姉さんの気性から、もし無理な工面でもしてはという思い遣《や》りよ、ひとめぐり七日として往《い》き帰りを入れれば半月以上かかるでしょ、それだけ旅へ伴れだせば、しようとしたって無理は出来ないわ、あたしきっとそういう目算《つもり》もあると思うんだけれど」

「そうねえ、そういえばそんな理屈もあるかもしれないわね」

おしずの返辞はなんとなく身にしみなかった。なにか考えごとでもしているようなぐあいで、おたかの話を聞いているのかどうかもわからないような調子である。

「あんたどうかしているわね、あたしの云うこと聞いていないんじゃないの」

「あら聞いているわよ、ちゃんと聞いててよ」

「そんならいいけれど、……とにかく熱海へはほんとに行くわね」

「もちろんよ、云うにゃ及ぶだわ」

「地面の下から自然にお湯が涌いて来るのよ、うしろに箱根山があるのよ、いいの」

「――なによ、それ……」

おしずはどきっとしたらしい。初めて妹のほうへはっきりと眼を向けた。

「なにって熱海よ、もうせん島崎さんのおかみさんに誘われたとき、あんた身ぶるいして断わったじゃないの」

「あら、だって、……あらいやだ、熱海ってあのときの熱海なの」

「そんなこったろうと思った」おたかはわざと意地わるな眼で姉を見ながら、「――二つ返辞でゆくなんて云う筈がないんだもの、でもすっかり話は定《きま》っちゃったんだから、今になってぐずぐず云ったってだめよ」

「なにもぐずぐずなんか云やあしないわ、石の上にも三年っていうとおり、あたしだってもう熱海ぐらいいってみせるわよ」

「石の上に三年とこれとなんの関係があるの」

「あら知らないの、ばかねえ、石の上に三年いるのよ、乞食《こじき》の子が、そうすればやっぱり三つになる、つまり大きくなるって意味じゃないの、わからずやねえ」

「わからずやは自分じゃないの」おたかはげらげら笑う、「――そんなとこへ石なんか持出すことはないの、三年経《た》てば乞食の子も三つになるっていうのよ」

「それじゃあ石の上ってのはなによ」

「譬《たと》えが違うのよそれは。それは辛抱しろっていう意味で、石の上に坐《すわ》るような苦しい事でも、三年は辛抱してみろってことよ」

「ああそうか、達磨《だるま》さんの話か」

「達磨は九年よ、ばかねえ」

「じゃあ誰なのさ」

「誰でもないの、そういう譬えなのよ」

おしずはふうんと云って、またそのままなにか思い耽《ふけ》るような眼つきになった。

寝床へはいってからも、おしずはなかなか眠れないようすで、幾たびも寝返ったり、枕《まくら》のぐあいをなおしたり、そして溜息をついたりした。横になって十五勘定するうちには眠る、とおたかに云われるくらいおしずは寝つきの早いのでは無類だった。ゆうべは眠れなかったなどと云うときでも、よく糺《ただ》してみると夜なかの事はなにも知ってはいない、要するにそんな気がするだけなので、この頃はそれもあまり云わなくなった。

「どうしたの、姉さん、眠れないの」

寝つきの悪いのでは自他ともに許しているおたかは、さっきから姉のようすを見ていたが、そっとこう呼びかけてみた。しかしおしずは返辞をしなかった、暫く待つうちに寝返りもしなくなり、やがて規則正しい寝息も聞え始めた。

「なんだ、やっぱり眠ってるのね」

おたかはこう呟《つぶや》いて自分も眼をつむった。

だがおしずは眠ってはいなかった。眠ろうとするが眠れないのである……それはその日の夕方のことだったが、家へ帰ろうとしてはせがわ町の曲り角へ来たとき、おしずはうしろから駕舁《かごか》きのような男に呼び止められた。――火の見横丁のおしずさんですね。こう念を押して、その男は一通の手紙を渡して去った。なにげなく受取って歩きだしたが、家の前まで来て、おしずは急に足が竦《すく》むような気持になり、おそわれたようにうしろへ振返った。——栄ちゃんだ。あしかけ三年ばかり姿をみせないので忘れていたが、そんな風に手紙をよこすのは栄二のほかにはない。おしずは震える手で帯の間へそれを押込み、できるだけさりげない顔で家へはいった。

手紙はやっぱり栄二のものであった。「非常に重大な事が起こって金が必要だから、十両つくって明日の夕方までに来て呉《く》れ。本所相生町《ほんじよあいおいちよう》の柏屋《かしわや》という船宿にいる」名前は忠吉、ということが仮名で書いてあった。

——十両だなんて、とぼけたこと云ってるわ。

おしずは手紙を握りつぶした。こっちはそれどころではないのである、妹の嫁入りを控えて、金と名のつくものなら鐚銭《びたせん》一枚でもよけいに欲しい。先方が相当な商家で「裸で来て呉れ」と云われても、こっちに両親と姉がいれば、まさか恥ずかしいまねは出来ない、妹は年も二十六になっていることだし、分相応なことはしてやらなければ、誰よりも嫁にゆく当人が可哀《かわい》そうである。

——冗談じゃありゃしない、とんでもないこったわ。

おしずは笑ってやりたいような気持だった。自分でもたのもしいくらい肚《はら》が据《すわ》っていた、というのは、こんどの妹の結婚について、おしずは先方の信濃屋へいって栄二のことをすっかり話し、おたかを貰《もら》って呉れるなら栄二を人別《にんべつ》から抜く、という約束をしたのである。――ちょうどいいわ。とおしずは思った。父にも母にも内証で、自分だけで、こんどこそはっきり縁を切ってやろう。

おたかと熱海ゆきの話をしながら、おしずの頭はそのことでいっぱいだった。「十両持って来い。十両持って来い」こう云う栄二の声が絶えず耳の中で聞える、「十両つくれ、十両つくれ」それからまたいつもの口癖の「世の中のためだ、貧乏な大勢の人間のためだ」という言葉も聞えた。……そして寝床へはいってからは、栄二の色の黒い瘦《や》せた顔や、怒ると三角になる眼つきなどがみえ、乱暴で強情で、云いだしたら絶対にきかない性分を思いだし、だんだん不安な暗い気持になっていった。

――いっそ妹に相談しようか。

こう思ってはやめ、思ってはやめ、とうとう口に出すことができず、おしずは長いこと寝床の中で息をひそめていた。

三

明くる日の午後。出稽古《でげいこ》を早く済ませると、おしずは両国橋を渡って、相生町の柏屋というのを訪ねた。

朝から鬱陶《うっとう》しく曇った日で、そう強くはないがひどく冷たい風が吹いていた。水に近い町のことで、低い古びた家並がしらじらと明るく、道傍《みちばた》に積んである貝殻《かいがら》や、干した網や、岸の上にあげたまま乾いている舟など、ふだん見馴《みな》れない景色ばかりで、おしずはうら悲しいような、やるせないような、ひどくめいった気持になった。……その船宿は竪川《たてかわ》の一つ目橋に近い河岸《かし》にあった。二階造りで間口五間ぐらいか、店の片方には釣《つ》り道具や縄舟《なわぶね》に使う平たい餌桶《えおけ》などがごたごた並べてあり、片方には柏屋と書いた軒行燈《のきあんどん》を掛けて、そこが客の出入り口なのだろう、暗い土間が奥へと続いていた。

おしずは店先のようすを横眼に見て、その前をさりげなく通り過ぎた。彼女の妙な癖で、初めて訪ねる家へはどうしてもすぐにははいっていけない、たいてい二度か三度は前を通りぬけて、勇気をつけてからでないとだめなのである。

――会ったら思うさまぽんぽん云ってやろう、あの事もこの事も残らず、云うだけ云ってさっさと帰ってやろう。

こう決心をして、しかし大事にしている銀の釵《かんざし》と帯留を質に入れ、二分借りたのを持って来たのだが、柏屋の店を見たとたん、いつもの癖とはべつに、張っていた気持が挫《くじ》けそうになり、ついその前を通り過ぎたのであった。河に沿った道を二つ目橋のほうへ歩きながら、おしずはだんだん気が弱くなるのを感じた。……曇っているためか、あたりはもう黄昏《たそがれ》のように暗く、もやってある両岸の舟と舟の間に、水が鋼色《はがねいろ》に冷たく光って、風の渡るたびに小波《さざなみ》を立てるが、それが、おしずにはなにか悲しいことでも訴えているかのように思えた。

——河なんかはそんなことはないのかしら、木や石や草なんかにも魂があるっていうから、河にもときには悲しいことや辛《つら》いことがあるかもしれない、……でもあんなふうに波を立てるだけでは、誰にもわかって貰えないわね。

おしずはこんなことを思い、それからふと人間だって同じことだと思った。この世に生きてゆくには、苦しいこと悲しい辛いことを耐え忍ばなければならない。たいていの者が身に余る苦労を負って、それこそ歯をくいしばるような思いでその日その日を暮しているのである。しかも他人にはその苦労がわからない、自分たち姉妹のことを、世間では気楽で暢気だと見ているように、人間はみなめいめいの悲しみや辛さのなかで、独りでじっと辛抱しているのである。

——栄ちゃんにだって栄ちゃんの苦しい事があるんだわ、兄妹《きょうだい》だからこそ他人には云えない無理も云って来るんじゃないの、……とにかく話だけでも親身に聞いて、出来るだけのことはしてやるのが本当だわ。

おしずの考えはやっぱりそこへ折れていった。すると三年も会わなかった兄がにわかに懐《なつ》かしくなり、こんどはいそぎ足で道をひき返した。……しかしその船宿には栄二はもういなかった、三十二三になる粋《いき》な恰好《かっこう》をした女中が出て来て、こちらをうさん臭そうに眺めながら、

「その人もお伴《つ》れさんも急用が出来たといって、今朝早くに出てらっしゃいましたよ」

こう云ってまたじろじろ見る。なにか肚でも立てているような眼つきであった。

「またこちらへ帰って来るでしょうか」

「さあどうですかねえ、なんにも云ってらっしゃらなかったから、……ああそうだ、その忠吉という人がことづけをしていきましたよ、もし誰か来たら近いうちにまた知らせるからって、そう云ってましたけどね」

おしずはその女中の無遠慮な眼から逃げるように外へ出たが、出たとたんに、うしろから誰かに追われでもするような不安な気持になり、おちつかない眼であたりを見まわしながらまっすぐに一つ目橋までゆき、そこから出る舟に乗って中洲《なかず》へあがった、

——その人もお伴れさんも急用が出来て。

女中の云った言葉が強く頭に残って、無意識にそんな行動をしたものらしい。今日

の夕方に来いと手紙を書きながら、急に朝早く出ていったというのは普通のことではない。役人に追われているか、それに近い危険なことが迫ったに違いない。中洲へあがってからおしずはそう考えた、栄二が町奉行に捕まって牢へ入れられたのは十七年まえのことであるがそのときの恐ろしさはまだ昨日の事のようになまなましく覚えている。

「きっとそうだわ、それに違いないわ」

走るような足どりで、むやみに横丁や露地をぬけたり曲ったりしながら、おしずはそんなふうに呟いては身震《みぶる》いをした。

栄二からはそれっきり信《たよ》りがなかった。

十月の五日はおたかの結納の日で、本当なら仲人役《なこうどやく》の薬研堀《やげんぼり》だけのところを、稲荷《いなり》町《ちょう》の望みで信濃屋《しなのや》からも夫婦が来る。その支度もあるし栄二からいつ呼び出しがあるかもしれないと、その四五日はおしずは頭がくらくらするような、おちつかない苛々《いらいら》した気持で過した。

四

五日には薬研堀と稲荷町の夫婦が三時ごろに来た。夕餉《ゆうげ》を出すということで、こっちはまだ支度をしているところだったが、親同志ゆっくり話したいという稲荷町の希望だそうで、父と母とがまず相手に坐り、お勝手は姉妹がひきうけた。たいした御馳走《ごち》《そう》ではないし下拵《したごしら》えは出来ているので、おしずは妹にも相手に出るようにとすすめた。

「こっちはあたしがやるからあんたはいって坐ってらっしゃいよ、今日はあんたが立役じゃないの」

「あたしの立役は婚礼のときよ、結納なんぞにお嫁がでしゃばるんじゃないの」

「だってお父《とう》さんとおっ母《か》さんじゃどうにもならないわよ、ごらんなさい薬研堀のお師匠さんが一人で取持ってるから」

「いいのよ、それがお師匠さんの役なんだもの」

狭い家だから向うの話し声はよく聞える。父の新七は第一級の黙り屋で、これはもう初めから相談にならない、母のほうはそれほどでもないが、口べたであいそのない点は良人《おっと》に似ていた。そのうえ十七年まえに栄二の事があったとき、

——世間に顔が向けられない。

と云ってぴったり外出をしなくなった。そのときは池之端七軒町《いけのはたしちけんちょう》にいたのであるが、このはせがわ町へ越して来てからも同様で、近所づきあいも姉妹に任せ、それこそ隣りの人と口をきくことさえ稀《まれ》だといったぐあいで暮して来た。そのために口べたのぶ

あいそが身に付いてしまったかたちで、いま向うで話すのを聞いていても、薬研堀の絹女《きぬじょ》と稲荷町のおてつとが専《もっぱ》らやりとりをし、男二人は殆《ほと》んど黙っているし、ときどき母が簡単なあいづちをうつくらいで、話のはずまないようすが見えるようであった。

「ほらごらんなさいよ、あれじゃあお座がしらけちゃうじゃないの、こっちはもう大丈夫だからいってらっしゃいったら」

「そんなに心配することないわよ、これから親類になるんですもの、お父さんやおっ母さんのこともよくわかっておいて貰うほうがいいわ」

「あんたってまったく度胸がいいのね、羨《うらや》ましくなっちまうわ」

低い声で云いあっているうちに、どうしたかげんか母の話が聞えだした。ぶっきら棒な、あいそのない話しっぷりで、「なにしろ頓馬《とんま》なこですから」というのが——句切り句切りにはいる。相手に聞かせるより独り言を云っているような、それが癖のかなり高調子で、珍しく能弁に話していた。

「あらいやだ、あたしのこと話してるわ」

頓馬なこですからと云うのを聞き咎《とが》めて、恒例の如《ごと》くおしずは赤くなりながら、茹《ゆ》でた里芋をだし汁《じる》のはいった鍋《なべ》へ入れた。おたかはそれを受取って火にかけながら、

「頓馬と云われてすぐ自分のことだと思うなんて、あんたわりと身のほどを知ってる

わね」

「そこが亀《かめ》の甲じゃないの」

「はははは、さっそく頓馬をやってるわ」

「このほうが気楽なのよ」

「そうじゃないの、間違えてるのよ」

向うでは母がこんな話をしていた。おしずの七つか八つくらいのときのことで、小銭を持たせて買い物にやった。なにをどこへ買いにやったかは忘れたが、……池之端までゆくとそこに人だかりがして、中で猿廻《さるまわ》しをやっている。おしずがそれを眺めていると、十一二になる男の子が話しかけてきた。どういうぐあいにもちかけられたものか、その子は「じゃあおいらが使いにいって来てやろう、おめえは此処《ここ》で見て待ってなよ」こう云って、おしずから小銭を受取ってどこかへ駆けていった。

「それから待ってたんですよ、日の昏《く》れるまでそこに待ってたんですからね、まったく人が好《い》いったって話になりゃしません」

母の話を聞きながら、おしずはそのときのことをかなり鮮やかに思いだした。……猿廻しはとっくに去ってしまい、不忍池《しのばずのいけ》の水面《みのも》がうす紫色に光りだした。季節のことはよく覚えていない、秋だったように思うのだが、枯れた葭《よし》が折れたり倒れたりしている水際《みずぎわ》の向うに、これも枯れた蓮《はす》の葉が、汚ならしい色にちぢかんだり裂けたりして、夕映えの色の水面に逆さの影を写していたようだ。

——あの子はあたしを捜しているんだわ、あたしのいるところがわからなくなって、いっしょ懸命に捜しているんだわ。

おしずはそう思った。自分を捜しまわっている男の子の、悲しそうな顔つきが見えるようで、可哀そうで、自分も悲しくなった。あたりはますます暗くなり、寛永寺《かんえいじ》の鐘が池の上にながく余韻をひいて鳴った。……いそぎ足に通り過ぎる人の影も黒く、いろは茶屋と呼ばれる池畔《ちはん》の茶屋には灯《ひ》がはいった。

——あんたあァ、あたし此処よう。

おしずは堪《たま》らなくなって、泣きながらそう叫んだ。

——あたし此処にいるわよゥ、あんたァ。

自分でもこころぼそくなった。しかしその子を可哀そうだと思うほうが強かった、まもなく近所の版下屋の主婦が通りかかって、吃驚《びっくり》して伴れ戻《もど》されたのであるが、

「そのときもあなた、あの子が来るまで待ってると云って、なかなか帰ろうとしなかったっていうんですから」

今こう話している声で、そのとき母は騙《だま》されたのだと云った。初めから銭が目的で

騙したのだと、……けれどもおしずはそうは思わなかった。そして毎日、池之端のその場所へいって、自分を捜しているであろう男の子のために待った。

幾日それを繰り返したかはっきりしないが、雨の日にもそこに立っていたことは記憶にある、そして或《あ》る日、また猿廻しが来て、まばらに人だかりがし始めたとき、その子がぶらぶら近寄って来るのをみつけた。

——ああやっぱり捜して来たわ。

おしずは胸がどきどきして、すぐには声がかけられなかった。しかしその子が向うへいってしまいそうなので、追っかけていって、

——あたし此処よ、あんた。こう呼びかけた。

——あんた道がわかんなくなったんでしょ、あたし此処で待ってたのよ、ほら、ね、あたしちゃんと此処にいたのよ。

その子はこっちを見て、茫然《ぼうぜん》と口をあけた。その口の中に大きな飴《あめ》がはいっていたのを、いまでもおしずはかすかに覚えている。あとで考えると、その子は悪態をついたらしい、そのときのおしずにはそうは思えなかったが、とにかくなにか——男の子だから——乱暴なことを云って、持っていた銭をおしずに渡して、振向き山下のほうへと去っていった。

「それで帰って来て大威張りなんですからね、このとおり騙されたんじゃないって、……向うの子はたぶん根気負けがしたんでしょう、銭は持たして遣《や》ったより余計ありましたよ」

「いい話だわねえ」絹女の声である、「――嬉《うれ》しい話だわ、いかにもおしずさんらしくって、あたし涙が出て来るわ」

「いいえ頓馬なんですよ、いまだって外へ出るたんびろくな事はして来ないんですから」

そのときおしずはふいに手を握られた。吃驚して見ると、おたかが片方の手で姉の手を握り、涙のいっぱい溜《た》まった眼でこちらを見ていた。

「姉さん、いろいろなことがあったわね、あたしたち」

「――」

「経《た》ってみればなんでもないけれど、ずいぶん辛い悲しい暮しだったわ、そのなかで誰よりも姉さんが、どんなに姉さんが苦労したかってこと、あたし一生忘れなくってよ、――こんどの事だって口じゃ云えないけれど、あたしがあんたのことどんなふうに思ってるかってこと、わかって呉《く》れるわね、姉さん」

おしずは黙って妹の手をそっと撫《な》でた。おたかは片方の手で前掛を摑《つか》み、それで眼を拭《ふ》きながら、囁《ささや》くような声で続けた。

「苦しいみじめな暮しのなかで、姉さんがいるためにあたしたち仕合せだったわ、明日はどうしようというようなときでも、姉さんの云ったりしたりすることで、あたしたち思わず笑わされて、気が紛れて、それで元気になることができたわ、……お友達がつぎつぎお嫁にゆくのを見ても、あたしいちども羨ましいとは思わなかったし、世間では棚曝《たなざら》しとか売れ残りっていう年になっても、恥ずかしいとか淋《さび》しいなんて考えたこともなかった、そしていまこんな年でお嫁にゆくと定《きま》っても、気兼ねやひけめは少しも感じない、……これっぽっちも感じないの、……みんな姉さんのおかげだわ、みんな、……あたしがどんなに姉さんを好きかってこと、わかるわね姉さん」

「よしてよ、いまになってあんた、うまいこと云うわね」おしずは鼻の詰ったような声で云った、「――いまになってあたしが好きだなんて、稲荷町の友さんのほうがずっと好きだってこと、あたしちゃんと知ってるわよ、もうすぐお嫁にゆくもんだからそんなこと云って、……あんたわりとすればこすっからいわね」

　それからおしずがてれたような妙な声で、例の如く「えへへへ」と笑おうとしたとき、おたかは姉の胸へ縋《すが》りついて云った。

「姉さんごめんなさい、堪忍《かんにん》して」

そして声をころしておたかは噎《むせ》びあげた。

——姉さんごめんなさい。

その言葉がなにを意味するか、口では云えないがおしずにはわかる。それはそのまおしずの云いたいことであった、たかちゃん堪忍してね。……二人で苦労して来た年月、口では冗談を云ったり笑ったりしながら、心のなかでは泣くにも泣けないような辛い日がずいぶんあった。そしてお互いにすっかり諦《あきら》めていたのに、おたかはいま思いもかけないような良縁に恵まれたのである。

「——たかちゃん」

おしずは妹の肩をそっと抱いて云った。

「——仕合せになるのよ」

そのとき向うから母の声が聞えて来た。

「なにか火にかかってるんじゃないかえ、焦《こ》げっ臭いよおしず」

「あっ、いけない、お芋お芋」

おしずは狼狽《ろうばい》して妹を放した。七厘《しちりん》の上の鍋はぴちぴち音を立て、蓋《ふた》の隙間《すきま》から煙が吹きだしていた。

五

そのときの話で、熱海ゆきは八日ということに定り、町役へ届けたり馴《な》れない旅支度で、明くる日から二人でまごまごした。

「島崎のおかみさんにちょっと悪いわね、でもこのつぎあたしのほうで誘ってあげるからいいわ、たかちゃんのおつきあいだって云えば怒りゃしないわよ」

おしずも珍しく乗り気でそんなことを云った。

「あたしのおつきあいだなんて、あんたほんとにそう思ってるの」おたかはさも呆《あき》れたという眼つきで、「――冗談じゃないわ、お師匠さんはそう云ってるけど、本当は姉さんのためにゆくのよ」

「あらやあだ、うまいわね」

「うまかないわよちっとも、稲荷町じゃ姉さんがあたしのあとへ残るし、これまでの苦労休めも兼ねて保養させるつもりなのよ、そのくらいのこと話を聞いてれば察しがつきそうなもんじゃないの」

「頓馬でございますから察しなんかつきませんですわ、はあ、ごめんあそばせ、はあ……いいわよそんなこと、どっちにしたって熱海へゆくんでしょ、なにも二人で罪のなすりあいをすることはないじゃないの」

「罪のなすりあいだって、まったくあんたときたひには……」

こんなつまらない云いあいをし、いかにも暢気《のんき》らしく笑ったり叩《たた》いたりしながら、おしずはいつも暗いおちつかない気持に追われていた。

――栄ちゃんが来る、きっと来る。

なにをしてもそのことが頭から去らなかった。苦しい生活をして来た習慣で、善い事の裏には必ず悪い事が付いている、という一種の諦めに似た気持があった。こんど栄二から手紙が来て、どんな都合があったものか、定めてきた場所では会えず、――近いうちにまた知らせる、という伝言を聞いてから、おしずはずっと不吉な予感につきまとわれていた。それは、いちばんぐあいの悪いときに栄二が来て、こんどの縁談がめちゃめちゃになるのではないか、という惧《おそ》れである。しかもそれが避けることのできない、必ず起こる出来事のように思えるのであった。

――栄ちゃんの事が済まなければ、あたしは熱海へはゆかない。

おしずはこう思っていた。旅に必要な支度をしながら、おたかにはもちろん、父にも母にも楽しそうにばかなことを云いながら、心のなかではそう決心し、栄二から手紙が来るかと、絶えず不安な期待に憑《つ》かれていたのである。

お弟子たちにも、出稽古《でげいこ》さきへも、わけを話して稽古を休む了解を得た。支度もすっかり出来、稲荷町や薬研堀と出発の日のうちあわせも済んだ。そして八日の朝になったが、栄二からはなんの知らせもなかった。

――途中でぬけて帰るよりしかたがない。

ここまできてやめると云うわけにはいかなかった。云えばみんながやめるかもしれない。おしずはこう思ったので、暗いうちに起きて、親子四人で食事をし、身じまいをし、着替えをした。おたかはもう半分は旅へ出た気のようで、ひとりではしゃぎまわり、休みなしに姉をせきたてた。

「そんな念入りなことしなくってもいいのよ、どうせ駕《かご》でゆくんじゃないの、駕っていえばもう来そうなもんだわね、ああいけない、薬を入れるのを忘れたわ」

「うるさいわねえ、少しおちつきなさいよ」

「そんなこと云って、あんたそろそろゆくのがいやになってきたんじゃないの、へんに沈んだ顔してようすがおかしいわよ」

「なんとでも仰《おっ》しゃい、あとで吃驚《びっくり》させてやるから」

駕が来たので、酒を湯呑《ゆのみ》に冷のまま注《つ》いで出し、少し待って呉れと云っているところへ、絹女とおてつがこれも駕で乗り着けた。

「おっ母さんお茶はいらないのよ」おたかは頻《しき》りに通なところをみせた、「——遠出をするときは出がけも途中も、女の湯茶は禁物なの、ことに姉さんなんか、ついこないだも目黒で」

「わかったわよ、諄《くど》いわねあんた」

絹女もおてつも腰が浮いていた。挨拶《あいさつ》も殆《ほと》んどうわのそらである、絹女は肥えた大きな軀《からだ》で、子供のようにそわそわしていた。

「では大事な娘さんを二人慥《たし》かにお預かり申しました、いって参じます」

良人《おっと》がもと武家出なので、絹女は改まると妙な口調が出る。母は紅絹《もみ》の切《きれ》で眼《め》を押えながら、横丁の角まで送って来た。生れつき眼の性《しょう》が悪いそうで、春さきにはよく悩まされるが、昨日から急にはやり眼《め》のようなぐあいで、涙と眼脂《めやに》が絶えず出るのであった。

「どうぞ構わずにお叱《しか》りなすって下さいよ、二人とものろまのわからずやですから、ではまあお大事にいってらっしゃいまし」

母がそう挨拶したとき、おしずは小走りに戻って来て、すばやく母に囁いた。

「あたしが帰るまで誰が来ても家へあげないでね、誰が来てもよ、おっ母さん、忘れないでね」

そして四人は町を出発した。

――どこでぬけようか。

調子よく走りだした駕の中で、おしずはすぐさま、その場所を選みにかかった。あまり早くてはいけない、あまり近い処《ところ》だとみんなが中止しないとも限らないからだ。

――早くとも品川を出てからだ。

口実はもう考えてあった。駕を止めて、妹だけ呼んで、こっそり「頼むわ」と云えばいい。「あの人と江ノ島へゆく約束ができた、此処でおちあって、三日ばかり江ノ島で遊んで、それから熱海へ追いつくつもりである、お師匠さんや稲荷町にうまくとりなして呉れるように、ごしょう一生のお願いだから」こう云えばおたかは決していやとは云うまい。心得た顔でなにかからかうようなことでも云って、気持よく引受けるに違いないのである。

あの人、……それはおしずの心に秘めた人である。こっちはまだそぶりにもみせないし、その人はもちろん、おしずという者に気づいてさえいないようだ。……しかしおたかはまえから感づいていた、その人が彫金家の島崎の家にいることも。名前を貞二郎といって、いま江戸で何人と指に折られる彫金師であることも。そしておしずがその人の彫った釵《かんざし》や帯留や、紙入の前金具などをひそかに買い集めていることも。

……おたかは姉とその人の結ばれることを、誰よりも熱心に期待している。だからその口実なら、万に一つも間違いないことはわかっていた。

――どうか帰るまで栄ちゃんが来ませんように。

おしずはまた一方ではこう祈っていた。

六

「おやおまえ、まあどうしたの」

帰ってきたおしずを見ると、母は驚きのあまり茫然《ぼうぜん》と立ち竦《すく》んだ。日はすっかり昏《く》れて、行燈《あんどん》の光りが部屋から漏れている、艶《つや》のなくなった髪、痩《や》せてひょろ長い軀、紅絹の切で眼を押えて、上《あが》り框《がまち》に茫然と立った母の姿は、見慣れている筈なのに、まるで人が違ったかと思うほど老《ふ》けてみえた。

――こんなにも年取ってしまったんだわ。

おしずはこう思って、涙が出そうになり、慌《あわ》てて草履の紐《ひも》を解きにかかった。

「やっぱりだめ、あたしとても熱海なんてとこゆけやしないわ、品川の海はまだよかったけれど、御殿山が見えたら胸がいっぱいになっちゃって、それこそ病人のようになっちゃったのよ」

「そんなばかなこと云って、それじゃあ皆さんに悪いじゃないかね」

「あのこにうまく頼んどいたから大丈夫よ、あたしは家《うち》がいちばん、家にいておっ母さんに叱られてるのがいちばんいいわ」

おしずがあがると、母は奥のほうへ頭を振って、小さな声で囁いた。

「栄二が来てるんだよ」

あっと声が出そうになって、おしずは口を手で押えた。やっぱり、やっぱりそうだった。虫が知らせたのだ。ひき緊《し》めてかからなければいけない、負けてはならない。おしずはこう自分に云いきかせると、なにか云いかける母には構わず、襖《ふすま》をあけてその部屋へはいっていった。

父は自分たちの部屋にいるのだろう、その四帖半《よじょうはん》には栄二が一人、長火鉢《ながひばち》の前に蝶《ちょう》足《あし》を置いて、手酌《てじゃく》で酒を飲んでいた。

「あらいらっしゃい、暫《しばら》くね」

「よう、どうしたい」

栄二はもう酔いの出た顔でこっちを見た。骨ばった長い顔がまっ黒にやけている、窪《くぼ》んだ眼が活《い》き活きと光るのも、笑うとよく揃《そろ》ったまっ皓《しろ》な歯が見えるのも、三年まえに別れたときのままである。おしずは彼と差向いに坐って、すぐに膳《ぜん》の上の徳利を持った。

「熱海へいったって聞いて、豪勢なもんだと驚いてたんだが、おめえいかなかったのか」

「あたしは相変らず意気地なしなのよ」

そんなやりとりをしているうちに、栄二が来れば必ず側《そば》に付いている母が、珍しく父のいる部屋へいってしまった。……おかしなことがあるものだ、こう思いながら、おしずは話を肝心のところへもっていった。

「うん、あのときはちょいと知らせがはいったもんだから、なにしろここんところやけに厳しくっていけねえ」

「それで大変な事ってのはもう済んだの」

「済むどころか、ますます重大なんだ、が、そいつはいまおふくろに頼んで、おめえやおたかにゃあ悪いが、急場でどうにもならねえ、都合をつけて貰うことにしたから」

「都合をつけるって、おっ母さんにどう都合がつくの」

「どうって、なにがどうなんだ」栄二は白い歯をみせた、「——姉妹《きょうだい》で熱海へ保養にゆけるくらいじゃあねえか、こっちは自分の道楽や好みで欲しいんじゃあねえ、いつも云うこったが、政治が悪くって苦しんでいる者や、貧乏で困っている大勢の人間のために働いてるんだ、いわば世の中を善くするための金なんだ」

おしずは聞くまでもないといったふうに、立って次の部屋へいった。そこには父と母が、身を縮めるようなかたちで、黙ってひっそりと坐っていた。そして母の脇《わき》に、着物や帯などが十四五品、風呂敷《ふろしき》に包みかけたまま置いてあった。……おしずはとびつくようにそれをひろげてみた。父母の物、自分の物、そしておしずが妹のために無理な工面をして、妹に内証で拵《こしら》えた、袷《あわせ》や羽折《はおり》や帯などもあった。

「おっ母さんこれをどうするつもり」

おしずは逆上したように声がおののいた。顔がまっ蒼《さお》になり眼がつりあがって、凄《すご》いような相貌《そうぼう》に変った。

「これみんな、栄ちゃんのために、どうにかするつもりだったの、おっ母さん」

「——悪いと思ったけどねえ、栄もよっぽどのことらしいんで、つい可哀《かわい》そうなものだから……」

「あたしたちはどうなの、栄ちゃんは可哀そうで、あたしやたかちゃんは可哀そうじゃないの、それじゃあんまりだわ、あんまりだわおっ母さん」

おしずの眼からぽろぽろ涙がこぼれ落ちた。

「おめえおっ母さんをやりこめる気か」

栄二が立ってこっちへ来た。

「今の云いかたあなんだ、子供のくせに親をやりこめて、親のすることに文句をつけて、それでおめえいいと思ってるのか」

「そんなこと栄ちゃんの知ったこっちゃないわよ、親だとか子だとか、あんたよくそんな聞いたふうなこと云えるわね」

「なんだと、なにが聞いたふうだってんだ」

「いいから黙ってひっ込んで頂戴《ちょうだい》」

おしずは涙を拭《ふ》きもせずに、さっさと箪笥《たんす》をあけて、そこにある衣類を納《しま》い始めた。決然たるものである、三十二になった女の強靱《きょうじん》な、梃《てこ》でも動かない意志の激しさが、その姿勢から火を発するようにさえみえた。

「おめえそれを納っちまうのか、おっ母さんがして呉れようということを、おめえそうやって邪魔しようってのかおしず」

「これはあたしの物よ、あたしが働いてあたしが買って作った物よ」おしずは箪笥の中からなにか取出して、それをうしろに隠して振向いた、「――兄さん、今夜こそあたしはっきり云うわ、あんたは昔から世の中のために働いてるって云ったわね、悪い政治のおかげで苦しんでいる者、貧乏で困っている大勢の人間のためだって、……あたしいつも黙って聞いてたけど、心のなかでは可笑《おか》しくって笑ってたのよ、口では偉そうなこと云ったって、やっぱり兄さんは喰《た》べて飲んで生きてるじゃないの、今夜だって、お肴《さかな》を並べてお酒を飲んでるじゃないの、ごまかしだわ、あんたの云うことなんかみんなごまかしだわ」

「なによう云やがる、おれたちのしている事がてめえなんぞにわかって堪《たま》るか」

「ごまかしでなかったら、どうして親の面倒ぐらいみないの、貧乏で困ってる者のためになんて云いながら、女二人で稼《かせ》いでいる家へ来て、どうして金や物を持ち出すの、あんたはよそで好き勝手なことしてるから知らないだろうけれど、この十七年のあいだあたしやたかちゃんがどんな苦しい思いをしたか、どんなみじめな情けない思いをしたか、……お米を買う銭も無くなって、おっ母さんたちには云えないから、あたしとあのこは外で喰べるからって嘘《うそ》をついて、お午《ひる》をぬいたことが何十遍あるかしれやしない、そんなことはまだいいわ、貧乏に馴《な》れれば御飯をぬくくらい平気だけれど、……あたしのことを世間では、お妾《めかけ》をしているとか、座敷へ呼ばれて客を取るとか、……そんなことまで云われたのよ」

おしずの硬《こわ》ばった頰《ほお》へあとからあとから涙が条《すじ》をひいた。しかしおしずは手をうしろへまわしたまま、まるで衝《つ》きあげるような調子で、たたみかけ、たたみかけ口を継いだ。

「それでもがまんしたわ、これが生れついた運だろうと思って、歯をくいしばってがまんしたわ、そんな中で、栄ちゃんは勝手なときに来て、好きな熱を吹いて、腕ずくでも持っていった、貧乏な、困っている人間のためだって、……貧乏で困ってるのは家よ、それを本気で云うのなら家を助けて頂戴、あたしたちを助けてよ栄ちゃん」

「うるせえ、天下国家の大事に、てめえの家や親兄妹の心配がしていられるか、大義親を滅すといって、仕事のまえにはおれたちにゃあ親も兄妹もねえんだ」

「それじゃあ泥棒《どろぼう》か強請《ゆすり》だわね」

「なに強請か泥棒だと」

「そうじゃないの、親でも兄妹でもない家へ来て、金や物を持ってくのは強請か泥棒に定《きま》ってるわ」

「云ったな、よし」栄二は腕捲《うでまく》りをした、「――そっちがそう云うなら却《かえ》ってやりいいや、そこをどけ」

「やってごらんなさいよ、出来るなら」

おしずは隠していた手を前へ出した。短刀を持っていたのである、それを抜いて、鞘《さや》を投げて、両手で柄《つか》を持って栄二を見た。

「断わっとくけど、脅《おど》かしだと思ったら大きな間違いよ、あたしはこんどこそ、命に賭《か》けても家を護《まも》るわ、ちょっとでも動いたら人を呼ぶわよ」

栄二は妹の眼をじいっと見つめた。おしずもその眼を見返した、栄二の顔が歪《ゆが》み、眼が三角になった。しかしそれはいつもの凶暴な表情ではなく、悪戯《いたずら》っ子のじぶんの、叱《しか》られて恨めしそうにべそをかいた顔であった。

「――そうか、刃物まで出してな……」

低い呟《つぶや》くような声で彼は云った。

「――わかったよ、おめえはあっぱれなもんさ」

栄二はふところ手をして、母親のほうへ向いて、やはり低い声で云った。

「おっ母さん、心配かけて済まなかった、おらもう二度とこの家へは来ねえ、お父さんも軀《からだ》を大事にして呉んな、じゃあ、……あばよ」

そして襖や障子をあけたてして、逃げるように外へ出ていった。……おしずはまだ立っていた。石にでもなったような顔で、短刀を持ったまま箪笥の前に立っていた。頭がぼうとなって、なにを考えることもできずどうしていいかわからない、……そのうちに母親の啜《すす》り泣く声が聞えてきた。見ると母は両手で顔を押え、痩せて跼《かが》んだ肩を震わせながら、さもせつなそうに泣いていた。……おしずは家の中を眺めまわした。栄二の姿はどこにもみえない、茶の間には酒と肴の並んだ膳《ぜん》が、捨てられたもののように置いてあった。

「——いっちゃったのね、栄ちゃん」

緊張のあまり舌がつれて、喉《のど》がからからに乾いていた。

「——ほんとに、いっちゃったのね」

こう呟いたとき、おしずの眼にさっきの兄の表情がみえた。あの叱られてべそをかいたような顔が、……おしずは夢からさめたように、ああと鋭く声をあげた。

「これでいいんだ、これで定りがついたんだ」

父が独り言のように云った。だがそのときおしずは短刀を抛《ほう》りだし、箪笥をあけて、いま納ったばかりの衣類を五六枚、摑《つか》み出して、そのまま抱えてとびだした。

「——おしず、おしず」

うしろで父の声がしたが、おしずは足袋はだしのまま道へ駆けだし、ちょっと迷ったが、木戸のない両国のほうへ、夢中になって走っていった。

「兄さあーん、待って、兄さあーん」

恥も外聞もなくおしずは叫んだ。

「栄兄さあーん、栄二兄さあーん」

叫びながら走り、走りながら叫ぶ声が、夜の街をしだいに遠く、かなしく、かすかに……。

（「講談倶楽部」昭和二十六年三月号）

ぼろと釵《かんざし》

一

深川材木町の丸太河岸《まるたがし》に、「川卯《かわう》」という居酒屋《いざかや》がある。酒が安いのと、川魚を肴《さかな》につかうほかに特徴はない。それにいまわりが寂しい裏河岸のことで、昏《く》れがたから宵《よい》のうちの、ちょっとたて混む時刻がすぎると、あとは殆《ほと》んど常連の客だけになってしまう。

その男はちょうど灯《ひ》をいれるじぶんに来て、いちばん隅《すみ》のところで、独りで酒を飲みだした。

まったく知らない男だった。年は三十七八だろう、色の黒い、かなり骨太のがっちりした軀《からだ》つきにも、頬《ほお》のこけたおもながの顔つきにも、ひどく疲れて、がっかりしたような色があらわれていた。じみな唐桟縞《とうざんじま》の袷《あわせ》に羽折《はおり》、きちんと角帯をしめた恰好《かっこう》は、商人のようでもあるし、職人のようにもみえた。その男は黙ってゆっくり飲んでいた。味わって飲むようではなく、なにか思いあぐねているらしかった。どこかをぼんやり眺《なが》めたり、ふと眼《め》をつむって、口の中でぶつぶつ独り言を呟《つぶや》いたりした。そして思いだしたように、盃《さかずき》を口へもっていった。店の中は夕飯の客でいっぱいだった。

帳場に近いところでは、桶屋《おけや》の源兵衛《げんべえ》と、その伜《せがれ》の文吉がいて、まわりの客たちにはお構いなしに、いつもお定《き》まりの問答を交わしていた。

「おれの胃の腑《ふ》はぼろぼろだ、わかってらあ、腎《じん》の臓も、肝の臓も、百ひろ（腸）も心の臓もよ、みんなぼろぼろだあ」

彼は五十くらいで、軀も手足も固肥《かたぶと》りに肥えている。酒でやけた顔も（酔っているためかもしれないが）いい血色で、叩《たた》けば音のしそうなほど、張りきっている。左の肱《ひじ》を飯台に突き、その手首をふらふらさせながら、自信のつよい人間に特有の、嘲《あざけ》るような口ぶりで話し、そして休みなしに飲んでいた。

「そんなこたあねえよ、父《とっ》つぁん、それはおめえがそう思ってるだけだよ」

「まあやんねえ、盃を置くこたあねえや」

「いま飲んだんだよ、父つぁん、おらあいま飲んだばかりなんだよ」

伜の文吉は二十六七だろう、軀の小さな、瘦《や》せた、貧相な男である。色の蒼白《あおじろ》い顔に、おどおどした表情をうかべて、まるで腫物《はれもの》にでも触るように、父親を劬《いたわ》っていた。

「本当のところ」と文吉は続けた、「――そんな心配はよして呉《く》んなよ、父つぁん、決してそんなこたあねえんだから、お医者だってああ云《い》ってるくれえで、ただその、酒さえもうちっと」

「ばかばかしい、よさねえか、医者がなんでえ、医者が、医者なんてもなあなんにも知っちゃいやしねえ、酒はな、酒てえものは、人間の拵《こし》れえた物の中で第一等だ、さればこそ神さまにもあげるし、酒がおめえ悪いもんなら、神さまにあげるわけああありゃしねえ」

「そうだよ、おめえの云うとおりだよ、父つぁん、ほんとうにそのとおりだと思うよ」

「おらあもう五十四だ」と桶屋は続ける、「——おぎゃあと生れてから今日まで、親から貰《もら》ったこの軀を、この軀のまんまで生きて来た、胃の腑も腎の臓も肝の臓も百ひろも、使い放題に使って来た、修繕もしねえし取替えもしねえ、五十四年だぜおめえ、もうぼろぼろになるのがあたりめえじゃあねえか」

隅にいたその男が、ふと顔をあげた。

源兵衛と文吉の問答を聞いたのかと思ったが、そうではなく、すぐ前にいる老人に向って、ちょっと躊《ため》いながら、「おまえさんこの土地の人ですかい」と訊《き》いた。老人は酒を一本置いて、それをさも大事そうに啜《すす》りながら、鯉《こい》こくで飯を喰《た》べていたが、こう云われて顔をあげ、銀のように白い髯《ひげ》の、疎《まば》らに伸びた顎《あご》を撫《な》でた。

「わっしは向う河岸ですよ、松平和泉《まつだいらいずみ》さまのお下屋敷《しもやしき》の向うでね、平野町の蓆《むしろ》長屋でえところです」

「古くから住んでおいでですか」

「さようさ、もうこれ、どのくらいになるか、まあずいぶん古いほうでございましょうね」

「この並びに」その男は手をあげた、「――いま柏屋《かしわや》という質屋がありますね、もと相模屋《さがみや》といってたんだが、御存じじゃありませんか」

「さあてね、聞いたようにも思うが、……ぜんたいいつごろのことですかえ」

「十五六年くらいまえなんだが」

老人はすぐに手を振った。

「それはいけねえ、わっしは平野町へ来てせいぜい八九年、いや八年そこそこですかね、下谷《したや》のほうから越して来たんで、そんな古いことは……」

男は頷《うなず》いた。やっぱりそうか、といったふうに頷いて、自分の盃に酒を注《つ》いだ。

飯台は帳場の近くに一つ、それと直角に長いのが二つ、それで土間はいっぱいだったが、土間の脇《わき》に、小座敷ともいえない、畳三帖《じょう》ばかりの、坐《すわ》れるところが造ってある。土間の飯台のほうは、まだ食事を主とする客たちで占められていたし、その三帖では、二人づれの中年の客が、酒を飲んでいた。……この「川卯」は夫婦だけでやっている。主人の卯之助が板前をやり、客のほうは女房《にょうぼう》のお近が受持である。どっちも今が忙しいさかりであったが、例の三帖の客が帰るというので、お近が勘定にゆくと、「向うにいるあの男はなんだい」こう片方の客が、低い声で訊いた。

「知らないんですよ」お近が答えた、「――初めてのお客さんです」

「岡《おか》っ引《ぴき》かなんかだぜあれは」客は銭を払いながら云った、「一刻《とき》ばかりまえには、角の土屋（壁土や砂などを売買する店）であの質屋のことを訊いてたし、ついさっきはその荒物屋でも訊いてた、気をつけるほうがいいぜ」

「有難《ありがと》うございます、毎度どうも」

女房は銭を受取り、こう云って頷きながら、二人の履物を直した。

隅のその男は、酒の代りを命じた。

まもなく、三味線を抱えた女が一人はいって来た。年はちょっとわからない、三十から四十のあいだであろう、おもながで、眼鼻だちはいいが、皮膚は乾いて皺《しわ》だらけだし、色は黒いし、いやな病気でもあるのか、口の片方の端に腫物《はれもの》ができている。

「今いっぱいだよお鶴《つる》さん」女房のお近がすぐに云った、「飲むお客さんもまだみえないからね、またあとにしてお呉れ」

お鶴と呼ばれた女は、黙って、髪の根を指で掻《か》きながら、いやな眼で店の中を見まわした。着物はひどい洗いざらしで、すっかり褪《さ》めた色柄《いろがら》が思いきって派手であるだけ、よけいにうらぶれてみえた。帯もよれよれ、片端《かたは》折《しょ》りの下に、模様も染め色もわからなくなった長襦袢《ながじゅばん》が、だらりと前下りに出ていた。垢《あか》だらけの素足に、藁草履《わらぞうり》を突っかけていた。

「桶屋の親方、いいごきげんですね」

女は源兵衛のほうへ、よろよろと客の間を縫うように、近よっていった。しゃがれたいやな声だ。飢えているのか、酔っているのか、それとも病気でもしているのか、足の地面に着かない、不安定な歩きぶりであった。

「済みませんが親方、一杯おごって下さいな」

「おごるなあいいが少し離れて坐んな」源兵衛は自分で軀を脇へずらせた、「——おめえしまいい湯ぐれえ貰ってへえったらどうだ、そう臭くっちゃあ嫌《きら》われるばかりだぜ、おっといけねえ、その盃で飲まれて堪《たま》るものか、おい、おかみさん、このひとに一本つけてやって呉んねえ」

「だから親方は好きさ、ひと晩ゆっくり可愛《かわい》がってみたいねえ」

女は源兵衛の隣りへ割込んで坐った。

客が少しずつ減り始めたとき、番小屋の寅次《とらじ》があらわれた。もう年も六十あまりになるし、手足もよく利《き》かないが、癇持《かんも》ちで我儘《わがまま》で、人との折合が悪いから、親しくつきあう者がない。酒も好きで強いし、「川卯」では常連の一人であるが、いつも隅のほうで、独りで飲むのが例であった。

寅次の来るのがいつもの時刻で、この前後から、ぽつぽつ客が入れ替り、常連の客が多くなる。

隅にいるその男のまわりもいつか顔が変った。鯉こくで飲みながら、飯を喰べていた老人はもう去り、代りに三十二三の職人ふうの男が、（仕事の帰りとみえて）道具箱を脇に置き、小鮒《こぶな》の焼いたので飲んでいた。……差向いにいるその男は、やっぱり同じことを訊いたらしい。

「相模屋ってなあ知りませんね」

職人はこう云って首を振ったが、相手が欲しいようすで、あいそよく男のほうを見た。

「いまの柏屋で知ってやしませんか」

「訊いてみたんだがね」その男は箸《はし》を取って云った、「柏屋で買い取るまえに、三年も空家だったそうで、あの土蔵も表の回船問屋で使っていたというし、ずいぶんこのいまわりを訊いてみたんだが」

「江戸は火事が多いからな」職人は酒の代りを命じた。「——この辺も二度か三度、大きく焼けたことがあるし、十五六年もまえだとすると、詳しい人はもういねえかもしれませんね」寅次がひょいとこっちを見た。

飯台は同じであるが、老人はこの二人とは反対の端で飲んでいた。話し声を聞いて、こっちを見たらしいが、またすぐに、むっつりと渋い顔をして、飲み続けた。

「おや安さん、待ってましたよ」

お鶴という女は、こう叫びながら、ひょろひょろと源兵衛の側《そば》を立った。三味線が倒れて絃《げん》が鳴った。女はそれを拾って、三帖の小座敷へ置き、入って来た二人伴《づ》れの客のほうへと、よろめいていった。

二

「いや、話はその相模屋じゃあねえ、相模屋にも縁のねえことじゃあねえが」

その男は職人にこう云っていた。さっきからずっとその話をしていたらしい、職人は聞き上手とみえ、手酌《てじゃく》で飲みながら、ひきいれられるように、熱心に聞いていた。

「おらあ相模屋の裏の長屋にいた、千住《せんじゅ》のほうから移って来たらしいが、覚えてからはずっとその長屋だった」

その男はこう続けた。

父親はぼてふり(担《かつ》ぎ魚屋)だったが、ひどい道楽者で、稼《かせ》ぎは殆んど自分が遣ってしまう、気の強い母親は、いつも両方のこめかみに梅干を貼付《はりつ》けて、他人の洗濯《せんたく》や縫い物や、ときには河岸の荷揚げにまで出た。その男も五つか六つになると、遊んではいられなかった。よその子守りをし、使い走りをした。母親にほかの仕事がなくて、紙袋を貼《は》るときには、その手伝いをしたり、問屋への往き来もした。

「知れたことだが、貧乏人の子に生れればおればかりじゃあねえ、みんな誰《だれ》でもすることった」

その男は唇《くちびる》を歪《ゆが》めて、ぐっと酒を飲んだ。

隣り近所が同じような生活だから、べつに恥ずかしいとも思わず、悲しくもなかった。

しかしやがて、適当にずるけたり、貰った駄賃《だちん》を母親に渡さず、うまくごまかして、遣うことを覚えた。それは友達がみんなすることだし、同じようにしなければ仲間から除外された。

「案外おれが先達だったかもしれねえ」その男は苦笑いをした。

「――七つ八つから、おらあたいへんな悪たれで、よく近所の子供を泣かせたし、自分の躯にもなま傷の絶えたことがなかった、……この近くで子供が泣きだすと、そこのおふくろがとび出して来て、また魚屋の竹ちゃんかえ、ってえのがお定《きま》りだった」その男はふっと眼をつむり、なにやら思い耽《ふけ》るようであったが、やがてまた話し続けた。

冬ちかい或《あ》る日。彼は長屋の裏で、蚯蚓《みみず》を掘っていた。ひと側裏に長屋があり、間に竹の四つ目垣《がき》が結ってある。それには朝顔が絡《から》んでいて、夏のあいだは毎朝みごとに花を咲かせるが、もう季節すぎで、すっかり枯れた蔓《つる》が、実のはぜた殻《から》を付けたま、さむざむと絡んでいた。

彼が蚯蚓を掘っていると、手もとに人の影がさした。見ると、垣根のすぐ向う側に、六つばかりになる女の子が立っていて、彼が眼をあげたとたんに、にっと微笑しながら云った。

――あたしつうちゃんよ。

筒袖《つっそで》の着物は短く、裾《すそ》から脛《すね》が出ていた。両手はやつくちから、ふところへ入れていた。まる顔で色が白く、笑うと眼尻《めじり》が下るし、えくぼが深く両頰《りょうほお》に出た。そうして、前歯に二本、みそっ歯があった。

「こうやって、両手を脇からふところへ入れて、こんなふうにこっちを見た」その男はうたうような口ぶりで云った、「可愛かった、なんとも可愛かった、今でも眼に見えるが、揉《も》みくちゃにしたいほど、可愛かった」

職人は頷《うなず》いた。よくわかるというふうに頷いて、それから独りで微笑した。

悪たれは意地がわるかった。そっぽを向いて、なお蚯蚓を掘り続けた。女の子は垣根の向う側を、いっしょに横へ動いた。そして、彼がふと眼をやると、その視線をすばやくとらえ、またしてもにっと笑いながら、云った。

――あたしつうちゃんよ。

あとでわかったのだが、彼女は越して来たばかりで、友達が一人もなかった。遊んで貰おうと思って、まず自分の名を云ったのであった。だがこっちの悪たれは、女の子などには興味がなかった。うるさくなったので、いま掘った泥《どろ》を投げつけて、悪態をついた。

――やかましいやい、あっちへゆきやがれ。

泥は女の子の顔に当り、女の子は泣きだした。彼は蚯蚓の入っている欠け茶碗《ちやわん》を持って、いっさんにそこから逃げだした。

番小屋の寅次が、横眼でまたこっちを見た。

お鶴は二三人の客たちに挟《はさ》まれて、調子も甲も外れたみだらな唄《うた》をうたい、湯呑《ゆのみ》で酒を飲まされていた。

「いいかい安さん、あとできっといっしょに来るんだよ」お鶴は喚《わめ》くように云った、「——なにを云うのさ、病気なんかあるものかね、これは烏《からす》のお灸《きゅう》がとがめただけだよ」

桶屋《おけや》は伜《せがれ》の文吉に云っていた。

「五十四年もおめえ、使いっきり使って来た躯だ、そうじゃねえか、それでどこにもあんべえの悪いところがねえとすれば、そのほうがよっぽど奇天烈《きてれつ》だ、そいつは鬼か魔物くれえのもんだ」

「そうだとも、父つぁんの云うとおりだよ」伜はおとなしく頷いていた、「——そんなやつは人間じゃありゃしねえよ」

隅《すみ》にいるその男には、これらの話は耳に入らないらしい。彼は酒の代りを命じ、肴《さかな》を二つ取って、一つを前の職人のほうへ押しやった。相手はわるく遠慮せず、ちょっと目礼しただけで、話の続きを待った。

「その明くる日、またその女の子と、河岸っぷちで会った」

その男はこう言葉を継いだ。

つうちゃんは彼を見ると、昨日のことは忘れたように、愛嬌《あいきょう》よく笑って、また同じことを云《い》った。そして一日じゅう、彼の側《そば》から離れようとしなかった。どうしても、……思いきって意地わるをすると、泣きだして、泣きながらあとからついて来た。

「なん度も泣かした、突きとばしたり、髪の毛を引っぱったりした、女の子は悲しそうに泣きだす、大きな涙をぼろぼろこぼしながら、それでも側から離れない、べそをかいて泣きじゃくりをしながらついて来る、そして、おれがそっちを見ると、……そのべそをかいた顔で、笑ってみせるんだ、両方の頰にえくぼをよらして、みそっ歯を出して、……堪らなかった」

その男は音をたてて盃《さかずき》を置き、眼をつむってうなだれた。

おつうは八丁堀《はっちょうぼり》から移って来た。父はなかった。母親は門前町のほうの、なにがしとかいう料亭《りょうてい》に勤めていた。かよいだから、ひるごろにはでかけるし、夜はおそかった。

——お道さんは客を取るそうだよ。

長屋の女房たちが、そんな蔭口《かげぐち》をきくのを、しばしば耳にした。じっさいにも、早朝のまだうす暗いじぶんに、おつうの家からこっそりと、妙な男の帰ってゆくことがあった。

二人は仲良しになった。彼はおつうのために、隣り町の誰彼と喧嘩《けんか》をし、相長屋の友達の軽蔑《けいべつ》にも耐えた。

——いまにおつうを嫁に貰おう。

彼はそう空想するようになった。男の子の十一。彼は左官になろうと思った。貧乏に育つと、考えることが現実的だった。江戸は火事が多い、仕事が絶えずあり、みいりもいいのは、まず大工と左官である。どちらも出入りのお店《たな》が付くし、土蔵は当時の防火建築で、いざというとき目塗りをするため、こまえ掘りといって、それ用の泥を定った日にこねにゆく、という仕事もある。大工ほどはでではないが、ゆくさき収入が確実なので、彼はその職を選んだ。

幸い母親の同意も得て、まもなく彼は永代河岸《えいたいがし》の丸五《まるご》という頭領のところへ、手伝いにかよい始めた。

職業というものは、それを身につけるまでは、なんでも辛《つら》いが、そのことを記す必要はないだろう。手伝いに三年かよって、それから丸五へ徒弟に入った。そのじぶんから、おつうに対する感情が、はっきりしてきた。おつうのほうも同じ気持だったろうか、同じ気持だった、と云ってもまちがいはないと思う。彼が十七、おつうが十四の年に、蜆《しじみ》河岸へさそって、そのことを慥《たし》かめてみた。

「向うもうんと云った、赤くなって、俯《うつむ》向いたまま、うんと頷いた」その男はそっと囁《ささや》くように云った、「内気でおとなしくって、口もあんまりきけない、というふうな娘だった、けれども年も十四になり、縹緻《きりよう》もぐんとよくなって、……ませていたのかもしれないが、すっかり娘らしくなっていた、慥かだったんだ、慥かだというのはそのときの返辞ばかりじゃあねえ、おらあわれ知らず抱きよせた、そして……」

おつうは拒まなかった。

蜆河岸はひっそりとしていた。早朝のことだった、川の向うは白い朝霧でかすみ、地面には霜がおりていた。河岸の材木の上も、枯れてちぢかんだ草も、まっ白に霜をかぶっていた。……稚《おさな》いくちづけに上気した、おつうの呼吸が、白く氷《こお》るのを彼は見た。泣くかと思ったが、おつうは小さな袂《たもと》で顔を掩《おお》って、くるっと向うむきになった。

おつうは激しく喘《あえ》いでいた。

「おらあ勢《きお》い立ったが、それはたった三年のあいだだった」

その男はこう云って、なにか思いだしているようだったが、ふと手酌《てじやく》で三杯ばかり、たて続けに呷《あお》った。

「十七になったおつうは、きれいだった、掃溜《はきだめ》の鶴、なになに小町、といったって及ばねえくらいの娘になった、そのうえおとなしくって、ちょいと人に見られても、まっ赤になって逃げだしてしまう、口もろくろくきけねえという性分だ、眼につかねえわけがねえ、……表の相模屋という、質屋の息子にみそめられた」

「それがまた」と前にいる職人が云った。「——甘やかされた一人息子という寸法か」

「妹があったが、わるく甘やかされて、我儘《わがまま》な伜だったよ」

このとき向うでひと騒ぎ始まった。

お鶴という女が泥酔《でいすい》して、客に抱きついたり、喚きたてたり、しまいには、土間へ大の字なりにぶっ倒れたりした。それはなんとも卑《いや》しい、あばずれた、やりきれない騒ぎだった。

「しようがねえ、暫《しばら》くそこで寝かしてやるか」

三人ばかりが立ってゆき、女を抱えあげて、三帖の小座敷へ横にしてやった。女は苦しそうに寝返りをうち、みだらなことを叫び、妙な唄をうたったりしたが、やがて手足を縮めて、静かになった。

「相模屋の息子が、おつうを嫁に欲しがっているということを、おらあ脇《わき》から聞いた」

その男はこう続けて云った。

三

おつうはこっちのもの、とたかを括《くく》っていたが、相手はおつうの母親をまるめ、たちまち縁談が纏《まと》まってしまった。息子は死ぬの生きるのという、のぼせかたであった。おつうの性質には、相模屋の親たちも惚《ほ》れていた。

そのことを彼はおつうから聞いた。

「くち返答などのできる娘じゃあなかった、おふくろにこれこれだと云われれば、黙って俯向くだけの、じれってえほど気の弱い、すなおな娘だった、どうしようがあるものか、聞いたときはもう、なにもかも手後れだ、……こっちは二十《はたち》、どうやらいちにんめえの稼《かせ》ぎはできる、おらあ二人で逃げようと云った、どこへいったって食える、二人で逃げだそう……」

その男は盃をぎゅっと握り緊《し》めた。

おつうは泣きながら頷いた。そして、これだけは持ってゆきたいからと、いかにも年ごろの娘らしく、髪道具を一と揃《そろえ》(むろんみんな安物だったが)包にして、彼に渡した。

——大丈夫だね、いっしょにゆくね。

——ええ、きっと。

——じゃあ明日の夜明け前に。

抱きよせると、眼をつむった。温たかくて、綿のように柔らかい肩だった。緊めつけた胸の、乳房のあたりで、おどろくほど激しく、ことことと、動悸《どうき》が打っていた。

「そのときの合図はこうと、うちあわせをして、別れてっから、おらあ考えた」

その男はふっと黙った。それは高まってくる感情を鎮《しず》めるためのようであったが、やがてまたゆっくりと続けた。

「世間は甘かあねえ、そいつは骨身にしみるほどよく知ってる、まして馴染《なじみ》のねえ土地へゆけば、それだけ苦労も一倍だ、そんなおもいをさせるには、おつうはあんまりいじらしすぎた、あんまり可哀《かわい》そうすぎると思った」

悪たれであった彼は、二十歳の若者の、意地と分別をもっていた。

おつうを可愛《かわい》いと思う気持が、強いみれんに勝った。望まれた相模屋の嫁になれば、暑さ寒さの厭《いと》いもなく、生涯《しょうがい》、安穏《あんのん》に暮すことができる。もし自分が男なら、好きな相手をしあわせにしてやるのが、ほんとうではないか。

「おらあ預かった包の中から、ひさごのかんざしを一本、抜き取った、かたみに貰《もら》ったつもりで……、そしてあとを包み直して、おつうの家の勝手口へ、そっと入れておいて、そのまま、江戸をとびだしちまった」

「別れも云わずにかい」

「二度と逢《あ》う気はなかったんだ」

向うの飯台では、桶屋の源兵衛が、もう頭のぐらぐらするほど酔いながら、もつれる舌で、なお酒を注文し、飽きもせずに、自分の内臓がぼろぼろだという主張を、続けていた。

番小屋の寅次は、（酔うといつもそうだが）すっかり皮肉な顔になって、唇の端に冷笑をうかべたり、ふんと鼻を鳴らしたりしながら、ときどき、こっちの、その男のほうへ、刺すような視線を投げていた。

……客はもう常連だけになり、気の合う者同志、二人か三人ずつ、それぞれの席におちついて、いかにも和やかに、楽しそうに、話したり笑ったりしながら、盃や箸《はし》の音をさせていた。

「尾張《おわり》の名古屋《なごや》で五年、それから大阪で三年ばかり稼いだが、また名古屋へ戻《もど》って、そこで松杉《すぎ》を植える気になった」

その男は話を続けた。

「運がよかったんだろう、ひいきのお店も殖え、家を持ち、職人の八九人も使うようになった、が、どうしても女房《にょうぼう》を貰う気になれねえ、……遊ぶことは遊んだ、深く馴染んだ女もなんにんかある、けれども、どの一人も、女房にしようとは思わなかった、大事なお店からぜひとすすめられても、……どうしてもおつうのことが忘れられなかった、どうしても、おつうのほかに女房を持つ気にはなれなかったんだ」

「それではるばる、尋ねて来たんですね」

「よそながら姿も見てえ、噂《うわさ》ぐらいは聞きてえと思ってね」彼は溜息《ためいき》をついた、「――おふくろに仕送りをするので、初めのうち二三年は、こっちのようすもおぼろげにわかった、おふくろが人に頼んで書いて来る手紙だったが、……そのおふくろも、おれがとびだして三年めに死に、親父《おやじ》はますます呑《の》んだくれて、まもなく大川へはまって溺《おぼ》れたと、いつもおふくろが手紙を頼んでいた人から、知らせて来た、……申し訳ねえが、こっちはまだ若かった、それにおつうのこともひっかかっていたから、葬《とむら》いに帰る気も起こらねえ、豊島《としま》のほうに親父の実家があって、そっちで二人の骨を拾って呉《く》れたそうだが、……こんどはその始末もしてゆきてえと思ってね」

「そいつは、いろいろ」と職人が太息《といき》をつきながら云った、「――しかしそのひと、どうにか行衛《ゆくえ》が知れねえもんかねえ」

するとそのとき、飯台の向うの端から、寅次がせせら笑うように、云った。

「そいつは知れねえほうがいいだろうぜ」

颯《さっ》と冷たい風でも吹きこんだように、職人とその男とは、口をつぐんで、声のしたほうへふり返った。

四

こちらが沈黙したので、隣りの飯台の話し声が、急にはっきりと聞えだした。お鶴という女に「安さん」と呼ばれた男である。四十六七になるだろう、長半纏《ながばんてん》にひらぐけを締めて、肩に手拭《てぬぐい》をひっかけている。色の黒い、四角ばった顔の、いかつい眼鼻だちであるが、話す調子はやさしく、一種の情がこもっていた。

「――それだけのこった、往還から岐《わか》れた径《みち》が、向うの百姓家の裏口へ続いている、白っぽく乾いた、小石まじりの、砂地の細い平らな径だ、両側は桑畑なんだが、それもひねたような小さな桑の木で、黄色く枯れた葉が、少しばかり散残って、疎《まば》らに並んでるんだ、そんなような、白っちゃけた細い径、というだけなんだ、それが、……そいつが、今でもはっきり眼に見える。どういうわけだかわからねえが……」

その男の沈黙はごく短い時間だった。もちろん安さんの云うことなど、耳にもはいらなかったろう、寅次の顔をじっと見まもっていたが、静かな声で訊《き》いた。

「知らないほうがいいとは、どういうわけだね」

「話があんまり違いすぎるからよ」

寅次の上唇《うわくちびる》が捲《まく》れたように見えた。その男はなお静かに反問した。

「違うとはどう違うんだ」

「どうもこうも、おまえさんの話はね、こっちでずっと聞いていたけれども、みんなでたらめだ、みんな嘘《うそ》っぱちだよ」

寅次は荒っぽく盃を呷《あお》った。

「嘘でねえところも、あるにゃあある」と彼は続けた、「——娘の親が、かよいで茶屋奉公していた、客をてめえの家へくわえ込んだ、そいつあほんとうだ、それからその娘が、相模屋へ嫁に貰われたってこともよ、……だがほかのこたあみんな話が違ってらあ」

その男は低い声で、（眼は相手を見つめたまま）なにかを探るように訊いた。

「おめえおつうを知ってるのか」

「まるぼちゃの、おとなしい娘だってね」寅次は面白《おもしろ》そうに云った、「すなおで、口もあんまりきけねえほど、おとなしい娘だってね、縹緻《きりょう》もよくって掃溜《はきだめ》の鶴、なになに小町といっても、及ばねえくれえだそうだが、へ、冗談じゃねえ、笑わしちゃいけねえ、この界隈《かいわい》にだって、あのくれえの娘は五人や七人ざらにいたぜ」

寅次はまた手酌《てじゃく》で飲み、身を乗出すようにして、ずけずけと云った。

「なるほど、色が白くてまるぽちゃで、おとこ好きのするお面だった、眼つき口もとが、小さいじぶんから色っぽかった、おふくろ譲りさ、だがおとなしいどころか、舌っ足らずなような口で、ずいぶん凄《すご》いような啖呵《たんか》もきったし、近所の子と絶えず荒っぽい摑《つか》みあいをやったもんだ、どうせ貧乏長屋のがきだから、そんなこたあまあいいや、よくねえのは身持ちよ、十二三になるともう妙な眼をし始め、そこらの男の子なんぞにちょっかいをする、河岸の繫《つな》ぎ船ん中で、友達れんじゅうに悪い遊びを教える、どうにもしようのねえやつだと、近所合壁《がっぺき》の鼻っ摘《つま》みだった」

その男は頭を垂れ、眼をつむって、黙っていた。寅次はなめらかな、しかし毒のある調子で、云い続けた。

「相模屋へ嫁にいったんだって、親たちは望みやあしなかった、息子にしたって自分のほうからみそめたんじゃあねえ、娘のほうでひっかけたんだ、世間知らずの若旦那《わかだんな》を、うまくひっかけて、身ごもったなんぞと脅《おど》かして、むりむてえに押掛け嫁に入ったんだ、それでもおちついて女房になる気ならいいが、一年もしねえうちに番頭とまちげえを起こす、それがばれて、番頭が暇を出されると、こんどは町内の若い者から出入りの御用聞き、手当りしでえの御乱行だ、……身ごもったなんてなあ、もとより嘘だし、おふくろはおふくろで、仕送りをして貰っていながら三日にあげずせびりに来る、可哀そうに、息子はやけになって、身をもち崩して、五年と経《た》たねえうちに、相模屋の店をつぶしちまって、親子わかれわかれに、この土地からどっかへ出ていってしまった。……みんなその娘のおかげさ、おまえさんのなになに小町とかいう娘の、これが掛け値のねえ正躰《しょうたい》なのさ、そうじゃあなかったかい、頭領」

その男は顔をあげた。怒るかと思ったが、悲しそうな眼つきで、むしろ頼むようにこう云った。

「おめえ此処《ここ》の人だったのか、とっさん」

「おらあ川筋の水売り*よ、十年の余もこの近辺へ水売りに来ていた、今じゃあ平野町の番小屋にいるが、この界隈のことならてえげえ古いこってても知ってらあ、なかでもあの娘のこたあな……」

「そうかもしれねえ、おめえの云うとおりかもしれねえ」その男は呻《うめ》くように云った、「人間にはそれぞれ見かたがあり、考えかたがある、馬鹿を馬鹿とみる者もあるし聖人だという者もある、まして貧乏人の子に生れれば、五つ六つのじぶんから、生きるための苦労をしなけりゃあならねえ、黙っていたんじゃあ菓子一つ、草履一足、自分のものにゃあならねえ、食うためにはそれこそ、親子きょうだいの仲でいがみあいだ、そうしなくちゃあ生きてゆくことができねえんだ、……とても、表通りの人間のように、きれいごとにゃあいかねえんだ」

「みんな汚れちまうさ」とその男は面《おもて》を伏せて続けた、「――そういう育ちかたをすれば、汚れちまうのが当りめえだ、とっさんだってそれはわかるだろう」

彼はぐいと顔をあげて、寅次を見た。

「水売りをするくれえなら、おめえだって貧乏の味は知ってるだろう、貧乏人の暮しがどんなに辛《つれ》えか、苦しいものか、おめえだってちっとは知ってる筈《はず》だ、……どんな因縁があるかしらねえが、あの娘のことをそんなに云うこたあねえ、おつうはお乳母《んば》日傘《ひがさ》で育ったお嬢さんじゃあねえんだぜ」

「そいつあ話が違うだろう」

寅次は冷笑しながらそっぽを向いた。

「おらあほんとうのことを云ったまでだ、あの娘がどんな娘だったかということをよ」

「口で云うだけなら富士山を潰《つぶ》すこともできるぜ」

「証人でも欲しいてえのかい」

調子が高くなったので、ほかの客たちも黙って、そっとこの問答に聞き耳を立てて

いた。寅次は（残忍な）あいそ笑いをし、ゆっくりと盃を口へもってゆきながら、

「欲しいなら証人をおめにかけるぜ、頭領」

こう云って、その盃を呷った。そうして、その男は返辞をしなかったが、盃を持った手でぐいと向うをさした。

「あの小座敷にのびている女、いってみねえ頭領、あれがおまえさんの捜しているおつうさんだ」

その男の躯《からだ》がびくっとひきつった。

「はおり芸妓《げいぎ》から吉原、なにが恋しいか古巣へ戻って、今ああのとおり……」

その男は立ちあがった。盃と小皿《こざら》が土間へ落ちた、彼は飯台をまわって、小座敷のほうへいった。近くにいた二人伴《づ》れの客が、びっくりして立って除《よ》けた。その男は草履をぬいであがり、女の顔を覗《のぞ》きこんだ。

「よく見てみな」と寅次がこっちから云った、「——面変《おもがわ》りはしているが、右の眼の下の、泣き黒子《ぼくろ》に覚えがあるだろう、違うかい頭領」

「そうだ、おめえの云うとおりだ」

その男の声はふるえていた。

「この女は、おつうだ」

彼はじっと女の顔を見つめた。かなりながい間だった。息をひそめるように、じっと見つめていたが、やがて独り言を呟《つぶや》くように云った。

「この女は悪性かもしれねえ、こんなに汚れて、世間から嗤《わら》われ、鼻っ摘みにされてるかもしれねえ、けれども、この女はやっぱりおつうだ、この女が、まだこんな小さいときに、枯れた朝顔の蔓《つる》の絡《から》まった、竹の垣根《かきね》の向うに立って、ふところ手をして、おれの眼を見てにこっと笑ったんだ、そして云ったんだ、——あたしつうちゃんよ、……おらあ今でも忘れねえ、この女がそう云ったんだ、これはおれのおつうだ」

その男はふところをさぐって、平打で「ひさご」を彫った釵《かんざし》を出し、そっと女を抱き起こした。

「さあ起きるんだ、おつう、おれといっしょにゆこう」

女は死んだように力がなかった。

「起きて呉れ、おつう、おれだ、この釵を見て呉れ、あれからずっと肌《はだ》に付けて、誰にも見せずに持っていたんだ、ようようおめえにめぐり逢えた、もう苦労はさせやしねえぜ」

「うるさいね、酒をお呉れ」女はまわらない舌で喚《わめ》いた、「——酒だよ、酒をお呉れってんだよ、畜生、殺してやるぞ」

その男が勘定を払ううちに、（話し相手になっていた）職人が、気をきかせて駕籠《かご》を呼んで来た。それから、女を乗せるまで、黙って手伝ってやった。

こうして、その男は去った。

職人も熱燗《あつかん》で一本、飲み直して去り、店の中は静かになった。いまの出来ごとについては、誰も触れようとはしなかった。みんながなにやら身にしみたふうで、酒も話もはずまない、というようすだった。

「みんなぼろぼろよ、胃の腑《ふ》も腎《じん》の臓も、わかってらあな」桶屋《おけや》の源兵衛だけはまだ続けていた、「ふざけるねえ、医者になにがわかる、五十四年だぞ、べらぼうめ、酒がどうしたってんだ、この、ぼろぼろの肝の臓が、おめえ……」

「そうだとも、そのとおりだよ父《とっ》つぁん」

伜《せがれ》の文吉はこう云って、欠伸《あくび》をした。

このとき隅のほうで、寅次が飯台に突っ伏して、ううらと泣き始めた。客たちは聞きつけて、そっちを見たが、誰もなにも云わなかった。

＊　舟へ飲用の水を満たして、河岸沿いに売ってまわる。深川あたりは井戸水が悪いので、多くはこれを買って使った。

（「キング」昭和二十七年四月号）

砦山《とりでやま》の十七日

一

宝暦四年九月二十五日。

笈川哲太郎《おいかわてつたろう》はじめ七人の者が、その役目をはたして帰藩し、城下の北郊にある椿《つばき》ケ岡《おか》の真法寺へはいった。七人の氏名と身分は次のとおりである。

笈川哲太郎　二十四歳　中老職（七百五十石）伊織《いおり》の長男。
笈川紋之助《もんのすけ》　二十三歳　国表用人《くにおもてようにん》（七百石）内記《ないき》の長男。
正高大次郎《まさたかだいじろう》　二十五歳　馬廻《うままわり》（二百二十五石）忠左衛門《ちゆうざえもん》の長男。
庄田孫兵衛《しようだまごべえ》　二十五歳　槍組番頭《やりぐみばんがしら》（百十二石五人扶持《ぶち》）。
藤井功之助《ふじいこうのすけ》　二十二歳　槍組徒士《かち》（五十二石二人扶持）又右衛門《またえもん》の弟。
西村伝蔵　二十六歳　馬廻（五十石）。
吉田弥平次《よしだやへいじ》　二十八歳　足軽組頭（五石二人扶持）。

このうち笈川哲太郎が指揮者であり、庄田孫兵衛がその副。吉田弥平次は荒役（弁当、医薬品などの）に当っていた。――かれらは疲れていた。十二里ほどの道を馬でとばし、城代家老の溝口左仲《みぞぐちさちゆう》を討って、そのまま同じ道を戻《もど》って来たのであった。精神的な緊張と、肉躰的《にくたい》な疲労と、そして役目をはたした安堵《あんど》とで、寺へはいるとすぐに、広縁へみなばたばたと身を投げだした。

笈川哲太郎と庄田孫兵衛は方丈へいって、住職の道信と会った。此処《ここ》へひきあげて来ることは、かねてうちあわせが済んでいたし、寺のほうでもその支度がしてあった。二人は住職に挨拶《あいさつ》をし、粥《かゆ》の接待の出ることをたしかめて、広縁のほうへ戻った。

「薬箱をあけてくれ、弥平次」孫兵衛が云《い》った、「正高と藤井、ちょっと起きないか、傷の手当をやり直しておこう」

正高大次郎は右の腿《もも》に槍傷、藤井功之助は額の左側に三寸ばかりの刀傷を受けていた。現場でひととおり手当をして来たし、疲れているので二人はいやがったが、孫兵衛は子供をなだめるようなやりかたで、一人ずつ丁寧にすっかりやり直した。――こうして、まもなく粥が出ようとしていたとき、松尾新六が馬で駆けつけた。

松尾新六は近習《きんじゅ》番頭（五百石）で、こんどの計画の同志の一人であり、城中との連絡を受持っていた。彼は鞭《むち》を持ったまま走って来て、七人のようすを眺《なが》め、それから笈川哲太郎のほうへ歩み寄った。

「首尾よくいったようだね」

「あの二人が負傷した」と哲太郎が澄んだ声で答えた、「城代の供では、村上又兵衛と野口求馬《のぐちもとめ》が、頑強《がんきょう》に反抗してね、左仲どのを討ってからも掛って来るので、しようがないから二人もやってしまったよ」

新六は頷《うなず》いて、またみんなを眺めまわし、目礼をして「おめでとう」と云った。それからすぐに調子を変えて続けた。

「ところで情勢が変ったんだ」

庄田孫兵衛が眼《め》をあげた。

「それで駆けつけたんだが、左仲どのが江戸へ立ったのは、殿から諮問《しもん》のための召《めし》状《じょう》が来たということだったが、じつはそうではなく、城代家老の職の罷免《ひめん》と、重謹慎を命ずる御墨付だったのだ」

七人の者ぜんぶが不審そうな顔をした。

「城代家老の罷免と重謹慎の御墨付にもかかわらず」と新六は云った、「左仲どのはそれを秘して勝手に出府をした、むろん殿の御前へ出たうえ、これまでどおり強引に押し切るつもりだったろうが、みんなが追って出たあと、森内《もりうち》と鮎沢《あゆさわ》の両家老へその旨《むね》の通達が来た、どんな手違いかわからないが、両家老への通達がおくれて着いたのだ」

「それでは」と哲太郎が云った、「――事情は好転したわけだな」

「そうではない、悪くなったんだ」

「だって、そういう御墨付を無視した出府だとすれば、それだけでも切腹はまぬかれないだろう」

「そのとおりだ、重謹慎の次にはおそらく切腹の上使が来るだろうと思う、両家老への通達にもそういう含みがあったそうだ」

「それでなにが悪くなったんだ」

「鮎沢どのが動きだした」と新六が云った、「殿から問罪されている者を、独断で斬《き》るのは上意に反する、これは私闘であるといいだして、森内国老を城中に禁固した」

七人はあっと眼をみはり、横になっていた者ははね起きて、いっせいに新六の顔を見た。森内兵庫《ひょうご》は次席家老（千二百石）で、こんどの計画では中心人物になっていた。鮎沢多宮《たきゅう》も同じ次席家老であるが、これは不即不離の立場をとっていたのである。

——哲太郎が孫兵衛に振返った、孫兵衛が訊《き》き返した。

「森内どのが禁固されたって」

「そうだ、そしてたぶん察しがつくだろうが」と新六が云った、「ここにいる七人にも討手が出されることになるもようだ」

「おれたちに討手が出される」

笈川紋之助がぼんやりと反問した。

「鮎沢多宮の陰謀だ」と藤井功之助が叫んだ、「いまこそはっきりした、彼がこの計画に加わらなかったのはそのためだ、彼はわれわれに城代を討たせておいて、すぐにこういう手を打つつもりだった、初めからちゃんと企《たく》んでいたことだ」

「まあ待て、緊急の相談がある」

新六はこう云って哲太郎を見た。

「まだ決定していないようだが、討手の出るのは時間の問題だと思う、そこで、みんなに他《ほか》の場所へ移ってもらいたいんだ、此処はかれらにわかっているかもしれないから早いほうがいい」

「移るのはいいけれども」と哲太郎が云った、「これから先のことをどうする」

「私はこのまま江戸へゆくよ、鮎沢どのの策謀するまえにいって殿に直訴《じきそ》する。江戸の老職とは了解ができているんだから、先手を打たれさえしなければ問題はないだろう」

哲太郎は孫兵衛を見た。孫兵衛は頷いて、新六に向って云った。

「松尾さんは砦山《とりでやま》を知ってますか」

「砦山、――ああ知ってます」

「われわれはあそこで待つことにしましょう、あそこなら十月末までは人も近寄らないし、設備はできているし、かれらにすぐ発見されることもないと思うんですが」

「それがいい、砦山にしよう」と哲太郎が云った、「ところで、江戸までどのくらいで往《い》って来られるかね」

「乗り継ぎでとばすから早ければ十日、おそくとも十五日あれば充分だと思う」新六は他の五人を見た、「――こういうわけだから、私が帰るまで砦山で待っていてくれ、一人でも欠けると証言するばあい困る、どんなことが起こっても必ず七人で待っていてくれ」

「城中のもようを連絡する者はいるか」

「必要があれば松本太兵衛《まつもとたへえ》が来る筈《はず》だ、――ではいって来る」と新六は鞭《むち》を持ち直した、「くれぐれも七人揃《そろ》っていてくれ、頼むよ」そう念を押して彼は走り去った。

二

七人が砦山へ登り着いたのは二十六日の午前三時ころであった。

そこは黒石嶽《くろいしだけ》の鞍部《あんぶ》をなす岩山で、高さ千五百尺ばかりあり、頂上を越したところが隣藩との領境になっていた。砦山というのは、そこに古い砦があるための俗称で、現在でもその砦跡に冬期だけ番士が警備につく、それは雪の季節になると、隣藩から密輸入者が山越えをして来るからで、毎年十月末から翌年の三月末まで、五人ずつ二十日交代で詰める規定になっていた。

高さは千五百尺ばかりであるが、ごつごつした岩の急勾配《こうばい》で、登るにも下るにもかなり骨が折れた。中腹から八合目あたりまでは松、杉《すぎ》、楓《かえで》などの林があり、それから上は裸のごつごつした岩地で、ところ斑《まだら》に雑草が生えたり、実生《みしよう》の小さな松や杉が繁《しげ》っていたりした。――砦の跡は頂上から一段下ったところの、岩穴を利用したものであった。自然の洞穴《ほらあな》のようでもあり、ずっと昔、砦にするために掘ったようにもみえる。内部は左右に分れていた。つまり洞穴の中にさらに洞穴が二つ並んでいるわけで、片方は十坪、片方は十五坪ほどの広さだった。現在は番士が寝起きするので、片方だけ床を組み、畳が六枚（いつでも敷けるように）立てかけてあった。広いほうは食糧や雑用具を置く場所で、去年のものらしい藁束《わらたば》や蓆《むしろ》や縄《なわ》や、かなりな量の薪《まき》と炭があり、大きな水瓶《みずがめ》や、鍋《なべ》、釜《かま》。また食器などを容《い》れた納戸《なんど》が造りつけてあった。

洞穴の外部は丸太で組んだ小屋掛けになっていた。はね戸の付いた窓が二つ。入口は重い引戸で、おそらく暴《あら》い風雪に備えるためだろうが、古くなっているにも拘《かかわ》らず、それはばかばかしいほど頑丈であった。小屋の中の土間には石でたたんだ炉があり、天床《てんじよう》から自在鉤《じざいかぎ》が下っていた。炉の左右には腰掛があって、そこに腰掛けたままで窓の外を見ることができた。

七人がこれらの設備を見たのは、朝になってからのことであった。登り着いたときは重なる疲労で、みんな口をきく元気もなく、蓆や藁をひろげた上へごろごろ横になった。かれらは十五日間の籠居《ろうきよ》のために、米三斗、押麦二斗、味噌《みそ》、塩、砂糖、乾《ほ》した人蔘《にんじん》や牛蒡《ごぼう》や高野豆腐、漬菜《つけな》。鰹節《かつおぶし》、ごまめ、塩鮭《しおざけ》、干鱈《ひだら》。また燈油や食油、蠟燭《ろうそく》、塵紙《ちりがみ》などを持って来た。——庄田孫兵衛は寺で筆硯《ひつけん》や墨や巻紙のほかに、反故紙《ほごがみ》をひと束貰《もら》って来たが、——これらはもちろん分担して運んだのであるが、各自が相当な重量になったし、山の中腹から上は、殆《ほと》んど岩から岩へ這《は》い登るような勾配なので、横になるとすぐ、七人ともまるで殺されたように眠ってしまった。

朝になって、砦の設備をみてまわったとき、みんなは満足そうであった。藤井功之助はさほどでもなかったが、他の六人は幸福そうにさえみえた。あまり感情をあらわさない笈川哲太郎でさえ微笑しながら孫兵衛に向って頷いていた。

「これは悪くない」と西村伝蔵が誰《だれ》にともなく呟《つぶや》いた、「これならお誂《あつら》えむきですね」

そしてちらちらとみんなの顔を見た。

伝蔵は五尺そこそこの軀《からだ》で、色が黒く、眼の窪《くぼ》んだ角張った顔には、善良さと狡猾《こうかつ》との一種の調和があった。彼が笑うとき、その顔は子供が泣き笑いをするときのように人をひきつけるが、ひょっと気分が変ると、その表情は冷酷になり、するどい陰険な眼つきになる。実際は人なつこくて感情のこまかい、むしろ世話好きな性分なのだが、あまり人には好かれないし、自分でも隅《すみ》のほうに引込んでいる、というふうであった。

「庄田さんはよく此処を思いだしましたね」

藤井功之助が訊いた。

「ときどき来るんだよ」と孫兵衛が答えた。「子供のじぶんにも遊びに来たことがあるし、このごろでも冬のうち二度くらいはやって来るねえ」

「なにをしにです。猟ですか」

「まあ、なんとなくね」孫兵衛は口を濁し、手で崖下《がけした》のほうをさした、「あの三角に出っ張っている岩の蔭《かげ》に水場があるよ」

正高大次郎は腿《もも》の傷が痛みだし、どうやら化膿《かのう》するとみえて、ひどく腫《は》れたため動けなかったが、寺から持って来た握り飯を喰《た》べると、他の者は手分けをして、砦の中をすっかりきれいにした。弥平次は水場まで五度も通い、大きな水瓶《みずがめ》をいっぱいにすると、炉に炭火をおこし、湯釜《ゆがま》を掛け、また小屋の外にある竈《かまど》を掃除して、飯をしかけたりした。

「なんだか楽しいような気分だな」

「ちょいとした遊山《ゆさん》といったぐあいだ」

「これなら五十日でもいられるぜ」

みんな陽気にそんなことを云いあった。

午《ひる》の食事は、高野豆腐の味噌汁に、拶《むし》った干鱈、漬菜という献立であったが、そのとき茶と酒を忘れたことに気がついた。

「茶のほうはまあいいけれど」と藤井功之助が云った、「酒を持って来ないというのは失敗だったな、庄田さんは酒好きなのに思いださなかったんですか」

「うん、そこまではねえ」

「自分のほうが好きなんだから」と西村伝蔵が云った、「藤井こそ思いだしそうなもんじゃないか」

功之助は「そうだね」と云って脇《わき》へ向いた。夕食のまえに、笈川哲太郎は山の頂上へ登ってみた。そこは黒石嶽と笠《かさ》ケ岳《たけ》との鞍部で、頂上といってもひと跨《また》ぎの広さしかない、上に立つと両側の斜面が一望であった。隣藩領のほうも同じような岩だらけの急勾配で、六合目あたりから下は暗く、みっしりと樹《き》が茂り、眼をあげると山裾《やますそ》の低くなってゆく彼方《かなた》に、夕日をあびた広い平野と、町や村の集落と、水の白く光っている湖などが眺められた。

哲太郎は鞍部を右のほうへ、二十間ばかりいった。そこには瘤《こぶ》のように突き出した、高さ六尺ばかりの岩があった。彼は振返って、誰も来るようすのないのを慥《たし》かめたのち、その岩の蔭へまわって袴《はかま》の紐《ひも》を解いた。

背割り羽折をぬぎ、それから着物をぬいで、その背中の部分をしらべた。袷《あわせ》の背中のところが、右から斜めに下へ、七寸ばかり裂けていた。刀で斬られたもので、肌襦《はだじゅ》袢《ばん》まで届いていないが、袷の裏も切れていた。――彼は眉《まゆ》をしかめ「危なかったな」と呟いた。哲太郎は痩《や》せ形で背丈が高い、色が白く端正な顔だちで、感情を外にあらわすことが少ないし、無口のほうであった。しかしいま、彼の眉間《みけん》には深い皺《しわ》が刻まれ、眼には恐怖に似た色があらわれた。

「――いったい誰だろう」

ぬいだ物を手早く着ながら、彼はまたそう呟いた。

それは敵に斬られたものではなかった。味方の六人の中の誰かに、うしろから襲われたのである、哲太郎は危うく躱《かわ》しざま、刀でひっ払った。刀の峰が相手の横腹へ当った。かなり強く当った手ごたえが、いまでもはっきり残っていた。

「たしかに」と彼は背割り羽折の紐を結びながら云った、「――たしかに敵ではない、味方の六人の中の誰かだ」

三

七人の者が溝口左仲を仕止めたのは、領分境に近い田宮という宿《しゅく》で、時刻は午前三時。まだあたりはまっ暗であった。

大野屋という本陣に泊っていた左仲は、道をいそぐためだろう、そういう時刻に宿を出た。十二人の供が前後を護《まも》り、徒歩《かち》で東に向ったのであるが、刺客の七人はこれを宿外れで襲った。供の者の大部分がひとたまりもなく逃げ去ったなかで、村上又兵衛と野口求馬の二人だけ、めざましく防戦した。村上又兵衛は槍《やり》の達者だったし、野口求馬の一刀流も指折りのものであった。――哲太郎は指揮者の立場で、左仲の脱出を看視する役だったが、野口求馬の太刀さきがあまりに冴《さ》え、味方が押されぎみなので思わず進み出た。そのとき、うしろから誰かが斬りかかったのである。前へ出ようとして動作を起こしたときだからよかったが、さもなければ無事には済まなかったであろう。背筋をさっと風で打たれるように感じたので、跳躍しながら刀を振った。刀の峰がうしろにいる相手の胴に当り、うっという声が聞えた。

——まだ敵がこっちにもいたのか。

そう思いながら、三間ばかり走って振返ると、そこにはもう人影はなかった。それでもそのときは味方とは思わなかった。いちど逃げた供の者のうちに戻って来た者があって、うしろから不意打ちを仕掛けたのだと考えた。だが、左仲を仕止めて帰途についてから、それが敵ではなく味方の誰かだということに気づいた。左仲の後で踏《ふみ》止《とど》まっていたのは二人だけであった、村上又兵衛と野口求馬の二人だけで、その二人は溝口左仲を挟《はさ》んで哲太郎の前方にいた。哲太郎はその前方にいる野口に向って踏み出したのである——味方の誰かでない限り、そのときそんなぐあいに不意打ちを仕掛けることはできない筈だし、その一刀が失敗しただけで、即座に姿をくらます必要もなかった筈である。

「——理由さえわかれば見当がつくんだが」と哲太郎は砦のほうへ戻りながら云った、「いったい理由はなんだ、あの混乱のなかでおれを片づけて、誰にどんな利益があるんだ」

谷のほうから灰色の濃い霧が巻いて来て、にわかに気温が下り、顫《ふる》えるほど寒くなった。小屋の前までおりると、そこに庄田孫兵衛が立っていて、どこへいったのか、と云いたげにこちらを見た。

「頂上は馬の背中くらいの幅しかないね」

哲太郎は近よりながら云った。

「食事の支度ができたらしいよ」

と孫兵衛が云った。

外から入ると、小屋の中はむっとするほど温たかかった。赤あかと炭火のおこった炉を前にして、四人の者が腰掛に並んでいた。もううす暗くなった小屋の中で、かれらの顔が赤く火に染まって見えた。哲太郎はひそかにかれらを眺めながら、もういちど心のなかで呟いた。

——この中の誰かだ。

夕食はくつろいだなごやかな気分で終った。

困難な役目を協力してやりとげたという、同志的な感情がかれらを包み、かれらの気持を共通の満足と友情とで結びつけた。田宮の宿をひきあげて、真法寺からこの砦山へ来るまで、かれらは「その事」についてはひと言も口にしなかった。「その事」についていては、七人が七人とも、考えることさえ避けているようであった。それは、かれらの仕遂げた事の重大さに比例するものらしかったが、いまはようやく気分がほぐれ、お互いの友情に支えられた共通の感動を味わうかのように、控えめな口ぶりでそのときの情況を話しあった。

笈川哲太郎は黙っていた。庄田孫兵衛は畳の上に横になり、いい気持そうに眼をつむって、かれらの話すのを聞いていた。七人の中で孫兵衛だけが妻帯者であった。きいぬという妻と亀之助《かめのすけ》という五歳になる子がいた。――彼は五尺二寸ばかりで、固肥り《かたぶと》の逞《たくま》しい軀《からだ》つきに、まる顔で額が高く、細い柔和な眼をしていた。その眼はいつも笑っているようだし、なにか話すときにはしきりに目叩《またた》きをするが、その低くてまるい話し声とともに、その眼の表情はいかにも愛嬌《あいきょう》があって、どんな相手でも声をかけずにはいられなくなるようであった。

――賢くて肚《はら》のすわった男だ。と哲太郎は孫兵衛から云われたがひとくせもふたくせもある男だ、いつも笑っているようなあの柔和な眼の裏には、誰にも窺《うかが》うことをゆるさないなにかがひそんでいる。

孫兵衛は人の集まっている処《ところ》では自分から話しだすようなことはなかった。すぐごろっと横になる癖があり、眼をつむって好い気持そうにうとうとする。しかも、そこで話していることはみんな聞いていた。話の要点を聞き返すようなことは殆《ほと》んどなかった。

「又兵衛の槍があんなにすばらしいとは思わなかった」と正高大次郎が云っていた、

「自分がやられたから云うわけじゃあないが、……あの槍は第一級だ、あのとき藤井がいなかったら、おれは絶体絶命だった」

「ばかなことを云うな」と藤井功之助が怒ったような声をあげた、「おれなんぞが手を出さなくったって正高は充分やってのけたよ」

「そうだ、正高はみごとにはたらいたよ」

笈川紋之助が暢《のん》びりと云い、藤井功之助がさらにそれを強調した。

「しかしどっちにしろ一番槍は藤井だよ」

西村伝蔵がそう口を挿《はさ》んだ。他《ほか》の三人が彼を見た、伝蔵は眼をぱちぱちさせ、すばやく三人の顔を見返しながら云った。

「私はちゃんと見ていたからね、城代に第一槍をつけたのは藤井だった、野口求馬の脇をぬけてね、こういうぐあいに」

「野口のやつにも驚いた」功之助がぶっきらぼうに遮《さえぎ》った、「あいつとは稽古《けいこ》でずいぶん立合ったが、あんなにするどい太刀さばきは初めてだ」

「やっぱり真剣勝負はべつだね」

「まったくべつだ」と正高大次郎が云った、「まるで刀がさばけない、ふだんの半分もさばけない、てんで刀が動かないんだからなあ」

「誰も気がつかなかったのかね」

寝ころんだまま庄田孫兵衛が云った。みんな彼のほうを見た。哲太郎も見やった。

「野口を仕止めたのは西村だぜ」

「いや違います」伝蔵がせかせかと云った、「それは庄田さんですよ、庄田さんが」

「野口を仕止めたのは西村だ」と孫兵衛が眼をつむったままゆっくりと云った、「——あの一刀はみごとだったよ」

「うしろからだったがね」

笈川紋之助がまのびした調子で云った。

「うしろからだったが、……しかし、そうだ、やっぱりあの一刀はみごとだったね」

哲太郎は西村伝蔵を見た。

——うしろから。

という紋之助の言葉が耳に刺さったのである。伝蔵はどぎまぎしたように、角張った色の黒い顔を伏せて、自分の膝《ひざ》を手で払っていた。

四

次の日に雨が降りだし、三日めの午ころに晴れた。つよい降りではなかったが、寒さがひどいので外へ出ることができず、炉のまわりで話したり、寝ころんだりして過した。

みんなの陽気な気分はまだ続いていた。鮎沢多宮の陰謀や、江戸へいった松尾新六のことなど、みんな忘れたようにふるまった。そのことを気にするようすもみせなかったが、もちろんそうではないだろう。かれらの陽気さのなかに、絶えず一種の不安な影がつきまとっていることが、少なくとも哲太郎にはわかっていた。

梶井《かじい》の千乃《ちの》が登って来たのは、五日めの昏《く》れがたであった。

彼女がやって来ようなどとは予想もしなかったが、虫が知らせたとでもいうのか、哲太郎はそのまえの夜の夜半、灯《ひ》を消してから暫《しばら》く彼女のことを考えていた。千乃は年寄役（七百三十石）梶井主税《ちから》の二女で、ちょうどひと月まえ、八月下旬に哲太郎と縁談がまとまり、すでに結納も済んでいた。この縁組みには競争者がかなりあった。現にそこにいる笈川紋之助もその有力な一人で、彼は千乃の母親に好かれていたから、どちらかというと紋之助のほうに分《ぶ》があった。当の千乃が哲太郎でなければと云い張ってくれなければどうなったかわからなかったのである。

「――それはまだ同じことだ」と哲太郎は闇《やみ》の中で呟《つぶや》いた。「松尾が帰って来てからでなければ、はたして結婚できるかどうかわかりはしない、……そうだ、おまけにおれを覘《ねら》っている人間がある、いまはなにもできないだろう。諦《あきら》めたかもしれないが、機会があればまたやるかもしれない、――たしかに、その人間はいまこの同じ砦《とりで》の中にいた」

哲太郎はびくっとして口をつぐんだ。

闇の中で誰かが起きあがったのである。哲太郎は息をひそめた、起きあがったのは紋之助のようであった。静かに立ち、足さぐりで床からおりた。そして物置き場のほうへいったと思うと、まもなくそちらから蠟燭《ろうそく》の光りがさして来た。哲太郎は身を起こして、そこに寝ている者を見やった。すると、庄田孫兵衛の夜具だけが、空になっているのがわかった。

――いまじぶんなにをするんだろう。

哲太郎はそちらのけはいに耳を澄ませた。なにか物音が聞えるが、音だけでは見当がつかなかった。そのうちに蠟燭の光りが移動し、そのまま静かになった。ややながい時間が経《た》ったが、気になって眠れそうもないので、哲太郎も起きて出ていった。

庄田孫兵衛は小屋の中にいた。埋《うず》み火をかきおこした炉端に蓆《むしろ》を敷き、腰掛を机の代りにして、なにか書きものをしていた。

「なにを始めたのかね」

「ああ、起こしてしまったか」と孫兵衛は振向いた、「よく眠ってると思ったが――」

「いや、眠ってはいなかったんだ」

「心覚えにね、こんどの始末を書いておこうと思うんだ」孫兵衛は低い声で云った、「もしかして鮎沢氏の陰謀が成功すると、すべてが闇に葬《ほうむ》られるかもしれないし、また、とにかく城代家老を誅《ころ》したということは重大だから、刺客としてのわれわれの手で、誤りのない事実を書いておくのもいいと思うんだ」

「むろんそうすべきだね、気がつかなかったよ」

「私も眠れないので思いついただけさ」

孫兵衛はあっさり云ったが、真法寺を出るときに、彼が筆硯《ひっけん》や巻紙を借りて来たのを、哲太郎は思い出した。そしてまたそのとき、彼がかなり多量に反故紙《ほごがみ》を貰って来たことも。

――初めから覚書を書くつもりでいたんだ。

寝床へ戻《もど》ってから、哲太郎はそう頷《うなず》いた。

――だがあの反故紙はどうするんだろう。

五日めの夕方。もう昏れかかってから、梶井の千乃があらわれた。ちょうど夕食を喰《た》べはじめたときで、みんな吃驚《びっくり》したが、哲太郎はつい知らず声をあげた。それは、まえの夜の夜半に彼女のことを思いだしたばかりなので、その驚きと同時に「これだ」という直感が閃《ひらめ》いた。

——これだ、理由は千乃だ。

求婚に失敗した人間が、自分に闇討ちをしかけたのだ。反射するようにそう思い、その刹那《せつな》に紋之助を見た。

紋之助は千乃のほうに、微笑しながら片手をあげていた。

「どうしたんです、こんなところへ」

哲太郎は箸《はし》を置いて立っていった。

「お知らせがあったものですから」

「誰と来たんですか」

「一人でまいりました」千乃は苦しそうに喘《あえ》ぎ、額を手で拭《ふ》いた、「一刻も早くお知らせしなければならないことがございましたから」

「それにしたって乱暴じゃありませんか」

「済みません、水を下さいましな」

あといって弥平次が立ちあがった。すると孫兵衛も立って、いっしょに物置き場のほうへいった。千乃は床《ゆか》の端に腰をおろし、眩暈《めまい》でもするように、両手でじっと顔を押えた。孫兵衛が戻って来て哲太郎に湯呑《ゆのみ》を渡した。

「飲みにくいかもしれないが、元気がつくからね」

哲太郎はちょっと嗅《か》いでみて、千乃の手へ渡した。それは強い酒の匂《にお》いがした。千乃は眉をひそめたが、思いきったようにひと息に飲みほした。このあいだに弥平次が、もう一つの湯呑に水を汲《く》んで来て置いた。食事は中止のままで、みんな千乃の話しだすのを待っていた。――女ひとりでこの難路を登って来たのは、よい知らせではないだろう、松尾はまだ帰って来る筈はないし、なにか急にまた情勢が変ったに違いない。みんなそう思って、不安な期待のために緊張した。

「討手が此処《ここ》へやって来ますの」

息をついて、千乃が口をきった。

「此処へ」と哲太郎が反問した。

「はい、島田源太夫、鮎沢金三郎のお二人が指揮者で、目付から十人、弓組から十人、槍組から十人という人数でございます」

「此処へ来るんですって」と哲太郎が念を押した、「それは慥《たし》かですか」

「わたくしそう聞いてまいったのです、松本太兵衛さまが押籠《おしこ》められるまえに、自分は危ないから万一のばあいは連絡を頼む、真法寺へゆけば居どころがわかるから、

——そう申されていました。それで和尚《おしよう》さまにお眼にかかりましたら、やはり此処だとうかがいましたので、そのままこちらへまいったんですの」

「——松本太兵衛が捉《つか》まった」

七人は互いに顔を見交わした。

「それで全部やられたわけだな」と紋之助が暢びりと云った、「直接この事に関係した者はみんな押えられたわけだ」

「討手はもう出たんですか」

庄田孫兵衛が訊いた。千乃は頷いた。

「はい午《ひる》に出立《しゅったつ》すると聞きました」

「それはいけない」と孫兵衛が云った、「お疲れだろうが貴女《あなた》は帰って下さい、ぬけ道がありますから私が御案内しましょう」

孫兵衛が再び立った。千乃は哲太郎を見あげた、すぐには動けない、と訴えるような眼であった。哲太郎は首を振って、やっぱり帰らなければいけない、と云おうとした。

しかしそのとき、小屋の丸太壁へふつふつと矢の突立つ音がし、人の叫ぶ声が聞えた。

「ああだめです」と千乃は衝動的に哲太郎の手をつかんだ、「もう討手が来ました」

みんな総立ちになった。

いきなり射《う》ちかけて来たその矢の音と、一斉《いっせい》にあげた叫び声とは、まさに「討手」という意味を表明していた。それは断乎《だんこ》として仮借のない感じであった。哲太郎は振返って、誰にともなく云った。

「窓と引戸を閉めてくれ」

弥平次と功之助がとびだしていった。

五

炉端に蓆を敷き、腰掛を机の代りにして、庄田孫兵衛が覚書を記していた。その脇《わき》に蓆を重ねて敷き、千乃が紙縒《こより》を縒《よ》っていた。それは孫兵衛が真法寺から貰って来た反故紙を裂いたもので、（哲太郎には用途がわからなかった）この砦《とりで》が討手に囲まれ、誰も外へ出られなくなったとき、孫兵衛が取出して、みんなに分けたのであった。

――こんどの記念に、紙衣《かみこ》を作ってもいいじゃないか。

孫兵衛はさりげなく云ったが、哲太郎はひそかに唸《うな》った。十日から十五日という山《やま》籠《ごも》りでは退屈する、なにか気分を転換するものが必要になるだろう。――あの緊迫した状態のなかで、孫兵衛はそこに気がついたのだ。哲太郎はとうていかなわないと思った。

「お気をつけにならないと危のうございますわ」

千乃が振向いて云った。

哲太郎は窓のそばに立って、はね戸を少しあけて外を眺めていた。夜になるとたいてい雲が巻くので、星の見えることも稀《まれ》にしかない。いまも戸外は闇であったが、この砦の上と下の三カ所に、ぼっと赤く夜霧の焦《こ》げているのが見える。火は見えないが、そこで討手の者たちが篝火《かがりび》を焚《た》いているのであった。

——たいしたやつだ、庄田というやつは。

心のなかでそう呟《つぶや》きながら、哲太郎はべつのことを考えていた。

討手に囲まれてからもう六日経っていた。初め哲太郎はかれらと話しあおうとした。城代家老の横暴と悪徳を知らない者はない、藩主の河内守綱喜《かわちのかみつなよし》でさえ手に負えず、これまでにも再三度（特に青年たちのあいだで）暗殺の企てがあった。したがってかれらと話せば了解がつくと思ったのだが、討手の側ではてんで受けつけなかった。——指揮者の一人、鮎沢金三郎が押えているらしい、金三郎は次席家老鮎沢多宮と血縁の者で、年も三十二歳になり、三百二十石の番頭《かしら》を勤めている。ふだんはいるかいないかはっきりしない男であったが、おそらく鮎沢多宮に云い含められて来たのだろう、どう呼びかけてみても、まるで逆上したような返辞しかしなかった。

——きさまたちは上意をないがしろにした重罪人だ。金三郎はそう喚《わめ》き返す。神妙に出て来れば武士らしく切腹させてやる、われわれは七人の首を打つために来たのだ、話すことはない。

そうして、砦の上下を囲んで動かず、こちらがちょっと窓をあけると、すぐにばらばらと矢を射ちかけるのであった。三十余人が交代で見張っているらしい。夜になると篝火を焚いて、それこそ蟻《あり》の這《は》い出る隙《すき》もない警戒ぶりであった。

砦の中には動揺が起こっていた。まだはっきりとはあらわれないが、動揺の起こりだしていることは感じでわかった。あのなごやかな陽気さはあとかたもなくなり、いまは重苦しい沈黙と、絶望的な気分が砦の中いっぱいに詰っていた。なによりも悪いのは外へ出られないことであった。いちど雨の降ったあとは、ずっと好い日和《ひより》つづきで昼のうちは引戸や窓の隙間から、日光の条《しま》がさし込んで来た。——この地方ではいまがもっともいい季節で、雪の来るまでは晴天の続くのが例である。砦の中はうす暗く、空気は濁っていた。炉には絶えず炭火があるし、男女八人の躰臭《たいしゅう》と呼吸とで、ふと気がつくとやりきれないような匂《にお》いがこもっていた。引戸や窓の隙間からさし込む日光は、かれらに外の景色を想像させた。外には透明で爽《さわ》やかな陽《ひ》が照っている、その日光をあびた野や山、ゆたかに稲の実った田や、遠い山脈《やまなみ》の展望が、あざやかに眼にうかんでくる。しかもそれは手の届くところにあった。引戸をあけて外へ一歩出ればいい。一歩外へ出れば、そこには冷たく新鮮な空気があり、明るく陽のあふれる秋景色がある。引戸や窓からさし込む日光の条は、かれらに絶えずそのことを想像させたが、それはまるで刑罰のように苦痛なものであった。

「ねえ、危のうございますわ」と千乃がまた云った、「向うで覘《ねら》っているのですから、そうしていらっしゃるといつ矢が飛んで来るかもしれませんわ」

哲太郎はああと答え、はね戸をおろして腰掛に掛けた。千乃は孫兵衛を見てから、片手を哲太郎の膝《ひざ》の上へさしだした。孫兵衛はこちらへ背を向けて、静かに書きものを続けていた。哲太郎は千乃の手を握った。

「松尾さまはいつ帰っていらっしゃるのでしょう」

お互いの小指を絡《から》み合せながら、哲太郎を見あげて千乃が囁《ささや》いた。紙縒を縒っていた手は少し汗ばんで、柔らかい指の膚《はだ》が吸いつくようであった。

「早ければ十日、――」と哲太郎が囁き返した、「おそくとも十五日あれば帰ると云っていた」

「あれは二十五日でございましたわね」

「今日で十一日めになる」

千乃はすばやく哲太郎の手に頰《ほお》ずりをし、きらきらするような眼で、じっと彼をみつめながら、もっと声をひそめて囁いた。

「もちろん御首尾よく帰っていらっしゃるでしょうけれど、万一いけないばあいにはどう致しますの、討手の囲みを切抜ける法があるのでしょうか」

「松尾はうまくやるよ」哲太郎は微笑しようとしながら答えた、「江戸邸の老職にもこんどの事を了解している人がいるんだ、鮎沢国老がよほど奸巧《かんこう》に策謀しない限り、彼の陰謀が成功するとは思えない、心配するには及ばないよ」

「討手の囲みをやぶる法はございませんの」

哲太郎は口ごもって、それから云った。

「少なくとも、千乃さんだけは無事に、城下へ帰れるようにするよ」

「では囲みをぬける法はございませんのね」

「貴女だけは必ず無事に帰してあげるよ」

「わたくし自分のことを申してはいませんの、みなさまがどうなるかということをうかがっているのですわ」

哲太郎は握っている千乃の手をそっと押しつけた。

「――もうお寝なさい」

千乃はあまえたように首を振り、また彼の手を自分の頬に当てた。哲太郎は眼をそむけた。

――私にはもう一つ危険があるんだよ。

彼はそう云いたかった。千乃が砦へあらわれたとき、彼女の姿を認めた刹那に閃いた直感は、そのまま彼のなかに尾を曳《ひ》いていた。ほかに思い当る理由はないが、求婚に負けて千乃を彼に取られた者が闇討ちをしかけたとすれば、理由がはっきりするのである。そしてその一人である紋之助が、現在そこにいた。――彼女にはかなり求婚者があったというから、紋之助に限ることもできない。正高も藤井も、西村伝蔵も独身者である。また、闇討ちをしかけた目的は、千乃を取られた恨みをはらすというより、千乃を取り戻《もど》すためだったかもしれない。……こう考えてみると、いよいよ理由がはっきりするし、その人間はいつまた襲いかかるかもしれないのである。

――事情がこのように切迫して、みんな気持が動揺し始めたうえに、千乃が眼の前にいるのである、情熱に駆られるか、自暴自棄になるか、もっと単純な衝動からでも、その男はきっとやりかねないだろう。

哲太郎にはその危険が現実に感じられた。着物の背にある七寸ばかりの裂目が、寝ても起きてもその危険を予告し、証明するようであった。——突然、千乃があっと叫び、哲太郎に縋《すが》りつこうとして、すぐ反対に身をふり放した。あんまり突然な動作なので、哲太郎もぎょっとしながら振返った。

そこにぬっと藤井功之助が立っていた。

六

「酒が欲しいんですがね、庄田さん」と功之助が云った、「済みませんがひとつ、出してもらえませんか」

庄田孫兵衛はゆっくりと振向いた。

「——酒だって」

「このあいだ梶井のお嬢さんにあげたでしょう、知ってますよ」功之助は唇《くちびる》を曲げた、「貴方《あなた》が夜おそくまで、なんのために起きているかということもね、それは不公平だと思いませんか、われわれは生死を共にする筈だし、すべての物を分けあって来たんでしょう、自分だけ隠して酒を持って来て自分だけ隠れて飲むというのは貴方に似合わないですよ」

「私は隠して酒など持って来やあしないよ」

「そいつは聞きものですね」

「あれはこの砦にもとからあった。そして飲むための酒じゃあないんだ」と孫兵衛が穏やかに云った。「私はときどき此処へ遊びに来たから知っていた、あれはこの砦に備え付けてある焼酎《しょうちゅう》なんだ、梶井さんには気つけになると思って、水で割ってあげたんだが、そんなときとか傷を洗うために貯《たくわ》えてあるんだ」

「しかし焼酎なら飲めますよ、焼酎ならみんな結構飲んでいますよ」

「だめだね、飲むためのものじゃないんだから」と孫兵衛は書きもののほうへ向いた、「もうすぐ正高《まさたか》の腿《もも》を切開しなければならない、そのとき必要だし、これからも必要な事が起こるかもしれないからね」

「どうしてもだめですか」

孫兵衛は返辞をしなかった。功之助は拳《こぶし》をあげて小屋の柱を殴った、重い音が響いて、低い天床《てんじょう》からばらばらとごみが落ちた。千乃は身ぶるいをし、哲太郎を見あげた。

「どうしてもだめですか」

功之助が喉声《のどごえ》でどなった。

「あれは飲むためのものじゃない」と孫兵衛が答えた、「あれは薬なんだから、がまんしてもらうよりしようがないよ」

功之助は憤然と去っていった。

千乃は不安そうに哲太郎を見あげた。おどおどした、いかにも不安そうな眼つきであった。

「大丈夫、気がめいってるだけだよ」哲太郎が囁《ささや》いた、「もうおそいからね、いってお寝なさい」

千乃は頷《うなず》いて、膝のまわりを片づけ、おとなしく立って、物置き場のほうへ去った。そこに藁束《わらたば》を重ね、蓆《むしろ》を厚く敷いた上に夜具をのべて、千乃は独りで寝るのであった。炉の火を絶やさないし、洞穴《ほらあな》の中だから寒くはないが、仕切のない見通しなので、哲太郎が毎晩ずっと炉端で起きていた。二人が婚約の仲だということもわかっていたし、討手がいつ斬《き》り込んで来るかもわからないから、誰か一人は起きている必要があった。したがって（少なくともこれまでは）彼がそこで夜明しをすることも、ごく自然にうけとられていたのである。

「——飲ませたほうがいいんじゃないか」

哲太郎はそう云いながら、千乃のあとに坐《すわ》って紙縒《こより》を縒《よ》りだした。

「いや、荒れるに定《きま》ってるからね」孫兵衛は筆を置いた、「量が少なければいいが、かなりたくさんあるんでねえ、この狭い場所でみんなが酔い始めたら手に負えなくなるよ」

「しかし彼は諦《あきら》めるかね」

「もう四五日のことだから、なんとか押えられるだろう、――それより水の無くなるのがこわいよ」

ちょうど千乃の来た日に、弥平次がまた水瓶《みずがめ》をいっぱいにしてあった。だが討手に囲まれたので、それ以後は外へ出ることができない、ずいぶん節約して使うのだが、八人を賄《まかな》うために、もう水瓶は底をつきそうになっていた。

「悪い条件が揃《そろ》うばかりだな」

哲太郎は太息《とい》《いき》をついた。

「それも四五日のことさ」と孫兵衛は硯《すずり》や筆を片づけながら云った、「籠城《ろうじよう》だと思えばこれもいい経験の一つだよ」

まもなく彼は寝るために立っていった。

藤井功之助の殴りつけた柱の、どしんという重い音がきっかけにでもなったように、それからにわかに砦の内部が不穏な空気に包まれだした。なによりめだつのは、みんなの気持がばらばらになったことであった。刺客という異常な役目を協力してはたした、という感動のつながりも、そのことで結ばれた友情も、いまは逆に、お互いのあいだを押し隔てるようであった。それをもっとも直截《ちよくさい》に、藤井功之助が云った。「おれたちは滑稽《こつけい》な木偶《でく》だ」と彼はどなりたてた、「おれたちは馬鹿《ばか》な踊りを踊ったんだ、藩家のため領民ぜんたいのためだなんて悲壮がっているが要するに政争の手先を勤めただけなんだ、そうじゃないか」

それは正高大次郎の傷を切開しているときであった。

大次郎の傷は化膿《かのう》したが、痛みがひどいので待っていた。その日は痛みが軽くなったので、経験があるという弥平次《やへいじ》が切開役になった。よく焼酎で洗い、脇差《わきざし》で切り、丹念に膿《うみ》をさらい、ひらいた傷口に膏薬《こうやく》をつめ、綿を当て、木綿を巻く。これらの手当を弥平次は順序よく、しかも手ばしこくやってのけた。

「そうじゃないか正高」と功之助はそっちへ呼びかけた、「おまえだってそんな手当をすることなんぞありゃしない、どうせおれたちは首を打たれるんだ、松尾は帰って来やしないぜ」

「しかし今日はまだ、十二日めだよ」

西村伝蔵が云って、すばやくみんなの顔を見た。功之助がどなり返した。

「それがどうしたんだ、馬を乗り継いでとばせば片道三日半か四日だぞ、もし松尾の奔走がうまくいったなら、自分が帰らないにしてもなにか情報がある筈だ、少なくとも国許《くにもと》になにか変化が起こっていい筈だ、そうじゃないか、ところがなにも起こりゃしない、討手のやつらはあのとおり頑張《がんば》っている、おれたちがへたばるのを舌なめずりしながら待っているぞ」

「そんなにどうなるなよ」と大次郎がくいしばった歯の間から云った、「冥途《めいど》へゆくにしたって、腫《は》れて膿臭い脚のままより、さっぱりしてゆきたいじゃないか、おまえの額の傷が、もし膿んでいたら、この気持がわかるんだ」

「藤井は怖くなったのさ」笈川《おいかわ》紋之助が暢《のん》びりと云った、「彼は左仲に第一槍《だいいちやり》をつけたんだからな、うまくいけば一番槍でいばるところだろうが、こうなってみると、反対にそれが恐ろしくなったのさ」

「私が怖くなったんですって」

「藤井、たのむよ」と西村伝蔵がおろおろと手をあげた。「喧嘩《けんか》はよしてくれ、みんな同志じゃあないか、たとえわれわれがこのまま討手にやられるにしたって、われわれのした事の本当の意義に変りはありゃあしない、たとえ」

「うるさい、きさまは引込んでろ」

「その意気だ」と紋之助が云った、「その意気で、ひとつ考えるんだな」

功之助は眼を細めて、刺すように相手を見た。紋之助は哲太郎のほうを見ながら、独得の暢びりした調子で云った。

「もしもわれわれの立場が絶望だとしたら、なにも此処《ここ》で自滅を待っていることはないさ、脱出するつもりなら手段はいくらでもあるよ」

七

「それは忠告ですか煽動《せんどう》ですか」

「いきり立つばかりが能じゃない、少しは頭も使えということさ」

「つまり、——」と功之助は冷笑した、「貴方はそこで、ずっとそういうことを考えていたわけですね」

「どうだかね」

「要するに、貴方自身が脱出したいんでしょう」

「それも悪くはないさ」

功之助は振向いて他の者を見た。——千乃のほかは全部そこにいた。孫兵衛と大次郎は横になり、哲太郎と西村伝蔵は紙縒を縒り、弥平次は治療のあと片づけをしていた。千乃は小屋のほうで米を煎《い》っていた。水を節約するために、二日まえから飯を炊《た》くのをやめて、米や麦を煎って喰《た》べている。いま小屋のほうから、その米を煎る匂《にお》いがしきりに香ばしくながれて来た。

「へんなことをうかがうようですが」

功之助が振返ったとき、弥平次がこう云って哲太郎を見た。

「松尾さまが江戸へゆかれるとき、七人揃って待っているようにと云われましたね」

哲太郎は頷《うなず》いた。

「一人でも欠けると証言するばあいに困るから、と云っておられましたが」と弥平次は云った、「あれはどういうわけなんでしょうか、証言するばあいというのが、私にはわからないんですが」

「それはこういうわけさ」

横になって眼をつむったまま、庄田孫兵衛がゆっくり答えた。

「城代誅殺《ちゆうさつ》という重大な事だから、いずれ一度は殿の御前《ごぜん》でお裁きがあるに違いない、裁判ではなく、たぶん査問評定《ひようじよう》ということだろうが、そのとき証言するのに七人揃っていなければ、証言の正確さが認められないだろう――というのは、一人でも欠けていれば、その人間にべつの証言があるかもわからない、それで七人揃っていてくれと云ったんだよ」

「それでよくわかりました」と弥平次はおじぎをした、「私は頭が悪いものですから、——どうも有難《ありがと》うございました」

そして彼は片づけた物を持って、立っていった。藤井功之助はそれを見送りながら、舌打ちをして呟《つぶや》いた。

「わかってるさ、おれに聞かせるためだ、おれに聞かせるために、あいつはわざと」

小屋の外でわっと喚《わめ》く声がし、ふつふつと矢の突き立つ音がした。むろん討手の者たちのしわざである。一日に幾たびとなく、ときには続けさまに、たちの悪い罵詈《ばり》をとばしたり、むやみに矢を射かけたりする。そしてこっちがまったく相手にならないので、ちかごろは小屋のすぐそばまで来るようになった。いまもよほど近くへ来ているのだろう、嘲弄《ちょうろう》したり雑言を吐いたりするのがよく聞えた。

「くそ、勘弁ならん」

藤井功之助はそう叫び、とびあがって刀を摑《つか》んだ。しかし哲太郎はすばやく立って、彼を両手で押し止めた。

「出るなら、おれを斬ってからにしてくれ」

功之助は歯をくいしばって哲太郎を睨《にら》んだ。哲太郎はおちついた眼《め》で見返した。西村伝蔵が哀願するように云った。

「藤井、——たのむから」

功之助は刀を抛《ほう》りだした。

その明くる日の夜半のことである。孫兵衛も寝てしまい、哲太郎が一人で、ぼんやり炉の火を眺《なが》めていると、足音を忍ばせて千乃が来た。——みんなよく眠っている、という手まねをし、哲太郎のそばへ来て坐った。湯にはもちろん水で拭《ふ》くこともできないので、千乃の軀《からだ》はかなり強く匂った。もちろん哲太郎の軀も千乃に匂うであろうが、千乃の躰臭《たいしゅう》はもっとあまく熱っぽく、そして刺戟《しげき》的であった。

「どうしても眠れませんの」千乃は声をひそめながら哲太郎を見た、「——四五日まえからですけれど、夜なかになると眼がさめてしまって、それっきり眠れないんですのよ」

「わかっている、心配なんだよ」

「いいえ違うんです」千乃は子供っぽく頭を振り、そっと手を伸ばして、哲太郎の膝に触った、「それは心配なことは心配ですけれど、あなたとごいっしょなら、どうなったって本望ですわ、そうじゃないんですの」

声をひそめるために、千乃は顔をずっと寄せた。すると、着物の衿《えり》の間から、温かい肌《はだ》の香が強く匂った。

「そうじゃないんですのよ」こう云ってきらきらする眼でじっと哲太郎をみつめた、「眼がさめるときまって頭がなやましいような、苛《いら》いらするような、じれったいへんな気持で、それでもがまんして眠ろうとすると、軀じゅうびっしょり汗をかいてしまうんです。そして、そしてあの、いつも誰《だれ》かに覗《のぞ》き見をされているような気がして」

「神経が立っているんだよ」哲太郎はそっと千乃の肩へ手をやった、「――私がずっと此処で起きているんだから、覗く者なんかあるわけがない、変則な生活をしているので神経が立つだけだよ」

「そればかりじゃございません、あなたにはおわかりにならないこともございますわ」

千乃は肩にかけられた哲太郎の手を握り緊《し》め、それを自分の胸へ抱いた。

「こんなはしたないことを云うのはいやですけれど、みなさんのわたくしをごらんになる眼が、だんだんこわくなるばかりですし」

「それは誤解だ、それだけは」

「いいえ誤解ではございませんの」千乃は哲太郎の手を強く、胸のふくらみへ押しつけた、「なかには、お名は申せませんけれど、さりげないふりで軀に触ろうとする方さえいるんです」

「ああ、ちょっとお聞き」

「本当ですわ、本当にそうなさろうとする方がいるんです、男のあなたにはおわかりにならないかもしれません、でもわたくしにはちゃんとわかります、このままではいまにきっといやな事が起こるに違いありません」

「信じられないな」と哲太郎が云った、「事情がこんなぐあいになったので気持がこじれだしたのは慥《たし》かだが、少なくともみんな侍だし、大事を共にした人間なんだから」

「それだけで全部がわかるでしょうか、それだけで人間の全部がわかるでしょうか、ああ」と千乃は小さく身もだえをした、「きっといまにいやな事が起こりますわ、わたくしにはよくわかるんですもの、ねえ、お願いですからどうにかして下さいまし、わたくしもうがまんができませんわ」

「だっていったい、どうしたらいいんです」

「どうにかなすって、どうにでも」千乃は哲太郎の手に唇を当て、さらに頰《ほお》をすりつけながら云った、「こうすればいいとお思いになるように、あなたのお好きなようになすって」

そして急に軀を固くし、哲太郎の手に頰を当てたままじっと待った。

八

哲太郎は息苦しくなった。千乃の姿は期待におののいていた。自分では無意識かもしれないが、その軀ぜんたいの求めているものは、あまりにあからさまであった。千乃は女の本能で自分の軀の危険を感じている、その危険をのがれるために、自分の軀を許婚《いいなずけ》のものにしてしまいたいのだ。はっきり許婚のものになってしまえば、危険は起こらない。仮に起こったとしても避けるだけの力が得られる。――理屈ではなく、女の本能でそう直感したに違いない。彼女の言葉や、期待のためにおののいている姿を見て、哲太郎にはそれがよくわかった。

「よくお聞き」彼はそっと囁《ささや》いた、「もう二時に近いだろう。今日は十四日めだ、明日は松尾が帰って来ると思う、ね、もう少しの辛抱だよ」

千乃は泣きだした。

「もう少しだ、あと二日の辛抱だ、間違いの起こらないように、私がよく注意している、大丈夫だから辛抱しておくれ」

そして静かに千乃の肩へ手をまわし、自分のほうへひき寄せた。千乃はやわらかく凭《もた》れかかり、両手で顔を掩《おお》って、そのまま声をひそめて咽《むせ》びあげた。――かれらは明けがた近くまで、そうしていた。千乃はよほど疲れていたとみえて、凭れかかったままの不自由な姿勢で、うとうと眠った。炭を継ごうとして手を伸ばしたりすると、あまえた鼻声をあげて縋《すが》りついたり、ときどきうっとりと眼をあいて彼を見、安心したように軀をすり寄せて眠り入ったりした。

窓の隙間《すきま》が明るくなるまえに、彼は千乃を起こして寝にやった。千乃はまだ眼があかないというようすだったが、彼の顔を見ると羞《は》ずかしそうに微笑し、もういちど抱かれながら囁いた。

「うれしゅうございましたわ」それからさらに伸びあがって、耳へ口を寄せて云った、「――今夜もこうさせて下さいましね」

哲太郎も微笑しながら頷《うなず》いた。千乃は自分の寝床のほうへゆこうとしてふと思いだしたように戻《もど》って来た。

「やっぱりわたくし申上げてしまいますわ」と千乃は思いきったように云った、「ゆうべいやなことをなさるといったのは、西村という人なんです」

哲太郎はえっといった。

「しかし、それは慥かだろうね」

「西村伝蔵という名前を聞いてわかりましたの」千乃はこう云って眉《まゆ》をしかめた、

「あの方はまえにしつこくわたくしを欲しがっていました、あの方のお母さまとわたくしの母がまたいとこに当るそうで、その縁を頼ってぜひっていうんです、断わっても断わってもしつこく云って来るので、家《うち》の母もずいぶん困っていたようですわ、わたくし顔も知りませんから、こちらへ来てからも気がつかなかったのですけれど、名前を聞いて初めてそうかと思いました」

「だがよく似た名もあるからね」

「いいえ、あのいやらしいそぶりでわかりますわ、しつこく欲しがったときの感じとそっくりですもの」

「紋之助もずいぶん熱心だったがね」

「わたくしまじめに申上げていますのよ」

「わかった」哲太郎は頷いた、「それならそうと気をつけるよ、さあ、まもなく弥平次が起きるだろう、もういってお寝なさい」

まだ云い足りなそうな千乃を押しやって、哲太郎は腰掛に掛け、窓の隙間の明るみだすまで考えこんでいた。

――彼は野口求馬《のぐちもとめ》をうしろから斬《き》った。

紋之助の言葉が耳に残っていた。どこか卑屈で陰険にみえるところも、千乃の云うことを裏書きするようである。もちろん、刺客の役目は尋常の勝負ではない、邪魔を除くためには、うしろから斬るぐらい問題ではなかった。また、西村は五十石余りの馬廻《うままわり》だから、老職に準ずる梶井《かじい》の娘を貰《もら》うには、相当以上ねばらなければならなかったろう——。こう考えると、その条件だけで、闇討《やみう》ちをしかけた者が西村伝蔵だと定《き》めるわけにはいかない。やりかねない条件が揃《そろ》っているにしても、確かに彼だと云いきることはできない。

「——あれを見ればわかるんだ、あれを」と哲太郎は呟いた、「脇腹《わきばら》をしらべてみさえすればわかるんだ」

弥平次が起きて来ると、哲太郎はいつものように寝床へはいった。夜半あまり千乃を抱えていたので、筋骨《すじぼね》が凝って疲れ、横になるといい心持だった。そしてすぐに眠ったらしいが、よほど熟睡したのだろう、そのあいだに起こった騒ぎを、まるで知らなかった。午《ひる》ちかくになって眼をさますと小屋のほうでやかましく騒いでいるのに気がついた。板壁を叩《たた》いたり、喚《わめ》いたり、ばか笑いをする声が聞えた。外ではなく、小屋の中の騒ぎであった。——欠伸《あくび》をしながら起きあがると、すぐ脇に庄田孫兵衛と千乃がいた。

「あの酒をみつけられたよ」と孫兵衛が云った。「大丈夫わかるまいと思っていたんだが」

「――ひどい騒ぎだな」

「藤井が音頭《おんど》とりだ、困ったよ」

哲太郎は千乃を見た。千乃はもの云う眼でじっと見返した。哲太郎ははっきり眼をさました。

「酒はどのくらいあるんだ」

「一斗が少し欠けるくらいだろう」

「焼酎《しょうちゅう》でね、――正高もか」

「止めてもきかないんだ」

「うん」哲太郎はあいまいに頷いた、「しかしまあ、今日と明日のことだから」

「そうあってくれるといいがね」

孫兵衛は珍しく沈んだ顔をしていた。

五人は殆《ほと》んど飲み続けに飲んだ。焼酎の瓶《かめ》を床のほうへ持ち込んで、鍋《なべ》へあけては飯茶碗《めしぢやわん》で呷《あお》った。どうしようもない、哲太郎たち三人は小屋のほうにいて、外へとび出すのを見張っているよりしかたがなかった。傷を切開したばかりの正高大次郎も、酔いつぶれては起きて飲み、また酔いつぶれた。もっと意外だったのは吉田弥平次で、これまでは口もあまりきかず、黙々と自分の仕事をするだけだったが、まるで人が変ったように坐りこんで、誰よりも強い功之助と競争でもするかのように、ぐいぐい飲んではわけのわからないことを喚きちらした。

それでもその一日はまだよかった。明くる日が過ぎて十六日めになるとかれらの騒ぎかたは狂暴になり始めた。

「ざまをみろ、云ったとおりだ」藤井功之助は同じことを叫び続けた、「おれが云ったとおりだろう、おれたちはぺてんにかかったんだ、みんなうまくはめられたんだぞ、やい、わかるか馬鹿者」

「公平にやろうじゃないか公平に」笈川紋之助は舌ったるい調子でどなった、「われわれはどうせ死ぬんだからな、どうせ、――この砦《とりで》の中にあるものは、みんな公平に分けようじゃないか」

「初めからくわされていたんだ」と功之助が叫んだ、「初めから、二人の次席家老、森内と鮎沢《あゆさわ》とは馴《な》れ合いだ、鮎沢多宮と合議のうえで森内兵庫がおれたちをそそのかした、森内を禁固したのは世間をごまかす手で、おれたちを斬ってしまえば無罪放免だ、おれたち七人に罪を被《かぶ》せて、あとは二人の天下になるんだ」

「おれはこのままでは死なないぞ」と笈川紋之助がどなった、「すべてを公平にやってから、やるべき事をやってから死のう、おれは公平にやるという権利があるんだ」

「おれは死なんぞ」と功之助は叫んだ、「こんなぺてんにかかって死ねるか、おれはあの二人を斬ってやる、おれのこの手で、こう斬ってやる、こう、こう」

床を踏みつけるらしい、どしんどしんという音が聞えた。

九

「もうこの人を帰したほうがいいと思うんだが」

その日、昏《くら》くなってから哲太郎が云《い》った。

「討手の者もまさか女を斬りはしまい。よく頼めば承知してくれると思うがどうだろう」

「わたくしいやでございます」

「まあ、――」と孫兵衛は千乃を制した、「それもいいが、もう少し待ってみようじゃないか、おそくとも十五日とは云ったけれど、事が事だし、そう予定どおりにはいかないと思う、私はもう少し待つべきだと思うがね」

「わたくし帰りません」と千乃がきっぱりと云った、「もしものときの覚悟はしてまいったのですから、なんと仰《おっ》しゃっても帰るのはいやでございます」

「けれどもあの五人がねえ」

哲太郎はそっちへ手を振った。すると、そこへ西村伝蔵がやって来た。思いがけなかったので、千乃は反射的に哲太郎のほうへすり寄った。伝蔵の角張った顔は蒼黒《あおぐろ》く、眼は血ばしっているし、薄い唇《くちびる》はひきつって片方へ歪《ゆが》んでいた。彼は腰に刀（みんな刀は置いてあった）を差し、ふらふらしながら、殺気立った表情でこちらを睨《にら》んだ。

「どうしたんだ」と孫兵衛が云った。

「私は今夜、脱出します」伝蔵は唇を舐《な》めた、「もう十六日めですから、もうこれ以上、待つ責任はないと思います」

「おれは公平にしてもらうぞ」と向うで紋之助のどなる声がした、「――止めたってだめだ、この中にあるものはすべて、――」

「それは五人協議のうえか」

と孫兵衛が訊《き》いた。

「いや、ほかの者は知りません」と伝蔵が答えた、「正高は動けないでしょうし、あとの三人は酒がある限り酔ってるでしょう」

「どういう手段でやるんだ」

「手段はありません、のるかそるかです」

「自殺するようなものだ」

「此処《ここ》にいたって同じことでしょう」と伝蔵は挑《いど》むように片方の肩をあげた、「今日まで待つんだって飽き飽きしたし、それに、私はどうやら嫌《きら》われ者らしいですからね」

「――嫌われ者だって」

「放せ、放せ藤井」と笈川紋之助の声がした、「おれはただ公平を求めるだけだ、どうせみんな死ぬんじゃないか、おい、放せというんだ」

「妙なことを云うじゃないか、西村」と孫兵衛が反問した、「嫌われ者とはいったいどういう意味なんだ」

伝蔵は眼を伏せた。眼を伏せてぐっと唇を嚙《か》み、強く首を振った。まるでいまにも泣きだしそうにみえた。千乃は哲太郎の眼《め》を見て、そっと立ちあがった。おそらく、伝蔵のそんな姿を見ているに耐えなくなったのだろう、そっと立ちあがって、伝蔵の脇をよけながら、物置き場のほうへ去った。

――用をたすのかもしれない。

その設備が物置き場の隅《すみ》にあるので、ことによるとそうかとも思った。

「もういちど考えてみないか」伝蔵が黙っているので孫兵衛が云った、「一日よけいに待ったんだから、もう一日や二日待てないことはないじゃないか」

笈川紋之助がどなりながら、こっちへやって来るようであった。西村伝蔵は顔をあげた。その眼には絶望と苦悶《くもん》の色があらわれていた。

――彼はまだ一度もおれの顔を見ないぞ。

笈川哲太郎はそう思った。

「私は」と伝蔵は云った、「私は今夜、脱出します、決心したんですからやらせてもらいます」

「いけないと云ったらどうする」

「もちろん」と彼は少し口ごもった、「もちろん、そうなれば腕ずくです」

「みんなどこへいった」藤井功之助が向うで絶叫した、「ぺてんにかかった馬鹿者ども、出て来い、鮎沢と森内はおれが斬ってやるぞ、出て来い、こんどこそ本当の勝負だ。おれたちが盲人ではないということをこんどこそはっきりさせてやる、やい、どこにいるんだ腑《ふ》ぬけども、きさまらは」

「ちょっと向うへゆこう」

孫兵衛はそう云って立ちあがった。

「西村も来てくれ」

伝蔵は頭を垂れたまま、孫兵衛のあとについていった。哲太郎もそのあとを追った。

藤井功之助は片肌ぬぎになり、裾《すそ》を捲《まく》って毛だらけの脛《すね》をあぐらに組み眼を剥《む》いて喚《わめ》いていた。まわりには夜具が敷き放しのままだし、茶碗や湯呑《ゆのみ》や、食いちらした干魚や、味噌《みそ》の鉢《はち》などが抛《ほう》りだしてあるし、まるで芥箱《ごみばこ》をぶちまけたようなひどいありさまで、人いきれと強い酒の香と、物の腐ったような匂いがむっと鼻をついた。功之助の脇に吉田弥平次がいた、正高大次郎は岩壁に背を凭《もた》れ、両足を投げだして、手に持った飯茶碗を放心したように眺めていた。床の前に立って庄田孫兵衛は、このようすを眺めてから功之助に呼びかけた。功之助はなお叫び続けていたが、孫兵衛が大喝《だいかつ》すると、吃驚《びっくり》したように叫ぶのをやめ、口をあいたままこっちを見あげた。

「いいかげんにしないか」

と孫兵衛が声いっぱいに叫んだ。正高大次郎も弥平次も、ぎくっとして眼をあげた。

「みっともないぞ藤井、このざまはなんだ」と孫兵衛は云った、「事情が少し悪くなったからといって正躰《しょうたい》を失うほど泥酔《でいすい》し、わけもないことをどなりちらすなんてあんまりみれんじゃないか、いったいなにが気にいらないんだ、云ってみろ藤井、なにがどうしたというんだ」

孫兵衛の声は岩壁に高く反響した。いつものまるく低い声とは違って、力のこもったするどい調子である、柔和な眼も怒りの色を帯びていた。

「こんどの役目を持って城下を出たとき」と孫兵衛は続けた、「われわれはみんな死を覚悟していた筈だ、また城代を斬ることは誰にそそのかされたのでもなく、われわれ自身から買って出たことだ、藩家のため領民ぜんたいのために、命を賭《と》して刺客の役を引受けたのだ、そうではないか藤井――われわれはみずから善しと信ずる事をやったんだ、人に賞讃《しょうさん》されたいためでもないし、功名手柄《こうみょうてがら》をたてるためでもない、他の批判などどうあろうとまったく問題ではなかった、そうではなかったのか藤井」

功之助は口をあいたままがくりと首を垂れた。まるで首がもげでもするような動作であった。

「初めから一命を捨て、毀誉褒貶《きよほうへん》を超越しているのに、事情が悪くなったからといってなにを騒ぐんだ。仮に鮎沢多宮の陰謀が成功し、われわれが罪を負って死ぬにしても、われわれが善しと信じてやった事には少しの変化もない、そうは思わないか、そうではないのか、みんないったいなにが不平なんだ」

正高大次郎は持っていた茶碗を投げ、崩れるように横になって、腕で顔を掩《おお》った。藤井功之助は頭を垂れたままだが、吉田弥平次の眼からは涙がこぼれ落ちた。――孫兵衛は西村伝蔵のほうへ振向いた。そのとき、小屋のほうで千乃の悲鳴が起こった。つんざくような短い叫びで、いかにも悲鳴という感じだった。

——紋之助がいない。

哲太郎はあっと思った。そのとたんに、西村伝蔵がそっちへとんでいった。むろん哲太郎も孫兵衛も駆けつけたが、伝蔵のほうがはるかに早かった。そして、二人がゆき着いたときは、彼は紋之助に一と太刀あびせていた。

笈川紋之助は小屋の前で、うしろから千乃を抱きすくめていた。片手を腋《わき》の下へまわし、片手で口を塞《ふさ》いでいたらしい。こちらへ背中を向けていたが、そこを伝蔵が抜き打ちにやった。駆けつけた哲太郎の眼にはきらっと刃《やいば》が光り、紋之助が右へよろめくのが見えた。

「待て西村、やめろ」

哲太郎がそう叫んだ。

紋之助の手を逃れた千乃が、物置き場のほうへ身を避けた。伝蔵は絶叫し、よろめき倒れる紋之助にのしかかって、その胸を（横から）二度まで突き刺した。あまりにすばやく、しかも狂ったような動作なので、哲太郎も孫兵衛も手が出せなかった。

「あの人に手出しをしたからです」伝蔵は刀を持ち直して叫んだ、「こいつはまえからあの人を覘《ねら》っていた、卑《いや》しい眼であの人を汚《けが》していた、私はいつかこいつをやるつもりでいました、それをいまやったんです」

「おちつけ、西村」と孫兵衛は云った、「刀をおれによこせ」

「いや、私は此処を出ます」

伝蔵は小屋のほうへ入った。そうして、引戸の桟《さん》を外しながら、哲太郎に向って云った。

「笈川さん、お願いです、あの人を仕合せにしてあげて下さい」彼は引戸をあけた、「どうかあの人を、——お願いです」

そして彼は外へとびだし、引戸を閉めた。孫兵衛は倒れている紋之助のほうへゆき、哲太郎は窓へ走りよって、はね戸をあげながら外を見た。——伝蔵はすぐ向うにいた、谷から巻きあがる霧の中に立ち、彼はおどりあがりながら叫びたてた。

「大丈夫だぞみんな、出てみろ、篝火《かがりび》は消えているぞ」彼の声は鬨《とき》をあげるようであった、「上にも下にも篝火はない、出てみろ、討手はひきあげた、もう大丈夫だぞ」

しかしそのとき、風を切る矢の音がし、伝蔵がひっと叫んだ。矢は三筋まで来て、三筋とも彼の胸と胴を射止めた。哲太郎は呻《うめ》き声をあげた。伝蔵がふらふらと前へのめると、そこへ討手の者が三四人、抜刀を持ってとびだして来た。哲太郎は眼をつむってはね戸をおろした。

「——あの人を頼みます」

伝蔵のそう叫ぶのが聞えた。言葉は判然としないが、たしかにそう叫んだようであった。哲太郎ははね戸へ背中を凭《もた》せたまま、やや暫《しばら》く立っていた。外では討手の者たちの嘲弄《ちょうろう》と雑音が聞え、石や砂を投げる音がした。

「——安心しろ、千乃のことは引受けたよ」

眼をつむったまま、哲太郎は口のなかでそう呟《つぶや》いた。

「ちょっと手を貸してくれ」向うで孫兵衛が云った、「ことによると助かるかもしれないぞ」

哲太郎はそっちへいった。

孫兵衛は紋之助の上半身を裸にし、傷口へ襦袢《じゅばん》の袖《そで》を当てていた。哲太郎は物置き場へいった。千乃が夜具の上に俯伏《うつぶ》していた、どうやら泣いているらしい。彼は薬箱を持って引返した。孫兵衛は紋之助の軀《からだ》を抱いて横にし、哲太郎の出す綿で脇腹の血を拭《ふ》いた。哲太郎は膏薬《こうやく》と木綿をとり出しながら、紋之助のその脇腹を見てうっとい
った。

二つの刺し傷のある脇腹の、その傷からちょっと下のところに、細長く三寸ばかり

の痣《あざ》があった。色はもう薄くなりかけているが、紛れなく打身の痕《あと》であった。

「——ああ」と哲太郎が声をあげた。異様な響きの、ふるえるような声であった。孫兵衛が振向いた。

「どうしたんだ」

「いや、——」と哲太郎は首を振った、「いや、なんでもない、ただこれは、むずかしいと思ったんだ」

「みこみはないというのか」

「たぶんね」と哲太郎は云った、「あまり傷が深すぎるよ、——そっとしておくほうがいい、だめなものなら、傷には触らないでやるほうが……彼のためだよ」

哲太郎はこう云って、そっと立ちあがった。向うから藤井功之助と弥平次が、頭を垂れてこっちへやって来た。——哲太郎は物置き場のほうへようすをみにいった。千乃はもう起き直っていたが、哲太郎を見るととびあがり、両手を伸ばして彼に抱きついた。

「どうしましょう」と千乃は泣きながら云った、「どうしたらいいでしょう」

「もう済んだよ」と哲太郎は云った、「なんでもない、もうみんな済んでしまった、心配することはないよ」

彼の手の中で千乃はがたがたと震えた。哲太郎は彼女をきつく抱き緊《し》め口にあらわせないものを伝えるように、千乃の頰へ頰を押しつけた。千乃の頰は火のように熱く、しかしぐっしょりと濡《ぬ》れていた。

松尾新六はその明くる日、藩主の墨付を持って登って来た。真法寺で別れてから十七日めの午後二時であった。宝暦四年十月十二日、笈川哲太郎はじめ（千乃をいれて）六人の者は、みじめに疲れた姿でその城下へ帰った。

（「サンデー毎日」臨時増刊、昭和二十八年十月）

夜の蝶《ちょう》

一

本所亀沢町《ほんじょかめざわちょう》の掘割に面した百坪ばかりの空地に、毎晩「貝屋」という軒提灯《のきちょうちん》をかかげた屋台店が出る。貝を肴《さかな》に酒を飲ませるのと、盛りのいいぶっかけ飯が自慢で、かなり遠い町内にも名が知られていた。

車屋台のまわりを葭簀《よしず》で囲い、その中に白木《しらき》の飯台《はんだい》と腰掛が置いてある。屋台の鍋《なべ》前にも腰掛があり、そこにも三人くらいは掛けられるから、客のたて混むときには十二、三人は入ることができた。——掘割の向うは公儀の御米蔵で、堀沿いにずっと土《ど》塀《べい》が延びているし、うしろは佐渡屋《さどや》、丸伍《まるご》、京伝《きょうでん》などという大きな問屋が並んでいる。もちろん、みんな板塀の裏手が見えるだけで、夜になると燈《ひ》も漏《も》れず、あたりはひっそりと暗くなる。

もう三月中旬だというのに、かなり冷える或夜《ある》のこと——

午後から雨もよいになったせいか、夕方のたて混む時刻が過ぎると、「貝屋」は珍しくひまで、九時をまわる頃《ころ》には、常連の飲む客が四、五人だけになった。担《かつ》ぎ八百屋の竹造、大川端の土屋の船頭の勇吉、この二人は古い地つきの友達らしく、どちらも二十八、九になる。二人の前に、飯台を挟《はさ》んで向合っているのは表の佐渡屋の蔵番で、年は五十六、七だろうか、本名は六兵衛《ろくべえ》というのだが、いつも酔っているので「ずぶ六」と呼ばれている。

そのほかに二人、一人は初めて見る顔で、旅の者らしい、手甲脚絆《てっこうきゃはん》に草鞋《わらじ》をはき、合羽《かっぱ》を着て、頭に塵《ちり》よけの手拭《てぬぐい》をかぶっている。年はもう三十六、七、これは鍋前に掛けて、主人の与平とぼつぼつ話しながら、焼き蛤《はまぐり》を肴にゆっくりと飲んでいた。

もう一人は、——これは飯台の端に酔いつぶれている。酔いつぶれているのだろう、腰掛から落ちそうな恰好《かっこう》で、飯台に俯伏《うつぶ》し、だらしなく曲げた腕に顔をのせたまま動かない。垢《あか》じみた布子《ぬのこ》（木綿の綿入れ）によれよれの三尺をしめ、頭の毛は灰色だし、伸びている無精髭《ぶしょうひげ》も灰色で、ぜんたいが云《い》いようもなくみじめにうらぶれていた。

「待っておくれ、高次《たかじ》、どこへゆくの」

外でそういう女の声がした。葭簀張りのうしろのほうらしい。「どこへゆくのよう」といい、そのまま聞えなくなった。

「旦那《だんな》はこれから旅へいらっしゃるんですか」主人の与平が燗徳利《かんどくり》を出しながら訊《き》いた。「それとも旅からお帰りになったんですか」

「帰って来たんだが」とその客は少し上方訛《かみがたなま》りのある言葉で云った。「どうやら、またでかけなければならないようだ」

「この御近所ですか」

「いや、――」

客は口ごもった。「この先に、この先の緑町二丁目に知ってる者がいたんだが、いってみたら引越しちまって、どこへいったかわからないんだ」

「あの辺は辰年《たつどし》（天明四）の火事で焼けましたからね」

向うの飯台から竹造が云った。

「おやじ、酒だ、それから味噌煮《みそに》を一つ」

「こっちは濁ったのをくれ」と勇吉が云った。「ついでに汁《しる》のお代りだ」

旅装の客は自分の盃《さかずき》に酒をつぎ、ゆっくりとひと口すすって、大事そうに下へ置いた。塵よけの手拭を深くかぶっているので眼鼻《めはな》だちはよくわからないが、日にやけた浅黒い横顔や、甲掛けから出ている手爪先《てづまさき》や、また身妝《みなり》のさっぱりとしたようすでみると、大きな商家の番頭というふうであった。

「どこへ隠れたの、高次、どこよう」

空地の向うで（また）女の声がした。

「京伝のお幸さんじゃねえか」蔵番の六兵衛が云った。「いまの声はお幸さんじゃねえか」

「なにか声がしたか」

「お幸さんは寮だろう」と勇吉が云った。「このあいだ、お梅どんに会ったら、ずっと寮のほうにいるって云ってたぜ」

与平が註文の品を盆にのせて飯台のほうへいった。鍋前にいる旅装の客は、ぎょっとしたように首を擡《もた》げ、じっと外のようすに聞き耳をたてた。与平は空いた盆を持って戻《もど》り、手酌《てじゃく》で一杯ぐっと呷《あお》った。それから鍋の下の火を見、炭をついで、洗い物にかかった。

「そこで野郎の云いぐさがいいんだ」と竹造は話を続けた。「死にかたに立派も立派でねえもあるか。死ぬこたあ死ぬこった。男らしく死のうとめめしく死のうと、誰《だれ》の損にも得にもなりゃあしねえ」

「野郎はいつもその伝だ」

「男らしく死ぬなんてのはみえ坊のするこった。にんげん死ぬときにまでみえをはるこたあねえやってよ」と竹造は云った。「そう云っちまえばそれも理屈だからな。すっかりお座が白けて話はおしめえよ」

「野郎はいつもその伝だ」と勇吉が濁酒《どぶろく》の茶碗《ちゃわん》に口をつけた。「云うことに嘘《うそ》はねえが、どうにも毒があっていけねえ。なか（廓《くるわ》）へいってまでその伝なんだから、妓《おんな》にだって好かれる道理がねえや」

旅装の客は与平を見た。

「いま向うで」とその客が上方訛りのある調子で訊いた。「向うにいる人が、お幸さんがどうとかしたっていったようだが」

「へえ」与平が顔をあげた。「――なんで」

「いや、いま向うの人が」

旅装の客はそう云いかけて、ふと口をつぐんだ。この葭簀張りの中へ、女が一人ふらふらと入って来た。

「高次はどこ？」とその女が云った。「うちの高次が来ているでしょ。どこにいるの」

そこにいる者はみんな顔をあげた。だが、旅装の客は反対に眼をそむけ、頰杖《ほおづえ》をついて顔を隠すようにした。

女は縞小紋《しまこもん》の袷《あわせ》に博多《はかた》の帯をしめ、素足に男物の雪駄《せった》をはいていた。年は二十五、六から三十一、二のあいだであろう、老《ふ》けているようでもあり若くみえるようでもある。おも長のふっくりした顔だちで、品もいいし、かなり美しい。際立《きわだ》って美しいといってもいいだろう。しかし、その美しさはどことなく非人間的で、能面か仏像のような印象を与える。眉をしかめたり眼まぜをしたり、媚びた嬌めかしい微笑をみせたりするが、それでもなお人間ばなれのした感じは消えなかった。

「ねえ、隠さないで教えてちょうだい」と女は云った。「あたし、あの人に坊やを見せるのよ。あの人はまだ坊やが生れたことを知らないんだもの。ねえ、高次はどこにいるの」

「こっちへいらっしゃい。高次は此処《ここ》にいますぜ」竹造が云った。「それ見えるでしょう、こっちへ来てごらんなさい」

「からかっちゃあいけねえ」

主人の与平が出ていって、竹造を叱《しか》り、女をなだめた。

「家へお帰んなさい。家でみなさんが心配しているから」こう云って、外へ送り出そうとした。女は与平の手をふり放した。

「そんなことを云ったってきくもんじゃねえ」と六兵衛が云った。「その病気の出ているときには放《ほ》っとくよりしようがねえんだ。いまにお梅どんが来るだろうから、うっちゃっとくがいい」

「あんまり親切にすると抱きつかれるぜ」勇吉がそう云って笑った。

「だいじょうぶよ、おじさん」女は与平に笑いかけた。「あたし、なんにもしやあしないわ。ただ、この坊やをあの人に見せるだけよ。あたし自分のすることぐらい、わかってるわ。ねえ、ちょっとでいいからあの人に逢《あ》わせて」

女は両手を(まるで赤児《あかご》でも抱いているように)胸のところで輪にし、それをやさしく揺《ゆす》りながら飯台のほうへいった。

「しようがねえなあ」与平は鍋の前へ戻りながら云った。「おめえたち悪くからかっちゃあいけねえぜ。わけがわからなくなってるんだから、そんな病人をからかうのは罪だぜ」

二

「近所の娘さんか」と旅装の客が声をひそめて訊いた。彼は女のほうは見なかった。

「この表の京伝という麻問屋の娘ですよ」と与平が云った。「いつもは温和《おとな》しいんだが、月の障りの前後になるとおかしくなりましてね。それにはいろいろ事情もあるんだが」

女は腰掛に掛け、そこにいる三人に自分の赤児を見ろとせがんでいた。蔵番の六兵衛が覗《のぞ》きこんで、可愛《かわい》い丈夫そうな子だと褒《ほ》めた。竹造と勇吉も褒めた。女は得意そうに眼を輝やかしたが、勇吉が「ちょっと抱かせてくれ」と云って手を出すと、この子は人見知りをするからだめだと云い、さも、その子が泣きだしでもしたかのように、腰掛から立って、軀《からだ》を左右に揺りながらあやし始めた。

「おうよしよし、泣くんじゃないの」と女は云った。「いまにお父ちゃんに逢わせてあげるからね、泣かないのよ。坊やが泣くと母ちゃんまで泣きたくなるからね、おうよしよし」

「うるせえ、がきを泣かせるな」

　飯台の端でどなる声がした。酔いつぶれたまま眠っていた老人である。腕を枕《まくら》に飯台へのめって、死んだようになっていた老人がどなったのであった。——外にある提灯とはべつに、車屋台の横に仮名で「かいや」と書いた軒行燈《のきあんどん》が懸けてあり、それが囲いの中を照しているのだが、その行燈にとまっていた大きな蝶《ちょう》が、老人の声に驚きでもしたようにはたはたと飛びたち、囲いの中を狂ったように飛びまわってから、また元の行燈へ戻ってとまった。

「がきを外へ伴《つ》れてゆけ」と老人がまたどなった。「うるさくってしようがねえ、うるせえぞ」

「ほらみなさい坊や、よそのおじさんに怒られるじゃないの」女はおろおろと云った。

「どうしてそんなに泣くの、泣かないでって云ったら、ねえ、どうしたの」女は腕の中を覗きこんだ。「どうしたのよ坊や。おっぱいが欲しいの。おなかがすいたのね。そうなの、おなかがすいてたのね。おうよしよし、可哀《かわい》そうに、そうだったの」

「うるせえぞ」と老人がどなった。「どっかへ伴れてけ、そのがき、泣かせるな」

六兵衛が笑いだし、竹造と勇吉も笑った。

女は腰掛に掛け、衿《えり》をぐっとひろげて、左の乳房を出した。三人は笑いやめて、さりげなく眩《まぶ》しそうにそれを眺《なが》めた。仄《ほの》かな行燈の光りの中で、彼女の胸のなめらかな白さと、乳暈《にゆううん》の鴇《とき》色をした豊かな張りきった乳房とが、どきっとするほど嬌《なま》めかしく色めいてみえた。

「さあ、おっぱいよ。坊や、嚙《か》まないでね」女は右の手で重そうに乳房を支え、飲みよくしてやるように胸を反らせた。「あらあら、そんなに飲みたかったの、悪い母ちゃんね。いいから好きなだけおあがり。よしよし、よしよし」

旅装の客は、それを眼の隅《すみ》で見ていた。それから与平に向って囁《ささや》くように訊いた。

「子供があるんだね」

「とんでもねえ、まだ生娘《きむすめ》ですよ」と与平が云った。「あっしは又聞きで詳しいことは知らねえが、十五年ばかりまえ、京伝の店にお幸さん――というのは、あの娘さんの名前ですが、お幸さんの婿《むこ》になる筈《はず》の手代《てだい》がいましてね。それがその祝言《しゆうげん》をあげようてえときになって、店の金を千両とか二千両とか持ってずらかっちまったんで」

「それあ違うよ与平さん」六兵衛が云った。云いながら自分の燗徳利と盃を持って、こっちへ来て、旅装の客の脇《わき》へ腰をおろし、「それあ、おめえの聞き違《ちげ》えだ」と与平に向って云った。「その手代——高次てえ名前だったが、その手代のずらかったのは、祝言のめえじゃあねえ、旦那の亡《な》くなったときのこった」

「六兵衛さんは詳しいんだな」

「詳しいってわけじゃあねえんだ。おれも、そのちょっとめえから佐渡屋の飯を食うようになったばかりで、古くからのいきさつは知らねえんだが、その騒ぎのときのことはまだ覚えてる。あれあ京伝の旦那の亡くなったすぐあとのこったよ」

飯台のほうでは、女が静かに子守《こも》り唄《うた》をうたいだした。旅装の客は口のところまで盃を持ってゆき、そのまま飲みもせずに（口の前で盃を支えたまま）、ふと眼をつむった。

「その男は子飼いからの人間だったそうじゃねえか」と与平が云った。

「子飼いも子飼いだが」六兵衛は手酌で酒を注《つ》ぎ、その空になった燗徳利を与平に振ってみせ、「もう一本」と云って続けた。「おれの聞くところじゃあ、なんでも旦那の遠い身内で、孤児《みなしご》になったのを引取られたらしい。そのとき十になるか、ならねえかだったということだ」

「ほんとのことを云おうか」

突然そうどなる声がした。飯台の端に酔いつぶれているあの老人であった。やっぱり酔いつぶれたままで、どなったのである。

「ほんとのことを云うぜ」と老人は嗄《しゃが》れた声でどなった。「云っていいか」

話の腰を折られて、六兵衛がちょっと口をつぐんだ。すると、女のうたう子守り唄が、その僅《わず》かな沈黙のなかで、ひそやかに聞えた。

「そんなわけだから」と六兵衛が続けた。「旦那だって、おかみさんだって、表面はともかく心の中では、ほかの奉公人とはべつに考えていたろう。当人も珍しく気だての良い、温和しい性分だったそうだ」

「こっちを一つやって下さい」旅装の客が六兵衛に酒を差出した。「燗のつくまでのつなぎにあげましょう」

「さようですか、これあどうも」六兵衛は、きように受けた。「では遠慮なしに――」

「それじゃあ、なんだな」と与平が云った。「旦那は初めから、その男とお幸さんをいっしょにするつもりだったんだな」

「どうだかな」と六兵衛が云った。「そうだったかもしれねえが、その頃はお幸さんの上に男の子が一人いたそうだ。高次と同じ年で、これは十五の年に亡くなったそうだが、それからだって、高次の扱いに変ったところはなかった。二人を夫婦にするってえ話は、旦那が亡くなるちょっとめえに、親類を集めて披露《ひろう》したことだっていうぜ」

「それなのに、当人はずらかったんだな」

「店は左前になってたらしい。京伝といえば御府内でも知られた麻問屋だが、旦那が人が好《い》いもんだからな」と六兵衛が云った。「なんでも悪い手形にひっかかったのがもとで、当時は相当に苦しい遣繰《やりく》りだったということだ」

「それなのに野郎はずらかったのか」

「ちょうど仕切り前で、旦那が苦しい遣繰りをして金を集めた。無理な遣繰りだったんだろう。そいつが祟《たた》って卒中で倒れ、二日めにお亡くんなりなすった。すると高次のやつめ、その旦那の集めた金を掠《さら》って消えやがった」

「ひでえ野郎だ」

与平は、燗のついた徳利を六兵衛のまえへ置き、自分も（自分の酒を）一杯、すばやくあおった。

「ひでえことをする野郎だ。首くくりの足を引張るような野郎だ」

「掠った金が八百幾十両、——子飼いから一人前にしてもらった恩を忘れ、あれほど想《おも》い焦《こが》れているお幸さんを棄《す》てて」と六兵衛は深い溜息《ためいき》をついた。「まったくひでえ野郎だ。世の中にゃあ、ひでえ野郎がいるもんだ」

女は低い声で子守り唄をうたっていた。

三

「今晩は、——」

こう云って、中年の女が顔をみせた。四十ばかりになる、肥えた、髪の赭《あか》い女だった。

「ああ、お梅どんか」与平が云った。

「お幸さんなら、そこにいるぜ」

「どうも済みません。さっきから捜してたんですけどね」女はこう云いながら入って来た。「此処《ここ》で子守り唄が聞えたもんですから」

「寮のほうじゃなかったのかい」

「明日が亡くなった旦那の祥月命日《しょうつきめいにち》なもんですからね、それで帰って来たんですけど」お梅という女はお幸のほうへゆき、竹造と勇吉に挨拶《あいさつ》をした。「いつも御迷惑をかけて済みません。さあ、お幸さん帰りましょう。お店に高どんが来ていますよ。高どんが来て待ってますから帰りましょう」

「大きな声をしないでよ」お幸は云った。「いま、やっと坊やが寝たばかりなんだから、ほらね、よく眠ってるでしょ」

「ええ、よくおねんねしてますね。だから早く帰って寝かしてあげましょう。こんな処《ところ》にいては坊やが風邪をひきますわ」

お梅という女はお幸の胸を隠し、衿をよく合わせてやって、援《たす》け起した。お幸は温和《おとな》しくされるままになっていた。お梅は誰にともなく、おじぎをし、礼を述べて、お幸を抱えるようにしながら出ていった。——お幸のうたう子守り唄が、ものがなしく、訴えるように、ゆっくりと遠のいてゆき、やがて聞えなくなった。すっかり聞えなくなるまで、みんな黙って、しんと耳を澄ませていた。

「それで、どうなりました」と旅装の客が六兵衛に訊《き》いた。「京伝というお店は潰《つぶ》れてしまったんですか」

「失礼ですが一つ」と六兵衛は自分の徳利を旅装の客に差した。「お返しってわけじゃあねえ、お近づきにどうか——さようです、潰れかかりました」と六兵衛は云った。

「けれどもそんなわけで災難がひど過ぎる。他人だって見殺しにはできませんや。債権者のほうでも気の毒がるし、親類も放ってはおけねえ。皆で力を貸して守立てようってことになり、おかみさんの甥《おい》に当るとかいう今の旦那《だんな》を養子に入れて、店を続けることになったんです」

「ほんとのことを云っていいか」

また酔いつぶれた老人がどなった。

「云ってやろうか、おい」と老人は嗄れ声でどなった。「おれがほんとのことを云ってやろうか、いいか云っても」

その声に驚いたように、行燈《あんどん》にとまっていた蝶《ちょう》がぱっと舞いたち、囲いの中をくるくると飛んで、葭簀《よしず》の上にとまった。

「その養子という人は……」と旅装の客が六兵衛に訊いた。「つまりお幸さんといっしょになったんですね」

「祝言もしたんですが、お幸さんは振って振って振りぬいたそうです」と六兵衛は云った。「側《そば》へもよせつけねえんだそうで、結局その養子には、よそから嫁を貰《もら》った。――持参金の付いた嫁さんだっていいましたが、ともかく、それからはふしぎに商売が順調で、いまでは先代より繁昌《はんじょう》しているってことですよ」

「大凶は吉に返るっていうが」と与平が云った。「先代がいい人だったし、貰った養子が切れる旦那だし、あれだけの災難を乗り切ったのは、やっぱり運がよかったんだな」

「そして悪い運はお幸さんが背負っちまった」と、六兵衛が云った。「お幸さんが一人で災難を背負っちまったようなもんだ」

「おやじ」と向うで竹造が云った。「おれにも白馬《しろうま》を一杯くれ、そのあとでぶっかけだ」

「まだ飲むのか」と与平が云った。

「こっちにも一杯」と勇吉が云った。「おらあ飯は食わねえ、しぐれ煮を貰おうかな」

旅装の客は徳利を振った。もう酒はなかった。与平は心得ていたらしい。銅壺《どうこ》の中から徳利を出し、燗《かん》のぐあいをみて「ちょっと熱くなりました」と云いながら客の前へ置いた。旅装の客はそれを取って六兵衛に差しながら訊いた。

「あの娘は、そのじぶんから、あんなふうになったんですか」

「養子を取ってからでしたよ」と六兵衛は酒を受けながら云った。「よっぽど高次に惚《ほ》れてたんでしょうな。初めは養子を振るための狂言だろうっていわれたもんです。気のふれるほど好きだったなんて、おふくろさんも知らなかったようですからね」そして盃《さかずき》の酒をひと口飲んで首を振った。「まったく可哀そうなもんです」

「それにつけても憎らしいのは野郎だ」与平はこう云って、注文の品をのせた盆を持ち、飯台のほうへゆきながら続けた。

「どこでどうしてやがるか、あんな罰当《ばちあた》りなことをする野郎は、どうせ、まともな暮しはできゃあしねえ、悪銭身に付かず、遣いはたしたあとは泥棒《どろぼう》かぺてん師にでもなって、臭い飯の二、三度も食ったあげく、ことによると、もうお仕置にでもなってるかしれねえ」

「云うぞ、ほんとのことを云うぞ」酔いつぶれている老人が、また（同じ言《こと》を）どなり、こんどはふらふらと顔をあげた。

「云っていいか、ほんとのことを云おうか」と老人はどなった。「おい、おやじ、おれが本当のことを聞かせてやろうか」

「わかってるよ、たくさんだ。それよりおめえ、もう帰らねえと迎えに来られるぜ」

与平はこう云いながら、空いた盆を持って鍋《なべ》の前へ戻《もど》った。老人は不安定に半身を起し、片方の手をふらふらと振って、みじめな、泣くような声をあげた。

四

「どういう人だ」と旅装の客が訊いた。

「もと京伝の店にいたんだそうです」と六兵衛が答えた。「古くから荷方《にかた》をしていたそうですが、酒癖が悪いため追出されて、いまは娘の嫁入り先の世話になってるんですが」

「あれが」と旅装の客が云った。「あれが荷方の源《げん》さん」

「知っておいでですか」

「いや」旅装の客はどきっとし、苦笑しながら盃を取った。「いや、とんでもない。いまこの親方が向うで、源さんとか云ってたもんだから」

「おらあ云ってやる、ほんとのことを云ってやる」と老人が向うでどなった。「高次てえ人はなんにも盗《と》りゃあしねえ。みんな知らねえんだ。高次てえ人は金なんか盗りゃあしなかった。あのときお店《たな》には、盗るような金なんてなかったんだ」

「あれが口癖でしてね」と与平が云った。「酔っぱらうと、いつもあれを云うんですよ」

　旅装の客は老人のほうを見た。

「金なんかありゃあしなかった」と老人は続けた。「旦那《だんな》は相場に手を出してた。お定《きま》りの苦しまぎれ、すってんてんに剝《は》がれて、仕切りが眼の前だというのに、金箱には十両と纏《まと》まった金もなかった。これがほんとのこった。そのとき金箱には十両の金もなかったんだ。それを知ってるのは、おれがそいつを知ってるのは、旦那がおれに、――これこれだから荷をはたきたいがどうだ、てめえだけに話すんだがと相談して来た。庫《くら》の荷をはたいて急場を凌《しの》ごう、さもなければ暖簾《のれん》をおろすよりしようがねえ、こう、うちあけてお云いなすった。恥ずかしくって誰《だれ》にも云えねえが源太、店にはいま十両と纏まった金もねえんだ……これがほんとのこった、おめえたちは知らねえが、本当のところはそうだったんだ」

老人は泣きだした。

葭簀にとまっていた蝶がはたはたと飛びたち、老人の頭の上をまわってこっちへ来た。そうして旅装の客の肩のあたりで迷っていたが、やがて行燈へいってとまった。老人はふらふらする手で、涙と涎《よだれ》で濡《ぬ》れた口のまわりを拭《ふ》き、だらしなく咽《むせ》びあげた。

「その相談のすぐあとで旦那は倒れた。さあどうする。二日めには亡《な》くなった、十五年めえの、――明日がその祥月命日だ」と老人は咽びあげながら云った。「仕切りは迫ってる、旦那は亡くなった、金はねえ、さあ、どうする……おらあ知ってるからはらはらしていた。すると、高次てえ人が姿を消した。旦那の亡くなった晩のこった。子飼いから育てられて、お幸さんの婿《むこ》になると定ってた人が、――お幸さんと祝言して京伝の旦那になるのを眼の前に、ふいっと姿を消しちまった」

「八百何十両という金を掠《さら》ってだ」と六兵衛が云った。「やつには金のほうが欲しかったんだ」

「八百何十両掠って逃げた、そう聞いたときに、おらあすっかりわけがわかった」と老人は云った。「高次てえ人は旦那に死恥をかかせたくなかった。自分が盗んで逃げたことにすれば、旦那は恥をかかずに済む。旦那の不始末は明るみに出ねえで済む、こう思ってやったことだ」

「わかった、わかった」と六兵衛が云った。「おめえの云うことはよくわかってるよ、源さん」

「おめえたちにはわからねえ」と老人は云った。「おめえたちにわかる道理がねえ。現に育ての親も同様なおかみさんでさえ、わからねえんだ。旦那は仏さまになったから知ってるだろう。おれにもわかる。仏さまになった旦那とおれにはわかるが、ほかの者にゃあ、わかりゃあしねえ。わかりゃしねえとも、わかってたまるもんか」

旅装の客は両肱《りょうひじ》をついて頬《ほお》を支え、老人の言葉を聞きながら眼をつむった。

「人間なんて悲しくって、ばかで、わけの知れねえもんだ」老人はこう云って泣きだした。「人間なんてものは、みんな聾《つんぼ》で盲目《めくら》で、おっちょこちょいなもんだ。ざまあみやがれ」それから泣き声をふり絞るようにどなった。「おめえたちにゃあ、ほんとのこたあ、わからねえ。おめえたちにも誰にも、わかりゃしねえ。高次ってえ人がなにをしたか、どんな気持で京伝から消えていったか、誰にもわかりゃしねえんだ。わかりっこはねえんだ。ざまあみろ」

老人の手放しで泣く声が、やや暫《しばら》く囲いの中へ波紋のように揺れひろがっていた。旅装の客は顔をあげ「勘定」と云って、ふところから財布を出した。竹造と勇吉の二人は何か笑いながら話し興じている。六兵衛はみれんな眼つきで、「もうお帰りですかい」と旅装の客を見た。

「取った宿が遠いもんですから」その客はこう云って、勘定を済ませて立ちあがった。それまで軀《からだ》の蔭《かげ》に隠れて見えなかった両掛（昔の旅行用の行李《こうり》）を取り、飯台の端の老人のそばへいった。老人はまた飯台に俯伏《うつぶ》していた。俯伏したままうっうっと、だらしなく泣いていた。

「爺《じい》さん」と旅装の客が云った。「いい話を聞かせてもらって嬉《うれ》しかった。いい話だった。礼を云うよ」

老人は泣くばかりだった。

「だが、もうその話はしなさんな」とその客は云った。「その話が本当だったとすれば、高次という人は主人の恥を背負ったんだろう。自分が盗みの汚名を衣《き》てまで主人の恥を背負ったんだ――そうだとすれば黙っててやるのが本当じゃないか、そうじゃないだろうか爺さん」

「おめえなんぞに、なにがわかる」老人は俯伏したまま云った。「おらあ口惜《くや》しいんだ。ほんとのことも知らねえで、世間のやつらは、いまでも高次の悪口を云いやがる。なんにも知らねえくせ、しやがって、おらあ、がまんがならねえんだ」

「それでいいんだ、それでいいんだと思う」と旅装の客は云った。「高次という人は、そんなことは承知のうえだったろう。いつか本当のことがわかるとか、わかって褒《ほ》められたいなどとは、これっぽっちも考えてはいなかった筈だ。そう思わないか爺さん」

「それがどうしたってんだ」

「黙っててやることだ」と旅装の客はいった。「爺さんが本当のことを知ってると聞いたら、高次という人はよろこぶだろう。一人でも知っていてくれると聞けば、その人はきっと本望だと思うに違いない。それでいいんだ、それでいいんだよ爺さん。もうその話はしなさんな」

「いってえ、おめえは誰だ」と老人は顔をあげた。「おめえは、いってえ、なに者だ」

老人は相手を見た。涙で濡れ、脂《やに》の溜《たま》った眼でじっと見あげた。旅装の客も、その眼を見返した。それからやさしく頷《うなず》いた。

「――旅の者だよ」そして静かに出ていった。

行燈にとまっていた蝶が飛びたち、はたはたと舞って、まるでなにかを追うように、出入り口から外へ飛び去った。

「おやじ」と六兵衛が云った。「済まねえがもう一本」

向うの老人は気のぬけたように、茫然《ぼうぜん》と宙を眺《なが》めていた。


（「家の光」昭和二十九年六月号）

釣忍《つりしのぶ》

一

勝手口で盤台をおろした定次郎《さだじろう》は、「けえったぜ」と云《い》いながら、腰高障子をあけようとして、ほうと眼《め》をそばめた。貼《は》り替えたばかりの障子紙に、将棋の駒形《こまがた》でかこって「魚定」と書いてある。まだ書いたばかりとみえて、墨の香が匂《にお》っていた。

「為公《ためこう》のしごとだな」と定次郎は微笑し、天秤棒《てんびんぼう》を立てかけながら、その障子をあけて、「けえったぜ、おはん」と云った。

家の中はしんとしていて、狭い勝手の、暗くなった流し元のあたりに、蚊《か》の声が高く聞え、蚊遣《かや》りの煙がこもっていた。――彼は手を伸ばして、棚《たな》に伏せてある皿《さら》を二枚取って戻《もど》り、盤台をあけて、皿の一つへうるめのひらきを三枚、他《ほか》の皿へ三枚におろした針魚《さより》をのせた。

そのとき隣りの勝手口があいて、おみやという後家が顔を出し、「あらお帰んなさい」と云った。むくんだような顔に白粉《おしろい》が濃く、髪はいま結ったばかりのように、いやらしいほど艶《つや》つやと油で光っていた。

「おはんさんいないんですか」とその後家は含み声で云った、「いましがた声がしていたようでしたけどね」

「湯へでもいったんでしょう」

「おぶうはもういって来たのよ」とその後家は云った、「あたしいっしょになって、流しっこをして来たんですもの、おはんさんめっきり肌《はだ》に膏《あぶら》が乗って来たのね」

定次郎はあいまいに「へ、——」と首を振り、勝手へはいって、二枚の皿を鼠《ねずみ》不入《いらず》の中へ入れた。そこへ、おはんが帰った。小走りにどぶ板を踏んで来て、「お帰んなさい」とうしろから声をかけた。

「浮気《うわき》をしてちゃだめじゃないの」とその後家がおはんに云った、「大事な御亭主《ごていしゅ》を取られちゃってよ」

「だからおちおち使いにもいけないのよ」とおはんは答え、定次郎のうしろから、「あたししましょうか」と云った。

「肴《さかな》をしまったんだ」と彼は云った、「いいうるめがあったぜ」

「あらうれしい」とおはんは乾いた声で云った、「久しぶりだわね」

そして天秤棒を持って、勝手へあがった。

隣りの後家は家の中へはいり、定次郎は盤台を井戸端へ運んだ。向う長屋の女房《にょうぼう》たちが三人、なにか饒舌《しゃべ》りながら洗いものをしていて、彼のために場所をあけた。彼はぶっきらぼうに挨拶《あいさつ》をし、けいきよく水を使いながら、盤台や庖丁《ほうちょう》を洗いだした。あたりは黄昏《たそがれ》の色が濃くなって、長屋裏の空地のほうに、子供を呼ぶらしい女の声が、語尾をながくひいてものかなしく聞えた。

洗った物を勝手口へ運んでいると、相長屋の為吉《ためきち》が通りかかった。定次郎と同じ年の二十三で、版木《はんぎ》を彫る職人だった。

「いまけえったのか」と為吉が声をかけた、「よく稼《かせ》ぐな」

「お互いさまだ」と定次郎は答え、障子に書いてある字へ顎《あご》をしゃくった、「たかがぼて振りに魚定とはてれるぜ」

「それじゃあ仕出し御料理とでもするか」

「勝手にしゃあがれ」

為吉は喉《のど》で笑い、「あとで一番どうだ」と云った。よかろう、と定次郎が頷《うなず》いた。じゃあ飯を食ったら来るぜ。いいとも、いいけれども湯へどうだ。あいにくだが湯のけえりだ、と云って為吉は濡《ぬ》れた手拭《てぬぐい》をみせ、自分の家のほうへ走っていった。

定次郎が銭湯から帰ると、一と間っきりの六帖《じょう》に行燈《あんどん》がついており、おはんが七厘《しちりん》で燗《かん》の湯を沸かしていた。彼は縁側へ出ていった。縁側——といっても六尺っきりで、すぐ眼の前に隣り長屋の塀《へい》があり、僅《わず》かな庇間《ひあわい》から宵《よい》の空が覗《のぞ》いているだけであった。

彼は濡れ手拭を掛けながら、軒下にさがっている釣忍《つりしのぶ》をみつけ、指でつまんでみて、それが水を含んでいるのを慥《たし》かめた。彼は「ふん」と鼻をならし、戻って来て団扇《うちわ》を持って膳《ぜん》の前に坐《すわ》った。——おはんは肴の皿や燗徳利を運び、やがて、かぶっていた手拭や襷《たすき》を外して、膳の向うに坐った。

　針魚の片身は糸づくり、片身は吸物になっていた。うるめは焼いて、ほかに二た品、わかめに浅蜊《あさり》のぬたと、塩昆布《しおこんぶ》の小皿が並べられた。

「ぬるかったらごめんなさい」と云っておはんが酌《しゃく》をした。こんどもまた、乾いたような声であった。

　定次郎はひとくち啜《すす》り、「よかろう」と云って、団扇を使いながらおはんを見た。おはんはにっと微笑したが、頬《ほお》のあたりが硬《こわ》ばっていた。

「どうかしたのか」と定次郎が云った。

「ごめんなさい、断わりなしにあんなこと書いてもらったりして」とおはんが云った、「いけなかったかしら」

「魚定か」と彼は云った、「いけなかあねえさ、それを心配していたのか」

　おはんは頷き、だがすぐに俯《うつむ》向いて、首を振った。定次郎は訝《いぶか》しそうに、おはんの俯向いた顔を見まもった。

「どうしたんだ、なにかあったのか」

「今日ね、――」と俯向いたままおはんが云った、「あんたの兄さんて人が来たの」

定次郎は「あ」と口をあいた。声は出さなかったが、その口をあいた顔には、恐怖にも近い驚きの色があらわれた。

「おれの、兄貴だって」と彼は吃《ども》った、「ばかなことを云うな、おれに兄貴なんぞが」

「いいえ聞いたわ」おはんは遮《さえぎ》った、「日本橋の通り三丁目の越前屋《えちぜんや》っていう呉服屋さんよ、お名前は佐太郎、あんたはその人の弟さんだって云ったわ」

「そいつは大笑いだ」

「いいえ」とおはんは云った、「あんたを見かけた人から聞いて訪ねて来たんだって、定次郎っていう名前だって合ってたわ」

「しっかりしてくれ」と彼は云った、「定次郎なんて名前は掃いて捨てるほどあるぜ、おれにはおやじと弟がいる、赤羽橋《あかばねばし》で魚屋をしているが、勘当されたんで出入りはできねえ、だがもうちっと辛抱すれば家へ帰れる、おやじにも弟にもきっと会わせてやるって、なんども話してあるじゃあないか」

「本当にそうなの」とおはんは眼をあげた、「ほんとうーに」

「おれにゃあ兄貴なんぞありゃあしねえ、人ちげえだ」

「ああよかった」とおはんは胸を押えた、「あたしその人の話を聞いてどうしようかと思ったのよ」

「どんな話を聞いたんだ」

「もういいわ、はい――」とおはんは酌をした、「その人、弟さんに家へ帰ってもらいたいんですって、ずいぶん捜していたらしいから、人違いだとわかったらきっとがっかりすると思うわ」

二

定次郎は「ふん」といって箸《はし》を取った。

「また来るとでも云ってたのか」

「四五日したら来るそうよ」とおはんが云った、「それまで黙っていてくれって、口止めをしていったわ」

「こんど来たらそう云ってやれ、うちは赤羽橋の魚兼《うおかね》の伜《せがれ》でございます、嘘《うそ》だと思ったら魚兼へいって訊《き》いて下さいましって」

「きっとがっかりするわね」とおはんが云った、「やさしい、いいお兄さんのようだったわ」

「飯にしよう」と定次郎が云った、「為公が将棋をさしに来るんだ」

「あらいやだ、また将棋、――」

「そう云うな、三番きりだ」

そして彼は、盃《さかずき》を伏せた。

二人が食事にかかったとき、為吉がやって来た。定次郎が手早く茶漬《ちゃづけ》で片づけるうちに、為吉は縁側のほうへ将棋盤を出した。三寸厚みの楠《くすのき》の板へ、為吉が経緯《たてよこ》を彫って漆で埋めた、手作りながら凝った盤である。――二人が駒を並べはじめると、おはんが立って来て、縁側へ蚊遣りを置き、二人に団扇を渡して、自分はあと片づけにかかった。

三番という約束が五番になり、泰安寺《たいあんじ》の十時の鐘が鳴ったので、ようやく為吉が駒を置いた。

「これまでにしよう」と為吉は云った、「明日は早くから仕事があるんだ」

「おめえでも仕事をするのか」

「米櫃《こめびつ》がせっつくからな」と為吉は大きく伸びをしながら云った、「おはんさん、済まねえが茶を一杯くんな」

おはんが「はい」といって、いそいそと立った。

為吉が帰るとまもなく、定次郎が戸閉りに立ち、縁側から、「まだ釣忍を捨てねえんだな」と云った。おはんは寝床を敷きながら、「芽が出そうなのよ」と答えた。嘘うつけ、枯れちまったものに芽が出るか。あらほんとよ、ひるま見てごらんなさい、小さな芽のようなものが出ているから。どっちでもいいが、欲しかったら買えばいいじゃないか。だって惜しいのよ、とおはんが云った。ここへ世帯《しょたい》を持ったときに買ったんだし、あたしはきっと芽が出るとにらんでるんだもの。へえ、——にらんでますかね、それじゃあ御眼力を拝見するとしよう、と定次郎は云った。

戸閉りを済ませ、寝衣《ねまき》に着替えていると、おはんが寄って来て、「聞いてごらんなさい」と隣りのほうを指さした。

「なんだ」と定次郎はおはんを見た。

「しんとしてるでしょ」とおはんは囁《ささや》いた、「このごろいつもこうなのよ」

「なにが」

「こっちで寝床を敷くと、きまってしいんとなるの」とおはんは囁いた、「今夜もっいいままで物音がしていたんだけれど、あたしが寝床を敷いたらぱったり音がしなくなったのよ」

「それがどうしたんだ」

「あらいやだ、わかってるじゃないの」とおはんは定次郎の耳に口をよせた、「——き、い、て、る、のよ」

定次郎はおはんをにらんだ。

「ばか」と彼は云った、「そんなところへ気をまわすやつがあるか」

「だってほんとなんだもの」とおはんは囁いた、「でもいいわよ、聞きたいんなら聞かしてやるから、あたしそんな遠慮なんかしやあしないんだから」

「よしてくれ」と彼は云った、「こっちで願いさげだ」

定次郎は蚊屋《かや》の中へはいった。

そっちの壁ひとえ隣りには、後家のおみやが独りで住んでいる。夕方ちょっと見た、むくんだような顔の、濃い白粉と、油で光っていた髪とが眼にうかび、定次郎は胸が悪くなるように思って、反対がわへ寝返りをうった。

明くる朝、——彼がすっかり支度をして、草鞋《わらじ》をはいていると、ようやく外が白みかかってきた。上《あが》り框《がまち》に膝《ひざ》をついていたおはんは、定次郎の顔を見てくすくす笑った。

「なにを笑うんだ」

「河岸《かし》でからかわれてよ」とおはんが云った、「眼のふちに隈《くま》ができてるわ」

「なぐるぞ」と定次郎が云った。

おはんは戸口の外まで送って出た。路次には炊《かし》ぎの煙が濃くただよい、稼ぎに出る人たちの姿がそこ此処《ここ》に見え、そして、どこかで赤児《あかご》の泣く声がたかく聞えた。

なか二日おいた三日めの晩、——

夕飯のあとで定次郎が、「引越しをするぜ」と云いだした。おはんはべつに驚いたようすもなく、「あらどうして」と訊いた。どうしてということもないが、横網《よこあみ》の裏にいい空家があるんだ。あらそう。それに、と定次郎は隣りへ眼をやって、「聞いているなんて云われたんで、寝てっからきみが悪くっていけねえんだ」と云った。「いい口実ができたわね」とおはんが立ちながら云った、「わけはほかにあるんでしょ」

定次郎はおはんを見た。

おはんは喰《た》べたあとを片づけて、勝手のほうへゆきながら、「また兄さんが来ましたよ」と云った。定次郎の顔がそれとわかるほど硬《こわ》ばった。おはんは勝手で洗いものをしながら、「こんどはすっかり話を聞きました。もうごまかしてもだめよ」と云った。

定次郎が通り三丁目の越前屋の二男であること。兄の佐太郎は二十六歳になり、その生母は早く死んで、後添《のちぞえ》に来た継母が定次郎を産んだこと。兄弟は三つちがいで、ずっと仲良く育ったが、定次郎は十八九のころからぐれ始め、外泊したり、酔って酒乱のように暴れたり、廓《くるわ》から金の無心の使いをよこしたりするようになったこと。それ以来、店の用などはみむきもせず、家にいても朝から酒びたりで、酔うときまって乱暴をし、隙《すき》があれば金を持ち出すという始末で、二十歳《はたち》の冬、ついに親族合議のうえ勘当されたことなど。――しかし兄は弟の乱行《らんぎょう》を信じなかった。なにかわけがあると思った。たとえば、越前屋の相続を兄にさせるために、わざと勘当された、というような。……おそらくそれが本当の理由だろう、と佐太郎はおはんに云ったそうである。

「そんなばかなことがあるか」と定次郎が思わず云った、「あにきは越前屋の総領だ、家を相続するのはどこだって総領にきまってる、弟のおれが勘当されなければならないなんて、そんなへんな理屈があってたまるもんか」

勝手がふいにしんとなった。水を使う音や器物の触れあう音が停《とま》って、それから、おはんがこっちへ来た。前掛で手を拭《ふ》きながらこっちへ来て、定次郎の前へ坐り、ひきつったような眼で彼をみつめながら、「やっぱり本当だったのね」と云った。

「赤羽橋の魚屋の伜だなんて云って、本当はやっぱり越前屋さんの息子だったのね」

「おめえには関係のねえこった」

「あたしが芸妓《げいぎ》だったから」とおはんが云った、「あたしが門前町なんかの芸妓だからでしょ」

三

「だからどうしたってんだ」
「あたしの素性《すじょう》が素性だから、欲でもだしゃあしないかと思って隠したんでしょ」
「おれがそんな人間だと思うのか」
「あんたは隠してたわ」
「おめえには関係のねえこったからだ」と定次郎は云った、「おれは角帯に前掛で、客におせじ笑いなんぞのできる性分じゃあねえ、たとえぼてふりでも魚屋というしょうばいが好きなんだ、おれにゃあこいつが性に合ってるんだ、二年も夫婦でいるんだから、おめえにもそのくらいのことはわかってる筈《はず》だ」
「それじゃあ、本当にお店《たな》へ帰る気はないんですか」
「念にゃあ及ばねえ、だからこそ引越しをしようと云ってるんじゃないか」
「待ってよ」とおはんが云った、「越前屋の兄さんはあさってまた来るの、あたしそれまで黙ってるって約束したのよ」

「そんなことを気にするな」

「だってこのまえも約束をやぶっちゃったし、こんどこそ大丈夫ですって云ったんだもの」とおはんは云った、「それに、本当にあんたがそのつもりなら、会って話して、ちゃんとわかってもらうほうがいいじゃないの」

「あにきはおふくろだの義理だのと並べたてるだろう、おれは口べただからかなやしねえ、口じゃあかなわねえから引越すほうがいいんだ」

「だってそれじゃあ義理が悪いわ」

「おめえまでが義理か」と定次郎は吐きだすように云った、「よしてくれ、おらあ義理に縛られるっくれえ嫌《きれ》えなことはねえんだ、おめえがいやなら独りで引越しちまうぜ」

　おはんは溜息《ためいき》をつき、「そんならいいわ」と云った。それほどいやならそうしましょう、でもすぐに引越してゆけるんですか。うん、手金も打って来た、と定次郎が云った。あにきが四五日うちに来るというから、半日しょうばいを休んで捜したんだ、天気がちょっとおかしいが、降らなかったら明日《あした》やっちまおう。まあ、とおはんが云った、「まるでお膝もとが火事みたいな話ね」

　なにが、と定次郎は妙な顔をした。おはんはしたり顔で、だって急にばたばたすることをそう云うじゃないの、と云った。

「ばかだな」と定次郎は笑った、「それは足もとから鳥が立つようだというんだ」

「それを洒落《しゃれ》てみたのよ」

「洒落たもんか、まるっきり譬《たと》えが違わあ」

「あらいやだ、なにが違うの」

「坐《すわ》ってるそこんとこが割れて」と定次郎はおはんの膝の先を指さした、「下の赤いものが覗《のぞ》いてることをいうんだ、おめえが教えたんだぜ」

「あらほんと」とおはんはきまり悪そうに赤くなり、自分の膝の、崩れている裾前《すそまえ》を直しながら云った、「じゃあ、あたしはお膝もとが滝だったわね」

「ばかだな」と定次郎が云った、「水色の滝っていうのがあるかい」

　じゃあなんていったらいいの。なんともいやあしねえさ。嘘、あんたあたしが学問がないと思ってばかにしてるんでしょ。よさねえか、こんなことは学問たあ縁のねえはなしだ、今日は空家捜しでくたびれた、おらあもう寝るぜ、と定次郎は横になった。

　夜なかから雨になったらしい、明くる朝はかなり強い降りで、なかなかあがりそうもない空もようだった。

　おそい朝飯を済ませて、「荷造りでもしておくか」と云っているところへ、為吉が将棋をさしに来た。徹夜で仕事をしたが、眼が冴《さ》えてしまって眠れないのだという。二三番つきあってくれ。よかろう、お別れ将棋だからな、みっちり揉《も》んでやるぜ。お別れだって。うん、横網のほうへ引越すんだ。横網って本所の横網か。そうだ。へえ－小石川から本所とはひどく高飛びだな。おめえの桂馬《けいま》みてえだ。よしゃあがれ、――などと云いながら、二人は盤に向って坐った。

午《ひる》ちょっと前に為吉は帰った。一杯つけるからと云ったが、為吉は人の家では決して飲み食いをしない、「おれの酒はわがままだから」というのが口癖であった。彼が帰ったあと、定次郎とおはんは家財道具を片づけにかかった。貧乏世帯のことだから、荷造りなどというほどのものはない、一刻《とき》ばかりですっかり済ませ、二人で銭湯へいって来て、飯にした。

それから定次郎は差配《さはい》へゆき、差配から町役へまわった。移転の件と、人別《にんべつ》を移す届けである。雨はやや小降りになり、どうやら天気は恢復《かいふく》するのだろう、水戸さまの屋敷の、森の濃緑色が、ぼうと明るく霞立《かすみだ》つようにみえた。――家へ帰って、戸口をはいろうとすると、おはんが顔を出して、「兄さんよ」と囁いた。なるほど、土間に傘《かさ》と足駄《あしだ》があった。

「黙ってろ」と彼は囁いた。

定次郎はそのまま引返そうとした。するとおはんのうしろから「なぜ逃げるんだ」と云って、佐太郎が顔をみせた。定次郎は振返って、「うん」と不決断に眼をそらし、逃げやしねえさと云いながら、家の中へはいった。

佐太郎は二十六という年より老《ふ》けてみえるが、色の白い、おもながの、ひき立った眼鼻だちで、癇癖《かんぺき》の強いのを辛抱づよく抑えている、といったふうな性分が感じられた。紬縞《つむぎじま》の単衣《ひとえ》に小倉《こくら》の角帯、紺色羅紗《らしゃ》の前掛をきちんと緊《し》め、白足袋をはいていた。――定次郎のほうは日にやけているうえに、骨太で逞《たくま》しく、眉《まゆ》のあたりに（きかぬ気性らしい）似たところはあるが、ほかには殆《ほと》んど共通点はないし、浴衣《ゆかた》に三尺で、あぐらをかいた恰好《かっこう》は、かしこまっている兄の姿と、極めて対蹠《たいしょ》的にみえた。

おはんが茶を淹《い》れかえているうちに、佐太郎はもう話し始めていた。家へ帰ってくれ、というのである。定次郎はその話はごめんだと首を振り、「まっぴらだ」と云った。

「それでは済まないんだ」と佐太郎はゆっくり云った、「私はおまえの気持を知っている、おっ母《か》さんにも、親類じゅうにもよく話した、みんなもうわかってるんだから帰ってくれ」

「おれの気持を知ってるって」

「おまえが道楽を始めたのは、私が暖簾《のれん》を分けて、べつに店を出そうと云いだしてからだ」

「おらあそんなこたあ知らねえ」

「私はおっ母さんに相談した」と佐太郎は云った、「私はこの商売が好きだし、自分で云ってはおかしいが腕に自信もある、親譲りの店を守っているより、自分の腕で三丁目に負けない店を仕上げてみたい、――私はおっ母さんにこう相談したし、おまえにはおっ母さんから話があった筈だ」

　おはんが二人の前へ茶をすすめた、定次郎は顔をそむけて、「おらあそんな話は聞きもしなかった」と云った。それならそれでもいい、と穏やかに受けて、佐太郎は静かに茶を啜《すす》った。

四

「聞かなければ聞かないでもいいが」と佐太郎は続けた、「それじゃあ、家を出てから急に道楽が止《とま》ったのはどういうわけだ、あれほど手に負えなかった道楽が、ぴたりと嘘《うそ》のように止って、――これはおはんさんや長屋の人たちに聞いたんだが、夏冬なしによく稼《かせ》ぐし、酒は晩飯に一本、つきあいでも五合とは飲まないというじゃないか」
「そんなら、もっと道楽をしていればいいとでもいうのか」と定次郎が云った、「――へっ道楽なんてものは飽きればやむものと、昔から相場がきまってらあ」
「それもそうとしよう」と佐太郎は頷《うなず》いた、「相場どおりでも道楽が止ってまじめになれば、勘当なんというものもしぜんと消えるし、家へ帰ってもいい筈だ」
「おれはまっぴらだ、おれはいまのしょうばいが性に合ってる、堅苦しい商人なんかまっぴらごめんだ」
「つまり、自分さえよければいいのか」と佐太郎が静かに云った、「おっ母さんの気持や、私の辛《つら》い立場などは構わない、自分の好きなように生きるためには、はたの者が泣こうと慨《なげ》こうと知ったことではないというのか」
「はたの者が泣くって」
「死んだお父《とっ》つぁんのことは云わない、だがおっ母さんは、おまえが出ていってから一日として泣かない日はなかった、私はまる二年以上も、毎日そばでそれを見ていたし、親類じゅうでも知らない者はありゃしない、――ことに、おまえが道楽を始めたわけを話し、家を出たあと、まじめに稼いでいるとわかってからは、一日も早く帰って来るようにって、みんなが待ちに待っているんだ」と佐太郎はなだめるように云った、「――定次郎、たのむよ、ともかくもいちど帰っておくれ」
「あたしからもたのむわ」とおはんが定次郎のうしろで云った、「兄さんの仰《おっ》しゃるのが本当よ、おっ母さんが泣いて待ってらっしゃるんですもの、あんたにはあんたの考えがおありだろうけれど、ここはどうしたってお帰りにならなければいけないと思うわ」
「おまえまでがそんなことを云うのか」と定次郎はふり返った、「おれが家へ帰るということは、二人が夫婦わかれをすることとなんだぞ」
「いやそんなことはない」と佐太郎が強く遮《さえぎ》った、「このまますぐというわけにはいかないが、親類のどこかへ預かってもらって、おそくとも一年ぐらいうちには」
「冗談じゃあねえ」と定次郎は首を振った、「あにきはそのつもりかもしれねえが、おらあおふくろの気性を知ってる、おはんのような女を、おふくろが家へ入れるか入れねえか、そんなことは考えてみるまでもねえこった」
「それだってもいいわ」とおはんが云った、「あたし二年も可愛《かわい》がってもらったんだもの、そうするのがみなさんのためになるなら、あたし身をひいてもいいことよ」
「おめえ、――夫婦わかれをしてもいいっていうのか」
「そうじゃないけど、でもそうするほうがみなさんのためだしあんたのためなんだから、もしもあんたが帰らなければ誰《だれ》よりもおっ母さんに申し訳がないし、あたしの罪になるわ」

「定次郎――」と佐太郎が云った、「私は約束したことは必ず守る、時期さえ少し待ってくれれば、きっと二人をいっしょにしてみせる、きっとだ、定次郎」

「お願いよあんた、帰ってちょうだい」

定次郎は眼をつむった。額に皺《しわ》がより、唇《くちびる》がすぼまった。彼は眼をつむったまま、「帰るとすればいつだ」と云った。佐太郎は「ああ」と緊張から解放されたように、太息《といき》をついておはんを見、そして弟に答えた。

「明日の夕方、親類が家へ集まることになっている、時刻は六時だから、おまえは少しおくれて来るほうがいいだろう」

「すっかりお膳立《ぜんだ》てができてるんだな」

「おっ母さんの喜ぶ顔が見えるようだ」と佐太郎は云った、「おはんさん有難《ありがと》うよ、――いずれあとのことを相談に来るから、引越しは延ばして、もう暫《しばら》く此処《ここ》にいてくれ」

おはんは微笑しながら頷いた。声が喉《のど》に詰って出ないらしい、微笑もみじめに硬《こわ》ばっていたが、思いついたように「あら、すっかり暗くなったのね」と云いながら、行《あん》燈《どん》をつけるために立ちあがった。

佐太郎は冷えてしまった茶を飲みほし、もういちどおはんに礼を述べて、座を立った。

弟には「では明日、——」と云っただけで、べつに念は押さなかった。定次郎は仰向けに寝ころんで、兄を送りだすおはんの声を聞いていた。——佐太郎が去るとすぐ、おはんは蚊遣《かや》りを焚《た》き、それを定次郎の脇《わき》に置いてから、「買い物をして来るわ」と云って出ていった。

その夜、おはんはうきうきしていた。暫くのお別れだからというので、手料理のほかに鰻《うなぎ》を取り、酒も三本つけて、「今夜はあたしも頂くわ」などとはしゃいでみせた。自分では相当うまくやっているつもりらしいが、なにもかもへたくそで、ちょっと指の尖《さき》でどこかを突かれても、声をあげて泣き崩れるだろうということがあからさまにうかがわれた。定次郎はあまり口をきかず、「もう飯にして寄席《よせ》へでもいこう」と云ったが、おはんは首を振った。今夜は二人でゆっくり話しましょう、考えてみると、二年いっしょに暮して来て、しんみり二人っきりで話したっていうことがないじゃないの、とおはんは云った。もう少し飲んでちょうだいな。いや、もうたくさんだ。そんならあたしが飲むわ、お酌《しゃく》してちょうだい。苦しくなるぜ。だいじょうぶよ、こうみえても門前町にいたじぶんには、酒が強いほうじゃ負けなかったんだから、ああそうそう、あんたあたしとああなったとき、初めてだって云ったわね。よしてくれ。あんたはまごまごしたわ、馴《な》れてるって顔をしながら、どこがどうなっているかも知らないですっかりあがってたじゃないの。酒がこぼれるぜ。こぼれるのは酒ばかりじゃないことよ、あんた。よせ、隣りへ筒抜けだぞ。いいわよ、お酌――あたしあんたが初めてだって白状するのを聞いて、いとしさのあまり泣けてきそうだった、まえからなにかわけのある人だと思っていたのよ、あんたは道楽をして勘当されてるって云ってたけれど、勘当されるほど道楽者のようにはみえなかったわ、なにかほかにわけがあるんだなって思っていたら、そうよ、あれは夫婦約束をした晩だったわね、よく訊いてみたら初めてだって白状したわ、勘当されるほどの者がおんなのからだを知らないなんて、……やっぱりわけがあるんだなって思ったら、あたし悲しくっていとしくって。おい、と定次郎が遮った。もうたくさんだ、飯にしてくれ。待ってよ、お別れじゃないの、まだここに一本残ってるのよ。そんならその話はよせ。いいわ、それじゃこんどは、あたしが白状するわ、とおはんが云った。

「あたし一つだけあんたに嘘を云ってたのよ」

定次郎はおはんの顔を見た。

「あたし、佃島《つくだじま》の漁師の子だって云ったわね」とおはんが云った、「それから、両親に死なれて、きょうだいもないし、つきあう親類もないって、――あれ嘘だったのよ」

定次郎は眼をそらした。

五

「本当はあたし松廼屋《まつのや》の娘だったの」とおはんは続けた、「かあさんと呼んでいたのが本当の親で、むかし柳橋《やなぎばし》で松助《まつすけ》といえば、踊りでは誰にも負けない売れっ妓《こ》だったそうよ、いまだって門前町では相当にやってるし、あたしが帰っても一年や二年は平気で遊ばせておいてくれるわ」

「わかった」と定次郎が云った、「そして一年か二年うちには、おれといっしょになれるというんだろう、ふん、いい気なもんだ」

おはんは定次郎を見た。

「あにきもいい気なもんだし、おめえもいい気なもんだ」と彼は脇へ向いたまま云った、「もういちど断わっておくが、どう間違ったっておふくろは承知しやあしねえぜ、おれにゃあわかってるんだ、だから松廼屋の娘だなんて、いまさら嘘を云ったところで始まりゃあしねえ、おれはそんなことをまに受けて、安心したような顔のできる人間じゃあねえんだ」

「いいわよ、そんならそうしときなさい」とおはんは顔をそむけた、「本当のことは自分だけしかわからないっていうんでしょ、えらいわよ、あんたはえらいことよ」

「えらかあないさ、おれはただ傷の痛さを知っているだけだ」と定次郎は云った、「自分の傷が痛いから、人の傷の痛さもわかるんだ、それだけのこった」

おはんは片手を畳へついて、がくっと頭を垂れた。それから、「あたし酔っちまったわ」と口の中で云い、崩れるように横になった。定次郎は蚊遣りの煙がおはんのほうへゆくように置き直し、団扇《うちわ》でそっと風を送った。

「苦しいんだろう、水を飲むか」

「だいじょぶよ、ちょっとこうしていればいいの」とおはんが喉声で云った、「ごめんなさいね、あんた」

定次郎は答えなかった。おはんはこちらへ背を向けていたが、やがて、「こっちへ来て」と囁《ささや》いた。定次郎は立っていって、「なんだ」と覗《のぞ》いた。おはんは袂《たもと》で顔を隠したまま、片方の手を出した。定次郎はその手を握りながら坐った。するとおはんはもう一方の手を彼の肩にかけ、びっくりするほどの力でひきよせながら、「抱いて」

と云った。定次郎が抱くと、おはんは身を揉《も》んで緊めつけ、頬《ほお》ずりをしながら泣きだした。

「おまえが帰れと云ったんだぞ」と定次郎が囁いた、「おれじゃあねえぞ」

「これでいいの、もっときつく抱いて」とおはんは咽《むせ》びあげながら身をもだえて、「もっときつく、ええ、これでいいの、辛《つら》くって泣くんじゃないのよ、二年も可愛がってもらって、うれしいからよ、あんた」

定次郎は唇でおはんのそれを塞《ふさ》いだ。

雨の音が絶え、裏のほうで虫の鳴くのが聞え始めた。まもなくどぶ板を踏む足音が近づき、戸口の外で「定さん、うちか」と、為吉の呼ぶ声がした。おはんは（すばやく）両手で定次郎の頭を抱え、唇で彼のそれを力いっぱい塞《ふさ》いで、返辞のできないようにした。足音が戸口をはなれ、表のほうへゆきかかると、ひっそりしていた隣りで障子があき、後家のおみやが「定さんいらっしゃるでしょ」と云うのが聞えた。いままで声がしていましたよ、呼んでごらんなさいな。ええなに、と為吉が云った、「用じゃねえんだ、またあとで寄りますよ」そして、足音は通りのほうへ去っていった。

明くる朝、まだ暗いうちに定次郎は起きて、「河岸《かし》へゆくから支度をしてくれ」と云った。二年のあいだひいきになった客先へ、黙ってよすわけにはいかない。稼《かせ》ぎがてら挨拶《あいさつ》にまわって来る、というのであった。おはんはまだうとうとしていたが、定次郎の云うことを聞くと、すぐ元気に起きあがった。

定次郎が総後架《そうこうか》へゆき、顔を洗って戻ると、おはんは竈《かまど》を焚きつけていた。彼は裏の雨戸をあけ、濡《ぬ》れた手拭《てぬぐい》を掛けようとして、ふと眼をそばめた。——軒からさがっている釣忍《つりしのぶ》に芽が出ているのである、弱そうな小さな芽が三つ。一つはまだ巻いているが、他《ほか》の二つは浅緑の葉をひらいていた。

「ほう」と彼は呟《つぶや》いた、「枯れてはいなかったんだな」

そして「おはん」と呼んだが、思い返したようすで、あとは云わずに六帖《じょう》へ戻った。勝手からおはんが覗いて、「なにか云って」と訊いた。定次郎は「あとでいいんだ」と首を振った。晩に着てゆく物のことなんだが、まさか浴衣《ゆかた》でもいけねえだろう。縮《ちぢみ》の千筋《せんすじ》があるじゃないの、まだ二三度っきゃ手をとおさないからあれがいいわよ。そうか、あれがあったのか、と定次郎が云った。

「あたしが鳴海《なるみ》絞《しぼ》り、あんたがあの縮で」とおはんが云った、「いっしょに葺屋町《ふきやちょう》へいったわね」

「森田座だったろう、猿若町《さるわかちょう》だ」と定次郎が云った、「あの年から町名が猿若町と変ったんだ、——ひどくいぶるぜ」

彼は咳《せき》をしながら顔をそむけた。「あらごめんなさい」と云って、おはんは慌《あわ》てて障子を閉めた。彼は咳をしながら、すばやく眼を拭《ふ》いた。

定次郎はいつもの時刻にでかけてゆき、いつもより少しおそく帰って来た。待ちかねていたおはんは、「すぐに湯へいってらっしゃい」とせきたてた。荷はあたしが洗うわ、もうそろそろ五時になってよ。いいさ、おれはおくれてゆく約束なんだ、と定次郎は云った。しょうばい道具だけは自分で洗うよ、そう云って、彼は盤台を井戸端へ運んでいった。――それから湯へいって、戻ると、おはんが膳立《ぜんだ》てをして待っていた。おはんは髪を結い、化粧をして、(その朝の話に出た)鳴海絞りの単衣《ひとえ》に着替えていた。

定次郎はちょっと眼をみはったが、なにも云わずに手拭を掛けにゆき、芽の出ている釣忍をもういちど眺めた。

「断わっておくが」と定次郎は膳の前へ坐りながら云った、「気障《きざ》なことはひと言も云いっこなしだぜ」

「そうよ」とおはんは微笑した、「これでもあたしだって江戸《えど》っ児《こ》ですからね」

「よかろう、じゃあ盃《さかずき》はおめえからだ」

「あらいやだ、それは祝言《しゅうげん》のときにする順よ」

「取れよ」と定次郎は燗徳利《かんどくり》を持ちながら云った、「おんなじこった」

おはんは盃を取って「頂くわ」と云い、眼を伏せながら酌《しゃく》をしてもらった。

一合の酒を二人で飲み、軽く食事をした。どちらも「別れ」のことには口を触れなかったし、おはんはいつもより陰気でもなく、眼立つほどはしゃぎもしなかった。ただ、食事が終って、定次郎が身支度にかかったとき、「送っていってもいいでしょ」と訊いた。

「いいけれども」と定次郎はおはんの顔を見ずに云った、「少し遠すぎるぜ」

「だってどうせ駕籠《かご》でしょ、お店《たな》の近くまで送って、駕籠で帰ればだいじょぶよ」

「ですか」と彼は云った、「いいでしょう」

おはんは「うれしい」と云って、うしろから定次郎に抱きついた。

六

二人は通り三丁目の角で別れた。

おはんは自分の駕籠を待たせておいて、店の近くまでいっしょに来た。越前屋は箔《はく》屋町《やちょう》の角にあり、店は土蔵造りで間口七間、店蔵が三棟《むね》あって、そのうしろが住居になっており、奥蔵が二棟あった。日が昏《く》れたばかりで、往来は人どおりが賑《にぎ》やかだが、その辺は大きな商家が多く、たいていは大戸をおろしていた。——定次郎は曲り角で立停《たちどま》り、おはんのほうは見ずに、「じゃあ」と云った。

「ええ」とおはんが頷いた、「いいわ、いってちょうだい」

「すぐ帰るんだぜ」

「心配しないで、あたしはだいじょうぶよ」とおはんが云った、「いってちょうだい」

定次郎ははなれていった。

彼はいちども振返らなかった。横丁に面して、住居の出入り口がある。住居のほうだけ塀《へい》をまわし、門から格子《こうし》口《ぐち》まで、ひと跨《また》ぎではあるが、植込にも、敷石にも、涼しげに水が打ってあった。

玄関へ出てきたのは若い女中で、定次郎の知らない顔だった。彼は兄を呼んでもらった。佐太郎はとんで来て、「よく来た」と云った。さあ、おっ母さんの部屋へいこう。いや、それはあとにしてくれ、と定次郎は首を振った。

「あとにするって、——」と佐太郎は不審そうに弟を見た、「どうしてあとにするんだ」

「みんなの前でいちど会ってからにしたいんだ」

佐太郎は弟の顔をじっとみつめた。

「そうか」と佐太郎は頷《うなず》いた、「勘当は親類合議のうえだからな、いいだろう、ではすぐ着替えをしよう」

「それもあとにしてもらうよ」

「だってその恰好《かっこう》ではあんまりだよ」

「そうだろうが」と定次郎は兄を見た。紋付の帷子《かたびら》に袴《はかま》をはいた、兄の姿を見て云った、「――おれはまだ勘当が許されてないんだし、それにこいつは、おはんが拵《こしら》えてくれたものなんだ」

佐太郎は口をつぐんだ。

「わかった」とすぐに佐太郎は頷いた、「それも却《かえ》っていいかもしれない、では二階へゆこう、――堅苦しくなるといけないと思って、みなさんには始めてもらっているからね」

定次郎は「うん」といった。

二階の十帖では酒が始まっていた。席の上下をなくすために、床間の前に屏風《びょうぶ》を立て、親類の人たち七人と母のおみちが並び、端のほうに佐太郎と定次郎の席があった。――店内で「白銀町《しろがねちょう》さん」と呼ばれる、糸綿卸商の仁兵衛《にへえ》が年嵩《としかさ》の五十七。次が槙《まき》町《ちょう》の扇屋善兵衛。定次郎には「白銀町」と「扇屋」の二人が昔から苦手で、たった一人だけ好きな、小伝馬町《こでんまちょう》の「村田」という木綿問屋では、肝心のあるじ徳蔵でなく息子の平吉が来ていた。

おみちは二年あまりのうちにひどく肥えて、胸も腰もはち切れそうに肉づいているし、ふくらんだ頬は（酒を飲んだためもあろうが）赤く、定次郎には人違いをしたかと思うほど変ってみえた。

佐太郎は弟と二人で下座に坐り、みんなが鎮《しず》まるのを待って挨拶をした。かなり諄《くど》いもので、「御親類のみなさんのおかげで」という言葉が合の手のように入り、定次郎がどんなにまじめに稼いでいたかという事実や、もう店を任せても大丈夫だし、これなら自分が「暖簾《のれん》を分けて」出ても安心だ、ということを、佐太郎らしく誠実な口ぶりでゆっくりと述べた。――定次郎は神妙に頭を垂れていた。彼は兄の云うことも殆《ほと》んど聞かなかったし、並んでいる人たちを見もしなかった。母親にさえ眼を向けずに、いかにも神妙に、黙ってうなだれていた。

佐太郎の挨拶が済むと、「年役だから」と断わって、白銀町が口を切り、佐太郎から詳しい話を聞いたので、親類合議のうえ「勘当を解く」こと、なお今後の辛抱が大切であることなどを述べ、「ではまずおっ母さんから盃をあげて下さい」とおみちに云った。

定次郎は母の前へいって坐り、母から盃をもらった。佐太郎が銚子《ちょうし》で給仕をした。

「よく帰っておくれだった」とおみちは指で眼を押え、口の中で呟くように云った、

「よかったね、定さん、あたしうれしいよ」

定次郎は黙って飲み、黙っておじぎをした。佐太郎がそばから「こんどは白銀町さんだ」と囁いた。定次郎はもういちど低頭して立ち、仁兵衛の前へいって坐った。この糸綿卸商はわけ知りぶるのが好きで、口では酸《す》いも甘いも嚙《か》みわけたようなことを云うが、じつは底なしの吝嗇《りんしょく》と我《が》の強いことで、親類じゅうから疎《うと》まれていた。——いまも定次郎に盃を取らせながら、「若いうちの道楽はあとの薬になる」とか、「いちどぐらい勘当されるようでなくては芯《しん》から堅くはなれない」とか、しきりに調子のいいことを並べ、いやおめでとう、これで本家も大盤石《だいばんじゃく》だ、などと云った。

定次郎は口をきかなかった。ただ頭をさげ、盃を受け、それを飲んで相手の云うことを聞き、また黙って頭をさげるだけであった。こうしてすっかりまわってから、兄と並んで自分の席に坐った。

「こんなめでたい晩はない、今夜はひとつ無礼講といきましょう」と仁兵衛が云った、

「定さんも飲んで下さい、久しぶりで飲みっぷりのいいところを見せてもらいましょう」

するで待っていたように、みんなが賑やかに饒舌《しゃべ》りだし、「村田」の平吉が定次郎の前へ来て、一つ頂きましょう、と盃を求めた。定次郎は自分の膳にある盃を取って渡し、酌をしてやったが、返盃は拒んだ。

「私は勘弁して下さい」と彼は云った、「酒で勘当までされたし、このごろはずっと飲んでいないんですから」

「いやそれはいけない」と白銀町の仁兵衛がその席から云った、「今夜はめでたい晩だし、定さんの祝いなんだから、定さんが飲んでくれなければみんなも飲めませんよ、今夜だけは憚《はばか》りだが年役のあたしが許します、いいから飲みっぷりのいいところを見せて下さい」

「では私がひとつ」と扇屋が立ちあがった、「私がひとつ、すすめ役になりますからな」

そして燗徳利を持ってこっちへ来た。

定次郎が渋ると、みんなはよけいに飲ませたがった。兄の顔を見ると兄も頷いたので、やむを得ず少しずつ飲んだ。客は次つぎに立って来て、彼に盃を求め、返盃をする。――いよいよ佐太郎が分家をし、定次郎が越前屋の主人に直るのだ、ということが、一人ひとりの言葉や態度にあらわれていた。

七

ひかえめに飲んでいたと思ううちに、気がついてみると、定次郎は椀《わん》の蓋《ふた》を持っていた。佐太郎ははっとして、彼の膝《ひざ》を小突いた。

「定次郎」と佐太郎は囁いた、「それでは大きすぎる、盃にしないか」

「いいさ」と彼は云った、「白銀町のお許しがでたんだ、年役の白銀町さんが、飲めって仰《おっ》しゃるんだから、飲むよ」

「大事な晩だからね」と佐太郎はまた囁いた、「酔われると私が困るよ」

「大丈夫、そのくらいのことは心得てるさ」と彼は答えた、「心配しなくっても大丈夫だよ」

定次郎の前へは代る代る客が来て坐った。彼はきげんよく盃を交換し、自分は椀の蓋で飲んだ。しかしいかにもしっかりしているので、佐太郎は白銀町の相手をしようと、自分の席から立ちあがった。すると定次郎が、「あにき、逃げるのか」と云った。佐太郎は吃驚《びっくり》して振返った。定次郎の顔は蒼《あお》くなっていた。

「もうよせ」と佐太郎が囁いた、「おまえ酔ったぞ、定次郎」

そこへおみちも立って来た。向うではらはらしていたらしい、前へやって来て、

「定さん、もうおよしな」と云った。定次郎は顔をそむけ、母親に向って手を振った。

「うるせえ、あっちへいってくれ」と彼はあらあらしくどなった、「おらあおふくろは大嫌《だいきら》いだ、顔を見るのもいやだ」

「定次郎」と佐太郎が制止した。

「おめえも嫌いだ」と定次郎はどなった、「あにきも大嫌いだ、いいからおめえもあっちへいってくれ」

声が高いので、みんな話をやめてこちらを見た。定次郎は手を伸ばし、まわりの膳から燗徳利を集めて、それらを汁椀へ注《つ》ぎ、続けさまに二杯も呷《あお》った。

「定さん」とおみちが云った、「お願いだからやめておくれ」

「だって、おふくろのためだぜ」と定次郎は云った、「おめえの血肉を分けた伜《せがれ》が、越前屋のあととりになるんだ、その祝いに飲むんだから飲ましてくれ、――それから、あにき」と彼は佐太郎に振返った、「おめえだって男をあげるんだ、今夜はおめえにもめでてえ晩だからな、おらあ飲むぜ」

「いけない、おまえ酔いすぎたぞ」と佐太郎が云った、「もうそれでよして、少し横にならないか」

「おれを黙らせるつもりか」

「定次郎」と佐太郎が云った。

「おれを黙らせようってのか、そうはいかねえぞ」定次郎はあぐらをかいた、「今夜の祝いはおふくろとあにきのもんだ、おれのじゃあねえ、白銀町さん、村田の平さん、扇屋さんもそのほか親類のみなさんにも云いてえ、——おふくろは自分の腹をいため た伜に、この越前屋を継がせたかった。それがそのとおりになったんだから、嬉《うれ》しいだろう、また、あにきは生《な》さぬ仲の弟に店を譲って、自分は暖簾を分けて一本立ちになる、こいつもきれいなやりかただ、さすがは若旦那《わかだんな》だと褒《ほ》められて、あっぱれ男をあげるだろう」

「だがおれは」と彼はまた汁椀で呷った、「このおれはどうなる、——おふくろが実の親だから、長男を追い出して越前屋のあととりに坐りこんだ、あにきの財産を横領した、……世間ではそう云うぜ、世間ってやつはそういうもんだし、こいつは一生ついてまわるんだ、ふん、てめえの子に越前屋を継がせるおふくろは本望だろう、あにきも男をあげていい心持さ、だが、義理を知らねえやつだと一生いわれるおれはどうなんだ、一生涯《いっしょうがい》、恥知らずだといわれるおれのことを、ただの一人でも、一遍でも考えてくれた者があるか」

仁兵衛が「定さん」と云いかけた。定次郎は「うるせえ」と喚《わめ》き、前にあった自分の膳を、足で蹴《け》った。皿小鉢《さらこばち》が破《わ》れ、肴《さかな》がとんだ。定次郎は持っている汁椀をつき出して、「酒がねえぞ、酒を持って来い」と叫んだ。

「おふくろとあにきの祝いだ、おふくろとあにきを祝って飲むんだ、酒を持って来い」

「こいつ」と佐太郎が云った。

佐太郎は弟にとびかかった。弟を押し倒して、押えつけて、拳《こぶし》で二つ三つ殴った。それから強引にひき起こして「出ていってくれ」と叫び、おみちの前へ手をついた。「おっ母さん」と佐太郎は云った、「おっ母さんには済みませんが、定は私から改めて勘当します」

「それはあたしの云うことですよ」とおみちがふるえながら云った、「あんな子はあたしの子じゃあありません、あたしがたったいま勘当します、みなさんも聞いて下さいまし、——あたしは定次郎とは縁を切りました、もう親でも子でもありませんから」

どうぞそのつもりで、と云いかけて、おみちは袖《そで》で顔を押えながら泣きだした。定次郎は軀《からだ》をふらふらさせ、まっ蒼《さお》になった顔で、唇《くちびる》を歪《ゆが》めてせせら笑いをした。

「出ていってくれ」と佐太郎が云った、「もうおまえにはあいそが尽きた、すぐにここを出ていってくれ」

「いいとも」と定次郎は立ちあがった、「いいとも、願ったりかなったりだ、へっ」と彼はみんなを眺めまわした、「へっ」と彼は肩をすくめた、「つまらねえ雁首《がんくび》が並んでやがら、——ざまあみやがれ」

彼は障子へよろけかかった。紙がやぶれ、障子の骨が折れた。「あばよ」と喚き、定次郎はふらふらと階段のほうへよろめいていった。

玄関へおりると、若い（定次郎の知らない）女中が追って来て、彼の雪駄《せった》を出した。彼はその女中の肩を叩《たた》き、もういちど「あばよ」と云って玄関を出た。

定次郎が門の外へよろけ出ると、暗がりからとびついた者があった。「あんた」と彼を支え、「どうしたの」と云った。おはんであった。定次郎はびっくりした。ひょいと身を反らせたが、すぐに片手をおはんの肩へまわした。

「喧嘩《けんか》しちゃったのね」

「おめえ帰らなかったのか」

「あんた喧嘩しちゃったのね」とおはんが云った、「あたしあの、二階のお座敷が静かになるまでと思って、ここで見ていたのよ」

「帰れっていったじゃないか」

「あたし聞いたわ、あんたが怒ってどなる声や、なにか乱暴でもするような音が聞えたわ」とおはんが云った、「どうするのよ、あんた」

「うちへけえるんだ」

「帰るんですって」

「こんどこそ縁が切れた」と彼はひょろひょろ歩きながら云った、「こんどこそおめえとおれで、逃げ隠れをせずに暮せるんだ」

「おまえさん」とおはんは彼にすがりついた、「あたし、——あら危ない」

定次郎はなにかに躓《つまず》いて、おはんが支えるひまもなく転んだ。おはんもひかれて転びそうになり、それから彼を立たせようとした。

「ちょっと休ませてくれ」

「苦しいのね」とおはんが云った、「あたし駕籠《かご》を呼んで来るわ」

「帳場を知ってるのか」

「あたしのが待たせてあるのよ」おはんは彼の半身を起こした、「ちょっとこうしていてね、すぐそこだから、がまんしてて」

「おはん」と定次郎は呼びとめた、——釣忍《つりしのぶ》に芽が出ていたな、と云おうとしたのだが、首を垂れて手を振った、「よかろう、呼んで来てくれ」

寝ころんじゃだめよと云って、おはんは小走りに通りへ出ていった。

定次郎は足を投げだして地面に坐り、垂れたままの首を、ゆらゆらさせた。

「済まねえ」と彼はかすかに、口の中で囁いた、「おっ母さん、あにき、……堪忍《かんにん》してくれ」

まもなく、こっちへ来る駕籠の、棒ばなの提灯《ちょうちん》の火が見えた。

（「キング」昭和三十年八月号）

月夜の眺《なが》め

一

「ちょっと」倉吉《くらきち》が云《い》った、「お手は、——」

「歩《ふ》が二つに銀だ」

「ふーん」と倉吉が唸《うな》った、「銀は痛えな、銀は、本当に銀か」

忠二《ちゆうじ》は掌《てのひら》の駒《こま》を見直して、「違った」と云った、「銀じゃあねえ金《きん》だ、歩が二つに金だ」

「おどかすなよ、金ならいいんだ」と倉吉が云った、「金なら、……こう引こう」

向うの切炉のまわりでは、船頭なかまが八人、酒を飲みながら、伊藤欣吾《いとうきんご》の「武者《むしや》ばなし」を聞いていた。

もう春が来ていた。外はもうすっかり春めいた暖たかい月夜で、時刻は十時をまわっていた。大川《おおかわ》に面した船宿、「吉野《よしの》」の前の河岸《かし》には、十二三ばいの釣舟《つりぶね》や猪牙舟《ちよきぶね》に囲まれて、二艘《そう》の伝馬船《てんません》が横づけに繋《つな》いであった。それは明日の汐干狩《しおひがり》に使われるもので、どちらも帆筒から綱手棒へ梁《はり》を渡し、その梁へ桟《さん》を結いつけて、上から茣蓙《ござ》で屋根が掛けてあった。まわりに舫《もや》ってある小舟のあいだで、その二艘はどっしりと大きく、上げ潮の水面で、重おもしく月に照らされていた。

河岸の家並はもう戸を閉めて暗く、「吉野」の店だけが、腰高障子に明るく灯《ひ》を映していた。戸を閉めた家並のなかで、その店の明るい障子がひときわ明るく、青白い光りの下にうるんで見えた。——片方の伝馬船の艫《とも》から一人の少年が首を出し、河岸のようすをうかがってから、すっと、身軽に岸へあがった。彼はあゆみ板を渡りきったところで草履をはき、そこでもすばやく左右に眼《め》をやった。月が斜め上から照らしていて、少年の面《おも》ながで中高《なかだか》なすばしっこそうな、大人びた顔つきがはっきりと見えた。年は十六か七だろう、黒っぽい木綿の縞《しま》の袷《あわせ》に三尺をしめていて、その三尺を手で下へさげながら、彼は「吉野」の店へはいっていった。

店の中は二つの八間《はちけん》と、三つの行燈《あんどん》とで明るかった。鉤《かぎ》の手に土間があり、店の広い板間の切炉のまわりには、薄縁《うすべり》を敷いて、若いのや中年の船頭たちが八人、おのおの蝶足膳《ちょうあしぜん》に向って酒を飲みながら、伊藤欣吾の話すのを聞いていた。「吉野」の主人の仁助《にすけ》は、炉端に行燈を寄せて投網《とあみ》を繕っており、女中のお雪とお常とが、酒の肴《さかな》の世話をしていた。お雪もお常も眠そうで、お常のほうは年が若いだけに、半分はもう眠っているようであった。——上《あが》り框《がまち》のところでは行燈を側《そば》に置いて、倉吉と忠二が将棋を指していた。忠二はあぐらをかいて坐《すわ》り、盤面から眼をはなさずに、考え考え、ゆっくりと指しているが、倉吉は片方の足を土間へ垂らし、その足の爪先《つまさき》で土間にある草履を悪戯《いたずら》しながら、眼では（絶え間なしに）忠二の顔と、盤面とを見比べるというふうに、せかせかと指していた。

「伏見《ふしみ》の地震のときにこんな話がある」と伊藤欣吾は武者ばなしをしていた、「肥後《ひご》守清正《かみきよまさ》は、そのとき太閤《たいこう》の勘気を蒙《こうむ》って謹慎ちゅうであったが、地震が起こるとすぐ、兵二百人を伴《つ》れて伏見城へ駆けつけ、城の中門の守護に当った」

店の腰高障子があいて、少年がはいって来た。伊藤欣吾は話し続けており、倉吉が少年を認めて「よう」と云った。

「よう女蕩《おんなたら》し」と倉吉は云った、「また小遣でもせびりに来たのか」

少年は黙って倉吉に一瞥《いちべつ》をくれ、土間をまわって、仁助に声をかけた。

「銀太か」と仁助は繕いの手を休めて振向いた、「まだ夜遊びをしていたのか」

「松あにいは帰りませんか」

「松か」と仁助が云った、「客を送ってなか（新吉原《しんよしわら》）までいったが、松になにか用か」

「ええ」と少年は口ごもった。「重《じゆう》さんが待ってるんで、……お客は誰《だれ》ですか」

「四丁目さんとお伴《つ》れが二人だ」

「それじゃあ危ねえな」と少年は大人びた口ぶりで云った、「四丁目の旦那《だんな》となかへいったんじゃあ、……こいつはきっと、泊りかもしれねえ」

「重が待ってるって、どこで待ってるんだ」

少年は「ええ」とあいまいに口を濁し、向こうにいるお雪に「お雪さん、重さんのところへ酒を一升貰《もら》ってくぜ」と呼びかけた。

お雪はお常を小突いた。お常は眼をさまし、お雪に教えられて、少年が来ているのをみつけると、すでに（居眠っていたために）赤くなっている顔を、いっそう赤くしながら、そわそわと立って少年のほうへいった。少年は用件をお常に告げ、お常は暖《の》簾《れん》をくぐって勝手のほうへいった。少年が土間からそっちへゆくと、お常は待っていて彼をひきよせ、上からかぶさるようにして、唇《くちびる》を吸った。

「銀ちゃん」とお常は喘《あえ》いだ、「銀ちゃん」

少年は「よしてくれ」と云い、お常は少年の頸《くび》に腕を絡《から》みつけた。袖《そで》が捲《まく》れて二の腕まであらわになり、お常は顔を振りながら、激しく少年の唇を吸った。少年は「う」と息を詰らせ、両手でお常を押し放すと、手の甲で自分の唇を荒あらしく拭《ふ》いた。

「銀ちゃん」とお常が云った、「あんたひどいわね」

「うるせえな、重さんが待ってるんだ」

「ひどいわよ、あんた」とお常が云った、「三つ目橋のお直《なお》さんに前掛を買ってやったっていうじゃないさ、あんまりじゃないの」

「よしてくれ」と少年は唇を曲げた、「おめえにそんなことを云われるような、弱い尻《しり》はおらあ持っちゃあいねえんだ、もういちど云うが、重さんが待っているんだから な、酒を一升、早いとこ頼むぜ」

少年の言葉つきは、いっぱし若者のように歯切れがよく、女の気を惹《ひ》く程度の薄情さをもっていたが、その表情はまだ子供っぽいし、拗《す》ねた子供のように見え透いたところがあった。お常は少年から顔をそむけ、前掛で眼を拭きながら、酒樽《さかだる》の置いてあるほうへいった。

少年が一升徳利《どっくり》を持ってあらわれ、土間をぬけて出てゆこうとすると、将棋を指していた倉吉が、「よう」とまた声をかけた。

「よう、いろ男」と倉吉が云った、「うまく小遣をせしめたか」

少年は横目で彼を見たが、なにも云わずに、障子をあけて出ていった。倉吉はそれを見送り、障子が閉ると、盤面を覗《のぞ》いてから、握っている自分の手駒を見た。忠二は腕組みをしたまま、じっと盤面をみつめていた。

「侍でも、ちかごろは浪人すると、悲しいな」と倉吉は低い声で云った、「あの伊藤欣吾さんもこっちへ来て、三年になるだろう」

忠二は口の中で、「桂《けい》をはねるか」と呟《つぶや》いた。

「去年あたりから内職もろくにねえらしい」と倉吉は云った、「毎晩ここへ来て、武者ばなしなんぞやって酒にありついてるが、このさきいってえどうするつもりだろう」

「相生亭《あいおいてい》で面倒をみてるんだろう」と忠二が口の中で云った、「そのうち婿《むこ》にでもおさまるんじゃねえのか」

二

「婿にだって」と倉吉は相手を見た、「相生亭のか、へ、知らねえな、——おぶんちゃんにはおめえ」

「よし」と忠二が云った、「桂はねだ」

倉吉は「来たか」と云った。

炉端へお常が戻《もど》って来、元のところへ坐って、誰に酌《しゃく》をするともなく、燗徳利《かんどくり》を取りあげた。すると、寝そべっていた平吉が、ひょいと首をもたげて、伊藤欣吾を見た。

「ちょいと待った」と平吉が云った。「いまのところをもういちど聞かしてくんねえ、うっかりして聞きはぐったんだ、済まねえがもういちど頼むよ、先生」

平吉はいちばん年嵩《としかさ》で、いつも理屈っぽく絡む癖があった。伊藤欣吾はおとなしく頷《うなず》き、同じところを繰り返して話した。

「ふーん」と平吉は寝そべったまま云った、「つまり清正公《せいしょうこう》が門を守ってると、石田《いしだ》三成《みつなり》の野郎が来やがった、そこで清正公がけんのみをくわせたんだな」

「そこへ来たちびはなに者だと云った」

「三成てえ野郎はちびだったのかい」

「清正はむろん知っていたのだ」と伊藤欣吾は穏やかに云った、「知っていてわざと咎《とが》めたのだ、三成は三度まで名のった、——この地震で城中の安否がきづかわれる、通してもらいたい、すると清正は聞えないふりをし、それから顔をみせろと云い、松《たい》明《まつ》で三成の顔を照らして見てから、はじめて通れと云った」

「算盤侍《そろばんざむらい》め、いいざまだ」

「清正は誤解をしていたのだ」と伊藤欣吾は話した、「清正は朝鮮のいくさで軍律に反《そむ》いた、婦女を犯すべからず、金品を奪うべからず、この二カ条に反いたので、朝鮮からよび戻されたうえ謹慎を命ぜられた、しかも、その事実を報告したのは軍監小西《こにし》行長《ゆきなが》であって、三成ではない、それを彼は三成の密告だと誤解した。頑迷《がんめい》に誤解していて、ちび、などという下賤《げせん》な言葉で三成を卑《いや》しめたのだ」

「おらあ石田三成ってやつは嫌《きれ》えだな」若い船頭の一人が云った、「あいつは一番槍《やり》も一番首もしねえし剣術だってできやしねえ、ただわる知恵をはたらかして、計略をめぐらしたり算盤をはじいたりするばかりだ」

「そこへゆくと清正は人間が違わあ」と他《ほか》の若い船頭が云った、「なにしろ虎《とら》退治をやってるしよ、それにあれだあ、賤《しず》ケ岳《たけ》の七本槍だろう、七本槍だぜえ、三成なんぞしゃっちこ立ちをしたってかなうもんじゃねえや」

伊藤欣吾は眼を伏せた。悲しげに、がっかりしたように眼を伏せ、冷えてしまった自分の盃《さかずき》を（遠慮がちに）取りあげた。すると、お常がもの憂《う》そうに手を伸ばして、酌をした。

「先生は清正公が嫌えらしい」と寝そべったまま平吉が云った、「石田三成のほうが贔屓《ひいき》らしいが、おれにゃあどうもそこんところが解《げ》せねえ」

伊藤欣吾は酒を飲み「いやそんなことはない」と首を振った。

「そうか、へー」とこっちで倉吉が云った、「お手はなんだ」

「銀二枚に歩が三つだ」

「歩があるのかい」と倉吉は盤を覗きこみ、それから顔をあげて相手を見た、「歩三に銀二枚だって」

「銀二枚に歩が三つだ」

倉吉は土間へ垂らした足をゆらゆらさせた。その足の爪先にひっかかっていた草履がぱたっと落ち、倉吉は爪先さぐりにそれを拾おうとした。

そのとき腰高障子をあけて、一人の若者がはいって来た。桟留縞の袷に、丈の短い羽折を着、尻端折をして、紺股引に麻裏をはいている。年は二十六か七、小柄《こがら》な、はしっこそうな軀《からだ》つきだし、ほそ面《おもて》のつるっとした顔に（その職業に独特の）するどい、よく動く眼がきわだってみえた。彼はうしろ手に障子を閉めるとき、右手に持っていた十手《じって》をふところへ入れながら、店の中をすばやく眺めまわした。十手をふところへ入れるとき、彼は極めてゆっくりと、まるでそこにいる者たちにみせつけるようにやった。

「松はいるか」とその男は云った、「松二郎はうちにいるか」

誰も答えなかった。みんなは彼がはいって来たとき、ちらっと見ただけで、あとはもう見向きもしなかった。

「御苦労さまです」と仁助が投網の繕いをしながら云った。「松二郎はなかまで客を送ってゆきましたが、なにか松に御用ですか」

男はもういちどそこにいる者たちを眺めまわし、「銀太は来なかったか」と云った。こんどは仁助も答えなかった。

「おい倉あにい」と男は云った、「おめえ銀太をみかけなかったか」

「さあ、あっしは知りませんね」

「銀太が此処《ここ》へ来やあしなかったか」

「王手、――」と倉吉が云った、「初王手、胃のくすりだ」

「胃だってやがら」と忠二が云った。

「急に胃が悪くなったんだ」と倉吉が云った、「いま急にむしずがわいてきやあがったんだ」

忠二は「気にするな」と云った。

男は倉吉と忠二を睨《にら》み、それから上り框に腰を掛けて、「おい雪ぼう、おれにも一杯くれ」と云った。お雪は仁助を見た。仁助は黙って投網の繕いをしてい、伊藤欣吾は話を続けていた。男はふところから財布を出し、なにがしかの銭をそこへ置いた。

「摘《つま》む物もなにもいらねえ」と男はお雪に云った、「燗を熱くして、湯呑《ゆのみ》でくれ」

お雪はさもだるそうに立ちあがった。

「伊藤先生」と男が呼びかけた、「よく続きますね、また講釈ですかい」

伊藤欣吾がなにか答えようとし、平吉がそれを遮《さえぎ》って、「そいつもおかしいぜ先生」と文句をつけだした。平吉は寝そべったままで、伊藤欣吾の話に文句をつけ、自分の主張を並べたてた。男の眼がするどく光った。彼は立って板間へあがり、切炉の近くへいって坐った。誰も席を譲ろうとせず、平吉は文句をやめて、寝そべったまま手を伸ばし、自分の盃を取って、ゆっくりと飲んだ。

「お常ぼう」と平吉は云った。「なにか焦《こ》げてやあしねえか。なんだかきなっ臭えような匂《にお》いがするぜ」

「なんにも焦げてやしないわ」とお常は眠そうな眼で炉の中を見た、「焦げる物なんかなんにもありゃあしないわ」

「じゃあこの匂いはなんだ」と平吉は若い船頭の一人に云った、「このきなっ臭え匂いはなんだ、政《まさ》、おめえにゃあ匂わねえか」

「うん、きなっ臭え」とその船頭が云った、「なんだかきなっ臭えようだ、きなっ臭えような匂いがするぜ」

お雪は戻って来て、炉にかかっている燗鍋《かんなべ》で燗をつけはじめ、伊藤欣吾は気まずそうに坐っていた。

三

お雪は燗のついた二合徳利と湯呑を、盆の上にのせてその男の前に置いた。男は湯呑に半分ほど酒を注《つ》ぎ、平吉から他の船頭たちへと、順に眼を移しながら一とくち酒を飲んだ。

「先生、——」と男は伊藤欣吾に云った、「貴方《あなた》はもとどこの御藩中だったんですか」

伊藤欣吾は「う」と口ごもった。

「言葉のようすだと江戸のようだが、浪人なさるまえにはどこの藩に勤めていたのですか」

「旧主の名は、云えない」と伊藤欣吾はみじめに吃《ども》った、「旧主の名は、云えないが、なぜそんなことを訊《き》くのだ」

「役目がらでね」と男は酒を啜《すす》った、「なに、仰《おっ》しゃれなければむりに聞こうとは云わねえ、ただあっしの縄張《なわば》りの内にいらっしゃるから、いちおうどんな御経歴かうかがっておきてえと思ったもんでね」そしてもう一とくち啜って云った、「なあに仰しゃりたくねえものをむりに聞こうとはいわねえ、どうか気を悪くしねえでおくんなさい」

「先生――」と若い船頭の一人が云った、「あとを続けて下さいな、それから話はどうなるんです」

男はその船頭を睨み、伊藤欣吾は咳《せき》ばらいをした。こちらでは倉吉が「それでいいのか、本当にいいのか」と念を押し、盤面に駒を置いて、それ「飛金両取りだ」と云っていた。伊藤欣吾が話を続け、男は湯呑に酒を注いで飲み、こちらで倉吉が、「そうか、しまった」と高い声をあげた。

「しまった、そういうことになるのか」と倉吉は云った、「そこでお手はなんだ」

「またか」と忠二が云った、「お手はお手はって、おめえ人の手ばかり訊いているぜ、そら、金銀に桂香《けいきよう》と歩が一つだ」

「桂だって、桂があるのか」と倉吉は盤の上へのしかかった、「桂馬《けいま》と、――さあことだ」

男は酒を飲み終った。彼は居辛《いづら》くなったようすで、半分は呷《あお》るように飲み、伊藤欣吾は話を続けていた。男は湯呑をかちんと置き、ふところから十手を出して、それを薄縁《うすべり》へ突きながら立ちあがった。

「きなっ臭え匂いか」と男は麻裏をはきながら云った、「いま誰かそう云ったな、政、――おめえまだ匂うか」

政と呼ばれた若い船頭は答えなかった。男は十手を持った手をふところへ入れ、嘲《ちょう》弄《ろう》するような眼でみんなを眺めながら、「ふん」とせせら笑いをした。

「おい、吉野のとっつぁん」と男は大きな声で云った、「おれがいいと知らせるまで、誰も外へ出さねえでくれ、この辺でちょいと風が吹くかもしれねえんだ。わかったかい」

「へえ」と仁助が答えた、「わかりました」

男は出てゆこうとし、障子をあけて、そこで振返って「平吉あにい」と云った。平吉は寝そべっていて、答えなかった。

「なにが臭えか教えてやるぜ」と男は口を曲げてどなった、「どいつも此処を動くんじゃねえぞ」

そして外へ出て、障子を閉めた。

「平吉」と仁助が低い声で云った、「おめえ年甲斐《としがい》もねえ、よけえな口をきき過ぎるぜ」

「わかったよ」と平吉が云った、「——野郎の面《つら》を見るとむかついてしようがねえんだ、あの面を見ると、こう、……けちな下《した》っ引《ぴき》のくせにしゃあがって、十手をひねくっちゃあ乙に絡んだことばかり云やあがる。いまだってそうだ、なんのきっかけもねえのに、いきなり先生に妙な云いがかりをつけやがって」

「きっかけはあるぜ」とこっちから倉吉が云った。

伊藤欣吾は話をやめていて、平吉が「なんだ」と寝そべったまま訊き返した。

「知らねえのか、平吉あにい」と倉吉は云った、「相生亭のおぶんちゃんだよ」

「おぶんちゃんがどうしたってんだ」

「あの野郎はおぶんちゃんを張ってるんだ」と倉吉は云った。「ただ張ってるだけじゃあねえ、おやじを威《おど》かして、相生亭の婿におさまるこんたんらしいや、あのおやじには博奕兇状《ばくちきようじよう》があるし、いまでも悪戯《いたずら》はやまねえようだからな、おまけに人は好《い》いときているんだから、野郎のこんたんもどうやらものになりそうだっていう話だぜ」

「それが先生とどう関係があるんだ」

「そこに先生がいちゃあな」と倉吉は云い渋り将棋盤へと向き直った。「――うん、金打ちだ」

「ああそうか、それでか」と政と呼ばれた船頭が云った。「それであの野郎あせってやがるんだな」

「誰があせってるって」

「いまの捨吉《すてきち》の野郎よ」と政が云った。「むやみにほしいいを稼《かせ》ごうとしゃあがって、このあいだじゅうからめっぽう十手風を吹かしてやがる。小泉町《こいずみちょう》の鉄と直公《なおこう》、五丁目の六べえ、それから回向院《えこういん》裏の久助《きゅうすけ》なんぞも挙げたっていうことだ」

「そいつがじつは大笑いよ」と若い船頭の一人が云った。「挙げたのはいいが、洗ってみてもなんにも出ねえ、四人が四人、お手当にするようなものがなんにもねえんだ、それですぐ四人とも帰されたっていうぜ」

「あせってやがるんだ」と政が云った。「ほしを稼いで、てめえに箔《はく》を付けて、それで相生亭の婿におさまろうてんだ、――へっ、こんなときあいつに覘《ねら》われたら災難だぜ」

「もうたくさんだ、野郎の話はよしてくれ」と平吉が寝そべったまま、「話を聞くだけで反吐《へど》が出そうになる。先生の続きを聞くことにしよう」

平吉はお常に「酒がねえぞ」と云い、お雪が燗のついた徳利を出した。それで他の者も酒や肴《さかな》の追い注文をし、伊藤欣吾は武者ばなしを続けた。

「いまの話は本当か」とこっちで忠二が低い声で訊いた、「――あの捨吉の野郎が相生亭の婿におさまるって話は」

「おめえ聞かなかったのか」

「おらあ先生だとばかり思ってた」と忠二は云った。「相生亭じゃあ先生の面倒をよくみてるし、おぶんちゃんは暇さえあれば先生のところへ入浸ってるようだからな、おらあそのうちに先生が婿におさまるんだと思ってた」

「みんなもそのほうを喜ぶだろう」と倉吉が云った。彼は持っている駒を打ち合せ、盤面と忠二の顔を交互に見た。「おれだってそのほうがいい、先生はいい人だからな」

「だが相手が捨吉とくると」と忠二は盤上の駒を動かした。「――あの野郎にみこまれたとすると、おぶんちゃんも生贄《いけにえ》同然だ」

「ちょっといまの手を待ってくれ」と倉吉が云った。「いやそれじゃあねえ、この金寄りを待ってくれ」

「よせよ、そいつは三手前のやつだぜ」

向うの炉端で平吉が起きあがった。

「ちょっと待ってくれ、先生」と平吉は起きあがって云った。「おれにゃあ腑《ふ》におちねえ、もういちどいまのところを聞かしてもらおう」

「いまのところとは、――」

四

「清正公が後架《こうか》の中から、廊下にいるお付きの侍に、誰《だれ》それに加増してやれ、と仰しやった、そうでしたね」と平吉は云った。「あとでお付きの侍が、どうして後架の中などで、加増のことなど仰《おお》せられたかと伺った。すると清正公はなんとか仰しゃったんでしょう」

「清正はこう云ったのだ」と伊藤欣吾は穏やかに答えた。「――人の賞罰はむずかしい、罰することは覚えているが、褒賞《ほうしょう》することはとかく忘れがちなものだ、それで後架の中ではあったが、思いだしたからすぐに申付けたのだ」

「それから先生がなにか云ったでしょう、そこがおれの腑におちねえんだ」

「私はこう云ったのだ」と伊藤欣吾が云った、「これは清正の逸話として伝えられているものだが、私がもしその侍だったら、すぐにいとまをもらって退国する」

「なにが気にいらねえんです」

「士はおのれを知る者のために死す、というくらいで、侍は一身一命をなげうって主君に仕えるものだ」と伊藤欣吾は云った。「それを一国の領主たる者が、罰することは覚えているが褒《ほ》めることを忘れやすい、後架の中で思いだしたからすぐに褒賞する、などというのでは、侍として奉公する気にはとうていなれない」

「先生はそうかもしれねえ、人はさまざまだ、先生はそう思うかもしれねえが」と平吉は酒を一とくち飲んだ、「おらあそうは思わねえ、おらあさすがは清正公だ。せ、えしょうこうさまといわれるお方だけのことはあると思う。後架の中だろうが屋根の上だろうが、思いだすとたんに加増してやれなんてのは男らしくっていいと思う」

「われわれのあいだでならそれもよかろうが」と伊藤欣吾はなだめるように云った。

「清正は肥後守として何千何百という家臣を抱えている。まこと人の主君たる者なら、罰することは忘れても褒賞を忘れるなどということはない筈《はず》だ」

「つまり褒めてもらいさえすればあいいってえわけですかい」

「それは話が違う、私は清正が狭量《きょうりょう》で」

「公《こう》を付けてくんねえ公を」と平吉が遮《さえぎ》った。彼は肚《はら》を立てたようで、唇《くちびる》をぐいと横撫《な》でにし、「清正きよまさって、相手はおめえせえしょうこうさまともいわれるお方だぜ、先生はよっぽど清正公が嫌《きれ》えらしいが、いってえ清正公のどこが気にいらねえんだ」とたたみかけた、「なにが気にいらなくって清正公を悪く云うのか、そこをひとつ聞かしてもらおうじゃねえか」

伊藤欣吾は釈明した。自分に悪意はない、自分は清正公を嫌ってはいない。ただ人間の栄枯盛衰が、多くの人の気質に左右される、ということを話そうとしたまでだ。そういうぐあいに釈明し、「清正公に対しては些《いささ》かも含むところはない」ことを繰り返した。

「平さんの諄《くど》いのも性分だが」とこっちで倉吉が云った。「先生も悲しい性分だな、ちっとばかりのふるまい酒のために、ああやっておとなしく云いなりになっている。浪人したって仮にもお侍じゃねえか」

「人のことを云うな」と忠二が云った。

「仮にも侍なんだから、たまには無礼者っくれえ云えそうなもんじゃねえか」

「人のことを云うな」と忠二が云った。「貧乏をすれあ侍も町人もありゃあしねえ、おめえがそんなことを云うのは本当の貧乏を知らねえからだ」

倉吉は「おれがか」と訊き返した。そのとき腰高障子があいて、「いい月だぜ」と云いながら、中年の男が一人はいって来た。

「源さんか」と倉吉が云った。「珍しいな」「また将棋か、よく飽きねえもんだ」と源さんが云い、急に声をひそめて、「親方」と仁助に呼びかけた。「なんだかこの近辺へんなあんばいだぜ」

「なにかあったのか」と平吉が訊いた。

「向うのよろず屋の前と、こっちの元町の角のところに人が立ってる」と源さんが云った。「軒下だの路地ぐちにひそんで、四五人はいるらしい、どうやら岡《おか》っ引《ぴき》の張込みといったあんばいだったぜ」

「さっき捨吉が此処へ来たよ」と仁助が云った。彼は繕い終った投網《とあみ》をひろげて見て、それを脇《わき》へ置きながら、莨盆《たばこぼん》をひき寄せた。

「――いいと云うまで誰も外へ出すな。なんて、妙なことを云っていったっけが、そんなら本当に捕物でもあるのかもしれねえな」

「まさか此処にほしがいるんじゃあねえだろうな」と平吉が云った。「おい安七《やすしち》、てめえなにか覚えはねえか」

安七と呼ばれた男は「じょじょ」と吃《ども》り、左手に盃《さかずき》を持ったまま、右手を振りながら、「冗談じゃねえ、とんでもねえ、ふざけちゃいけねえ」と吃り吃り云った。

「お、――」と政が周囲を見まわした。「そういえば熊《くま》のやつはどうしたろう。いましがたまでそこにいたのに、いねえじゃねえか」

みんなそっちへ眼をやった。ほんのいっとき、家の中がしんとなり、倉吉の「お手は」と訊く声がはっきり聞えた。

「熊のやつが、まさかね」と若い船頭の一人が云った。「きっと後架へでもいったんだろう」

平吉が「しっ」といい、みんなが口をつぐんだ。再びしんとなった店の中へ、表から呼子笛《よびこ》の音が聞えて来た。呼子笛はするどく、三度鳴り、この店の前あたりで、人の走りまわるけはいが聞えた。仁助は吸いかけた煙管《きせる》を置き、他《ほか》の者も盃や箸《はし》を下に置いた。

「動くんじゃねえ」と仁助が云った。「みんなじっとしてろ」

忠二は手駒を握ったまま、倉吉はいまにもとびだしそうな顔つきで、それでも動かずに、じっと外の物音を聞きすましていた。すると伊藤欣吾が立って、静かに土間へおりた。

「先生、――」と仁助が云った。

「いや」と伊藤欣吾が云った。「大丈夫、ようすを見るだけだ」

そして障子のところへゆき、それを細めにあけて、外を覗《のぞ》いた。このあいだにも、戸外《そと》ではすごいような人の叫びや、どたどたという足音がし、なにかの水に落ちる音などが聞えた。

「繋《つな》いである船だ」と伊藤欣吾が云った。「捕物は伝馬船《てんません》らしいぞ」

ぱっと二三人が立ちあがり、「よせ」と仁助が叫んだ。「出るんじゃあねえ、じっとしてろ」だがみんな総立ちになり、足に当る履物をつっかけて、われ勝ちに外へとびだした。

外は昼のような月夜で、騒ぎを聞きつけたのだろう。近所の家からも人が次つぎに出て来た。――満潮で幅が広くなったようにみえる大川は、月の光りで明るく、繫がれた片方の伝馬船の上で、逃げまわり追いまわす人影が、黒く、影絵のように眺められた。追う者も逃げる者も、どちらも逆上しているらしい、どちらも動作がぎごちなく、船ばたの周囲をぶきように廻《まわ》ったり、舫《もや》ってある釣舟へとびおり、それから川の中へとびこんだりした。――一人の若者は猪牙舟《ちょきぶね》へとび移って、棹《さお》を持って突っ張っていた。舫ってあることには気がつかず、力まかせに（舟を出そうと）棹を突っ張っており、伝馬船の上では十手を持った男が、その十手で引寄せるような手まねをしながら、「戻《もど》れ、戻れ」と喚《わめ》いていた。

「戻って来い、逃げてもだめだ」すると、猪牙舟の若者は、その舟が舫ってあることに気づき、棹を持ったまま川の中へとびこんだ。高い水音がして、水面が波立ち、その波のひろがるままに、きらきらと月の光りが砕けた。

船板を踏み鳴らす音と、はっはっという切迫した暴《あら》あらしい呼吸と、意味をなさない叫び声とが、暫《しばら》くして突然やみ、やんだとたんに「きゃあ――」という、長くするどい悲鳴が起こった。騒ぎは突然やんで、急にしんとなった。伝馬船の中で、その悲鳴は長く尾をひき、河岸《かし》に群がって（見物して）いる人たちは、いちように顔色を変えた。

「おっ母《か》ちゃーん」とその声が叫んだ。「痛えよう、おら死んじまうよう」

「銀太だ」と倉吉が云った。「あの声は銀太だ」

しかし誰もなにも云わなかった。

伝馬船の上で人影が集まり、なにかごたごたした。人影は五人で、なにか話しあっているが話し声は聞えず、やがて二人の男が、少年を中にはさんで、渡り板を岸へとあがって来た。

「おら死んじまうよう」と少年は泣き叫んでいた。「痛えよう、痛えよう、おっ母ちゃーん」

そして、少年が渡り板を渡るあいだ、水の上へびしゃびしゃと、なにかの滴《したた》り落ちる音が聞えた。

「なんでえ」と見物の群の中で誰かが云った。「たかが一文博奕《いちもんばくち》にあんな騒ぎをして、五人がかりで一人も捉《つか》まらなかったのか」

「ちぇっ、なっちゃねえや」と他の声が云った。「みなよ。五人がかりでみんな逃がしちゃったぜ」

少年は泣き続け、両手で頭を抱えたまま岸へあがって来た。頭を抱えている両手も、顔も、黝《くろ》ずんだ血にまみれ、指のあいだから、ぽたぽたと血が垂れていた。

「おい」と伊藤欣吾が呼びかけた。「おまえそのまま番所へ曳《ひ》いてゆくつもりか」

少年を左右からはさんでいた二人が、びくっとして振向いた。

「その血が見えないのか」と伊藤欣吾が云った。「そんなにひどく出血しているのに、そのまま番所へ伴《つ》れてゆくつもりか、そのままだと番所へ着くまでに死んでしまうぞ」

「これあえれえ血だ」と誰かが云い、「ひでえことをしやがる」とべつの声がどなり、少年は悲鳴をあげ続けて、そこへお常が、狂ったように人を突きのけながら走りこんで来て、少年の躯《からだ》にしがみついた。

「銀ちゃんどうしたの」とお常はつんざくように叫んだ。「どうしたの銀ちゃん、どうしたのよ、なにをしたの」

「おらなんにもしねえ」と少年は叫び返した。「おらあ見ていただけだ。博奕もしなかったし抵抗もしなかった」

「そうだ」と誰かがどなった。「おめえは抵抗しなかったぞ」

五

そのとき「吉野」の仁助が前へ出て来、泣き狂っているお常を、少年からひきはなした。お常は両手を少年の頸《くび》に巻きつけ、ひ、ひ、と泣きながら（はなれまいとして）少年の頰《ほお》へぴったりと自分の頰を押付けていた。

少年をはさんでいた男の、一人はいつか見えなくなり、捨吉という男だけがそこに残っていた。彼は群衆に取巻かれていた。群衆の反感と憎悪《ぞうお》と嘲笑《ちょうしょう》に取巻かれ、すっかり蒼《あお》くなって、途方にくれ、ふるえていた。——仁助はお常をひきはなし、政が彼女を受取って、店のほうへと伴れていった。そのあいだずっと、お常は泣き狂い、少年の名を呼び、「あんたが死ぬならあたしも死ぬよう」と喉《のど》いっぱいに叫んでいた。

「手当てをしてやれ」と伊藤欣吾が云った。「早くその血を止めるのだ、まず血を止めるんだ。手おくれになるぞ」

「うちへおいでなさい」と仁助が云った。「うちで手当てをして、それから伴れておいでなさい、銀太、しっかりしろ」

少年は悲鳴をあげた。

男はふるえていて、いわれるままに、少年を「吉野」の店へ伴れていった。捨吉という男は脅《おび》えあがって、無力になり、意志もなく、判断力も失っているようであった。

「おらあ見ていただけだ」と少年は叫び続けた。「おらあ賽《さい》ころなんか触りもしなかった。ただ見ていただけだし、抵抗もしなかった。おらあなにもしやあしなかった」

「そうだ」と店の外でどなる声がした。「おれたちが証人だ。おめえは抵抗しなかっ
た。おめえが抵抗しなかったことは、おれたちがちゃんと見ていたぞ」
「おっ母ちゃーん」と少年は悲鳴をあげ、「死んじまうよう」と叫び、それから激し
く喘《あえ》いで叫んだ。「痛えよう痛えよう、ああ眼が見えねえよう」
お雪と仁助の妻のお幸とで、少年の傷の手当てをした。傷は頭のてっぺんで、三寸
くらいも裂け、お雪は「あら骨が見えるわ」とふるえ声で云った。
「ひでえことをするもんだな」と倉吉が忠二に云った。「たかがおめえ一文博奕だぜ、
しょうばい人が賭場《とば》を開帳したんじゃあねえ、なかま同志が慰みに一文博奕をしてい
たんだ、捉まったってせえぜえお叱《しか》りぐれえで済むこった。それもいい、博奕をして
いた人間をなにするならいいが、そいつらはきれえに逃がしちまって、使い走りの子
供をこんな、こんなめにおめえ、十手で頭を叩《たた》き割るなんて」
「喧嘩《けんか》ならべつだが」と忠二が考え深そうに云った。「十手でやったとすると、こい
つ唯《ただ》じゃあ済まねえな」
捨吉という男がなにか云おうとした。すると平吉がぐっと覗きこんだ。
「なんだ」と平吉は云った。「文句があるのか、おめえこんなことをして、まだなに
か文句があるのか」

捨吉という男は首を振り、そわそわとあたりを眺めまわした。他の四人の伴れを捜すらしい。だがそれはみつからなかった。伸びあがって見ても誰もいない。四人ともすでにずらかったようであった。

店の内も外も人がいっぱいで、それらがみな、少年に対する同情と、男に対する憎悪と非難の声をあげていた。男は窮地に立っていた。彼はその非難と憎悪の声に囲まれて、まったく孤立し、無力であった。男を支えていた「法」さえも、いまは彼を支持しないし、むしろ彼の罪を問う側にまわったようであった。

少年はまだ悲鳴をやめなかった。少年は母を呼び続け、死んでしまうと繰り返した。少年は自分の立場を知っていて、いま自分がどんなふうにすべきか、どこまで効果をあげるべきか、ということをみとおしていた。

「いいか、よく聞け、銀太」と仁助が云っていた。「おまえのことはおれたちが引受けた。ちゃんと証人もある。もしもこの傷で」と仁助は明らかに誇張した。「この傷でもしおまえが死ぬようなことがあっても、あとのことはおれたちが引受けた。おふくろのことも引受けたし、決して犬死にはさせねえ、決して犬死にはさせねえぞ」

「恨みははらしてやるぞ」と店の外でどなる声がした。「おれたちできっと恨みははらしてやるからな、銀太、しっかりしろ」

手当てが終り、少年の頭は白い晒《さら》し木綿できっちりと巻かれた。

「放して――」と奥のほうでお常の泣き叫ぶ声がした。「あたし銀ちゃんといっしょにいく、銀ちゃんが死ぬならあたしも死ぬ、放して、放して――」

「さあいい」と仁助が男に云った。「伴れておいでなさい」

捨吉という男はぶきように手を出した。

店の外で「縄《なわ》はかけねえのか」と叫ぶ声がし、奥からお常がとびだして来た。押止《おしとど》めようとする人たちを突きとばし、はだしのまま土間へとびおりて、お常は少年にしがみついた。ひ、ひと泣き、「銀ちゃん」と叫び、少年を抱き緊《し》めて、その頰や唇を狂ったように、音高く、なんども吸った。

「よう、女蕩《おんなたら》し」とこっちで倉吉が（低い声で）笑った。「うまくやってるぜ」

捨吉という男は、少年に手を貸して立たせた。お常は少年に抱きついたままで、ずるずると、しどけなくいっしょに立ちあがった。

六

ようやく騒ぎがおさまり、「吉野」の店は静かになった。

切炉のまわりには五人、主婦のお幸とお雪とが、酒をつけ直し肴《さかな》を替えて、その五人に給仕をしていた。ほかの者は少年についてゆき、倉吉と忠二はまた将棋盤に向っていた。——平吉はいまの出来事を理屈っぽく批判し、あとから来た源さんは、ただもうおひゃらかしてばかりいた。伊藤欣吾はひと言も口をきかず、さっきから空のままの盃《さかずき》をみつめたまま、眉間《みけん》に皺《しわ》をよせて、じっとなにか考えこんでいた。

勝手へ通じる暖簾《のれん》をあげて、一人の若い船頭が店の中を覗《のぞ》き、ねぼけまなこで、大きな欠伸《あくび》をしてから、こっちへ出て来た。

「お、——」と政が云った。「熊じゃねえか」

熊は「うう」と云った。

「どうしたんだ」と仁助が訊《き》いた。「どこへいってたんだ。おめえいままでどこにいたんだ」

「二階にいたんだ」と熊は坐《すわ》った。

「嘘《うそ》をつきやあがれ」と政が云った。「どこかへずらかったんだろう、捕物があると聞いたんでずらかったに違えねえ、なにかうしろぐれえことでもあるんだろう」

「二階にいたんだ」と熊は云って、また大きな欠伸をした。「悪く酔っちゃったもんだから、二階でちょっと寝ていたんだ、みんないねえようだが、仕事か」

「おちついてやがら」と政が云った。「いまの騒動を知らなかったのか」

「おどかすない」と熊が云った。「雪ぼう、おれに水を一杯くれ」それから政を見た。「騒動たあなんだ」

「あの騒ぎを知らなかったのか」

「おらあ夢を見ていた」と熊はにやにや笑った。「なか（新吉原）へいったらあいつが、――騒ぎって、なんの騒ぎだ」

お雪が湯呑《ゆのみ》を彼に渡した。

「それでと」こっちで倉吉が云った。「お手は、――」

忠二は持駒《もちごま》をそこへ並べた。倉吉は覗きこんで、指でその駒をひろげながら読んだ。

「投げるか」と忠二が云った。

「おれがか、おれが投げるってえのか」と倉吉が云った。「金二枚に銀桂《けい》に香《きょう》が二つ、歩《ふ》が五つか」

「よく見てくれ、そこに飛車があるぜ」

「うるせえな、そひしゃあ構わねえ、これがそっちへゆくから、こう、――」と倉吉は盤面に向って頷《うなず》いた。「よし」と彼は駒を動かした。「こう逃げたらどうだ。さあ詰めてみろ」

忠二はじっと盤面をにらみ、「うっ」といって考えこんだ。

「捨の野郎、とうとうしくじったな」と倉吉が云った。「あれでなにもかもおじゃんだ。もうどうしたって土地にゃあいられねえ、野郎の肝ったまが観音様の本堂くれえあって、面《つら》の皮が千枚張りでも、こうなったらもうこの土地にゃあいられねえぜ」

「そんなこったろう」と忠二が云った。「あいつがいるつもりでも、親分の藤田組が置くめえし、それを押していたところで、土地の者が黙っちゃあいめえからな」

「へっ、さっきは凄《すご》みやあがったっけ、――なにがきなっ臭えかいま見せてやるってよ」と倉吉が声色《こわいろ》で云った。「どいつもこいつも動くんじゃねえ、じっとしてろよ、野郎にもういちどあのせりふを聞かしてやりたかった。てめえの凄んだせりふをよ」

「銀太のやつもうまく芝居ぶったぜ」

「うめえ芝居だった。死んじまうよーってやがった」と倉吉はまた声色で云った。「痛えよう、死んじまうよう。おっ母ちゃーん、それから、おらあ抵抗しなかったってよ」

「あれあよかった」と忠二が笑った。「どこで覚えやがったか、あれでみんなが騒ぎだしたんだ」

「きっかけは先生だったぜ」と倉吉が云い、その声が聞えたものか、伊藤欣吾が横眼でこっちを見た。「きっかけは先生だ、――そのまま伴れてゆくつもりか、その出血を見ろ、死んでしまうぞってさ」

「それで銀太が声をはりあげやがった」

「そして野次馬《やじうま》も騒ぎだした」と倉吉がくすくす笑った。「先生もなかなか役者だ。どうして、ああみえても隅《すみ》にゃあ置けねえや」

「これで相生亭《あいおいてい》も先生におちつくか」

「そんなところだろう、——お手はなんだ」

「待て、おれの番だ」

伊藤欣吾は立ちあがった。

「お帰りですかい、先生」と平吉が訊いた。

「ああ」と伊藤欣吾が口の中で云った。「どうやら更《ふ》けたようだから」

「じゃあおやすみなさい」と平吉が云った。

仁助も他の者も「おやすみ」と云った。伊藤欣吾は土間へおりた。倉吉と忠二が、「おやすみなさい」と云い、伊藤欣吾はそれに答えて、店から出ていった。

外はいい月夜で、彼は河岸っぷちへ歩いていった。明るい月光の下に、十二三ばいの小舟と、二艘《そう》の伝馬船とが見え、伊藤欣吾は、その片方の伝馬船のところへいって、立停《たちど》まった。大川の水面はひろく、昼のように明るく、対岸の広小路《ひろこうじ》のあたりで、犬の遠吠《とおぼえ》が聞えた。

「おれは役者じゃあない」と伊藤欣吾は呟《つぶや》いた。「おれは役者なんかじゃなかったし、あそこでは芝居なんかもしなかった。あれはあのようにあったんだ。あったとおりのものだ」それから少し黙っていて、そっと首を振りながら、云った。「――だが、おれ自身でさえ、いまになってみると……」

彼は口をつぐみ、眼の前にある伝馬船を、放心したように見まもっていた。ひろい水面を渡ってまた犬の遠吠が聞えて来た。

（「小説春秋」昭和三十一年五月号）

薊《あざみ》

加川鉄太郎《かがわてつたろう》は机に向って坐《すわ》り、ぼんやりと庭のほうを眺《なが》めていた。部屋の片方では弟の佐久馬《さくま》が、本箱を前にして書物の整理をしていた。

「またですか」と云《い》う妻の声がした、「またいつものことを考えていらっしゃるのね」

鉄太郎は黙っていた。

彼は両の肱《ひじ》で机に凭《もた》れ、両手で顎《あご》を支えながら、やや傾きかけた陽《ひ》の当る、冬枯れの庭を眺めていた。赤錆色《あかさびいろ》の、少しも暖かさの感じられないうすら陽は、林になっているくぬぎの木の幹を、片明りに染め、枯れた芒《すすき》のくさむらの、ほほけてしまった穂を、鮮やかに白く浮き立たせていた。

——これは祖父の造った庭だ、と鉄太郎は思った。

くぬぎ林は百本ちかくある。林を縫って細流が蛇行《だこう》し、板塀《いたべい》の外へと流れ出ている。板塀の外は「沼」と呼ばれる湿地で、蘆荻《ろてき》や蒲《がま》が密生してい、冬になると鴨《かも》や雁《がん》や鴫《しぎ》、鷭《ばん》などが集まって来る。祖父の代にはそちらが四目垣《よつめがき》になっていたので、沼のけしきはよく見えたが、父はそこへ板塀をまわしてしまったので、いまでは家の中からは見ることができなくなっていた。

銕太郎の坐っている位置から見て、くぬぎ林は右手にあり、正面が百坪ほどの芒野。左手には小高く、芝を植えた築山《つきやま》がある。その裾《すそ》から竹垣のところまでは、梅の老樹の疎《そ》林《りん》がひろがってい、竹垣の向うは、門から玄関へ通ずる敷石道であった。

「兄さん」と弟の佐久馬が手にした書物を見て云った、「これはなんと読むのかな、御なんとか花記というこれ、高楷宗恒《たかはしむねつね》という人の」

「おさばなの記だ」と銕太郎が答えた。

「へえ、この宇冠に最という字がですか」と佐久馬が訊《き》いた、「これは雑書の部へいれますか」

「和学の中だ」と銕太郎が云った。

くぬぎ林へ百舌鳥《もず》の群が舞いおりて来、やかましく叫びながら、枯れた枝のあいだを飛びまわった。

「仔細《しさい》は申上げられません、どうぞなにもお訊きにならないで下さい」と妻のゆきをが云った、「このお願いを聞いて下さらなければ、私は自害するほかはありませんし、加川の御家名にも瑕《きず》がつくのです」

終りの言葉は、銕太郎の耳の奥で、こだまのように長く、繰り返し尾をひいて反響した。御家名に瑕がつく、御家名に、瑕がつく、瑕がつく、瑕がつく、つくのです。

銕太郎は静かに振向いた。妻のゆきをは化粧をしてい、鏡の中からこちらを見ていた。

——これはあとのことだ、と銕太郎は思った。

かんじんなことはもっとまえだ。結婚したそもそものときから始まって、始まったことがわからないままで、悪いほうへと続いていった。

「なにが気にいらないんだ」と銕太郎は鏡の中の妻の眼《め》を見ながら訊いた、「いったいなにが不満なのか、云ってみるがいいじゃないか」

「どうしてそんなことを仰《おっ》しゃいますの」

「自分で知っている筈《はず》だ」

「わたくし不満などはございません」とゆきをは答えた、それは心の底に強い不満のあることを、証明するような調子であった、「あなたはわたくしがお気にめさないので、そんなふうに仰しゃるのでしょう」

「話をそらすことは上手だ」

「御不満なのはあなたです」ゆきをは悩ましげに溜息《ためいき》をした、嬌《なま》めかしいと云ってもいいほど悩ましげな、訴えるような溜息であった、「でもわたくしにはどうにもならない、どうにもならないんです」それから銕太郎に向って云った、「——教えて下さいまし、あなた、わたくしどうしたらいいのでしょう」

鋏太郎は眼をあげた。くぬぎ林で騒いでいた百舌鳥の群が、突然なにかをみつけたように、一斉《いっせい》に舞いあがったとみると、群は二つに別れて、一方は「沼」のほうへ飛び去り、片方はまたくぬぎ林に舞いおりた。

「この包んであるのはなんです」と弟の佐久馬が呼びかけた、「包紙に中川書林とありますがね」

「中川書林、——知らないな」

「解いてみてもいいですか」

鋏太郎は黙って頷《うなず》いた。

「へええ」包を解き、中から書物を取出した佐久馬は、第一冊の頁《ページ》をめくってみて笑った、「おどろいたな、こいつはどうも」彼は次つぎと、五冊を順にめくってみた、「みんな好色本ですよ、知らなかったんですか」

板塀のかなたの「沼」のほうで、鴨の鳴く声がし、水を叩《たた》く翼の音が聞えた。

「わたくしがまんができませんの」とゆきをが云った、「ほかのことは辛抱しますけれど、この男臭さだけはだめなんです」

「知らなかったね」と鋏太郎が弟に云った、「中川ではときどきそんな物を送って来た、たいてい返したつもりだが、それだけは忘れていたんだろう」

「お願いですから」とゆきをが云った、「わたくしの寝間《ねま》をべつにして下さいまし」

男には男の躰臭《たいしゅう》があり、女には女のそれがある。おれには妻のからだの匂《にお》いは、好ましく刺戟《しげき》的であった、と錬太郎は思った。妻のからだの触感は、いまなお彼の手や肌《はだ》になまなましく生きている。妻の軀《からだ》はやや大柄《おおがら》であるのに、胸乳《むなぢ》や腰は小さいほうであった。小さいけれども固くて、吸いつくようになめらかな乳房や、すんなりと少年のようにのびやかな腰の線は、嬌めかしいというよりも、むしろ匂やかにすがすがしい感じであった。

——それでおれは、岡野弥三郎《おかのやさぶろう》の言葉をそのまま信じていたんだ。

あれは結婚してまもないときのことだ、と錬太郎は思った。たしか村尾で祝宴のあったときだ、村尾の家で母堂の床上げ祝いをしたときのことだろう、そうだ。岡野は例のとおりすぐに酔って、誰かにからみ始め、ついでおれのほうへ来た。

——御側《おそば》用人、と岡野は云った。すばらしい花をお手に入れたそうですな。

おれにはなんのことかわからなかった。

——奥方ですよ、と岡野は云った。安島家のゆきをどのといえば、家中《かちゅう》の娘たちのあこがれの的でしたからね。

追従《ついしょう》するような笑いに、一種の皮肉なものが感じられた。それから約半年、おれは

「すばらしい花」という言葉をそのまま信じ、藩主の参覲《さんきん》の供で江戸へいった。

「お願いです、あなた」とゆきをが云った、「どうぞなにも訊かずに、わたくしの望みをかなえて下さいまし」

いや、それはもっとあとのことだ、と鋲太郎はそっと首を振った。一年の江戸番が終って帰ったとき、寝間をべつにするという話になった。おれはむろん承知したが、男臭さが辛抱できない、という理由は不愉快だった。他人のことは知らない、けれども、夫婦になればもう単なる男と女ではない、良人《おっと》と妻とは一心同躰というくらいではないか。おれの躰臭が特に強いならばべつだが、これまでそんなことを云われた記憶はない。しかもおれには妻のからだの匂いが極めて好ましい、妻の肌に触れ妻の匂いに包まれていると、おれはたとえようもない安息と満足感に浸される。それが妻には辛抱できないというのはどういうわけか。

「それは男のわがままと自分勝手な考えかたです」とゆきをが云った、「男はなにごとも自分を中心に考えたりふるまったりなさる、女を愛するときはことにそうです」

鋲太郎はまた振向いた。ゆきをは鏡に向って化粧をしてい、鏡の中から良人のほうを見ていた。

「たとえば、額田《ぬかだ》さまの御夫婦は仲のいいことで評判です」とゆきをは云った、「けれどもそれは表面だけのことで、妻女の松世《まつよ》さまは良人の毛深い手足や肌に触ることが、身の氷《こお》るほどいやだと仰しゃっています」

「ではおまえはどうだ」と銕太郎《てつたろう》が訊き返した、「おまえはおれのどこが気にいらないんだ」

「そのお答えはもう幾十たびも申上げました」ゆきをは鏡の中で眼をそらした、「あなたはわたくしに不満があるので、それで逆にわたくしをお責めになるのですわ」

銕太郎は眼を庭のほうへ戻した。

枯れた芒がさっと風に揺れたち、くぬぎ林で騒いでいた、百舌鳥の声がやんだ。

なま温かい夜であった。銕太郎は自分のうなされる声で、眼がさめた。深い眠りの底から、少しずつさめてき、やがて、暗くしてある行燈《あんどん》の光りで、立てまわした屏風《びょうぶ》の絵が、ぼんやりと眼にうつった。うなされていたなと思い、ふと気がつくと、その声はまだ聞えてい、銕太郎は頭をもたげた。けんめいになにかをこらえるような、かすれた呻《うめ》き声で、絶え絶えに細くなり、そのまま消えるかと思うと、急に切迫し、よじれるように高まり、激しく暴《あら》あらしくなった。

彼は起きあがった。その声は妻の寝所から聞えて来る、うなされていたのは妻なのだ。彼は立ってゆき、襖《ふすま》をあけた。中廊下を隔てて妻の寝所がある、彼は「ゆきを」と呼びかけた。呻き声はすぐに止った。

「どうかしたのか」と彼はまた云った、「軀でも悪いのか」

「いいえ」とゆきをのねぼけたような返辞が聞えた、「わたくしどうか致しまして」

「うなされていたんだな」と彼が云った、「それならいいんだ、おやすみ」

おやすみあそばせ、申し訳ありませんでした、と答えるゆきをの声は、まだねぼけているように力なく、けだるそうであった。そんなことが三度あったのだ。三度めは雨の夜で、鉠太郎は疲れていた。その日は藩主の越後守信俊《えちごのかみのぶとし》に望まれて、「新律」の講話をした。下城の太鼓のあとから始め、夕餉《ゆうげ》をたまわったあと八時まで続けた。それは出府ちゅうに、鉠太郎が老中の某侯から借覧し、許しを得て筆写したもので、寛永年代から享保《きょうほう》にかけての、幕府の公事《くじ》、訴訟、仕置などの記録であった。講話は七日かかる筈で、帰宅したのは九時過ぎであった。

――いまに眼がさめるだろう。

妻のうなされる声を聞きながら、鉠太郎はそのまま眠ろうとしていた。しかし、庇《ひさし》を打つ雨のひっそりした音が、却《かえ》って妻の呻き声を際立《きわだ》てるようで、彼はすっかり眼が冴《さ》えてしまい、太息《といき》をつきながら起きあがった。これまでは部屋の外から呼びかけたが、雨が降っているので聞えないかと思い、廊下を越えて向うの襖をあけた。

「ゆきを、ゆきを」と彼は呼んだ、「眼をさませ、またうなされているぞ」

呻き声は止った。彼は屏風をまわっていった。すると、暗くしてある行燈の光りで、妻の夜具から誰かのぬけ出るのが見えた。それはつるという若い小間使で、寝衣《ねまき》のままであり、夜具からぬけ出るとき、乱れた裾《すそ》から白い太腿《ふともも》があらわになった。

「どうしたんだ」と銕太郎が云った。

「胃が痛みまして」と夜具の中からゆきをが答えた、「いままでつるに押えていてもらいましたの」

　銕太郎は小間使を見た。つるは坐ったまま深くうなだれ、片手でしきりに裾前を合わせていた。つるは十六歳になるが、軀つきはまだ少女らしいまるみに包まれ、口のききようも幾らか舌足らずで、知恵がおくれているのではないか、と思われるくらいだった。いま深くうなだれている頸筋《くびすじ》から、肩へかけてのなだらかな柔らかい肉付は、かつて見たことのないほど女らしく感じられた。銕太郎は妻を見、つるを見た。灯《ひ》を暗くし、屏風で夜具を囲った部屋の中は、二人の女性のからだが放つ、重たくこもったような匂いが満ちていて、彼は殆《ほと》んど圧倒された。

「薬はのんだのか」と彼は妻に訊いた、「いつから痛みだしたんだ」

「もうらくになりました」とゆきをはもの憂《う》げに答えた、「わたくしの胃は長い持病で、急に痛みだすと薬では効きません、押えてもらうよりしようがございませんの」

「初めて聞くようだが、これまでにもたびたび痛んだのか」

「いいえ、そうたびたびはございません」ゆきをはつるを見て云った、「有難《ありがと》う、もういいからいって寝ておくれ」

つるはそっと会釈《えしやく》をして去った。鉄太郎がはいって来てから、いちども顔をあげず、口もきかなかった。

「医者には診せたのか」

「ええ」とゆきをは脱力したような声で答えた、「わたくしのは病気ではなく、躰質《たいしつ》だということです」

「それは治らないということか」

「そんなに大袈裟《おおげさ》なことはございませんの、ときたまおこるだけですから」とゆきをは云った、「どうぞおやすみになって下さい、御迷惑をかけて済みませんでした」

鉄太郎は立ったまま見おろしていた。妻の顔は蒼白《あおじろ》く、灯のかげんか、眼のまわりに黒くしみができているように感じられた。

結婚してから四年めの秋、参覲のため出府する藩主の供で江戸へ向う途中、鋏太郎は初めて悪酔いをし、思いがけない女に触れた。舞坂《まいさか》で暴風雨にあい、浜松までゆくと、天竜川《てんりゅうがわ》が出水のため川止めだということで、浜松に五日滞在しなければならなかった。本陣の鍋屋《なべや》三右衛門《さんえもん》が定宿《じょうやど》で、鋏太郎も少年時代から宿の者たちを知っていたが、泊って三日めの夜、藩主から慰労の酒肴《しゅこう》が出、目見《めみえ》以上の者が集まって酒宴をするうちに、岡野弥三郎と口論したあげく、おうたという、宿の娘の世話になった。

口論のもとはゆきをのことであった。岡野は初めから鋏太郎に諄《くど》くからみ、前に坐ったまま動かずに酒をしいた。彼はほどよく受流していたつもりであるが、側用人という気ぼねの折れる勤めと、旅の疲れが重なっていたからであろう、知らぬまに量をすごして、したたかに酔った。そのとき岡野が妻のことを話しかけ、へんに皮肉な調子で、自分がいい側女《そばめ》を捜そうかと云った。

「側女を捜す」と彼は岡野を見た、「それはどういうことだ」

「跡取りですよ」と岡野は云った、「花としてはすばらしくとも、実の生《な》らない花がありますからね」

鋏太郎は顔をそむけた。

「加川夫人には昔から薊《あざみ》の花という仇名《あだな》があったそうです」と岡野は続けた、「これも妹や妹の友達の話なんですがね、夫人は乙女のころから薊の花がお好きで、着物や帯などにも染めさせていた、それがまたよく似あうし、夫人御自身の印象が、じつに薊の花そっくりだというのです」

「待て」鋏太郎は遮《さえぎ》って反問した、「薊の花はわかった、しかし跡目のことをなにか云ったが、跡目のことがどうだというのだ」

「薊の花には実が生らないというわけです」

「おれの妻がうまずめだということか」

「祝言《しゆうげん》をして何年になりますか」

「それは岡野の知ったことではない」

「どうしてわかります」

鋏太郎はかっとなった。岡野の表情や口ぶりに、あからさまな嘲弄《ちようろう》と悪意が感じられたからだ。村尾家のときには、ただいつものくだだと思い、すばらしい花を手に入れた、という言葉もそのままで受取った。しかしいまのようすはまったく違うし、「花」という一語も、「薊」という表現につながっている。岡野はなにかを知っており、そのことで鋏太郎を嘲弄しているのだ。そう思うと、酔のために誇張された怒りで、彼は平生の慎みも忘れ、片膝《かたひざ》立てになって叫んだ。

「きさまいったい、なにが云いたいんだ」

その声で一座が急にしんとなり、みんなが二人のほうを注視した。岡野は歪《ゆが》んだ微笑をうかべ、そんなにどならなくてもいいでしょう、と云った。その卑屈な微笑が、却《かえ》って銕太郎の怒りを煽《あお》った。

「云ってみろ」と彼は叫んだ、「男なら男らしく、云いたいことをはっきり云ったらどうだ、云えないのか」

「私は加川さんのことを心配しただけですよ」

「おれのなにが心配なんだ」

「薊には棘《とげ》がありますからね」と岡野は云った、「私の妹も傷ついたし、ほかにも傷ついた娘がかなりいるようだから」

「おれは薊のことなど聞いているんじゃあない」

「それならそれでいいです」

銕太郎は立ちあがった。岡野を殴ろうとしたのだが、二三人に抱きとめられ、べつの座敷へ伴《つ》れてゆかれた。抱きとめたのが誰と誰だか、はっきりした記憶はない。べつの座敷へゆくと苦しくなり、それからおうたに介抱された。――彼女は二十六くらいになっていたろう、いちど嫁にいったが、良人《おっと》に死なれて実家に戻っていた。銕太郎はまえから親しかったし、嫁にいったことも、出戻りになったことも知っていた。躯も小柄だし顔も小さいが、愛嬌《あいきょう》のある明るい顔だちで、客たちみんなににんきがあった。

夜明けまえに、銕太郎は眼をさました。激しい喉《のど》の渇《かわ》きで眼がさめたらしいが、起き直るとすぐに、岡野と口論をしたことが思いだされ、われ知らず苦悶《くもん》の呻きをもらした。するとすぐ左側で、どうなさいました、と云う声が聞えた。

「お苦しいんですか」

彼は吃驚《びっくり》してそっちを見た。すると、そこにおうたがいた。夜具はなく、寝衣《ねまき》の上から薄い掻巻《かいまき》を掛けただけで、まろ寝をしていたのだろう。半身を起こした衿《えり》が少しひろがり、柔らかな胸のふくらみが覗《のぞ》いていた。暗くしてある灯の光りで、寝衣の華やいだ色と、白くて柔らかな、こんもりした胸のふくらみとが、銕太郎の眼をとらえた。彼は黙って、片手をおうたのほうへさしのべた。

「おひやですか」とおうたが云った。

銕太郎は首を振った、「おいで」

おうたはすり寄って来た。ほんの一瞬、その顔にべそをかくような表情があらわれたが、すり寄って来る動作はごく自然であり、それからあとはおどろくほど積極的だった。銕太郎はとまどいをし、圧倒された。妻のほかに女を知らない彼には、おうたのすることや、呼吸や、訴えや、求めなどが、すべて尋常でないことのように思われ、却って、彼の内部で燃えていたものが冷えてしまった。

「このお肌《はだ》の匂い」おうたは彼の胸に顔をうずめながら喘《あえ》いだ、「あたしこの匂いを嗅《か》ぐだけで、いつも頭がくらくらしてしまいますの」

「おれの匂いはそんなにひどいか」

「好き、好き」とおうたはからみついた、「あなたがお立ちになると、いつもお寝衣を隠しておいて、このお肌の匂いがなくなるまで抱いて寝るんです、もうずっとまえから」

恥ずかしい、堪忍《かんにん》して下さいと云って、おうたは痛いほど彼を抱き緊《し》めた。

くぬぎ林で百舌鳥《もず》の鳴き叫ぶ声がし、銕太郎は振返った。

「この本」と弟の佐久馬が云った、「貰《もら》っていいですか」

「どの本だ」

「この好色本です、読まないんでしょう」

「好色本だって」

「中川書林のやつですよ」

「ああ」と銕太郎は云った、「おれは読まないが、返さなければならないだろう」

「そんな必要があるもんですか、こういう本はたいてい、書肆《しょし》から上顧客《とくい》へ謝礼に贈るものですよ」と佐久馬は云った、「しかし、こういうものに興味がないというところに、兄さんの弱点があるかもしれませんね」

銕太郎は妻のほうを見た。

「そうよ、そこにお気がつかないのよ」とゆきをは云った、「そういう本さえお読みになれない御性分だから、女の気持などもおわかりにならないんです」

「おまえは読むか」

「わたくしのことではありません、あなたのことを申上げているんです」

銕太郎は眼《め》をそらした。いや、あれはそんなことは云わなかった。少なくとも、そういう言葉ではなかった。

おうたとああなったあと、おれは二つの問題が頭からはなれなくなった。妻とおうたとの違い、あまりに大きい感覚的な差と、岡野の暗示した言葉、多くの娘たちがゆきをのために傷ついた、という言葉の意味。この二つのことがずっと胸につかえていた。そして明くる年、殿に参覲《さんきん》のいとまが出て帰国する途中、再びおうたとそういうことになった。おれはあやまちを繰り返したくなかったので、浜松では宿直《とのい》をするつもりだったが、殆んどもの狂おしいようなおうたの誘いに抗しきれず、夜半になって隠居所で逢《あ》った。

おれは生れて初めて、充実した陶酔を味わった。まえのときには圧倒され、たじろいだものが、二度めのそのときには激しいよろこびの焔《ほのお》となった。おうたの全身はおれを包み、譬《たと》えようもない微妙さでなみうち痙攣《けいれん》した。おうたのからだは頭から手足の爪先《つまさき》まで、一分の隙《すき》もなく活《い》き活きとうごめき揺れ、吸着しひきつりのけぞった。いまでも、そのときの触感はおれの肌に残っている、と銕太郎《てつたろう》は思った。それからあの呼吸と声だ。火のように熱い、とぎれとぎれの呼吸と、そのままでは意味をなさない告知の叫び。あれもおれの初めて経験したものだし、おれを強烈な陶酔にひきいれたことも忘れられない、銕太郎はそう思いながら妻のほうを見た。

「人にはそれぞれ癖があるものです」とゆきをは化粧する手を休めずに云った、「との方でもそうでございましょう」

「おまえのも癖か」

「商家に育った者や色町の女などには、そんなことがあるようにも聞きました、みだらな、いやらしいはなしですわ」とゆきをは冷やかに云った、「武家ではそんなことは許されません、そういうことはものごころつくころから、繰り返しきびしく戒められます、どんな場合にも慎みを忘れてはならない、そう教えられることはあなたも御存じではございませんか」

いや、これも妻の本音ではない、と銕太郎は思った。妻はどんなときにもはっきりしたことは云わなかった。いつも話をそらすか、巧みに要点をぼかした返辞しかしなかった。いつもそんなふうであり、それがなによりおれを苛立《いらだ》たせた。しまいにはおれを苛立たせ、疑惑をいだかせるために、わざとそういう態度をみせるのだ、と思うようになった。

「これは、——兄さん」と佐久馬が手に持った書物を見ながら云った、「この朝献上というのはどの部へ入れますか」

「朝献上」と銕太郎が聞き返した、「そうだな、故実の部へ入れてもらおうか」

「あっと、忘れていましたが、四十九日は明後日《あさって》でしたね」

「うん」と銕太郎は口の中で云った、「——時刻は四つからだ」

「心光寺で四つから、わかりました」

銕太郎は庭のほうを見た。

「お願いです」とゆきをが云った、「わたくしの口から理由は申上げられません、理由は云わなくとも、あなたからそう申入れて下されば、それだけであの方にはわかる筈《はず》です」

「おまえは加川の家名と云った」彼は庭のほうを見たままで反問した、「おれがそうしなければ、おまえは死ぬほかにないし、加川の家名に傷がつくと云った、しかも理由を知らぬままでおれに決闘しろなどとは、まるで狂気の沙汰《さた》ではないか」

「ようございます」とゆきをが云った、「ではわたくしが死ぬことに致します」

鋏太郎は振返って妻を見た。ゆきをは化粧をやめ、鏡の前で深くうなだれていた。みせかけでも威《おど》しでもない、妻のその姿は決意を示すものであった。いつもそうだ、ゆきをはいつも言葉でなく、行動で自分の意志を示して来た。鏡の前に坐って、深くうなだれているゆきをの姿は、死ぬことにします、という決意をはっきりあらわしていた。

「ひと言だけ訊《き》くが」と彼は云った、「それは岡野がおまえを薊に譬《たと》え、その棘《とげ》で多くの娘たちが傷ついた、ということが原因か」

「理由は云えないと申上げました」

「ひと言でいい、原因はそのことか」

ゆきをはうなだれたまま黙っていた。鋏太郎は庭のほうへ向き直った。

風が起こって、枯れた芒《すすき》がさわさわと揺れたち、百舌鳥の声が遠くなった。陣場《じんば》ケ原《はら》は若草に掩《おお》われていた。阿《あ》栗川《ぐりがわ》は水が増して、両岸の広い河原を浸し、堤の際《きわ》まで溢《あふ》れたまま、音もなく流れていた。時刻は朝六時、あたりは霧のために見とおしがきかず、城のある亀形山《かめがたやま》も見えないが、頭上にはひとところ、朝日をうつした雲が、明るい牡《ぼ》丹色《たんいろ》に染まっていた。

岡野は霧の中を走って来た。なにかに追われているような走りかたで、強《こわ》ばった顔は隠しようのない驚きと、狼狽《ろうばい》の色をあらわしていた。――銕太郎は草履をぬいだ。彼はすでに汗止めをし襷《たすき》を掛け、袴《はかま》の股立《ももだち》をしぼっていた。

「支度をしろ」と彼は云った。

「どうしたんです、どういうわけです」岡野弥三郎は荒く息をしながら吃《ども》った、「いきなり決闘だなんて私にはわけがわからない、私がなにをしたというんです」

「覚えがある筈だ、支度をしろ」

「私にはなにも覚えはありません」

「ではどうしてここへ来た」

「なにを誤解しているか知りたかった」と岡野は口ばやに答えた、「なにが原因で決闘しようなどと云われるのか、その理由を聞きたかったからです」

「理由は口で云えない場合もある」と銕太郎は云った、「侍と侍のあいだでは、いちぶんが立たぬというだけで決闘の理由になる」

「待って下さい、それは私がなにか貴方《あなた》にいちぶんの立たぬようなことをした場合でしょう、いったい私がなにをしたというんです」

「それは覚えがある筈だ」と云って彼は刀の鯉口《こいぐち》を切った、「支度をしなければこのままゆくぞ」

「無法だ」と岡野は片手を振りながらうしろへさがった、「なにも覚えがないのに決闘ができますか、まあ待って下さい、私の云うことも聞いて下さい」

銕太郎は刀を抜いた。その動作につりこまれたらしい、それとも恐怖のため無意識に手が動いたのか、岡野弥三郎も刀を抜き、抜きながら、「待って下さい」と叫んでとびさがった。銕太郎は相打ちにでもするように、刀を正眼につけたままぐいぐいと進み出、岡野は左へまわりこんだ。

「待って下さい」と岡野が叫んだ。

銕太郎は構わずにまを縮めた。

「云います、云いますから待って下さい」岡野の顔色が変り、刀を持っている手の震えるのが見えた、「私が軽率でした、あやまります、どんなにでもあやまりますから、どうか刀を引いて下さい」

「よし」と錬太郎は足を停《と》めた、「あやまるというのなら聞こう、云ってみろ」

「私は」岡野は喘《あえ》ぎ、そして吃った、「私は、軽率に御内室の陰口をききました、つい、口がすべったのです」

錬太郎は黙って相手の眼をみつめた。

「しかし貴方以外には誰にも云ったことはありません、誓います」岡野はきまじめに低頭した、「そしてこれからは、御内室のことは断じて口にしません、断じてです、あのことについては私は聾《つんぼ》で盲目《めくら》で唖《おし》になります、それを刀にかけて誓います」

「あのこと、とはなんだ」

「私は誓いました」

「誓った証拠に云え」錬太郎は一歩、前へ出た、「あのこととはなんだ」

「望翠楼《ぼうすいろう》の茶会です、むろん御承知のことでしょうが、ほかのことは私は知りません」

錬太郎は刀をおろした。

ゆきをはその友人たちと、毎月二度、望翠楼という料亭《りようてい》で茶会をする。望翠楼は亀形山の東端にあり、城下町とは反対のほうを向いていて、領境までの広い展望を、座敷に坐ったままでたのしむことができる。――城のある西端より一段低いが、昔は出丸があったそうで、台地になっている広い庭内に、京から移した茶室があった。茶室は小堀遠州《こぼりえんしゆう》の作だと伝えられ、「古月亭」と号されていて、家中や城下町の数寄者《すきもの》たちが、しばしば茶会を催すので知られていた。

岡野に決闘を挑《いど》んだ日から七日めに、ゆきをは「茶会があるから」と云ってでかけたが、半刻《はんとき》ほどまをおいて、鋏太郎も妻のあとを追って家を出た。

岡野に決闘を挑んだのは、むろん本気ではなかった。妻の云った言葉から、岡野が「なにか」を知っており、ぎりぎりまで追い詰めれば、そのことを告白するだろう、と思ったからであった。結果は推察したとおりになったけれども、「茶会」ということがわかっただけで、それがどういう意味であるかは不明だった。

――むろん御承知でしょう。

岡野はそう云ったし、あの場合それ以上問い詰めるのは、こちらの弱味を曝《さら》すようでできなかった。茶会にその「なにか」があるとすれば、いって慥《たし》かめてみるほうがいい。鋏太郎はこう思って、その機会を待っていたのであった。彼も望翠楼はよく知っていたし、たいていの人の気づかない、裏道のあることも心得ていた。それは松や桜や雑木林の中をぬける急勾配《こうばい》の坂で、岩に踏段が刻《ほ》ってあるだけだから、雨のときなどは滑って、とうてい登り下りはできないし、ふだんでも、両側からかぶさっている木の枝が邪魔になるのと、勾配が急すぎるため、殆《ほと》んど使われることはなかった。

　銕太郎はその裏道から登った。登りきったところは松林で、台地の端を左へ廻《まわ》ってゆくと、松とくぬぎの疎林《そりん》があり、「古月亭」の屋根が見えた。彼は路地をはいってゆき、にじり口ではなく、玄関のほうへまわった。玄関には女の履物が二足あり、茶室の中はしんとして、人の声もなかった。履物の一つが妻の物であることを慥かめてから、銕太郎は奥へ呼びかけた。

「ゆきを、いるか」

　茶室の中はしんとしたままで、戸外の松林のほうに小鳥の声が聞えた。

「ゆきを、おれだ」と彼はまた呼んだ、「急用があって来た、いるか」

　すると奥で「はい」というかすかな返辞が聞え、人の動くけはいがした。銕太郎は刀を脱《はず》して右手に持ち、あがっていって襖《ふすま》をあけた。「古月亭」は数寄屋造りで、よりつきが六帖《じょう》、控えが四帖半、そこに猿戸《さるど》があって三帖の茶席に続いていた。——六帖には小さな包があるだけで、銕太郎はさらに四帖半の襖をあけた。（そのとき茶席へ通ずる猿戸が閉るのを彼は見た）ゆきをはそこに小掻巻《こがいまき》を掛け、箱枕《はこまくら》をして横になっていたが、その部屋は女の躰臭《たいしゅう》と香料との濃厚な匂いで、噎《む》せるように感じられた。

「いまそこから」と彼は猿戸へ眼をやって訊いた、「誰か出ていったようだな」

「山岸のしづさんです」

「山岸とはどの山岸だ」

「御納戸《おなんど》奉行《ぶぎょう》の山岸平左衛門《やまぎしへいざえもん》さまで、しづさんはその御妻女、わたくしの昔からの親しいお友達です」

「それがどうして逃げた」

「逃げたのではございません」とゆきをはきつい口ぶりで云った、「あなたが断わりもなしにはいっていらっしゃるので、ただ座を外しただけですわ」

彼はじっと妻のようすを見た、「茶会ではないようだな」

「ええ」と云って起き直ろうとしたが、ゆきをは眉《まゆ》をしかめて呻《うめ》き、苦しそうにまた横になりながら云った、「五人集まる筈《はず》でしたけれど、四人に故障ができましたそうで、わたくしとしづさんだけでしたから、茶会はやめにし、二人で食事をして帰るつもりでした」

そして、話をしているうちに、持病の胃痛が起こったため、いままでしづさんに押えていてもらったのだ、とゆきをは云った。鉄太郎《てつたろう》はそのとき初めて、妻が下着だけで横になっていること、小袖《こそで》や帯などが、隅《すみ》の暗がりにぬいであることを認めた。

「急用とはなんでございますか」ゆきをはだるそうな声で訊いた。

「帰ってからにしよう」

「まだ痛みがおさまりませんし、しづさんを置いてゆくわけにはまいりません」

「その人に帰ってもらってもいい」と彼が云った、「話はここでしてもいいんだ」

ゆきをはなにかを聞きすましていて、それから「しづさん」と呼んだ。すると、よりつきの六帖で女の答える声がした。茶席のにじり口から出て、そちらへまわっていたのだろう。ゆきをが呼ぶと、声をかけて襖をあけ、山岸しづがはいって来た。――年はゆきをより二つくらい若そうで、やわらかに肥えた軀《からだ》つきや、色の白いまる顔など、まだどこやら少女めいた感じが残っていた。

「加川です」と鉄太郎は会釈《えしやく》を返して云った、「妻が御厄介《ごやつかい》をかけたそうでお礼を申します」

しづは口の中でそれに答え、ゆきをに向って、それではお先に、と挨拶《あいさつ》した。しづはいちども鉄太郎の顔を見なかったし、ものを云うのも口の中で、恥ずかしげに低く、殆んど呟《つぶや》くようにしか聞えなかった。

——誰かに似ているな。

出てゆくしづを見ながら、銕太郎は首をかしげた。そしてすぐに、いつか夜半に妻の寝所で見た、召使のつるに似ていたようだ、と気がついた。つるは年もずっと若いし、軀も顔つきもまるで違う。しかし、それでいてぜんたいの感じに、おどろくほど共通したところがあるように思えた。

くぬぎ林でにわかに百舌鳥《もず》の声が高くなり、銕太郎はどきっとしたように眼をあげた。弟の佐久馬は書物を整理してい、銕太郎はくぬぎ林のほうを見た。

「どうしてですの」とゆきをが云った、「なぜそんなことでやめておしまいになったんですの」

「岡野は謝罪した」と銕太郎は妻のほうを見ずに云った、「これまでは軽率だった、これからは決して陰口はきかない、聾で盲目で唖になる、断じてそれを誓う、そう云って謝罪する者を斬《き》れると思うか」

「それならもう、あなたはさっぱりなさいましたのね」

銕太郎は答えなかった。

「この、——なんと読むのかな」と佐久馬が取りあげた本を見て云った、「浅いという字に浮くという字に、抄とあるんですが、あさうき抄とでもいうんですか、これはなんの部です」

「せんぷ抄と読むんだ」と銕太郎が答えた、「故実の部へ入れてくれ」

向うの「沼」で水音がし、十五六羽の鴨《かも》が舞い立つと、空を斜めに切って、北のほうへ飛び去るのが見えた。

「お願いですから」と云うゆきをの声が聞えた、「どうかはっきり仰《おっ》しゃって下さい、あなたはわたくしのどこがお気に召さないのですか、わたくしどうすればいいのですか」

銕太郎は黙って「沼」のほうを見ていた。

「わたくし妻としてできるだけのことはしているつもりです」とゆきをが云った、「これ以上どうしていいのかわたくしにはわかりません、ねえ、どうしたらお気に召すのか、わたくしに教えて下さいまし」

銕太郎は妻のほうを見た。ゆきをは化粧を終ろうとしながら、鏡の中から彼の眼を見まもっていた。

「わからない、おれにもわからない」銕太郎は呻くように云った、「おまえは慥かに、妻の役を立派にはたしている、誰の眼にもおれたちは平安な生活をしているようにみえるだろう、だがおれにはおまえの本心をつかむことができない、この腕でおまえを抱き、肌《はだ》と肌を触れあっているときでも、本当のおまえはべつのところにいる、抱きよせるとたんに、おまえの軀の中から本当のおまえがすりぬけてゆくのを感じるんだ」

「あなたがそうお感じになるのを、わたくしがどうしたらいいのでしょうか」とゆきゝをは鏡の中で静かに微笑した、「それにまた、――そういうことがそれほど大事なことなのでしょうか」

そうだ、と銕太郎は心の中で頷《うなず》いた。一般的にはとるに足らぬことだろう、こういうことが感情に障らない者や、うまくいっている夫婦のあいだでは、こんなことは笑い話にもならないかもしれない。だが、おれにとっては大事なことだ。多数の人たちには些細《ささい》なことであっても、或《あ》る一人にとっては生涯《しょうがい》を賭《か》けるような問題もある。妻がそこにいて、しかもそこにいないという実感。なにかを妻と話しているとき、いっしょに食事をするとき、寝屋で抱きあっているとき、自分の眼で見、話しあい、触れあっているのは妻の形骸《けいがい》だけで、本当の妻そのものは遠いところにいる。それがまざまざと感じられる苦痛は耐えがたいものだ。

「大事なことだ」と彼は妻に答えた、「おれにとっては大事なことなんだ」

「わたくしでかけなければなりません」
「ゆきを」と彼は云った、「岡野はなにを知っていたんだ、おまえはどんな秘密を彼に知られていたんだ」
「あなたはお聞きになった筈です」
「おれの聞いたのは茶会のことだけだ」
「それが全部ですわ」とゆきをは云った、「あの方はなにかを誤解して、根もない誹《ひ》謗《ぼう》でわたくしを辱《はずか》しめました、ですからはたし合をして頂きたいとお願いしたんです」
「あのつまらぬ陰口が、そんなにおまえを辱しめたというのか」
「あの方は軽薄な臆病者《おくびょうもの》です」とゆきをは云った、「すてておけば、いつまでも卑《いや》しい陰口を云い廻るでしょう、それが広まってしまえば、あなたのお名にも瑕《きず》がつきますし、わたくしも生きてはいられなくなります」
「あのくらいの陰口がそれほど重大なことになるとは、おれにはどうしても考えられない」
「いまはもう済みました」ゆきをは鏡台のまわりを片づけながら云った、「あの方は臆病ですから、陣場ケ原で誓ったことはきっと守るでしょう、仮に、――誓いをやぶるにせよ、わたくしがいなくなれば、なにを云ったところで誰にも傷つきはしませんから」

「おまえがいなくなるって」

「兄さん」と佐久馬が呼びかけた、「松川さんの妻女もあね上と同じ病気だそうですよ」

「松川、——」と銕太郎がゆっくり反問した、「松川靫負《ゆきえ》か」

「ええ、妻女が半月ほどまえから寝ていたんですが、こんど医者に診せたらあね上と同じ病気で、いつ急変がくるかわからないと云われたそうです」と佐久馬が云った、「あね上も急だったですからね」

くぬぎ林から百舌鳥が舞いあがり、やかましく鳴き叫びながら、「沼」のかなたのほうへ飛び去った。気がついてみると、空は黄昏《たそがれ》のように暗くなり、静かな風の中に、白いこまかな雪が降りだしていた。

「おまえはとうとう本心をみせなかった」と銕太郎は庭を見やったまま云った、「おれは本当のおまえを見、本当のおまえと語り、本当のおまえに触れたかった」

「わたくしでかけなければなりません」ゆきをは立ちあがった、「もう茶会の時刻です、みなさんが待っていますから」

「待て、まだ話すことがある」

「わたくしにはもう申上げることはございません」と云って、ゆきをは静かに帯を撫《な》で、髪へそっと手をやりながら良人《おっと》を見た、「お話しするだけのことはお話し致しました、これ以上なにをお答えしていいかわかりませんし、わたくしもうすっかり疲れてしまいました」

「ゆくなら、本心をうちあけてゆけ」

「本心ですって」ゆきをは微笑した、「――申上げてもわかって頂けませんでしょう」

ゆきをは袂《たもと》からなにかを取出して、そっと机の上に置いた。それは紫色の花をつけた、一本の薊《あざみ》であった。細い茎に葉が三四枚、冬のことで花も小さいが、その鮮やかな紫色は、机の上でみずみずしく、際立《きわだ》って見えた。ゆきをはすらりと背を伸ばし、（いつもの）ふしぎに屹《きつ》とした身ぶりで、縁側のほうへ歩きだした。銕太郎は惘然《もうぜん》とした眼つきで、妻が机の上へ薊の花を置く動作を見、そして、縁側のほうへ出てゆくのを見た。

「ゆきを」と叫んで彼は立ちあがった、「待てゆきを」

「兄さん」と佐久馬が呼びかけた。

銕太郎は妻を追って縁側へ出た。佐久馬はとびあがり、走っていって兄を抱きとめた。

「どうしたんです、兄さん」と佐久馬は兄の肩を激しく叩《たた》いた、「しっかりして下さい、どうしたんです」

鋏太郎は弟の顔を見た、佐久馬が兄の眼を強く見返すと、鋏太郎は不決断に、庭のほうへ眼をやった。庭はすっかり暗くなり、降りだした粉雪が、早くも庭土を白く染めていた。

「なんでもない」と鋏太郎は云った、「大丈夫だ、放してくれ」

「いいですか」

「もういい、大丈夫だ」

「びっくりしましたよ」と云って佐久馬は手を放した、「お茶でも持って来させましょうか」

鋏太郎は首を振った。

「もう出仕するほうがいいですよ」佐久馬は本箱の前へ戻《もど》りながら云った、「あね上が亡《な》くなってからずっと籠《こも》りっきりでしょう、四十九日を済ませたら出仕なさるんですね」

鋏太郎は机の前に坐《すわ》ったが、そこにある薊の花を見て、「あ」と云い、顔色を変えた。

「どうしました」と佐久馬が兄を見た。

鋏太郎はそっと薊を指さした。

「それがどうしたんです」

「この、――」と鋏太郎は吃《ども》った、「これが、どうしてここにあるんだ」

「私が採って来たんですよ」佐久馬が不審そうに云った、「天神山の崖下《がけした》に咲いていているのをみつけて、あね上のお好きな花だから折って来たんです、忘れたんですか」

鋏太郎はあいまいに、「そうか」と頷《うなず》いて云った、「こんな季節にも咲くのか」

「あの崖下は陽溜《ひだま》りで暖かいんでしょう、撫子《なでしこ》も咲いていていましたよ」

鋏太郎は悩ましげな眼つきで、じっとその薊の花を見まもっていた。

「このままでは萎《しお》れてしまうな」と暫《しばら》くして彼は云った、「納戸《なんど》から花立を出して、水を入れて来てもらおうか」

「持って来ましょう」と佐久馬が云った。

弟が出てゆくと、鋏太郎はまた、机に頬杖《ほおづえ》を突いて、向うを見た。黄昏の色の濃くなった庭に、風の絶えた空から、粉雪が白く、音もなく降っていた。彼は粉雪のかなたをぼんやりとみつめてい、やがて一人の若い侍が、灯《ひ》をいれた行燈《あんどん》を持って、足音を忍ぶようにはいって来た。

（「小説新潮」昭和三十四年一月号）

醜聞

一

苅田《かりた》壮平《そうへい》はなめらかに話した。それはちょうど、絵師が自分の得意な絵を描《か》くのに似ていた。どの線もどの点も、またぼかしの部分や着彩の順にも、いささかの誤りもためらいもなく、すらすらと描きあげてゆくのを見るようであった。

楯岡《たておか》のときと同じだな、と功刀《くぬぎ》功兵衛《こうべえ》は思った。楯岡平助のときと殆《ほと》んど同じだと、——裏のほうで仔猫《こねこ》のなく声がし、窓外の庇《ひさし》に枯葉の散りかかる音が聞えた。

「いや、私にはできません」と功兵衛はかすかに首を振った、「それは不可能だというほかはありません」

苅田は冷えてしまった茶を啜《すす》り、菓子《かし》鉢《ばち》から栗饅頭《くりまんじゅう》を取って喰《た》べた。

「ほう」苅田は好ましそうに微笑した、「これは寿栄堂の栗饅頭ですな、わたしはまたこれがなによりの好物でしてね、あの店はおやじと娘の二人でやっているんだが、娘はもう二十八九にもなるでしょうかな、おやじの栄吉があの娘を可愛《かわい》くって手放せない、娘はあのとおりのきりょうよしだから、縁談は掃いて捨てるほどあるんだが、おやじがうんといわないためいまだに白歯のまんまです」

いつもの癖だ、と功兵衛は思った。都合がわるいとみると巧みに話をそらす。これまではもっと巧みだったが、いまではもう薹《とう》が立ってしまった。みじめだなと、功兵衛は相手から眼《め》をそらした。

「いかがでしょう、あと半年」苅田は急に話を元へ戻《もど》した、「来年の四月までには必ず片をつけますが」

「あなたはまえにもそう云《い》われた」

「功刀さんには正直に申上げた」と苅田はきちんと膝《ひざ》へ両手を置いた、「わたしは私利私欲のためにやったのではない、生計の苦しさに耐えかねた者たちのため、見るに見かねてやったことです」

また庇へ枯葉が散りかかり、それがみぞれでも降りだしたかのように聞えた。

「いますぐにと云っても、かれらには返済する能力がありません」苅田は続けていた、「しかしここで半年のゆとりがあれば、間違いなく金は集まると思う、いや必ず、たとえわたしの身をはたいても集めてみせます」

功兵衛はちょっとまをおいて反問した。

「あなたは楯岡さんのことを覚えていますか」

苅田壮平は口をあき、眼をみひらいた。耳の側《そば》でとつぜん鐘を鳴らされでもしたような感じで、すぐには返辞もできないようすだった。

「功刀さんは」とようやくにして、苅田はさも心外そうに云った、「あなたはこの私をそんなふうに考えていらっしゃるのですか」

「覚えているかどうかを聞いたまでです」

「わたしはまた功刀さんが、もっとよくわたしの話を理解して下すったものと思っていました」

「それは思い違いです」功兵衛はゆっくり首を振った、「あなたが御用金をどう使われたか、私は知りもしないし知りたいとも思いません、その事情をどんなに詳しく話されたところで、私には関係もなし、どうする力も私にはないのです」

苅田はながい太息《といき》をついた。

「殿の御帰国は来年の三月、それまでは待ちましょう」功兵衛は静かに云った、「――では登城の刻限ですからこれで失礼します」

功兵衛は立ってその座敷から去った。

そのとき苅田壮平が、捨てられた仔犬が去ってゆく主人のうしろ姿をみるような眼で、じっとこちらを見あげていたのを、功兵衛は認めた。なさけないな、と彼は思った。自分の不始末をごまかそうとするときには、みんなあのような顔になるのだろうか。楯岡平助もあんな眼つきをしたのだろうか、と功兵衛は想像した。居間には妻のふじが待っていた。功刀家では、十二月にならなければ座敷には火鉢は入れない。苅田も寒そうであったが、妻のふじも寒さが身にしみるのだろう、唇《くちびる》が紫めいて見え、軀《からだ》が小刻みにふるえていた。

「着替えをするから吉川《きつかわ》を呼んでくれ」と云って彼は妻を見た、「おまえはどうしてここにいるんだ」

「吉川さんが今朝」

「吉川だ」と彼はさえぎった、「彼は家扶《かふ》、おまえは功刀の主婦だ、主従のけじめをはっきりさせないと、一家のきりもりはできないと云ってある筈《はず》だ」

ふじは眼を伏せ、頭を垂れた。功兵衛は少し声をやわらげて、吉川はどうかしたかときいた。吉川甚左衛門《じんざえもん》は急な腹痛で寝た、とふじは答えた。

「もう一つ云っておくが」と功兵衛は着替えをしながら云った、「客に菓子を出すときは私からそう云う、今朝の客にはそんな必要はなかったのだ、覚えておいてくれ」

妻は「はい」と答えた。

裏のほうに仔猫がいるらしい、私は猫や犬が嫌《きら》いだ。すぐにみつけてどこかへ捨てさせるように、そう命じて功兵衛は家を出た。嫁に来て二百日にもなるのに、まだ家風に慣れない。いつもおどおどして、こっちの顔色ばかりうかがっているようだ。あれで本当に二十三歳になるのだろうか、功兵衛はあるきながらそう思った。彼はいらいらしていた。そうしてまた、妻に対する苛立《いらだ》たしさが、じつは苅田の問題からはね返っていることも知っていた。

「たちの悪い男だ」と彼は呟《つぶや》いた、「楯岡よりも悪質だ」

楯岡平助も勘定吟味役のとき、御用金を商人たちに貸して、かなり多額な利子を稼《かせ》いでいた。二人の部下と共謀したもので、二年めに発覚したが、御用金は殆んど返済されたため、三人とも役目を解かれただけで済んだ。苅田壮平は勘定吟味役になって三年だが、去年の春ころから同じようなことをやり始め、この七月にぼろをだした。楯岡の問題がおこったとき、功兵衛は諸奉行職監査だったので、直接に関係はなかったが、こんどは金穀出納元締役《きんこくすいとうもとしまりやく》だから、御用金に関してもむろん責任があった。初め、苅田がひそかに金貸しをしている、という噂《うわさ》を耳にしたので、しらべてみると御用金が五十余両も動かされていることがわかり、功刀功兵衛はすぐに苅田を呼びつけた。壮平は云いぬけようとしたが、功兵衛の追及に耐えかねて告白した。いろいろと言葉は飾ったけれども、要約すると、中以下の侍に小額ずつの金を貸し、それによって利を得ていたのである。借りた側の者に二三当ってみると、それは「某御用商から出た金」ということであり、利子や返済条件もかなり不当なものであった。

椙岡の場合には相手が商人であった。しかし苅田はまったく違う、いかに下級の侍でも、侍には外聞というものがあり、藩士としての面目がある。借金の返済ができなくなり、それがもし表沙汰《おもてざた》になったとすれば、扶持《ふち》をはなされ、一家が離散しなければならなくなるかもしれないのである。

「苅田はそこに眼をつけたのだ」あるき続けながら功兵衛はそう呟いた、「――苅田を恐れる貧しい侍たちの、呻《うめ》き声や嘆きの溜息《ためいき》が聞えるようだ」

「なにか仰《おっ》しゃいましたか」とうしろから供の宇野《うの》幾馬《いくま》が呼びかけた。

「風が寒いな」と功兵衛は答えた。

その日の午後、下城してから靫町《ゆきまち》の越川邸《えつかわてい》をたずねた。越川斎宮《いつき》は次席家老でとしは四十歳、家中《かちゆう》では毒舌家といわれているが、功兵衛には親切であり、彼がいまの役についたのも斎宮のつよい主張によるものであった。この六七日、斎宮は風邪をこじらせたそうでひきこもっていた。そのみまいを兼ねて、苅田のことを相談しようと思ったのであるが、相客がいたので相談はできなかった。客は小守《こもり》高根《たかね》という中老で、斎宮より二つほど年長であるが、その言葉づかいにも態度にも、――地位とは関係なしに、――斎宮に対する尊敬と謙遜《けんそん》があらわにうかがわれた。

「どんな鳥でも」斎宮は激しく咳《せき》こみ、咳の止まらない苦しさに肥えた軀を二つに折り、顔をまっ赤にしながら云った、「――どんな鳥でも、殻《から》に傷のついた卵は孵《かえ》さない、巣の中からはじき出してしまうそうだ」

小守は次の言葉を待った。

「あの半六はだめな男だ」斎宮はふところ紙で眼を拭《ふ》き口のまわりを拭いた、「おまえさんは殻に傷のついた卵を孵そうとしている、ばかなめんどりのようなものだ、半六なんぞは巣からはじきだすがいい」

それから、なんの用だ、と云わんばかりな表情で、功兵衛を見た。彼はみまいに来ただけであると答え、小守をあとに残していとまを告げた。

靭町から北屋敷の自宅へ帰る途中に、町人まちの一角が伸びてきている。丙午《ひのえうま》の年に火事で町人まちが五百戸ほど焼けたとき、そこに仮宅を建てることが許され、それがそのまま居着いてしまったのであるが、元は広い空地《あきち》で、まん中に「堀《ほり》」と呼ばれる川が流れていた。いまではそこに保利橋という橋も架けられ、そのあたり一帯を「新町」と呼ぶようになっていた。

「だめだ」とうしろで供の云うのが聞えた、「だめだ、寄るな寄るな」

功兵衛が振り返ってみると、こもをかぶった老乞食《こじき》が、供の宇野幾馬のほうへ手を差出していた。病気でもあるのか寒さのためか、差出された手はひどくふるえてい、上半身を跼《かが》めた軀も不安定に揺れていた。これでもう五たびか六たび、功兵衛が通りかかると袖乞《そでご》いをするのであった。

「くれてやれ幾馬」と功兵衛が云った、「おまえ小銭を持っているだろう」

「持ってはおりますが、番たびではくせになります」

「おまえがそう思うだけだ」と功兵衛は云った、「くれてやれ、その銭はあとで返す」

宇野が銭入れを取り出すのを見て、功兵衛はあるきだした。

二

越川斎宮の毒舌にはよく譬《たと》え話が出る、いつだったか、由良《ゆら》正七郎という若者が、たび重なる乱暴のあげく原小一郎を斬《き》った。小一郎も強情者で、由良の乱暴を咎《とが》めたのが原因となり、由良はのぼせあがって刀を抜き、小一郎の腕に斬りつけた。さいわいに傷は浅く、十針ほど縫っただけで済んだが、由良の乱暴に手をやいていた人たちが、刃傷沙汰《にんじょうざた》として支配役へ訴え出た。ここでは毎月一回、城中で重職会合がおこなわれるが、その会合の席にこの件が提出され、由良正七郎は食禄《しょくろく》召上げ、領内から追放する、という意見におちつきそうになった。すると越川斎宮が反対した。

——あいつはしようのないばか者だ、と斎宮が云った。ばか犬は打っても蹴《け》っても躾《しつけ》はできない、繋《つな》いでおくよりしかたがないだろう、あいつを追放にすれば、ゆくさきざきでこの藩の恥をさらすにちがいない、ばか犬は繋いでおくがいい、さしあたり三年の居宅謹慎が適当と思う。

ばか犬といわれた由良正七郎は、二年のあいだ謹慎し、それから許されて、いまでは誰《だれ》の注意もひかず、ごく平凡にくらしている。ほかにもこれに類した毒舌はかぞえきれないほどあるが、いまの功兵衛にはこの二つが、特に意味ふかく思いだされた。

「もしも苅田のことを話したらどんなことを云われたろうか」と功兵衛は呟いた、「殻に傷のついた卵だ、巣からはじきだしてしまえ、と云うだろうか、それともばか犬は繋いでおけと云うだろうか」

いずれにしても話をもちださなくってよかった。相談をするのはもっとあとのことだ、苅田の身辺をまずしらべてみよう、と彼は思った。そして功兵衛はすぐにその手配をした。城下町の世間の狭いということもあろう、五日とたたないうちに苅田のしている仔細《しさい》がわかった。彼は中以下の侍に金を貸し、非常な高利をむさぼっている。その反面では新やなぎ町という、下級の花街《はなまち》に馴染《なじみ》の女があり、その女にかよいつめているが、単にいろ恋ではなく、女を使ってその町の娼婦《しょうふ》たちに金を貸し、これまた法外な高利を取りあげている、ということであった。

「こう根がひろがっていては、ちょっと手がつけられませんな」報告書を持って来た横目付《よこめつけ》の堀三左衛門が云った、「おもて沙汰にしては藩の名にきずがつきますし、家中ぜんたいの恥にもなります、どう致しましょうか」

読み終った報告書をとじながら、功刀功兵衛は溜息をつき、暫《しばら》く考えてみよう、と答えた。もう下城の刻《とき》に近く、その役部屋の中もたそがれの色が濃くなって、しんとした寒さが、部屋の四隅《よすみ》からひろがってくるように感じられた。功兵衛の役目は城代家老に直属している、勘定吟味役もその管轄《かんかつ》内にあるから、まず城代に話さなければならない。けれども城代家老の生田五郎左衛門《いくたごろうざえもん》は、三十一歳というとしの若さだけでなく、生れつきの癇癪《かんしゃく》もちでせっかちで、些細《ささい》な問題でもすぐ面倒なことにしてしまう癖があった。

——たとえ毒舌をあびせられるにしても、やはり靭町の意見を聞いてからにすべきだろう。

功兵衛はそう思った。

その日下城のとき、大手門のところで彼は供の者を先に帰らせた。靭町へ寄るという妻への伝言を告げると、宇野幾馬は承知してゆきかけたが、急に思いだしたように戻って来た。

「あの保利橋のところで袖乞いをする乞食のことですが」と宇野が云った、「どうかあの者にはお気をつけになって下さい」

「なにが心配なんだ」

「これまでにも申上げようと思ったのですが、私が注意していますと、あの乞食はほかの通行人には眼もくれず、あなたお一人だけに袖乞いをするのです」

「それでこのまえ、番たびではくせになる、などと云ったのか」

「私はありのままを申上げたのです」と宇野はまじめな口ぶりで云った、「お笑いになるかもしれませんが、御用心なさるにこしたことはないと思います」

「笑いはしないさ」功兵衛はあるきだしながら云った、「気をつけることにするよ」

靱町へゆくと、越川斎宮は独りで酒を飲んでいた。給仕には妻女が坐《すわ》っていて、功兵衛のためにすぐ膳《ぜん》の支度をしようとしたが、御用で伺ったのだからと、彼はかたく辞退した。おれは保養ちゅうの身だ、御用の話などは聞かぬぞ、と斎宮は云った。

「しかしぜひとも御意見をうかがわなければならない事ができたのです」功兵衛はあとへひかなかった、「——それに御保養ちゅうとのお言葉ですが、酒をめしあがれるくらいなら」

斎宮は殆んど喚《わめ》くように遮《さえぎ》った、「ばかなことを云うな、おれはおよそ十三歳から酒を飲み始め、それ以来こんにちまで、病気で寝ているときでさえ酒をやめたことはないんだ」

「一藩のために心づよいことです」と功兵衛は目礼をした。

斎宮はどなりだしそうな眼つきになったが、側《そば》で微笑している妻女に気づくと、声をしずめて酒をつけて来いと命じた。いそがなくともよいと云うのを聞いて、妻女は功兵衛に会釈《えしやく》しながら出ていった。功兵衛はすぐに苅田壮平のことを詳しく語りだし、斎宮は黙って聞いていたが、横目付のしらべだした、新やなぎ町の娼婦たちのことに及ぶと、世の中にこれ以上の渋い顔はあるまいと思われるほど渋い顔をした。それから功兵衛に向かって、持ち出した御用金の額をきき、鼻をならした。

「その程度の金ならなんとかしよう、なにより先にそのばか者を閉じ込めることだ、——城代のほうはどうした」

「まだなにも申上げずにいます」

「おれから話そう」と斎宮は云った、「そうだな、早いほうがいい、明日おれは登城しよう」

なお二三うち合せをしてから、功刀功兵衛はまもなく越川邸を辞した。

予期していたいつもの毒舌はついに出なかった。こんどの出来事はそれほども、斎宮の心をみだしたに相違ない、しかし功兵衛は肩の荷が少し軽くなったのを感じた。「靱町がのりだしてくれれば安心だ」あるいてゆきながら彼は呟いた、「気にかかるのは御城代の生田さんだが、靱町が押えていればつまらない騒ぎにはしないだろう」

そんなことを考えながらあるいていたので、誰かに呼びかけられたのを、すぐには気づかなかった。功刀さまというのを聞いて振り返ると、いつもの老乞食がうしろに立っていた。街にはもう灯《ひ》がつきはじめてい、人の往来はまばらであった。功兵衛が立停《たちどま》ったのを見ると、こもをかぶったその乞食は、不安定なあるきぶりでよろよろと近よって来た。

「そのほういま私の名を呼んだようだな」功兵衛は相手の動作に注意しながら云った、「また、いつも私だけに袖乞いをするそうだが、いったいそのほうはなに者なんだ」

乞食は片手を出しながら、酒がきれて苦しいから、五十文ばかり恵んで下さいと云った。舌がもつれて言葉がはっきりしないし、差出された手も、小柄《こがら》な軀《からだ》もぶるぶるとふるえていた。

「返辞を聞こう」と功兵衛は云った、「そのほうはなに者だ」

乞食は暫く迷っていたが、やがて「さくらです」とはっきり答えた。

「さ、く、ら、とはどういうことだ」

「あなたは」と乞食はふるえながら云った、「自分の妻の名を忘れたのですか」

功兵衛は相手の言葉をよく考えてみたのち、ゆっくりと首を左右に振った。

「おれに近よるな」と彼は云った、「おまえはもう死んだ人間なんだ」

「あたしは酒がきれて苦しいんです、五十文か百文あればいいんです」と乞食は云った、「あたしはいま酒を飲むためなら、どんなことでもするつもりです、ようござんすか、どんなことでもですよ」

そこは保利橋のちょっと手前で、右側には炭薪《たんしん》商、籠屋《かごや》、桶屋《おけや》などが軒を列《つら》ね、左側には八百屋、魚屋、縄蓆屋《なわむしろや》、石屋などが認められた。新町の地はずれであり、それらはみな小さな店だったから、濃いたそがれの色に包まれたその眺《なが》めは、救いようもなく落魄《らくはく》した人間たちの、嘆きと溜息の声を聞くように感じられた。功兵衛は銭袋から幾らかの銭を取り出し、乞食の手に渡してやると、なにも云わずにその場を去った。「有難《ありがと》うございました」とうしろで乞食の云うのが聞えた、「またいつかお願い申しますよ」

功兵衛は戸惑い、うろたえていた。これまでけんめいに築きあげてきて、もはや不動であり安全だと信じていた地位が、突然ぐらぐらと揺れだしたのだ。いや、そんなことはない、おれには世間から非難されるような、ごまかしや不正や、うしろぐらい事はなに一つない。おれは同僚や上役にとりいろうとしたり、媚《こ》びへつらったことさえもない、と功兵衛はあるきながら思った。

「構わないほうがいい、したいようにさせておけ」と彼は呟《つぶや》いた、「相手はあのとおり乞食だし、じつはこれこれだと云いふらしても、信用する者はないだろう、仮に信用する者があり、身許《みもと》を洗いだされるとすれば、罪に問われるとすれば、それはこのおれではなくあの女自身なのだから」

功兵衛は夕食のとき、妻のふじを叱《しか》った。菜《さい》の数が多かったし、汁《しる》の味が気にいらなかったからである。功刀は一汁一菜《いちじゅう》が家風であり、それはふじが嫁《か》して来たはじめから、幾たびか繰返し云って聞かせたことだ。彼はそう小言を云いながら、ふっと自分が不愉快になり、泣きだしそうな顔をしている妻から逃げるように、荒あらしく立ちあがった。

三

「おどかしてはいけない」と云ってから、矢沢老人は急に大きく眼《め》をみはった、「――まさか、本当のことじゃあないでしょうな」

「本当に戻って来ているんです」

矢沢老人は首をひねり、右手の指で顎《あご》をつまんだ、「私には信じられませんな」

功兵衛は仔細を語った。矢沢金右衛門《やざわきんえもん》は身じろぎもせずに聞いていた。この家の庭には巨大な榎《えのき》がある、むろんもう葉は散りつくして、小枝の先まで裸になっているであろう。その榎のあたりで、やかましく雀《すずめ》の群の鳴く声がしていた。——奥さまは身ごもっていらっしゃる、と今朝になって家扶の吉川甚左衛門が云った。およそみつき、で軀も不調であり、自分の食がすすまないばかりでなく、食事の支度をするのも辛《つら》そうである。たぶんつわりのためだと思われるので、このところ自分の妻が食事ごしらえをしている。あなたは御用繁多のせいであろうが、いつもお疲れのようであり、少し痩《や》せてさえこられた。一汁一菜の御家風もよいが、躰力《たいりょく》が衰えたときには、精のつく食事をとるのが当然であろう。現に自分も腹痛と痢病《りびょう》のあと、軀を養うために食物を変えている。これらのことを考えて、もう少し奥さまにやさしく、また当分のあいだ食事のことは任せてもらいたい、と吉川はひらき直って云った。

「私も初めは信じかねました」と功兵衛は語り続けていた、「けれども、私の名をはっきり呼び、自分の名もなのったのです、それだけではありません、乞食にまでなりはてて、軀つきも面《おも》ざしも変ってはいますが、さくらに間違いのないことはすぐにわかりました」

「事実とすれば」老人は自分で自分に問いかけるように云った、「いったいどういうつもりでしょうかな」

「おそらく、生れた土地が恋しくなった、ということだと思いますが、それにしては乞食にまでおちぶれたのですから、人には気づかれないようにする筈《はず》ではないでしょうか」

「さよう、人並の女でしたらな」老人は途方にくれたような調子で云い、それから功兵衛の顔を眩《まぶ》しそうに見た、「——ひとつ私が、しらべてみましょうか」

功兵衛は首を振った、「いや、もう暫《しば》くようすをみることにします、お伺いしたのは、さくらになにか企《たくら》みがあって戻った、と仮定した場合、またまた矢沢さんに御迷惑をかけたくありませんから、こんどは見て見ぬふりをしていて下さるように、ということを申上げたかったのです」

しかしそうはまいるまい、と矢沢老人は云い返したが、功兵衛はそれを受けつけず、いかなる事が起こっても、こんどだけは知らぬ顔をしていてくれるようにと、つよく主張して別れを告げた。

功兵衛は二十一歳のとき、斧島嘉助《おのしまかすけ》の娘さくらと結婚した。そのときの仲人《なこうど》は矢沢金右衛門、さくらは十八歳であった。斧島は三十石あまりの馬廻《うままわ》りであり、矢沢は郡《こおり》奉行職付き記録方を勤めていた。両家が縁続きであって、功兵衛の亡父と矢沢とがまた誹諧《はいかい》なかまだったということから、二人の縁談がまとまったのである。さくらはわがままな女であった。人によってはあまったれの可愛《かわい》い女だというかもしれない、人によってはそう思うだろう、ということは功兵衛にも推察することができた。あらゆる好みが人によってみな違う、それはそのとおりだ、妻の色香におぼれる者もあるし、家政を任せる便宜な存在とみる者、単に習慣のためと考える者もある。どれが正しく人間らしいかはわからない、わからないといえばなにもかもわからない。罵《のの》り憎みあいながら一生ともにくらす夫婦もあり、まるっきり反対な性分だったのに、やがてだらしのないほど仲がよくなり、むつまじく折り合ってゆく夫婦もある。その一つ一つにはまた、幾百千とも知れない変化があるだろうし、それらは人間のちから以上の、なにかの力に支配されているのではないか。

——さくらの出奔《しゅっぽん》は、功刀《くぬぎ》家にとって殆んど致命的な出来事であった。

嫁して来て二年めの秋、妻のさくらはとつぜん出奔した。その年の初夏に、功兵衛の両親が死んでいた。酒に弱い父が卒中、母はその年この城下に流行した、激しい痢病に勝てなかったのだ。さくらの出奔は、その二つの不幸にだめ押しをされたように感じられ、功兵衛は立ちあがる力さえ失うほど打ちのめされた。さくらに十日ほどおくれて、若い下僕《げぼく》の吾平《ごへい》が行方を昏《くら》ましたので、密通のうえかけおちということに紛《まぎ》れはなかった。武家ではこういう醜聞は許されない、たとえ同時に出奔したのではなくとも、二人が理由もなくゆき先も告げなかったのだから、世間に知れれば密通かけおちと見られるのは当然なことだろう。

——そうしてはならなかった。

妻が密通し出奔した場合には、良人《おっと》は二人を追って討たなければならない。しかも、女敵《めがたき》は討っても討たなくても恥とされていた。そこでそれを避けるため、仲人の矢沢金右衛門とさくらの親族とで合議のうえ、さくらは病死と公表し、葬礼までおこなったが、疑われるようなことはなかった。

——おれは女が信じられなくなり、それから八年のあいだ独身をとおしてきて、今年ようやくふじを娶《めと》った。

役目も諸奉行職監査から金穀出納元締役となり、家禄も百三十石から百五十五石十人扶持《ぶち》と加増された。

——そうしていま、ふじが身ごもったとき、八年も行方の知れなかったさくらが、乞食になってこの土地へ戻って来た。

病死と公表し、葬礼までおこなった当のさくらが、乞食になってあらわれたのだ。さくらになにか企みがあるとしても、これほど偶然に条件が揃《そろ》うというのは、人間の意志のちからではなく、やはりもっと大きな、なにか眼に見えない力の支配によるものではないか。功兵衛はそう思って、背筋が寒くなるような感じにおそわれた。

「もしもそうなら、こんどは事をごまかしてはいけない」と彼は呟いた、「はっきりと正面からぶっつかってやろう」

そのときから、功兵衛の心には変化がおこったのだ。彼は栗饅頭《くりまんじゅう》を喰《た》べたときの、苅田壮平《かりたそうへい》のへつらい笑いや、哀願するような卑屈な表情が眼にうかぶと、それがさくらと共謀しているかのように思われ、烈《はげ》しい個人的な憎悪《ぞうお》さえ感じるようになった。

初めて雪が降った日の夕方、功兵衛はまたさくらと会った。雪のおそい年で、満願寺の桜に返り咲きの花がひらいたという、絶えてないことなので、来年の凶作の予兆か、それとも異常な災害でも起こるのではないか。そんな噂《うわさ》が城下町から農村のほうまで弘《ひろ》まっていた。城中でもそれが茶話に出、丙午《ひのえうま》の大火を思いだしたのだろう、町奉行では火の用心を例年よりきびしくするようにと、町人まちの五カ所の辻《つじ》に高札《たかふだ》を立てたりした。功兵衛もむろんこれらのことは知っていたが、見たり聞いたりしたというだけで、彼にとっては少しも現実感をともなったものではなかった。

そして初めて、雪が降りだしたのだ。

さらさらと乾いた粉雪だから、功兵衛は菅笠《すげがさ》をかぶっただけで下城した。彼は登城して必要のない限り、供の者は帰らせていた。登城には供を伴《つ》れる規定であるが、下城にはその規定がなかったからである。——さくらは保利橋のてまえの右側、炭屋と籠屋のあいだに待っていた。うっすらと白くなった道の雪あかりで、こもをかぶったその姿はすぐ功兵衛の眼についた。功兵衛は歩度をゆるめることなく、近よってゆき、彼女の前を通りすぎた。するとさくらが追ってきた。

「だめだ」功兵衛はあるき続けながら、振り向きもせずに云った、「ついて来るな」

「あたしはいま死ぬほど苦しいんです」とさくらは舌のよくまわらない口ぶりで云った、「お酒がすっかりきれちまって、いまにも胸のここが潰《つぶ》れそうなんです」

功兵衛はあるき続けたが、橋のたもとまで来ると、追いついたさくらに縋《すが》りつかれた。絶えいりそうな喘《あえ》ぎや、全身のふるえがじかに感じられ、功兵衛は立停った。

「本当の望みはなんだ」と彼は問いかけた、「なにをめあてに帰って来たんだ」

「お酒を飲まして下さい、あたしは本当に死にそうなんです」女の声は悲鳴のようであった、「酒を飲むためなら、どんなことでもすると云ったでしょ、ここであなたの妻だと、叫びだしてもいいんですよ」

「それを人が信用すると思うか」

「評判にはなるでしょう、そして」と女はそこで昂然《こうぜん》と額《ひたい》をあげた、「誰かが、あたしの墓を掘り返すかもしれない、墓を掘ってみろと、あたしから云ってもいいんです、ほんとうにはあたしの云うことを誰も信じないかもしれない、墓を掘ってみるようなこともやらないかもしれない、けれども、世間はそんな評判が好きですからね、ありそうもない評判ほど好きなんだから、そうでしょ」

功兵衛はちょっとまをおいて、「いっしょに来い」と云い、橋のたもとを右のほうへあるきだした。

「あたしを殺そうっていうんですか」女は功兵衛の袖《そで》に縋りついたまま、ひょろひょろとあるきながら笑った、「いいでしょ、あたしを殺したかったら殺しなさい、けれども ね、あたしには吾平という者がいるんですよ、お忘れじゃないでしょうね、お屋敷に雇われていた吾平ですよ」

「この袖を放せ」

「もしもあたしが帰らなければ、吾平が訴えて出ることになってるんだ」さくらは嘲《ちょう》笑《しょう》するように云い、摑《つか》んでいる功兵衛の袖を、放されまいとしてもっと強く摑んだ、

「さあ、それを覚悟のうえで、殺したければさっさと殺しなさいよ」

喉《のど》までこみあげてくる憎悪と怒りを、功兵衛はけんめいに抑《おさ》えた。彼は立停って、女のほうへ振り向いた。

四

おれはばかなことをしたのだろうか、と功兵衛は自問した。これでますます深みにはまり、あの女の好きなように振り廻されるのではないか。いや、と彼は自分に云い返した。ごまかしはいけない、正面からぶっつかるんだ、さくらがなんのために帰って来たのか、どんな目的があるのか、それをはっきり慥《たし》かめるんだ、と彼は思った。

あの雪のたそがれの中で、彼は女に金を与え、それで衣類をととのえ、まともな姿になって「さのや」へ来いと云った。さのやは柳町にある料亭《りょうてい》で、離れ座敷が三つあり、そこならば人に気兼ねなく話ができるからであった。——初めて降った雪は、根雪にならずに消えてしまい、二日めの今日はもう道もぬかってはいなかった。下城の刻《とき》がきたとき、役所の助席の寺田《てらだ》庄司《しょうじ》が近よって来て、勘定吟味役はいつ代ったのか、と問いかけた。

「知らないな」帰り支度をしながら功兵衛は答えた、「吟味役が代ったのか」

「御存じなかったのですか、苅田さんが改易《かいえき》になったのも」

「知らなかったな」功兵衛は立ちあがってたしなめるように云った、「噂は聞き止めにするほうがいい、口から口へ伝わると尾鰭《おひれ》が付くからな」

寺田は気まずそうに眼を伏せた。それを見て功兵衛は衝動的な怒りにおそわれた、なんのために怒ったのか自分にもわからなかったが、彼は寺田のほうへ一歩近よった。「世評とはおよそ無責任なものだ」と功兵衛は怒りを抑えながら云った、「どんなに話を面白《おもしろ》く誇張しても、噂をする者は少しも傷つかない、だが噂をされる本人はそのたびに傷つき、不当に汚名をきることになる」彼はそこまで云って、わかりきったことにいきまいている自分が急に恥ずかしくなった、「とにかく」と功兵衛は声をやわらげて云った、「――改易などということをむやみに云わないほうがいいな」

寺田庄司は黙って低頭した。

下城した功兵衛は、帰宅するとすぐ常着《つねぎ》に替え、着ながしのまま家を出た。夕食は済ませて来ると云い、ゆき先は告げなかった。柳町は丙午の火事に焼けなかった一画から、さらに二町ほどはなれたところにあり、うしろの林は稲荷山《いなりやま》まで続いていて、狐《きつね》のなき声がしばしば聞えるという。山には稲荷神社の小さな祠《ほこら》があるので、そんな噂がでたものらしい。これまで幾たびか藩主の狩りがおこなわれたが、猪《いのしし》と鹿《しか》のほか、狐などは一疋《ぴき》も獲《と》れたことはなかった。

「だが、いまさのやの離れ座敷には狐がいる」と彼は頭巾《ずきん》で顔を包みながら呟《つぶや》いた、「化かされないように気をつけろよ」

いちばん端の離れ座敷に、さくらは来て待っていた。そこにはもう酒肴《しゅこう》の膳《ぜん》が二つ据《す》えてあり、さくらが手酌《てじゃく》で飲んでいた。丸行燈《まるあんどん》が一つ、赤あかと炭火のおこっている手焙《てあぶ》りが二つ、さくらの脇《わき》に燗鍋《かんなべ》をのせた火鉢《ひばち》があり、それには燗徳利《かんどくり》が二本はいっていた。

「顔を知られたくないのね」さくらは功兵衛の頭巾を見て笑った、「不自由だこと」

「もう酔っているのか」

「まだこれで三本めよ、あたしは酒なんかじゃもう酔えやしないんですから、と云ったところでこういううちじゃあ焼酎《しょうちゅう》なんかありゃあしないでしょ、だから」とうす笑いをしながら、さくらは火鉢の横から酒徳利を出して見せた、「このとおり買って来たのよ」

たぶん古着屋で買ったものだろう、こまかい滝縞《たきじま》の着物に、小さな紅葉《もみじ》を散らした帯をしめ、髪も結っていた。結婚したのが十八の年だから、いまはまだ二十八歳の筈だが、皺《しわ》たるんだ膚《はだ》や、肉をこそげ取ったような頰《ほお》、おちくぼんだ眼などを見ると、どうしても四十より下とは思えなかった。結婚したころも美人とはいえなかったが、

いまではもう醜いというほかはない。功兵衛は坐《すわ》ったが、頭巾はぬがなかった。一つ
いかが、とさくらが盃《さかずき》を差し、功兵衛は頭を左右に振った。
「相変らずね、あれから八年もたったというのに、あなたは少しも変っちゃあいない
わ」とさくらは云った、「ようござんす、あなたがいやだと云うんなら、あたしは勝
手にやりますよ」
「要件を先に済ませよう、私にどうしろと云うんだ」
「金二十枚」さくらは右手の指を二本立て、左手で盃を呷《あお》った、「それであたしはこ
の土地を退散します」それからすぐに、二本の指を一本にした、「十両でもいいわ、
本当なら五十両と云いたいところだけれど」
　功兵衛は歯をくいしばった。彼女は侍の妻でありながら密通し、出奔した。そのた
めに功兵衛はどれほど困難な、苦しい立場に立たされたか、矢沢はもちろん、実家の
斧島《おのしま》がどんなに心を痛め、世間的に怯《おび》えたかわからない。その当人が戻って来て、本
当なら五十金だが金二十枚よこせと、恥ずかしげもなく云うのである。けれども、功
兵衛は怒りを抑えた。
「理由はなんだ」功兵衛が静かにきいた、「私がなぜおまえに金を払わなければなら
ないんだ」

さくらは火鉢の横から酒徳利を取り、膳の上にある湯呑茶碗《ゆのみぢゃわん》を持って、その酒を注《つ》ぐと、一と口啜《すす》ってから功兵衛の顔を指さした。

「その頭巾のためとでも云いましょうかね」さくらはいやな色をした歯を剝《む》きだした、「それがあたしを、こんなみじめな女にしちまったからですよ」

「頭巾がどうしたというんだ」

「あんたはお侍だ、こんなところであたしのような女と会ったことがわかれば、御身分にきずがつく、だから頭巾で顔を隠してる、そうでしょ」

「それとこれとどういう関係がある」

「わからないのね、そうだと思った」彼女は湯呑からまた一と口啜った、「八年たっても元の木阿弥《もくあみ》、あんたはちっとも変っちゃいない、いまのお嫁さんがどんな人か知らないけれど、毎日まいにちをさぞうんざりしたやりきれない気持でおくっていることでしょうよ」

「妻はいま身ごもっているんだ」

さくらはどきっとしたようである。充血しふくらんだ瞼《まぶた》を重たそうにあげ、とろんとした眼でじっと功兵衛の顔をみつめた。

「ふしぎだわ、本当とは思えない」と彼女は実感のこもった口ぶりで云った、「あんたの躯《からだ》には血がかよっていない、あんたは鋳型《いがた》から出て来たかなぶつか、さもなければ石の地蔵のような人だった、あんたにだかれて寝て子をはらむような女が、人間の中にいようとは思いもよらないことだわ」

「おまえは二年いたが子はできなかった、いまの妻は嫁《か》して来て二百日そこそこだ」

「その人はきっと人間じゃあないわ」さくらはまた湯呑から飲み、ふんと鼻をならした、「そうよ、きっとあんたと同じかなぶつかなんかだわ、かなぶつどうしなら子ができてもふしぎじゃあないもの」

「人間はおまえ一人というわけか」

「そうですとも、あたしは人間よ、血のかよっている人間の女よ」さくらの顔がひきつり、急に蒼白《あおじろ》くなるようにみえた、彼女は湯呑へ強い酒を注ぎ、それを一と息に呷り、さらに酒を注いでから功兵衛を見た、「あたしがあんたと祝言《しゅうげん》したとき、いい良人《おっと》にめぐり会ったと思った、家柄《いえがら》もいいし生活も楽だし、三十石の馬廻りの娘から百三十石の、諸奉行のなんとかいうむずかしいお役人の妻になれた、これからは良人を大切にし、良人と生涯《しょうがい》むつまじくくらしていこう、――あたしはしんからそう思ったものよ、そしてあたしにできるだけのことはした筈よ」

「けれどもだめだったわ」湯呑の酒を啜ってさくらは続けた、「あんたは人間じゃなかった、あんたは人間であるまえに侍になっていたのよ、侍の中でもこちこちの侍、人間らしさなんてこれっぽっちもない侍にね」

「三十石の馬廻りにせよ、おまえも侍の娘なら侍がどんなものか知っていた筈だ」

「知ってましたとも、ええ知ってました、でもあたしの知っている人たちは、侍気質《かたぎ》をもった人間でしたよ」さくらはまた酒を注いで飲んだ、「雪がこなければ座敷には火を入れない、年から年じゅう一汁《いちじゅう》一菜、起きるから寝るまで袴《はかま》もぬがず、膝《ひざ》も崩さない、――こんなことは功刀《くぬぎ》の家風でもあり、よそにも例のないことじゃないでしょう、あたしだって、もしあなたに少しでも人間らしさ、夫婦らしい愛情や劬《いたわ》りがあったら、そのくらいのことは辛抱しましたよ」

「あやまちを犯す人間は、たいてい責任をひとになすりつけるものだ」

「あたしがなにをなすりつけました」

「いま自分の云ったことを考えてみろ」

さくらは頭を垂れて左右に振った。ききわけのない子供に呆《あき》れはて、もう言葉もない、とでも云いたそうな身ぶりであった。

「あたしがもし、あんたになにかなすりつけたとすれば、あたしよりもあんたが傷ついた筈よ、ああだめ」さくらは功兵衛にものを云わせまいとして手を振った、「あたしを病気で死んだことにし、偽《にせ》の葬式まで出したのをあたしのせいだなんて云うんならよしておくれ、あのときもしはらがたったなら、あたしと吾平に追手をかけ、伴《つ》れ戻《もど》して二人を斬《き》ればよかったんだ、世間ていは悪いかもしれないが、あんたにはお咎《とが》めもないし、はっきり事が片づいていたわ、そうでしょ」

五

どこかの離れ座敷で謡曲をうたう声が聞えだした。たいそう張りのある声だが、調子が狂っていてすぐにうたいやめ、たぶん当人だろう、さも愉快そうに笑うのが聞えた。——縁先までこのやの女中が来て、なにか用はないかときいた。功兵衛はあとで呼ぶと答え、女中は去っていった。

「ところがあんたはそうはしなかった」とさくらは続けた、酔いがまわったために、却《かえ》って舌の動きが自由になった、というような感じであった、「——あんたはあたしを憎むまえに、家名とか侍の面目とか、世間の評判のことを考えたのよ、いまそのとおり頭巾で顔を隠してるように、まず家名や自分にきずのつかないくふうをした、そしてそのとおりうまく隠しとおしたじゃないの、そうでしょ」

「それではおまえは」と功兵衛がゆっくり反問した、「おれに斬られたほうがよかったと云うのか」

「とんでもないわ、ばかばかしい」さくらは鼻柱に皺をよせた、「あたしはかなぶつとくらすのに飽きちゃったのよ、あたしは人間とくらしたかった、あの人は身分こそ小者《こもの》だったけれど、軀には熱い血がかよっていたし、ときには恥も外聞も忘れる、人間らしい人間だったわ」

その人間らしい男がおまえを乞食《こじき》にしたのか、功兵衛はそう云おうとしたが、慎重に口をつぐんだ。

「あんたの軀には、人に見せられない痣《あざ》か瘤《こぶ》でもあるようなものよ」とさくらは云った、「あんたはそれを人に見やぶられないように、一日じゅうびくびくしているようなもんだわ、――あんたは妻のあたしを抱いて寝るときでも、まるでかみしもを着けているようだった、いいえ、鎧甲《よろいかぶと》を着たようだといったほうがいいかもしれないわ、ちょうど軀のどこかにある瘤か痣を、妻のあたしにもみつけられたくない、っていうようにね」

「そのうえあんたほど自分勝手な人はなかった」功兵衛になにか云わせまいとするように、さくらはいそいで続けた、「――あんたは自分が欲しいときだけしか、あたしを抱いてくれなかった、あたしは生ま身で、血のかよっている若い女だったのよ、酔ったから云うなんて思わないでちょうだい、あたしはあんたに抱いてもらいたくって、身もだえをしながら夜を明かしたことが、幾十たびあったかしれなかった、どうにもがまんができなくなって、あんたの寝間の襖《ふすま》へ手をかけたことも、かぞえきれないほどあったわ、――でもだめ、あんたの石のようにつめたい、かなぶつみたような姿が眼にうかんで、手をかけた襖がどうしてもあけられなかった、そんなとき女がどんなに苦しいおもいをするか、あんたには考えも及ばないだろうし、考えてみようとしたこともなかったでしょう」

吾平は自分を女として大事にしてくれた。吾平といっしょになってから、自分は初めて女のよろこびの尽きない深さというものを知り、女に生れてきた仕合せにひたった。どういうふうにかということを、酔って羞恥心《しゅうちしん》をなくしたさくらは、身振りを入れながらあけすけに語った。功兵衛は聞いてはいなかった。彼に対するさくらの非難は、自分の犯したあやまちを、彼の責任にしようとするものであった。――人間であるまえに侍になっていた、ということも、起居進退に隙《すき》がなく、家風を堅く守ってゆずらなかった、ということも、そしてまた、妻の欲望について理解がなかった、ということも、さくら自身の不満であって、特に彼が責任を負わなければならない問題ではない。女が嫁にゆけば、その家の家風と、良人の習慣に順応するのが当然であり、功刀家の生活がさくらに順応できないほど、非人間的だったとはいえない筈だ。功兵衛はできるだけ公平にそう判断して、とめどもないさくらの饒舌《じょうぜつ》を遮《さえぎ》った。

「吾平はどこにいる」と彼はきいた、「吾平は本当にこの城下へ来ているのか」

さくらは憑《つ》きものでもおちたように、話をやめて功兵衛を見、あんたはあたしの云うことを聞いていなかったんだね、と云い、屹《きっ》と身を起こして坐り直そうとした。しかし却って軀の重心が崩れ、だらしなく横倒しになった。聞いていなかったのかい、ひとをばかにするんだね。そんなことを云いながら、起きあがろうとして手足をもがいた。着物の裾《すそ》が捲《まく》れ、太腿《ふともも》まであらわになったが、不健康に青白く、むくんだような太腿は、腐りかかった魚の腹のように醜くぶきみで、功兵衛は眉《まゆ》をしかめながら眼をそむけた。

「はあわかった」あぶない恰好《かっこう》で、ようやく起きあがったさくらは、片手で軀を支え、片手で口のまわりを拭《ふ》きながら云った、「おまえさんあたしを殺すつもりだね、それで吾平のことが気になるんだろ、そうだろう」

「金が欲しいならおまえ一人ではだめだ、吾平と二人そろったところで渡そう」

「いいとも、吾平も伴れて来るさ」さくらはもう舌がよくまわらなくなっていた、「——あたしはここまでおちぶれたんだ、おどしをかけられたってこわいものなんかありゃあしないんだから、吾平がどこにいるかだって、へ、明日《あした》の晩ここへ来てみればわかるさ、そっちでそんな注文をつけるんなら金は五十両だよ」

「明日の晩はいいが、ここはだめだ」

「頭巾をかぶっても」さくらは涎《よだれ》で濡《ぬ》れた唇《くちびる》を歪《ゆが》めた、「——たびかさなればあらわれにけりか、それがあんたたちの弱いところ、人に見られたくない瘤なんだ」

「おまえたちの宿へ届けよう、宿はどこだ」

「宿だなんて笑わせるんじゃないよ、宿屋に泊れるくらいで乞食をするかっていうんだ」

「だが寝るところはあるんだろう」

「おまえさんまたひとをばかにする気かい」さくらは突っかかるように云ったが、急にうす笑いをうかべた、「ああ、寝るところはあるよ、のら犬だって夜になれば寝るだろうからね」

そして百軒町のある旅籠《はたご》宿の名を告げた。そこはこの城下はずれにある一画で、もっとも貧しく、風儀の悪いことで知られていた。

「断わっとくけれど、へんなまねはしないほうがいいよ」とさくらは念を押すように云った、「いざとなればあたしはすぐに名のって出るからね、たとえ密通出奔《しゅっぽん》の罪で罰を受けても、乞食で生きてゆくよりはましなんだ、あたしも吾平も、死ぬことなんかちっとも恐れてなんかいやあしない、けれどもあんたは違う、あんたはあたしが病気で死んだとごまかし、にせの葬式まで出した、あんた一人でやった仕事じゃあないだろう、あたしが名のって出れば、あんたのほかにもきっと幾人か、お咎めを受ける者があるにちがいない、そういうごりっぱな人たちをみちづれにできるなら、あたしたちはよろこんでお仕《し》置《おき》を受けますよ、ええ、——それを忘れないようにするんだね」

功兵衛は廊下へ出てから女中を呼び、勘定を済ませて、いいじぶんに女を帰らせるようにとたのんだ。

彼は膳のものには箸《はし》をつけなかった。しかし空腹な感じは少しもなかった。食事は済ませてくると云い置いたので、帰宅しても食事の用意はしてないだろう。「さのや」から出たとき、ちょっとそう思ったが、空腹だからではなかった。密通し、出奔したさくらが、八年もたって戻って来て、金をよこせと脅迫するあくどさ、金を呉《く》れなければ仕置を承知のうえ名のって出る、そうなれば幾人かの犠牲者がでる、というところまで計算された脅迫。世の中にはもっと恥知らずで、無法なことをする者がいるかもしれない。さくらのやりかたがそれらよりもっとずぶとく、悪辣《あくらつ》で卑劣なものだ。

功兵衛はもちろん激しい怒りにおそわれた、その怒りはたとえようもないものだったが、それよりもさらに深いところで、たじろぎ戸惑っている自分を彼は感じていた。

——人に見せられない痣か瘤がある、それを人に感づかせまいとして、つねにかみしもを着け、膝も崩そうとはしない、寝ても起きても人間ではなく、いつも侍であるという面目だけを守っている。

そう云ったさくらの言葉に、彼は自分が裸にされたような恥ずかしさと、反省感に浸された。夜の寝間で妻を抱くときでも、かみしもを着けたようだし、鎧甲を着けたようでさえあったという。さくらの非難は一般的ではなくかたよっている、わがままで色情のつよい女の不満だということに間違いはない、ということは誰《だれ》に聞かせても異論のないところだろう。にもかかわらず、家名や侍の面目を保つだけに生きて、人間らしい生活がなかった、という指摘には反論のしようがないし、自分を弁護するだけの信念もなかった。侍であるまえに人間の「男」であってもらいたかった、という言葉は、彼がこれまでにかつて聞いたことのないものであった。その言葉のまえには、侍の面目とか家名などというものも、虚栄のようにしか思えない感じであった。

「しかしおれにはおれの生きかたしかできなかった」と彼は呟いた、「おれには功刀《くぬぎ》の家名が大切だったたし侍として他に恥じない人間になろうとつとめただけだ」

そう呟きながらも、さくらに云われたことは、抵抗しようのないちからで彼の弱点をあばき続けるように思えた。

住居へ帰り、着替えをするとき、家扶《かふ》の吉川甚左衛門が、妻のふじが寝ていることを告げた。いまは悪阻《つわり》がいちばんつよい時期らしいから、劬《いたわ》ってあげるようにとも云った。彼は妻の寝間へいってみた。例のないことなので、ふじはいそいで起き直ろうとしたが、彼は手まねでそれを制止し、妻の夜具の脇《わき》へ坐った。

「気をつかわないでいい」功兵衛は微笑しながらやさしい口ぶりで云った、「――なんでも自分の好きなようにして、丈夫ないい子を産むことだ、功刀家の初めての子だからな」

ふじはべそをかくように頰笑《ほほえ》み、うれしそうに枕《まくら》の上で頷《うなず》いた。

六

その夜半からまた雪になったらしい。功兵衛が起きたときには、庭も隣り屋敷も、五寸あまりの雪に掩《おお》われて、なおこまかい乾いた雪が降りしきっていた。彼は起きるとすぐに妻をみまった。家扶の妻女がふじに食事をさせているところで、彼の姿を見ると二人ともびっくりした。妻の寝間をおとずれるなどということは初めてであり、二人のおどろいたようすにそれがはっきりあらわれていた。

「そのままでいい」功兵衛は手を振りながら云った、「今日は早く帰って来るよ」

家扶の妻女が口をあき、眼をみはっていたことが、功兵衛の印象につよく残った。

彼は二十両を紙に包んで登城し、供はすぐに帰らせた。そして下城したその足で百軒町へまわった。雪はまだ降り続いてい、彼は雨合羽《あまがっぱ》と笠《かさ》をかぶっていたが、その町へはいるまえに頭巾《ずきん》で顔を包んだ。指定されたのは「伊勢屋《いせや》」という旅籠だったが、そこにはさくらはいなかった。さくらのような女も、吾平らしい男もいなかった。木賃旅籠というのであろう、戸口をはいった土間の向うが、すぐに広い二十帖《じょうじき》敷ほどの部屋で、大きな切炉に火が燃えてい、そのまわりに客が坐ったり寝ころんだりしていた。

「ここにいるのがお客の全部です」あるじだという五十がらみの女が云った、「そういう人は泊ったこともありませんし、ここのほかに座敷はありません」

尤《もっと》もこれから泊りに来るかもしれないが、朝からこの雪なので、来るならとっくに来ている筈だ、とその女あるじは云い添えた。功兵衛はそこを出てから、しだいに不安な気分になった。

「どういうことだ」と彼は雪のなかをあるきながら呟《つぶや》いた、「あれはゆうべ相当に酔っていた、宿の名を間違えたのだろうか、それともなにか企《たくら》んでいるのだろうか」

二十両やれば片がつく、そう思っていたのだが、金が取れるとみて気が変り、もっとあくどい手段を考えたのかもしれない。ことに吾平という男が付いているのだし、自分の女に乞食までさせるようだとすると、性分もより悪くなっているだろう。さくらを手先に使ってこちらの肚《はら》をさぐり、もっと多額な金がゆすれるとみて、新らしい方法をとるために、急にいどころを変えたとも思える。

「表沙汰《おもてざた》にできたらなあ」と功兵衛はまた呟いた、「――しかし瘤《こぶ》があるからな、侍の面目、家名、人には見せられない瘤か、さくらにはそれが見えたんだな」

もしもかれらが新らしい手を打ってくるとすれば、もう隠しとおすことはできない。妻ふじは子を産もうとしている、さくらを病死と届け出たことや、偽りの葬礼などもあばかれるだろう。けれども、それを逃げていてはだめだ、どういうことになろうとも、いまこそ正面から事実にぶっつかるときだ、と功兵衛は肚をきめた。――かれらがなにか企んでいるとすれば、さくらがまた呼びかけるにちがいない。そう思ったので、下城のときには必ず供を先に帰らせ、功兵衛はいつもの道を通って独りで帰った。二度めに降ったのが根雪になり、それからほぼ一日おきくらいに、乾いた粉雪が降った。功兵衛は同じ道をまいにち通ったが、呼びかける者はなかった。保利橋の付近にはときたま乞食がいるけれども、さくららしい女の姿も、吾平らしい男のいるようすもなかった。変ったことといえば、道の右側にあった桶屋《おけや》がつぶれ、左側の石屋で双生児《ふたご》が生れたことくらいである。桶屋は夫婦二人でやっていたが、しょうばいがうまくいかず、夫婦で夜逃げをしたのだという。通りすがりに聞いたのであるが、石屋のほうは小僧が饒舌《しゃべ》っていた。うちの親方には十一年も子供がなかったのに、十一年めに生れたのは女のふたごだったと、自慢そうに饒舌っているのを聞いた。片方は生活に窮して夜逃げをし、片方では十一年めに双生児が生れた。ありふれたことだろうが、絶望とよろこびが向い合せになっている。自分などの知らないところで、こういう事が絶えずおこっていることだろう、と功兵衛は思った。

今日か、明日か。さくらはいつ呼びかけてくるのか、下城するたびに、功兵衛は不安な期待に緊張した。

「苅田壮平もこんな気持だったろうか」と彼は呟いた、「御用金を不正に動かしたことがいつ明るみに出るか、今日か、明日かと、絶えずびくびくしていたことだろう」

大丈夫、これは無事に始末をつけると思いながら、同時に、自分の犯した罪に怯《おび》え続けていたに相違ない。内容こそ変っているが、いまのおれは苅田壮平と同じように怯えている。しかも罪を犯した者に逆手を取られてだ——だらしのないという点では、むしろ苅田のほうが男らしいではないか、と彼は自分に云った。

五日たち、七日たち、十日すぎても、さくらのあらわれるようすはないし、吾平らしい男も見かけなかった。功兵衛は決心して、横目付《よこめつけ》の堀三左衛門にあらましのことを語り、さくらと吾平を捜してくれるように頼んだ。堀は町奉行と連絡をとり、できるだけ早く捜しだそうと答えた。

そして三日めの夜、堀三左衛門が報告に来た。功兵衛は自分の居間へ招きいれ、火桶をあいだにして坐った。

「外はいい月夜です」と堀が云った、「まるでひるまのようですよ」

功兵衛は頷いただけであった。

「おたずねの女のいどころがわかりました」と堀は声を低くして云った、「伊勢屋ではなく、隣りの津田屋という木賃旅籠でした」

「隣りとはね、覚え違えたんだな」と功兵衛は云った、「それで女はどうしていました」

「死にました」

「死んだ」功兵衛は絶句した。

「十三日まえの晩、卒中だったそうです」

ではさのやで会ったすぐあとだな、と功兵衛は思った。しかし本当にそれがさくらだったろうか、吾平はどうしたのかという疑問が残った。

「男もいっしょだったそうです」と堀が続けた、「そういう宿のしきたりで、宿帳なども正確ではありません、女はおさい、男は吾助《ごすけ》ということでした」

「男はどうしました」

「ほかの女と出奔したそうです」

おさいと吾助、それならかれらに相違ないだろう。堀三左衛門の語るところによれば、二人は三十日ほどまえから泊っていた。男も女も酔っぱらいで、朝から焼酎《しょうちゅう》を飲み、酔えばすぐ喧嘩《けんか》が始まり、殺してやるとかさあ殺せという騒ぎになった。男のほうは博奕《ばくち》が好きなようで、いつも賽《さい》ころや花札をもてあそんでいたが、賭場《とば》へゆくほどの銭も気力もなく、同宿の客をさそっては博奕をやっていたが、誰とやっても負けるばかりだったし、かなりな借りができてしまった。女は夕方ちかくになると宿を出てゆき、なにをするのかわからないが、僅《わず》かながら銭を稼《かせ》いで来た。からだを売っているとも云われ、乞食をしているのを見た、という者もいたそうで、いずれにせよ屋根代も満足には払えなかった。

「そうして十三日まえの夜、女が酔って帰ると、男はいなくなっていた」と堀は云った、「同じ宿に四十がらみで独り者の女がいまして、その女と出奔したのだそうです。それを聞いておさいという女は、あとを追いかけるつもりだったのでしょう、酔った軀《からだ》で駆けだそうとし、土間へ転げ落ちたまま動かなくなった、宿の者がすぐに医者を呼んだところ、もう絶息していたし、脳卒中という診断だったそうです」

宿賃も溜《たま》っていたが、こういう出来事は木賃旅籠などでは珍らしいことではなく、同宿の客たちも哀れがって手を貸し、西目寺《さいもくじ》の無縁墓へ埋葬した、ということであった。

堀三左衛門が帰ってから、功兵衛は火桶に手をかざしたまま、ながいこともの思いにとらわれていた。これでおれは安全になった、他《ほか》の女と出奔したのだから、もう吾平のあらわれる心配もないだろう、おれはまったく安全になった。繰返しそう思いながら、軀じゅうの力がぬけてしまったようにだるく、気持はみじめに暗くふさがれていた。

「可哀《かわい》そうな女だ」と口の中で彼は囁《ささや》いた、「自分の思うままに生きたように考えながら、実際にはなんの得《とく》もせず、たのしいくらしもできなかったろう、生れた土地へ帰っても、身を売るか乞食をしなければ生きてゆけなかった、そのうえに男は、ほかの女と逃げだしてしまったという、——そのときさくらはどんな気持だったろうか」

あなたは人間であるまえに侍だった、というさくらの言葉が、耳の奥にまざまざとよみがえってき、彼はつよく眼をつむって、頭を左右に振った。

——おれがもう少し人間らしく、人を劬《いたわ》る気持を知っていたら、さくらの生涯《しょうがい》も変っていたかもしれない。

家扶の吉川《きつかわ》が、寝間の用意のできたことを告げに来た。火桶の火はもう灰になっていたが、功兵衛は用心ぶかく灰をかぶせ、立ちあがって妻の寝間を覗《のぞ》いた。ふじは眠っていたらしい、彼が側《そば》へ寄ると眼をさまし、訝《いぶ》かしそうにまばたきをした。

「起こすつもりはなかったんだよ」と功兵衛は囁き声で云った、「気分はどうだ」

ふじははっきり眼がさめたのだろう、慌《あわ》てて起きあがろうとしたが、功兵衛は押し止めて、妻の手を求めた。ふじの手指はやわらかくあたたかであった。

「明日から起きるようにと、せきに云われました、寝てばかりいてもよくないのだそうです」せきとは家扶の妻女である、「——あなたに御不自由をおさせ申して済みません、どうぞ堪忍《かんにん》して下さいまし」

「私に不自由なことなどはない」功兵衛は妻の手を撫《な》でながら云った、「いまは丈夫な子を産むことが、おまえのたった一つの仕事だ、わがままを云っていいんだよ」

ふじの顔が歪み、いまにも泣きだしそうにみえた。功兵衛は「起こして悪かった、さあおやすみ」と云ってその寝間から出た。

——あんな単純な劬りにさえ、泣きそうになるほどふじは感動した。

おれはそんなにもつめたく、形式ばった人間だったのだろうか。功兵衛は寝てからも、ながいこと自分の過去を思い返してみた。たとえ侍でも人間らしい人間なら、ときには家名や体面をけがすようなことに、巻き込まれる場合があるかもしれない。醜聞のひろまることを恐れて、ただ問題を闇《やみ》に葬《ほうむ》ろうとするのと、人間としてその問題に正面から対決するのと、どちらが正しく勇気のいることだろうか。

「苅田壮平のためになにかしよう」と功兵衛は呟いた、「罰するだけが裁きではないからな、明日は靫町《ゆきまち》へいって相談しよう」

すると越川《えつかわ》中老の毒舌が聞えるように思えた。——いまになってなにを云いだすんだ、苅田というやつは赤ん坊に足がらをかけて投げとばすようなまねをしたんだぞ、断じて許すことはできない、だめだ。そこで功兵衛は空想のなかでくいさがるだろう、——あんな男でもいつかは死病にとりつかれ、苦しみながら死ぬんだと思えば哀れだと考えられませんか。おそらくそこで斎宮《いつき》はまっ赤になるだろう、怒りのためまっ赤になった斎宮の顔が見えるようで、功兵衛はそっと微笑した。

（「小説新潮」昭和三十九年六月号）

失恋第五番

一

千田二郎《せんだじろう》は東邦合成樹脂株式会社の連絡課長である。名目は課長であるが秘書の宮《みや》田俊子《たとしこ》がいないとなんにも出来ない、いっそはっきり云《い》ってしまえば、事務のすべては宮田秘書が処理をし、千田課長はなんにもしないのである。——会社は新興産業界に隠れもない儲《もう》けがしらで、市場における株価は常に高値のトップを占めている。川《かわ》崎《さき》にある大工場の他《ほか》にいま月島《つきしま》へ研究所を備えた三つの工場と、五階建ての本社を建築している状態だから、社内の活気だっていることは勿論《もちろん》、実際どの部も眼《め》の廻《まわ》るように忙しい。丸ビル三階で七室占めている事務所は、絶え間のない訪問客やとびまわる社員や給仕の出入りで、どの扉《とびら》も殆《ほと》んど閉っていた例《ためし》がないし、室内はいつも電話や卓上ベルや人を呼ぶ声や書類を繰る音などの反響で、締切りどきの新聞社のように騒然としている。それはどんなに要慎深《ようじんぶか》い投資家も財布の紐《ひも》を解かずにはいられない景況である。

壁でさえ黙って見ているのが辛《つら》そうなこの忙しさの中で、連絡課長ひとりは泰然と時間をもて余していた。と云っても決して事務が閑散なのではない、伝声管《ボイス・パイプ》のブザーは鳴るし電話は掛って来るし、給仕や社員もひっきりなしに伝票や書類を持って来たり受取っていったりする。が、それらは宮田秘書がひとりで手際《てぎわ》よく片付けて呉《く》れるので、彼は椅子《いす》に掛けて眺《なが》めていればいい。もし宮田嬢が手の放せないことをしている時、電話が掛るとか伝声管《ボイス・パイプ》のブザーが鳴るかすれば、彼はやむなく受話器を取ってこう答える。「ああ連絡課です、課長はいま手が放せないから、急ぐならこのまちょっと待っていて下さい」そして宮田嬢にひきつぐのである。午前十時から午後四時半まで、革張りの椅子に掛けて煙草《たばこ》をふかしたり、仮睡《まどろ》んだり、鉄亜鈴を持って屋上へ躰操《たいそう》をしにいったり、喫茶にでかけたりする以外、彼でなくてはならないという用事は（少なくとも今のところ）一つもない。退社時間は四時で、社員がすっかり退《ひ》けたあと書類金庫に鍵《かぎ》を掛け、課室《ブース》の扉をロックして帰るのが課長の役であるが、これも宮田嬢がすっかりやって呉れるし、おまけに曲っているネクタイを直し、外套《がいとう》を着せ帽子を冠《かぶ》らせ、鞄《かばん》を持たせて「さあ宜《よろ》しゅうございます」と、扉口まで送り出して呉れる。——ばかばかしい、それならなんのための課長なんだ、そんな人間がどうして馘《くび》にならずにいるんだ。こう不審をうたれる人があるかも知れない、そこで申上げるが彼は社長の一人息子なのである。

——ははあ、それでわかった、そんなのがよくいるよ、恐らく彼も低能なばか息子のひとりなんだろう。

そうかも知れない。彼は千田仁一郎社長の一粒だねで、東大の英法科を良い成績で出ている。在学中はラグビイの選手だった。柔道もやるし水泳もやる、殊《こと》に水泳は「飯より好きだ」と云うくらいで、いちど泳ぎだすと二三時間はあがって来ないのが普通だ。いちど沖へ出たっきり小半日も帰って来ないので溺《おぼ》れたに違いないと大騒ぎになったことがある。人を集め舟を出して捜しまわったところ、四浬《かいり》も沖で海豚《いるか》のように遊んでいるのを発見された。碧色《あおいろ》の水の上で仰向きに浮いたり、くるりとでんぐり返しを打ったり、潜ったり跳ねたり、まったく海豚のように喜々として遊んでいたそうである。——戦争ちゅうは海軍にいて、終戦のときは中尉《ちゅうい》だった。南方にいたので復員が後れ、帰還したのは二十二年の二月で、すぐに父から合成樹脂の連絡課長の席を与えられた訳だ。こういう経歴に加えて二十九歳という年齢《とし》と、五尺八寸五分の筋骨逞《たくま》しい堂々たる躰軀《たいく》と、ちょっと眼尻《めじり》は下っているが線のはっきりした愛嬌《あいきょう》のある顔つきを想像すれば、どんなに安く踏んでも相当に精力的な青年実業家といえるだろう。にも拘《かかわ》らず事実はまえに紹介したとおりだ、課長とは名ばかりでなんにもしない(或《ある》いは出来ない)のである。なにしろ軀《からだ》が軀だから無為でいることも楽ではないとみえ、会社には十ポンドの鉄亜鈴が置いてあって、日に何回も屋上へいっては躰操をし、家にいると四貫目ある青銅の火鉢《ひばち》を、坐《すわ》ったまま直腕で二三十回も上げ下ろしする。それでも骨や筋肉がむずむずしてやりきれないと云う、そしてそれが彼唯一《ゆいいつ》の不平のようだった。

低能なばか息子のひとりだろう、こういう推定に対して、作者がいちおう「そうかも知れない」と応じた理由はもう一つある。それは彼のずぬけて惚《ほ》れっぽい性分だ、実によく惚れる。それも決して知己親類や身のまわりには眼を呉れないで、通りすがりの娘とか、商店の売子とか、どこかのタイピストなどという類《たぐい》に定《きま》っていた。詰まったく未知の女性でないと興味がないらしい。戦争の前にはそんなことはなかったそうだが、此《こ》の頃《ごろ》では自分でも欠点だと認めるほど顕著な性格になった。「おれあよっぽどおんな好きなんだな」彼は時どきこう呟《つぶや》く、「それもどうやら普通のおんな好きじゃあねえらしい――」

帰還してから四人の見知らぬ女性に恋し、四たびとも失恋している。会社にいる女事務員たちの中には、ずいぶん積極的に好意を示す娘たちが少なくない。然《しか》し彼はそういう娘たちには無関心で、専《もっぱ》ら未知の女性に惚れては失恋を繰り返して来た。そしていま五人めの恋に熱中しているところである。だがどうしてそうそう失恋ばかりするのだろうか、宜しい――五人めの恋人を彼がどう扱うか拝見することにしよう。

二

「銀座の資生堂まで三十分でゆけるかね」

「いい趣味ではございませんわ、このネクタイ」

「タクシイが有るだろうか」

「赤すぎますわ、どうしても少し赤すぎますわ」

「時間だけは守るという約束なんでね」

「お服もグレイのになされればよかったんですのに、これではまるで調和がとれませんわ」

「花がいいかね、チョコレートかね」

このちぐはぐな会話の一人は千田二郎であり、相手は宮田俊子である。場所は連絡課のブースの中、時計は四時二十分過ぎだ。社員はあらかた帰ったあとで、いま宮田秘書が千田課長のネクタイを結び直してやっているところである。——俊子は二十五歳だが老《ふ》けてみえる。少しそばかすがあるけれどもなかなかの縹緻《きりよう》で、肉付きの緊《しま》った敏捷《びんしよう》そうな軀つきだ、特に細くすんなりと伸びた脚と、利巧そうなよく動く眼とがひとめを惹《ひ》く。彼女はネクタイが済むと自分の水油と櫛《くし》を出して、乱れている彼の髪を撫《な》でにかかる。

「いつ頃からお知り合になりですの」

「二週間ばかりになるかな」二郎は膝《ひざ》を踞《かが》めて彼女が楽に頭をいじれるように上躰を低くする、「……名前は灰山《はいやま》スミ子っていうんだ、嘘《うそ》じゃないぜ、火鉢の中みたいな名だけど本当なんだ」

「どこに勤めていらっしゃいますの、ちょっと横をお向きになって」

「商工ビルのなんとかいう事務所だってさ」彼は踞んだまま頭だけ横へ向ける、「……駅でよく会うんだ、頰《ほっ》ぺたに黒子《ほくろ》があってね、降車口の階段の下で待っているんだよ、ちょっと気は強そうだが悪くはない、ウインクというやつを食ったには負けたけれどね、なにしろかなり可愛《かわい》い娘だよ」

「はい宜《よ》うございます」宮田嬢は櫛を置いて彼を立たせ、後ろから外套を着せかける、「……資生堂までなら三十分あればたっぷりですわ、贈り物はマクスエルの詰合せチヨコレートになさいまし、もしお食事にお誘いでしたら倶楽部《クラブ》へ電話して置きますわ」

「飯は家《うち》のがいちばん美味《うま》いよ」

「二郎さまはそうでもお伴《つ》れさまをお誘いなさらないんですの」

「お伴れさま」彼は驚いたように秘書の顔を眺める、「……あのひと飯を食うかね」

宮田嬢は帽子を冠らせ、さあいらっしゃいませいらっしゃいませと彼を扉口へ押しやる。そして廊下へ出てゆく後ろから「お鼻を捻る癖《ひね》はいけませんですよ」と注意を与える。そして向うへ曲ってしまうまで見送ると部屋へ戻《もど》って椅子に掛け、がっかりしたように肩を落して溜息《ためいき》をつく。明らかに悩みを持つひとの溜息だ。眼がうるみ唇《くちびる》が微《かす》かに顫《ふる》えだす。いけない、どうやら彼女は泣きだすようにみえる、失礼して千田二郎の後を追いかけるとしよう。

「鼻を捻るべからず」彼は大股《おおまた》に数寄屋橋《すきやばし》を渡りながらこう呟く。コンパスが長いから恐ろしく早い。往来は黄昏《たそがれ》の混雑どきで織るような人出だが、彼はその早足ですばらしく巧みに追いぬき身を躱《かわ》しすりぬけてゆく。「……鼻を捻る癖はいけない、マクスエルで詰合せチョコレートを買う、晩飯は家で喰《た》べると」そして彼は右手でその隆《たか》い鼻を摘《つま》んでぐいと捻った。――西五丁目の裏に「マクスエル」という西洋菓子店がある。千田二郎はその店へはいった。

「いらっしゃいませ、お珍しゅうございますわね」カウンターにいた綺麗《きれい》な娘がにこやかに笑いながら挨拶《あいさつ》した、「……どちらかへ旅行でもなすっていらしったんですの」

「旅行じゃあないチョコレートを貰《もら》いたいんだ、詰合せのやつをね」彼はにこりともしないで脇《わき》のケースを覗《のぞ》く、「……そのまん中にあるのがいい、五時までだから、リボンを掛けて呉れないか」

ちょうど支払いをしに来た客があるにも拘らず、娘は、「はい」と答えてたいそう熱心にケースの戸を明ける。二郎は壁の時計を見る。五時十分前と慥《たし》かめながら鼻を捻る、そのとたんに後ろから肩を叩《たた》かれた。

「おい千田じゃないか」

振向くと二人の青年紳士が立っていた。

「よう――」二郎の眼尻が下り、明けっぴろげな笑いで顔の造作が崩れた、「……森口に沼井か、どうした」

「どうするもんか貴様をみつけただけさ、が、まあとにかくどっかで腰掛けよう」

「いやそいつはC・C（元海軍士官一部のスラングで「困る困る」の略）だ」彼は包んでくれたチョコレートを受取り、金を払いながら残念そうに首を振った、「……今日は五時に人と会う約束がしてあるんでね、これからすぐ」

「電話を掛ければいいさ」こう云って一人がカウンターにある電話機を寄せた、

「……今日は戦友に会ったからゆけないってさ、生死を誓った戦友にさ、おれが掛けてやろうか」

「いや自分で掛けるよ」彼は不承不承に受話器を取りダイアルを廻した、「……しようがねえなあ、然し三十分だぜ、今日は三十分で勘弁して貰うぜ、なにしろ相手は、ああもしもし、そちらは――」

三

二十分の後かれらは「麪包亭《パンてい》」という地下室の酒場で、ウイスキイ・ハイボールを飲みながら景気よく笑ったり話したりしていた。森口乙彦は太くて濃い眉毛《まゆげ》をはじめ、鼻も口も眼も耳も並外れて大きいから印象がはっきりする。ちょっと珍しい相貌《そうぼう》で、海軍にいた頃は「羅漢《らかん》さん」という綽名《あだな》があった。これは適評であるし自分でも認めているとみえ、おれの面《つら》は坊主《ぼうず》にでもなるより他に通用しねえと諦《あきら》めていた、だが生家は某財閥の一族でも有名な資産家で知られている。――沼井裕作はちょっと紹介しにくい、顔だちも軀つきもごく有触《ありふ》れた、諸君の周囲に幾らでも発見できる人柄《ひとがら》だ、昂奮《こうふん》すると頬《ほお》が赧《あか》くなり、少し吃《ども》るのが特徴といえば特徴であろう、無口だし、話すときも低い声でたいそうもの静かである。名古屋の大きい建築家の四男坊で、千田二郎と同じ大学の独文科を出ていた。

「これで失敬するぜ、あと十分きりなくなった」

「なに大丈夫だ三分でゆけるよ」森口が肩を押えつける、「……それより千田、あの梶原を覚えているか、あのいじらしい堪忍袋をさ」

「いじらしい堪忍袋か」二郎はふっと煙ったいような眼つきになる、「……ああ覚えてる、覚えてるよ、梶原宗助……洒落《しゃれ》のうまい奴《やつ》だった」

そして話が続く。が、間もなく彼は吃驚《びっくり》して椅子を起《た》つ。

「いけねえ、こんどこそ帰る、もう五分前だ」

「そう慌《あわ》てるな、駆けてゆけば一分三十秒だ」こんどもまた森口が彼を椅子へひき戻す、「……これから肝心な話があるんだ、君は巻野を忘れちゃあいないだろうな、機関兵曹《へいそう》の巻野八郎をさ」

そこで巻野八郎のために思わず時間が空費され、気がついたときは五時四十分になっていた、電話で懇願のうえ延ばした時間から十分過ぎた訳だ。二郎は電話へとびついた、森口は沼井を肱《ひじ》で小突く、そして大きな眼を細くしてにやりと笑う。二郎はやがて落胆と失望のあまり片手をやけに振りながら戻って来た。

「冗談じゃあねえ帰っちゃったぜ」

「皇室の物は皇室へ返すさ、無理をするな」森口はこう嘯《うそぶ》いてマダムを呼んだ、「……先方が帰ったらこっちも河岸《かし》を変えよう、これから梶原に会わせてやる」

「梶原に会わせる、——梶原宗助にか」

「八巻にも橋本にも草野にもさ」森口はこう云いながら勘定をすると、千田二郎の手からチョコレートの箱をひったくってマダムに渡した、「……お千代が来たらお土産だって遣《や》って呉れたまえ、さあ出よう」

彼等《かれら》は地下室から出た。まだそれほどの時刻ではないが、飾り窓や街燈が明るく輝きだしたので、表通りはもうすっかり宵《よい》の気分だった。

「ついそこにおれたちの倶楽部があるんだ」電車道を三十間堀《さんじつけんぼり》のほうへ横切りながら、森口はこう云って千田と腕を組んだ、「……酒神《バッカス》倶楽部といってな、時どきみんな集まって気楽に呑《の》むんだ、唯《ただ》ちょっとした条件があるんだが、君にもぜひはいって貰いたいと思ってね」

「いいとも、だが条件ってなんだい」

「なにたいした事じゃない、ほんのちょいとした試験さ、詰り君にその資格があるかないかというね、——こっちへ曲るよ」

橋を渡って右へ折れると左側、木挽町《こびきちょう》六丁目の一角に五階建ての「樹緑ビル」というさして大きくはないががっちりした建物がある。何々商事、某々事務所といった看板の四つ五つ並んだ表の扉を入り、暗くて狭い階段を足さぐりに三階へ登った、「恐ろしく暗いなあ」二郎は階段に蹴躓《けつまず》きながら不平を云った、「これあ倶楽部というより悪漢仲間の巣窟《そうくつ》という感じだぜ」「文句を云うな、ここだ」三階の廊下を曲ると窓の明るい部屋がある、沼井がそこの扉を叩《ノック》したが、その叩き方には符号があるらしかった、返辞が聞えて、扉は中から開かれた。

「いい鴨《かも》を拾って来たぞ」森口がいきなりそう云って千田を前へ押しやった、「……そら、どうだ」

扉を明けた青年は、「やあ」と云った。これは美男子である、蒼白《あおじろ》い面長《おもなが》な顔に口《くち》髭《ひげ》を立て、憂鬱《ゆううつ》な眼と、もの哀《がな》しげな唇《くち》つき（それは毎《いつ》も少し片方へ歪《ゆが》んでいる）とが、そのきれいに手入れをした口髭と共に、一種の犬儒派《けんじゅは》的な感じを与える、けれどもかなり貴族的な美男子といっても間違いはないだろう。旧大名華族の中でも富裕の評判の高い、梶原宗近《むねちか》氏の二男で宗助、これがさっき「麪包亭」で噂《うわさ》の出たいじらしい堪忍袋その人なのである。

「千田君だね」梶原は鼻にかかった声で、こう云いながら手を差出した、「……しばらく、御機嫌《ごきげん》よう」

「いまチョコレートをね、いや」二郎は手を握りながら片方の手を振った、「……いや資生堂で会う約束があってね、十分おくれちゃったもんだから、君がいるというんでね、髭を生やしちゃったのかい」

「相変らず千田の話は白文《はくぶん》だね、返り点がないと他人にあ訳がわからねえ」森口はこう云ってひょいと梶原にめくばせをした、「……どうだ、先に試しちまおうか」

四

「そうだね、念のためにひとつ」梶原は端麗な顔に微笑をうかべた、「……そのあいだに祝杯の支度をして置こう」

「じゃあちょっと、千田こっちへ来て呉《く》れ」

森口乙彦は外套《がいとう》を脱いで沼井に渡すと、すぐ右手にある扉《とびら》を明けて千田を招いた。——そこは四坪ばかりのがらんとした室で、閉めてある窓際《まどぎわ》に長椅子《ながいす》が一つ、まん中に接客用の卓子《テーブル》と粗末な椅子が四脚あるだけ、他《ほか》には家具らしい物のない、湿っぽい陰気な部屋だった。「外套を脱いだらどうだ」後からはいって来る千田に、森口がこう云った。千田は裸電球の光りに曝《さら》されたこの殺風景な室内を眺《なが》め、冠《かぶ》った帽子も取らずに肩を竦《すく》めた。

「寒いよ、これは、脱げやしない」

「へえ——脱げないかね」

森口はこう云って眼を細くしながら千田を見た。そして突然、右手を大きく振ったと思うと、力いっぱい千田の横っ面を殴った。すばらしくいい音がして二郎の頭がぐらつき、帽子がはね飛んだ。あっけにとられて、寧《むし》ろなにをされたのかすぐには理解のできない態《てい》で、二郎は漠然《ばくぜん》と棒立ちになっている。森口はその大きな眼で鋭く睨《にら》みつけながら、

「まだ脱げないかね、これでも」

右手の甲がこんどは二郎の左の頬を痛烈に打った。そして「これでも」と追っかけ右頬へ平手打ちである。二郎の顔がぱっと輝いた。彼は外套の釦《ボタン》へ手を掛け、「おれあ知らねえぞ」と妙な念を押した。

「いいか森口、おれのせえじゃあねえぞ」

彼が外套をぬぎ終るとたんに、森口はすばやく上衣《うわぎ》をぬぎ捨てて猛然と突っ掛って来た。遠慮も加減もない猛烈な躰当《たいあた》りである、二郎の軀《からだ》は斜になってすっ飛ばされ、背中で壁へぶつかって横倒しになった。そのときまだ片手に外套を持っていたのが、倒れるはずみに頭から冠さったのは奇観である。二郎は外套の中でほうという声をあげた、そして悠《ゆっ》くり立上ったのだが、それから後はちょっと書きようがない、なぜなら森口の殴りかかる拳《こぶし》を二郎が左の肱で受け、豹《ひょう》のように身を翻《ひるがえ》すまではみえたが、

あとは暴《あら》あらしい呼吸と、肉躰の相撃つ壮快な響きが聞え、室内を転々縦横する二人の影が見えるだけで、どれが森口かどっちが千田かの区別さえつかなかったから、——尤《もっと》もそれは十五秒から、精々二十秒の間のことだった。椅子が砕け、卓子が倒れ、その倒れた卓子の上へ二人の軀が組んだまま転倒し、更に二つめの椅子をめりめりと押潰《おしつぶ》したとき、千田二郎が森口を捻《ね》じ伏せ、馬乗りになった左手で喉元《のどもと》を押えつけながら、右手の拳で上から三つ四つ、ピストンのように的確で激しい打撃を呉れた。

「おいもう止せ」森口は下で呻《うめ》いた、「……わかったよ、もう試験は済んだ」

森口の呻きと同時に扉が明いて、とびこんで来た梶原と沼井が、後ろから二郎を抱止めた。「訳があるんだ千田、もう止せ」こう云われても暫《しばら》く二郎は動かなかった。そしてとくとく流れだす鼻血を拳で押し拭《ぬぐ》いながら、馬乗りになったまままさもけげんそうに森口の顔を眺めていた。

十分の後かれらは低いがっちりした卓子を囲み、ウイスキイ・ソオダの祝杯を挙げていた。その室は十坪ほどの広さで、橙色《だいだいいろ》の壁紙を張った壁面に、猪熊弦一郎《いのくまげんいちろう》と岡田《おかだ》謙三《けんぞう》の画が一点ずつ、他にゾオンの海景裸婦のエチングが一点掲《か》けてある。すばらしく贅沢《ぜいたく》な大きい酒戸納《とだな》、電気蓄音器、探偵《たんてい》小説や画集や天文、地理や文学書などという無系統な雑書の詰っている本棚《ほんだな》、そして若い杉《すぎ》を植えたのや椰子竹《やしだけ》や高野槙《こうやまき》やパパイヤなどの鉢《はち》を置いた間に、いずれも低い卓子や椅子がゆったり据《す》えられてある。ぜんたいが温かくて明るく、いかにもおちついた気分に満ちていた。――祝杯を挙げながら四人は幾たびも笑いこけた。千田二郎の鼻血は水に浸した手帛《ハンカチ》ですぐ止ったが、森口はまったく面相が変ってしまったからである。裂けた上唇はまくれあがり、左の眼は周囲が紫色に腫《は》れて殆《ほと》んど糸のようだ、額には大きな瘤《こぶ》が出来、顔ぜんたいが歪んでいる。「これを見ろ」と鏡を渡されて覗《のぞ》いたとき、自分でも可笑《おか》しかったのだろう、ぷっと失笑《ふきだ》したとたんに、「あっ痛った」と椅子から跳上《とびあが》った。

「千田は学校時代に、ラグビイの試合でなんど相手チイムの者を気絶させたかわからない」沼井が低い声でそう云った、「……しまいには彼にタックルされそうになると、球《ボール》を抛《ほう》りだす選手もあったくらいだ」

「横鎮《よこちん》時代に江田島チイムとやった時も凄《すご》かったね、覚えてるよ」梶原がにっと笑いながら頷《うなず》いた、「……然《しか》し今でもそのまんまだとは思えなかったからね」

「親父《おやじ》の会社の課長なんかにおさまって、社員たちに甘やかされて、相当なまになってると思ったんだ」森口の話しぶりは捲《まく》れ上った唇のようにどこか調子が歪んでいた、「……それで試す次手《ついで》にちょいと焼きを入れてやろうと思ったんだが、ひでえめにあわしゃあがった」

「こんど会ったら詫《わ》びを云うさ、ねえ千田君」梶原が二郎を見た、「……せ、せんだって は失敬って」

五

「どうしてこんな乱暴なことをしたか、その理由を話すんだが」梶原が改まった口調でこう云いだした、「……我われは南方のあの基地で敗戦の詔勅を聞いたね、あの前後のことをちょっと思いだして貰いたいんだ」

二郎は梶原の顔を見た。室内の空気がとつぜん結晶してしまったような、澄み徹《とお》った沈黙が起こり、電気ヒーターの鈍い唸《うな》りがはっきりと聞えた。梶原宗助はごく普通な淡々とした口ぶりで続ける。

「詔勅を聞いたあとで、海へ突込んでいった仲間があったね、庄野も、川部も、佐藤も、堀田も内山も、——それぞれ愛機に乗って海の向うへ消えていった、僕《ぼく》たちのガンルウムで残った仲間は七人、ここにいる四人と八巻正一、草野勇雄、橋本五郎、これだけだった、然しこの七人も、うっちゃっといたらみんな突込んでゆく仲間の筈《はず》だった」

「まったく、気持としては生きちゃあ帰れなかったよ」千田二郎があっさり頷いた、

「……我われの手許《てもと》からあれだけ特攻隊に死んで貰ったんだからな、正直のところこっちもあっさりいきたかったよ」
「それを突込まずに生きて還《かえ》ったのはなぜだったろう」梶原はゆったり腕組みをした、
「……草野がいきりたって、真赤な顔に涙をながして、靴《くつ》で床板を踏み鳴らしながら呶号《どごう》したね、ここで死ぬのは卑劣だ、二重の罪悪だ、おれたちの責任はいま死ぬことで果されやしない」
「若い幾百千の特攻隊は、軍閥、官僚の繁栄を祈って死んだのではない、みんなも承知のとおり、彼等の多くは戦争がすでに絶望だということを知っていた」沼井裕作が低い静かな声で、暗誦《あんしょう》するように梶原のあとへつけてこう云った、「……死んでゆく彼等の頭にあったのはもう勝敗じゃあない、祖国がどうなるか、同胞がどうなるかという事だけだった、我われが本当に多くの特攻隊員を殺したことに責任を感ずるなら、死ぬ瞬間まで彼等の心を占めていたこの一点に応《こた》えるべきだ」
「祖国は再建されなくちゃあならない」と、こんどは森口が不自由な口で続けた、
「……日本は生れ変るんだ、どういうかたちで再建されるかはわからないが、非常な困苦艱難《かんなん》と想像以上の年月を要するだろう、軍閥官僚に代る悪徳、無秩序、混乱、いや暴動流血の悲惨も予期しなければならない、我われはそのとき平和の特攻隊になろ

うじゃあないか、いま死ぬ命をそのときまで延ばそうじゃないか、これが絶望の戦いに死んでいった彼等に対する唯一《ただ》つの贖罪《しょくざい》だ」

森口の言葉が切れて、再び室内は沈黙に占められた。千田は漠然たる眼つきで天《てん》床《じょう》を眺めていた、椅子の腕木に両肱《ひじ》を掛け、指を組んだままさっきから身動きもしない、――が、彼の頭には心痛む一つのイメージがはっきりと思いうかべられていた、敵機の絶えざる爆撃で、修理する暇もなく破壊された滑走路の脇《わき》、すっかり裸にされたり根から倒れたりしている椰子林の中だ、まだ二十になった許《ばか》りの神経質な眼をした隊員が、掌《てのひら》へ載せた蜥蜴《とかげ》の頭を撫《な》でながらこっちを見ている、「敗戦したら崩壊ですね」彼はべそをかくようにこう云っている、「日本は日本人に依《よ》って亡《ほろ》びますよ、僕たちは内地にいるときそう云い合ってました、敵は英国でも米国でもない国内にあるんだって、――現にこれだけの戦争をしながら、本当に闘っている人間はごく少数なんですからね、これでもし敗戦にでもなったら、――ああ、僕には見えるようです、そして、それだけが心残りです」青年の手の上で蜥蜴がききききと鳴いていた。

「だいたい試験された意味がわかったよ」千田二郎はやがて暢《のん》びりとこう云った、「……然しいったいどういうことをするんだ」

「そのまえに草野に会わせよう」梶原はそう云いながら立って、書棚の中から大きな

アルバムを出して来た、革張りで縦二尺横一尺五寸ほどある大きいものだった、

「……見たまえ」

梶原が開いて差出したアルバムを、千田は椅子から立って覗《のぞ》いた。草野勇雄の逞《たくま》しく笑っている半身像が貼《は》ってあった。千田は思わず微笑し、右手の二本指で挙手敬礼のまねをした、然しその写真の下に書いてあった左のような文字を読んだとき、彼の愛嬌《あいきょう》のある顔から忽《たちま》ち微笑がかき消された。

昭和二十二年九月十八日。桐生《きりゅう》市外大里村に於《お》て、鈴木秀雄ら一味十三名の強盗団を襲える際。拳銃《けんじゅう》にて頭部負傷。同市立病院に入院。同日死す。二十九歳。彼はその責任を果したり。

「その次を見たまえ」梶原がごくあたりまえの声で云った、「……八巻に会えるよ」

二郎はアルバムをめくった。八巻正一の気弱そうな、眉《まゆ》を顰《しか》めた顔が現われた、素人《しろうと》写真の引伸しだろう、粒子が荒れているし線もはっきりしない、だが二郎はその顔より先に下に書いてある字を読んだ。

昭和二十二年十一月二十二日。東京中央区月島三号地海岸に於て。集団強盗をその本拠に急襲せる際。警官隊に先行して腹部に重傷。伊豆山《いずさん》にて療養中。

千田はアルバムから離れ、卓子《テーブル》の上にある自分のタムブラーを取ってひと口ぐっと

呷《あお》った。そして漫然と片手で卓子の端を撫で、もの問いたげに三人の顔を眺めた。
「そうだよ」梶原がその眼に応えて静かに頷いた、「……そうだよ千田君、草野の云った我われの時期が来たんだよ」

六

「祖国再建を阻《はば》んでいる悪条件は少なくない、その中で我われに最も身近な、そして我われの責任に繋《つな》がっている問題がある、千田君も聞いているだろう、『特攻くずれ』という言葉だ、犯罪者と特攻くずれとがシノニムのように考えられていることだ、事実は特攻隊員でもなんでもなかった者までが、犯罪を行うばあい一種の兇器《きょうき》のようにこれを誇称する、こういう犯罪者の心理に対して、曾《かつ》て特攻隊員を育て、その多くの者を絶望的な死へ送り出した我われは、誰《だれ》よりも直《じか》に責任を感じなければならない、そう思わないか千田君」梶原は口髭を撫で、言葉に似合わない静かな眼で二郎を見た、「……近頃《ちかごろ》めだって来たのは犯罪が兇暴で惨忍《ざんにん》になったことだ、時を選ばず戸障子を打毀《うちこわ》して侵入し、なんの防禦《ぼうぎょ》も抵抗もしない者を、いきなり拳銃で射殺し斬《き》り殺し撲《ぼく》殺《さつ》する、人間の生命を虫けらほどにも思わず、犯罪を英雄的行為のようにすら考えている、これらの兇悪無残な犯罪者が、然も——段だん集団化されつつあるという、街路で人を襲うにも家宅へ侵入するにも、五人十人と組んでいる、隊をなし、数台のトラックで倉庫へ乗り着け、番人や看守を殺傷し、資材を山と強奪して堂々と引揚げる、そしてこれらの背後には更に組織立った犯罪機構が生れつつあるんだ」

二郎はまだ立ったままで、ウイスキイ・ソオダの少し残っているタムブラーを片手に、じっと卓子の面を眺めていた。

「これはもう、政治の無能とか道義の頽廃《たいはい》とか、生活苦などという定価票を貼って済まして置ける問題じゃない、アメリカであれほど猖獗《しょうけつ》を極めたギャングが掃蕩《そうとう》されたのは、民衆の正義的奮起とGメンの決死的攻勢に依るものだという、――正義に依って団結した民衆の奮起、これは日本じゃあまだ望めない、然しGメン的役割を果す者ならある、わかるね千田君」

「……で、――」と、二郎は眼を天床へやりながら、暢びりした口調で訊《き》き返した、「……酒神倶楽部《バッカスクラブ》が出来たんだね」

「森口と草野が主唱者で、去年の八月この部屋で結成の杯を挙げた、それからひと月、草野が……まず、責任を果した、続いて八巻が倒れた、然しこのあいだに某有力筋の息のかかっていた隠匿《いんとく》物資の摘発が二件、集団強盗が三件、兇悪な三人組の殺人強盗の検挙が一件かたづいている、そしてその成績が認められて、我われに一つの特権章が与えられたんだ、――沼井君」

梶原がこう云って振返ると、沼井は立って隅《すみ》にある書き物卓子へゆき、その中から小さな桐《きり》の箱を出して来た。梶原はそれを受取って蓋《ふた》を明け、見たまえと云いながら千田のほうへ差出した。それは直径一寸ばかりの緋色《ひいろ》のバッジで、真中に「国務省特命公安員」と小さい字で浮彫りになっているのが読めた。

「交通機関、通信機関、警察、その他の公共的機構は、このバッジ一つで必要な便宜を与えて呉れる、――千田君、僕たちは君がこれを胸に付けて呉れると信じたいんだが、どうだろう」

二郎は黙ってバッジを取り、上衣の左の前裏に付けて、いちど前を合わせてから、ひょいと捲《まく》って付き具合を眺めた。なかなか伊達《だて》なもんである、彼はもういちど効果を試してにこりと微笑した。

「このまま付けていていいのかい」

「明日の午後五時に横浜へいって貰《もら》いたいんだよ」梶原がウイスキイの壜《びん》を取った、「……沼井君が事情の説明と案内をする」

「フェデラル・エイジェントが、……僕が必要だったんだね」

「どうしても必要だったのさ、一週間まえから君の現在の状態を調べ、明日は社へ訪ねてゆく積りだった、君は一人息子だから、できるなら仲間へ入れたくはなかったんだがね」

「親父はおれの戦死公報を貰ったことがある、敗戦の年の十月にね」二郎は残りのウイスキイを乾《ほ》した、「……そのとき親父はこう云ったそうだ、あいつまだ生きていたのかってさ」

「なんの意味だいそれあ、だって戦死の公報なんだろう」

「だからさ、彼としてはだね、戦死の公報を出されるまではおれが生きていたんだってことにびっくりした訳なんだ」

「聞いてるほうが吃驚《びっくり》すらあ、千田のところじゃあ親父まで白文なんだな」

そして和やかな笑い声が室いっぱいに反響した。――梶原が改めてウイスキイ・ソオダを作り、四人は卓子を囲んで立った。二郎は片手でアルバムを開き、草野勇雄の写真をじっと見下ろした、ほんの一瞬かれの眼は燃えるような光りを放った、ほんの一瞬のことである、そして静かにその写真に向ってタムブラーを挙げた。

梶原も沼井も森口も黙ってそれに倣《なら》った。

酒神倶楽部に於ける千田二郎の加盟式は以上で終った。右に紹介したこと以上にはなにもなかった。彼等《かれら》は「平和の特攻隊」だという、七人のメムバーから既に死者と重傷者を一人ずつ出している、それにも拘《かかわ》らず彼らがこのように淡々と笑い、むぞうさに振舞っていることを、不自然だとか気障《きざ》とか思う読者があるかも知れない、だが作者は弁解も説明もせずに置く、かれら自身がその為《な》すことで事実を説明して呉れると思うから、——家へ帰った二郎はその夜一時過ぎまで、父親と楽しそうに将棋を指していた。

七

明くる日の午後四時十五分前、東邦合成樹脂の事務室で、千田課長は外套《がいとう》の片方の袖《そで》に手を通したまま電話にかかっていた。それはもう十分間も続いていて、然も永久に終りそうのない電話だった。宮田秘書は横から課長の鼻を眺めていた、彼の鼻は二段になって脹《ふく》れ、尖端《せんたん》が巴旦杏《はたんきょう》めいた色に光っている、——朝来たとき彼は電車の扉《とびら》へぶっつけたと云ったが、今よく見るとそんな単純なことではないらしい、俊子嬢は帽子を持った手を背へ廻《まわ》しながら、靴の尖《さき》でこつこつと床を叩《たた》いた。

「ええ明日の五時半、こんどこそ絶対に間違いなしです」二郎はようやく解放されるらしい、「……ええ決して、こんどこそ、では明日五時半に、はあ、いや決して、では——」

「お電話灰山さんでございますか」宮田嬢は電話が終るとすぐにこう訊いた、「……昨日はお約束をお破りになったんですのね」

「冗談じゃないよチョコレートは買ったよ、尤《もっと》もお千代が喰《た》べてるだろうがね、三十分延ばしたのさ、友達に会っちゃったんでね、ネクタイはこれでいいかい、なに明日また会うからいいんだよ」

「お鼻どうなさいましたの」宮田嬢は手を伸ばしてネクタイを直す、「……たしか寝台からお落ちになったと仰《おっ》しゃいましたわね」

「そんなことを云うものか、もう五分前だ、横浜へ五時までにゆけるかね、子供じゃあるまいし、帽子、寝台から落ちるなんて」

「お鼻をどうなさいましたの」

「帽子と手袋を呉れ、人にぶつかったのさ、あの角の、手袋はここだ、花売りが出ているだろう、相手が石あたまだったんだよ」

「今朝は電車の扉だと仰しゃいましたわ」

「そんならもう疑う余地はないじゃないか、忘れ物はなしと、じゃあ今日はもう帰らないからね」

「横須賀線か汽車でいらっしゃいまし」宮田嬢はとびだしてゆく課長の後からこう叫

んだ、「……横浜までなら三十五分でまいります、お鼻にお気をつけあそばせ」

五時二十分。千田二郎は沼井裕作と横浜中華街にある某料亭《りょうてい》の特別室で、麦酒《ビール》を飲み食事をしながら話していた、沼井の口ぶりは例のように低いあっさりしたさりげない調子である。——話題は当時の新聞を賑《にぎ》わしている東京湾の海賊事件だった。横浜沖へ停泊した船から、積荷を荷足《サンパン》に移し、これを三艘《そう》か五艘の牽引船《ランチ》で曳船《えいせん》してゆく途中、とつぜん快速汽艇で襲いかかり、荷物を強奪して逃げ去る。警戒を厳重にし、罠《わな》をかけてみたりするが、賊はその裏を掻《か》き網の目をくぐって鮮やかに目的を達し、きれいに踪跡《そうせき》を眩《くら》ましてしまう。

「彼等は東京湾の海上地理に精《くわ》しい、それも極めて精しいようだ、それから用いている汽艇の速力がずばぬけている、戦艦付属級の優秀なやつらしい、この点から海軍出身者だという見当をつけた、それで橋本が沖仲仕になって、荷役の中へもぐった」

「橋本五郎、へえー、彼もいたんだね」

「もうすぐ逢《あ》えるよ」沼井は箸《はし》を措《お》いて時計を見た、「……水上署、湾内の沿岸各警察、航路部、船舶運輸局、こういう関係組織と、船員や沖人夫などに糸を通していった結果、彼等の中心に元の機関兵曹《へいそう》がいるということだけははっきりした、それで君に出て貰うことになったんだ」

「するとそいつは僕が知っている男なのか」

「巻野八郎なんだよ」

千田二郎はちょっと眼をつむった。麪包亭《パンてい》で森口にその名前を云われたとき、二郎は一種のなつかしさに胸を温ためられた、巻野は撃沈された戦艦Yの生存者の一人で、半年ばかり彼等の基地の宿舎に居候《いそうろう》をしていた。年は三つ四つ上だったが、いわゆる兵曹型《タイプ》でない、ごく柔和な、怒るということを知らないような人間で、ガンルウムへよく将棋を指しに来るうち千田二郎と親しくなり、まるで第一級の従僕《じゅうぼく》のように彼の世話をして呉れた。

「あの男がねえ」二郎は太息《といき》をついた、「……それで、やっぱり人も殺しているのかい」

「これまでは無いようだが、危ないね、段だん遣方《やりかた》が荒くなる、最近は二度ばかり負傷者をだした、拳銃でね、――が、そろそろ出よう、七時までに本牧《ほんもく》へゆかなくちゃあならない」

六時四十分頃、二人は本牧の海岸を歩いていた。牛込の浜といわれる処《ところ》で、西側に断崖《だんがい》があり、ちょっとした入江になっている、此処《ここ》だけ独立した狭い漁村があるとみえ、小さな平底舟や三噸《トン》足らずの機動漁船が二十艘ばかりあげてあった。――すっかり昏《く》れていたが、浜へ下りるとすぐ右手から、煙草《たばこ》の火で輪を描きながら近寄って来る者があった。潮の香が暖まるように匂《にお》い、靴の下でぱりぱりと貝殻《かいがら》が砕けた。

「よう、来たな、千田」相手は低い声でそう云いながら、強くこちらの手を握った、「……調子はいいか」

「専《もっぱ》らＦＣＣ（前出スラングと同じで「ふられて困る困る」の略）だ、すっかりおんな好きになっちゃってね、普通じゃあねえらしい」

「よかろう、いい趣味だ」相手はにこりともしないで沼井に振返った、「……それじゃあ帰ってくれ、乗るから」

汀《みぎわ》に小さな平底舟が下ろしてあり、十八九になる少年が楫《かい》を持って待っていた。なかなか端正な顔の美少年である、乗込んで舟が辷《すべ》りだすと、橋本は空を見あげながら、「この風は強くなりゃあしないか一《かず》さん」と訊いた。少年は巧みに楫を使いながら、歯切れのよいせっかちらしい口ぶりで、然《しか》し言葉少なにこう答えた。

「これはすぐやみますよ、明日《あした》の午頃《ひるごろ》までは凪《なぎ》です」

八

一時間の後、二人は大型荷足《サンパン》の中にいた、五千噸あまりの貨物船へ横着けにされた、三艘の中の一つで、いまさかんに荷下ろしをしている。すぐ側《そば》にある船の排水孔から水が溢《あふ》れ落ちているし、人夫たちの喚《わめ》き交わす声や、けたたましいウインチの音などでひどく騒がしい。——二人は鼻の閊《つか》えそうな片隅で荷物と荷物の間に腰を掛けていた。

貨物船の舷側燈《げんそくとう》が仄《ほの》かに、頭上から橋本五郎の風貌《ふうぼう》を初めて我われに見せて呉れる。眉《まゆ》と眉との迫った眼の鋭い、性急で強情らしい顔つきだ、無精髭《ぶしょうひげ》が伸びているし人夫の仕事着を着ているから、いっそう人品がよくない。彼は青森県の豪農の四男に生れ、札幌《さっぽろ》の農科を卒業まぎわに仙台《せんだい》の工科へ転じ、間もなく海軍へ取られた。梶原が我慢づよいので「いじらしい堪忍袋」と云われたのに対し、彼は喧嘩《けんか》っ早《ぱや》いので森の石松という綽名《あだな》が付いていた。

「奴等《やつら》は高価で量の少ない物を覗《ねら》う」橋本が囁《ささや》くように云った、「……どこから情報を取るか、実に正確に覘って来るんだ、この荷役は五日続いている、おれは毎晩あみを張って来た、だが現われない、——知っているんだ、今夜の荷の中に貴重な化学薬品があるということを、今日まで手を出さなかったのは、それを知っていたからに違いない、——これが済めば当分めぼしい荷は入らないというし、おれには、予感があるんだ、……今夜こそ、奴等はきっと来る」

二郎は要慎ぶかくそっと鼻を捻《ひね》った。

「君はまだ、――出会ったことはないのか」

「きれいに二度小股《こまた》を掬《すく》われた」忌《いま》いましそうに橋本は顔を顰《しか》める、「……いちどは離れたところだったが、一週間ばかり前には鼻の先だった、それもほんの二浬《かいり》ちょっとの鼻っ先さ、こっちは囮荷足《おとりサンパン》に乗っていたんだが、奴等はみごとに本物を掴《つか》んでいった、――水上署の汽艇の探照燈《ライト》が、逃げてゆくところを見せて呉れた、艇尾にまっ白く、スクリウの巻立てる波が沸騰《ふっとう》していたよ」

「そんな距離で追いつかないんだね」

「五分もすると消えてしまった、すばらしく出る、逃げだしたら到底だめだ」

言葉が切れた。人夫の喚きやウインチの音は相変らずやかましい。――向うで防波堤の赤と白の燈台が明滅していた。

「接近して来るときにわからないのかね」

「曳航《えいこう》と同速で接近する場合と、牽引船《ランチ》の正面から来る場合とあるが、まるで艦隊夜間戦闘の隠密接敵以上に巧妙なものらしい、まず牽引船《ランチ》へ三人、荷足《サンパン》へ二人ずつ乗込む、みんな拳銃を持って、合図することも声をあげることも出来ない、そのまま曳航を続けさせながら、目的の物をすばやく汽艇へ移す、そして」橋本は片手で一種の身振りをした、「……さっと引揚げるんだ」

二郎は黙って眼をそらした。その貨物船は港外の八番浮標《ブイ》に繋留《けいりゅう》されている。まだほかに遠く近く、幾艘か停泊した船が見える。だがみんな黒い影だけでひっそりと音もしない。風は殆《ほと》んどおちた、空は螺鈿《らでん》のような星だった。

「どういう風にやるんだ、愈《いよ》いよ現われたとして、――水上署なんぞと連絡はあるんだろうが」

「いやそんなものは無い、警戒はあるが形式だけだ」

「すると、どういうことになるんだ」

「君とおれと二人でやるんだ、巻野を摑むか、奴等の根城を摑むか、どっちか一つをものにするのさ、躰当《たいあた》りだ」

十時近くに牽引船《ランチ》が来た。そのときちょっとごたごたがあった、三艘を左から繋《つな》ぐ筈《はず》なのを、右端へ着けて来た。予定では二人の乗っている荷足《サンパン》が末尾になるところを、先頭の位置で直《じか》に牽引船《ランチ》へ繋がれたのである。橋本は二郎に隠れていろと云って注意しにいった。

「これじゃあ繋ぎ方が逆だ、あっちへ着けて呉れ」彼はぶっきら棒に喚いた、「……向うが頭になるんだ、そう聞いて来なかったのか」

「命令でこうしたんだ、おれたちあ知らねえ」

「これじゃあ困る、船長はいないのか」

二郎はそっと覗《のぞ》いてみた、すると牽引船《ランチ》の艫《とも》へ武装警官が五人出て来た、そして中の一人、軽機銃を持っている警官が彼に答えた。

「この荷足《サンパン》には貴重品が積んである、だからこれを先頭にして繋ぐことになったんだ、君は誰だ」

橋本は舳先《へさき》へいってくるっと半纏《はんてん》の前裏を開いた。例の緋色のバッジを見せたのだろう、その警官は挙手の礼をし、言葉も穏やかに改めた。

「御苦労さまです、知らなかったものですから」

「水上署の汽艇さえ遠慮して貰《もら》っているのに、諸君がこんなに来られてはちょっと困りますね、不必要な犠牲者はどちらからも出したくないんです、今夜は肝心な機会《チャンス》なんですから」

「然し我われも上司の命令でまいったのですから」警官は困惑したように同僚のほうへ振返った、「……もしお望みでしたら、我われは貴方《あなた》の合図があるまで出ないことにします、発砲もしません、その点はお指図どおりにします」

それでは声を掛けるまで決して出ないこと、絶対に銃器を使わないこと、橋本はその二つに固く念を押して戻《もど》った。然し非常に不満らしい、元の場所へ腰を掛けると、烈《はげ》しく肩を揺り上げ、舌打ちをした。

「余計なところへでしゃばりあがる、恐らく奴等に情報がいってるだろう、事に依《よ》ると今夜もむだ骨になるかも知れない」

「こんな事までわかっちまうのか」

「だからおれは警戒を解かせたんだ、もしそれを承知で来るとすれば、——唯《ただ》じゃあ済まない」橋本は胸の上で腕を組んだ、「……奴等の遣方《やりかた》は相当に荒っぽくなって来ている、いきなりぶっ放すという危険は充分なんだ」

九

「だがそれも一つの手じゃないか」二郎が云った、「……彼等にはぽんぽんやらせて置いて、その隙《すき》に僕《ぼく》たちは僕たちのことをすればいい」

「おれは犠牲者を出したくないんだ」

「盲腸炎を治すには腹を切らなくちゃならない、僕だってぶっ放すかも知れないぜ」

荷下ろしが終ったのは十一時近かった。橋本は最後尾の荷足《サンパン》へ移った、——前後に分れて機会を摑もうというのだ、移ってゆくとき彼はもういちど武装警官を呼んで念を押した。

「絶対に射《う》たないで下さい、声を掛けるまでは決しておもてへ出ないで下さい、責任は僕がもちますから、お願いします」

牽引船《ランチ》の艫でスクリウが水を巻き始め、繋がれた三艘の荷足《サンパン》は互いに曳綱《ロープ》をきしませながら、やがて徐々に船腹から離れだした。——人夫は五人ずつ分乗して来たが、曳船が始まると船頭の室へ下りていった。夜食でもするのだろう、間もなく賑《にぎ》やかな談笑の声が聞えて来た。

杉田から金沢、横須賀あたりへかけて、町の灯《ひ》がちらちらと、ビーズ玉を列《つら》ねたようにまたたいている。観音崎《かんのんざき》の燈台《とうだい》であろう、暗い海の彼方《かなた》で廻転光芒《かいてんこうぼう》が時おりさっと青白く光る。——二郎は眼をつむる、すると巻野八郎の柔和なまるい顔が見える、防暑服を着た彼は、ガンルウムの隅《すみ》の椅子《いす》に掛け、両股《りようまた》を開いた間に、指を組合せた手を垂れて、泣笑いのように顔を歪《ゆが》めながら、

——罪だよ、千田中尉《ちゆうい》、これは罪だよ。

こう呟《つぶや》いては二郎を見上げる。

——一機命中なんて、これはもう戦争じゃあないよ、屠殺場《とさつば》で牛か豚を殺すのと違わないじゃないか、もしも戦争に勝って、日本が世界の王様になれたとしたって、こ

過ぎるよ。

の罪だけで神も仏も赦《ゆる》しゃあしないよ、千田中尉、……ひど過ぎる、罪にしてもひど

十九年十一月三日、神風特攻隊のレイテ島急襲に、大本営発表は「一機命中」と報道した。そのときのことである、この表現は基地の若い士官たちを憤激させたが、最も深く二郎が心をうたれたのは、巻野兵曹《へいそう》のしずかな「罪だよ」という呟きだった、泣笑いのような顔で、呻吟《しんぎん》のように呟いたその単純な言葉ほど、真実で、人の心の奥底にくいいるものはなかった。

二郎は眼を明けて伸上った、右舷のほうへ低いエキゾスの音が聞えたから、——遠く漁火《いさりび》が三つばかり見える、ぽんぽんという低い音は右前方から近づいて来るようだ。彼はポケットへ入れた手を出す、焼玉エンジンの音だ、果して間もなく一艘の漁船がすれ違っていった。

「どうも昼間は寝られねえだよ」漁船の中でこう云うのが聞えた、「……眼はつぶるがねえ、どうもぐっすり眠れねえだよ」

二郎は再び腰を下ろす。空気が冷えて来て、じっとしていると身震いがでる。

——武装警官の情報で諦《あきら》めたのか。

曳船を始めてから三十分以上も経《た》つ。煙草の喫《す》えないのが辛《つら》い。芝浦の岸壁へ向っ

ている筈だから、向うに見える灯は川崎か鶴見《つるみ》だろう。ひどく寒い。西北の空にオリオンが光っている。——と、牽引船《ランチ》の上に人が出て来た。

「もういいだろう」こう云うのが聞える、「……ここまで来れば心配はない」

「危険区域は過ぎた、最後の五分ということもあるが」別の声がそう答えた、「……それにしても寒い、あがったらなにより先に一杯だな」

彼等はもう危険感から解放されたらしい、煙草の火を点《つ》けるのが見える。橋本がいたら怒るだろう、然しこっちも一服やりたいのは慥《たし》かだ。二郎は外套《がいとう》の衿《えり》を立てる。話し声が消え、牽引船《ランチ》でちーんと機関士《エンジン》への合図が起こる、スクリウが激しく水を噛《か》む、と、荷足《サンパン》の舳先《へさき》がとんと当った。速力をおとしたらしい、どうしたのかと覗こうとすると、牽引船《ランチ》からこっちへ乗移って来る者があった。例の武装警官だ。軽機銃を持ったのが先頭で、七人いた。

警官たちは船縁《ふなべり》を歩いて艫《とも》へゆく、二郎は荷物の間から頭だけ出した。警官の一人が船頭部の室の引戸を明ける。中から射《さ》す燈火で拳銃と軽機銃がにぶく重げに光る。

「出ろ、声をたてるな」しゃがれた声だ、「……早くしろ、物を持つな、手を隠しから出せ、早く」

船頭が出る、人夫が一人ずつ出て来る。

「これで全部か、よし、向うへゆけ」

　彼等の姿は暗くなり、見えなくなる、「綱《ロープ》を引け、静かに引くんだ」こんな声が聞える。

　なにが起こったかを、二郎は了解する。頭がじーんとなる。本能的に海上を見まわす。遠い沿岸の灯の他《ほか》にはなにも見えない。既に隅田川《すみだがわ》の水がさしているのだろう、舷側《ふなばた》にびちゃびちゃと流れの寄る音がする。

「みんな向うへ乗れ、声を立てると、――」

　船頭や人夫たちは次の荷足《サンパン》へ移されたようだ、「よーし」という声が聞える。牽引《ラン》船《チ》の機関室でちんちんと合図が二つ鳴る。機関が唸《うな》りだし、ぐんと衝動《ショック》がくる、同時にどこかで綱《ロープ》の切れる音がし、牽引船《ランチ》の船尾で滝のような水音が起こった。

「ひでえ寒さだ」警官たちは戻って来る、「……爪尖《つまさき》がばかになっちまった、なん時だ」

「十二時半だ、五分おくれてる」彼等は荷物の間へ入って来た、「……幾らか凌《しの》げるぜ」

　二郎は背中をぴったり荷物へ押付け、右手をズボンのポケットへ入れた。拳銃を握ると掌《てのひら》が汗になっているのを感じた。

十

荷足《サンパン》を一艘《そう》だけ曳《ひ》いて、その牽引船《ランチ》が一浬ばかり来たとき、右手の後方で拳銃の音がした、置去りにされた荷足《サンパン》の中からだ、海面では音響が近く聞える、殆んど鼻先のように。

「赤いバッジの先生さ」彼等の一人がごそごそ身動きをして唾《つば》を吐く、「……だが先生も怒ることはないさ、とにかく家《うち》へは帰れるんだ」

「来たらしいな」一人が荷物をがたりと揺らす、「……音が聞える、煙草を捨てないか、叱《しか》られるぜ」

軽快な柔らかい機関の音が近づいて来る。二郎は荷物の間から身をずらし、舷側へぴたりと貼《は》り着く。間もなくさあと、舳先で水を切る音が近くなる、こっちの速力は変らない、——二郎は渇《かわ》きに襲われる、唾をのもうとするが舌が動かない、喉《のど》の上下がくっつきそうな激しい渇きだ。

——壕《ごう》の中で爆撃をくっているときもこんなことがあった。

灯を点けない汽艇が辷《すべ》るように荷足《サンパン》と並行し、どんと接着した。二郎は指で手首の脈搏《みゃくはく》を探った。人声はしない、足音が多くなる。汽艇の、いかにも柔らかい機関の響きを縫って、荷物を運ぶ音だけが続く。あたりはまっ暗だ、——二郎は躯《からだ》をそっとずらせる、心臓がひき裂けそうに激しく搏《う》つ、もう少し身をずらす、外套の裾《すそ》がなにかにひっかかる、彼はそっとそれを脱ぐ。

「包を間違えるな」汽艇の上からぽつんと人の声がした、「……慌《あわ》てることはないんだ、足もとに気をつけて呉れ」

二郎は這《は》った。五六人の男が荷包を担《かつ》いでは汽艇へ移している、誰かがこんこんと咳《せき》をする、二郎は人影の動きを見定めた。それから身を跼《かが》めて荷包に手を掛ける、担ごうとすると、後ろで低い声がした。

「そいつは違うぜ」

二郎は息をのんだ。

「こっちだ、この山までだ」

相手は手で積荷を叩《たた》いた。二郎は示された荷包を担いだ、重くはない、支えた両手で頭を隠す、先へゆく男の後ろへ付く、靴が滑りそうだ。舷側が少し離れて、揺れている、まっ黒い水が見える、だが跳び移る。——汽艇の後半が大きく口をあけている、荷包はその中へ積まれている、二郎は中へ下りて、担いで来た物を積みあげる、人はいない。彼はすばやく片蔭《かたかげ》へ身をひそめる。……むっと軽油《ガソリン》の匂《にお》いが鼻を掩《おお》い、また激しい渇きが起こる。水が欲しい、ひと口でいいから、彼は耐え難《がた》そうに喘《あえ》いだ。十分の後、汽艇は快速で走っていた。

「彼はその責任を果した」二郎はそっとこう呟く、「……草野、見えるよ、君の笑い顔が」

三十分そこそこで汽艇は速力をおとした。徐航が続いた。それから五分、機関は後退《ゴースタン》の唸りをあげ、艇尾で水が騒いだ。

汽艇はまったく停止し、人声が起こった。

「先にいっぱい注射するか」これは初めて聞く声だ、然《しか》し二郎には覚えがある、

「……それとも揚げてっからにするか」

「片付けちまいましょう」

そのほうがいい、落着いてやれる。みんな元気な声だ。すぐに足音が近づく、二郎は身を縮める。もし灯《あか》りがあるとしたら、――が、蓋《ふた》が明くとまっ暗だ。「よいしょ」誰かが下りて来た。口笛を吹く、荷包を抱える。「いいか」上に待っている者が手を出す、「もうちっとだ」荷は下から押上げられる、手から手へ。……二郎は唇《くちびる》を嚙《か》む、これでは紛れ込むことはできない。荷包は次ぎ次ぎに減ってゆく、軽油《ガソリン》の匂いが強く揺れる。「霜が下りてるぜ」上で声がする、「地面がばりばり鳴りあがる」どしんと荷

包が崩れた、二郎は後ろへ反った。

無限のように感じられる時間だ、が、ついに終った。「これでしまいだ」「よいしょ」最後の一つが上へ渡された。男は口笛を吹きばたばた軀をはたく。二郎がその後ろから、右手を首へ掛けながら跳びかかった。

「おいどうした」上から誰かが呼ぶ、「……なにを暴れてるんだ」

「滑っちゃった」二郎はこう云って双手《もろて》に力を入れる、「……ううん、痛え、向う脛《ずね》をやった」

相手はすぐにおちた。二郎は身を起こす、「先へいって呉れ」こう云ってひゅっと口笛を吹き、唸る、「痛くって立てねえ、すぐにゆく」手早く男の革帯《バンド》を抜いたが、まず上衣《うわぎ》を背中からぐいと捲《まく》って顔へ冠《かぶ》せる、それから両手を後ろへまわして縛った。

「ひでえめに遭った」二郎は上へあがる、「……弁慶の泣きどころだ」

艙蓋《ハッチ》を閉めるあいだに、待っていた三人が歩きだす、水を引いた艇庫の中だ。外へ出ると樹《き》があった、混凝土《コンクリート》の塀《へい》が仄白《ほのじろ》く続き、バラックが並んでいる。どこだろう、横須賀沿岸か、千葉か。「まだ痛えや」先へゆく一人が振返る。二郎は口笛を吹く、

「たいしたこたあねえ」そして跛《びっこ》をひく、——こっちのものだ。

石造の倉庫に突当ると右へ曲った。靴の下で凍った土が鳴る。倉庫は五棟《むね》並んでい

る、その向うに少し離れて、木造の平ったい亜鉛葺《ぶ》きの建物がある、後ろはまっ黒に樹の繁《しげ》った丘だ。三人はその建物の明いている扉口から入った。

十一

運送店の事務所といった、がらんとだだっ広い室だ。遮光笠《しやこうがさ》を着けた電燈が一つ点《つ》いている。その光りの下に二人の男が立って、一人は煙草《たばこ》を銜《くわ》えて、笑いながら話している、下半身は並んでいる机に隠れて見えない。他の者は硝子《ガラス》戸を明けて奥へいった、着換えだろう、——二郎は煙草を銜えた男を眺《なが》める。口髭《くちひげ》を立てた、顔はいよいよまるく、日に焦《や》けて逞《たくま》しくなった、だが巻野八郎である、眼《め》も鋭くなり、人相も変った、だが巻野八郎だ。

「問題はトラックですがね」巻野の相手はこう云いながら跼《かが》む、「……五台ないと間に合いませんよ、二噸《トン》半のが都合できれば」

巻野は短くなった煙草を投げ、靴で踏消してから、机を廻《まわ》って右手の扉《ドア》を明けて去る。身を跼めていた男は酒壜《さかびん》を取出し、机の上に並べる。巻野がなにか抱えて戻って来る。

二郎は前へ静かに歩きだす。

「――吃驚《びっくり》するぜ」巻野がこっちを見た、「……誰だ」

二郎は悠《ゆっ》くり前へ進む、それから帽子をあみだにして立停《たちどま》る、顔が見えるように。

「しばらくだね、巻野兵曹《へいそう》」

酒壜を並べていた男がぎくっと振向いた。椅子が倒れて高い音が天床《てんじょう》へ反響した。

二郎はもう一歩、悠くりと前へ出た。

「忘れたのかい、千田二郎だ」

巻野は眼を瞠《みは》ってこっちを見る。振向いた男は机の上の拳銃《けんじゅう》を取った。巻野はなにも云わない。硝子戸の向うから男たちが戻って来る。巻野はこっちを見たまま、抱えている物を静かに机の上へ置く、缶が一つ転げると、それを起こしながら、眼ではやはりこっちを見ている。――戻って来た男たちは（もう警官服ではない）異様な空気に気づいて立停る、順々に立停って、そこにいる二郎を見る。

「おれのお客さんだ」巻野がしゃがれた声で悠くりと云う、「……騒ぐには及ばない」

眼はまだ二郎から少しも離さない。くいいるような、ねばりつくような眼だ。

「簡単に云って下さい」歯と歯の間から低い声で云う、「……御用はなんです」

「君と二人で話したいんだ」

云いながら二郎は拳銃を出し、静かに側《そば》の机の上へ投げた。巻野の眼はまだ彼から動かない、然しゆらりと手を振った。

「あっちへゆきましょう」それから男たちを眺めまわした、「……先にやってて呉れ、用はすぐに済む」

巻野はさっき入った部屋の扉を明けた。二郎はその後へ続いた、巻野は電燈を点け、扉に鍵《かぎ》を掛けた。そう粗末でない応接間といった感じだが、家具が少なくて、床の広く明いているのが寒ざむしく見える。——巻野は接客卓子《テーブル》に背を凭《もた》せ、煙草に火を点けながら眼をあげた。憎悪《ぞうお》の燃えている眼だ、それから唇を歪《ゆが》めた。

「伺いましょう、但《ただ》し、お説教じゃあないでしょうね」

「拳銃を持ってるかい」

「危ない橋を渡りますからね」

「それを出したまえ」

巻野は唇で冷笑し、上衣のポケットへ手を突込んだ、そして小型のコルトを取出し、掌でくるっと一回転させてから、卓子の上へ置こうとした。

「いや置くんじゃない持つんだよ」二郎はこう云いながら上衣を開いた、「……しっかり持つんだ、安全錠を外してね」

それから上衣の左の裏を見せた。

「射ちたまえ、これが僕の用事だ」

巻野の口から煙草が落ちた。緋色《ひいろ》のバッジ、巻野の眼はすぐ二郎の顔へ戻る、右手はそろっと拳銃を握り直した。

「そうだ、それで引金を引くんだ、――さあ」

「射たないとでも思ってるのかい先生」歯と歯の間から巻野が云う、「……おふくろや、女房《にょうぼう》や子供が生きていたら、そのくらいの洒落《しゃれ》っ気は出るかも知れない、巻野兵曹、はは、人間が違ってるんだ、おまえさんの考えるような」

「射ちたまえ」二郎は遮《さえぎ》った、「……僕も君の洒落っ気なんか見たくって来やあしない、文句はいらないんだ、射ちたまえ」

巻野は安全錠を外した。凭れていた軀を起こした。だがそのまま五秒経つ。

「こうすれば射てるか」

二郎が大股に出た、手を挙げて巻野の頰《ほお》を殴った。巻野の頭がぐらっと揺れ、手から拳銃が飛んだ、二郎は相手の衿を摑んだが、巻野の拳《こぶし》が非常な速さで二郎の顎《あご》へ来た、軀が打当り、組んだまま扉へのめりかかった。

獣のような喘《あえ》ぎと拳の乱打と憎悪の呻《うめ》きがもつれ合って、椅子《いす》を押倒しながら部屋の一隅《いちぐう》へ転倒し、がらがらと整理戸納《とだな》の硝子戸が砕けた。扉の外へ駆けつけた男たちが、喚《わめ》き叫びながら入ろうとする、扉が歪んで悲鳴をあげた。

「入るな入るな」巻野は二郎を捻伏《ねじふ》せながら絶叫した、「……なんでもない、もう片付く」

巻野は双手で二郎の首を絞めあげる、二郎の鼻から血がふき出ている、口からも。

――そして抵抗をやめ、眼をつむっている。

巻野はぞっとして手を緩めた。

「もうひと息だ」二郎が呻く、「……巻野、緩めるな、すぐ済んじまう」

「なぜだ、どういう訳だ、なんのために」巻野は激しく二郎の首を掴んで揺する、そして喘ぐ、「……なんのために貴様は」

「罪の償いだ、君が云ったじゃないか」

「おれが、なにを云った」

「これは罪だ、千田中尉」二郎のつむった眼から涙がこぼれる、「……これは罪だ、一機命中なんて、これはもう戦争じゃあない、――たとえ、日本が勝って世界の、王様になっても、この罪だけで神や仏は赦《ゆる》すまい、……覚えてる、あの時の君の声も、顔も、忘れちゃあいない」

二郎は床の上で頭を揺する。涙がついついと両眼から頬へ縞《しま》を描く。巻野は歯をくいしばり、ぎゅっと顔を歪める。こみあげてくるものを暫《しばら》く押殺している、然《しか》しそれは余りに烈《はげ》しく、強い、彼は両手を床へ突く。

「千田さん」巻野は悲鳴をあげ、両手で二郎を抱きながら泣き伏す、「……千田さん」

逞《たくま》しい軀が波を打ち、男の嗚咽《おえつ》が喉《のど》をひき裂く。二郎はその背中へ手を廻す。

「罪は誰《だれ》にある、千田二郎だ、あれだけ多くの特攻隊を、おれはこの手で送りだした、……企画し、命じた者はほかにある、だが送り出したのはおれだ、おれたち基地の者だ、それだけじゃない、……戦争に負けた現在、殺人、強盗、闇屋《やみや》、——戦争であれだけ悲惨なめに遭った同胞が、立直ろうとしてもがいているのを射《う》ち殺し、斬《き》り殺し、掠《かす》め盗《と》る、……ひっくるめて特攻隊くずれと云われている、巻野、——特攻隊くずれだ、そして彼等《かれら》の手で殺され奪われる者の中には、特攻隊の遺族がある、子供を、兄弟を、特攻隊に取られた遺族がある、……おれにこの人たちを守る力がなければ、せめて、こんなことにした罪だけは償わなければならない」二郎の声は低くかすれた、「……おれたちはそれを誓った、草野は、——もうその償いをした、去年の九月十八日、あいつは桐生《きりゅう》で、強盗団の弾《たま》丸をあびて死んだ、……洒落やごまかしで来たんじゃあないんだよ、巻野、君の手で償いを果して貰《もら》いたいんだ」

巻野の嗚咽は慟哭《どうこく》になった。

「わかったらやって呉れ」二郎は巻野の手を探った、「……巻野、おれに償いをさせて呉れ」

十二

午後二時二十分、二郎は木挽町《こびきちよう》の樹緑ビルの階段を登っている。片面を残して包帯に包まれた頭で、帽子が傾いている。左手も包帯して首から吊《つ》ってある。おまけに右足をひきずって、――いやはや派手な恰好《かつこう》だ。

酒神倶楽部《バツカスクラブ》の扉を叩く、

「開いているよ、どうぞ――」

二郎は扉を明けて入る。昼間だが電燈が点いて、梶原と森口がいる。二人はこちらを見て口をあける、二郎は片手をくるりと廻し、跛をひきながら卓子《テーブル》の側へゆく。

「――千田君か」梶原が眼を瞠《みは》って、がたりと椅子を揺らせて立つ、「……なんと」

突然わははと森口が笑いだす、彼はまだ眼のまわりが紫色である、然し唇はもういいのだろう、椅子の上で、のけ反って、思うさま笑う。

「電話を掛けて、呉れないか」二郎はそーっと椅子へ腰を掛ける、半分だけである、

「……千代田の一一二七だ」

梶原が電話機を引寄せてダイヤルを廻す。二郎は煙草を出す、口に銜《くわ》えると、森口が眼を拭《ふ》きながらライターを差出す、笑い過ぎて涙が出て来た訳だ、二郎はうまそうに、然しそーっと煙を吹く。

「出たらね、そう、灰山スミ子さん」二郎の言葉ははっきりしない、舌がよく動かないとみえる、「……灰山スミ、そう、その人を呼んでね、いや君が、君が頼む、――出たかい」

「出たよ」梶原は送話器の口を塞《ふさ》ぐ、「……これが君のアミか」

「こう云って呉れたまえ、今日はまいれません、……いいかい、今日は用事が出来て、そう、急用だな、え――出し入れのならない急用で、いけないからって、――」

梶原はそれを伝える。二郎は背中をそーっと椅子の凭《もた》れへ当てる、太息《といき》をつく。梶原の持っている受話器から向うの声がもれる。きんきんかんかんと矢継早に響く、梶原はそれを耳から離して二郎のほうへ向ける。

「このとおりだ、恐ろしく怒ってる、まるで悪鬼羅刹《らせつ》だね、絶交だと云ってる」

「云って呉れたまえ、待って呉れって、一週間――」

梶原はそう云おうと努力する、然しそのきんきん声はきんきん喚《わめ》くなり、がちゃっと思いきりよく切れてしまった。――梶原は肩を竦《すく》め、受話器を二郎に見せて首を振った。

「おしまいだよ、……諦《あきら》めるんだね」

二郎は天床を眺める、暫くして唸る、それからそーっと椅子を立つ。

「巻野は、四五日うちに自首するよ、——贓品《ぞうひん》は散らしてないそうだ、そっくり戻《もど》るだろう、たぶん」そして静かに扉口へゆく、「……帰らなくっちゃあね、いや止めないで呉れ、秘書がやかましいんだ、なんと云われるか、この恰好だからね、——じゃあ、そういう訳だから」

唖然《あぜん》と見送る二人をあとに、二郎は悠《ゆっ》くりと扉口を出る、階段の手摺《てすり》に捉《つか》まって、そろそろと、見当をつけながら降りてゆく。

「——五番めもか、へっ、埒《らち》あねえや」


（「新青年」昭和二十三年二月号）

解説

木《き》村《むら》久《く》邇《に》典《のり》

つい最近のことですが、よい話を聞きました。

「ぼくは中学三年のころから山本さんのひそかな愛読者だったんです」とその青年はいいました。「だけど、山本さんはとにかく〝大衆作家〟というふうにみられていたでしょ。だから友だちなんかに、ぼくは山本周五郎の愛読者だよって公言するのが、なんとなくはばかられるような気持がひっかかって、だまっていました。山本作品の素晴らしさをひとに吹聴《ふいちよう》するのが惜しいような感じもあった。山本さんはぼくだけのものだ……。そう思って文学好きの仲間のまえでは、別の作家のことなんかを話してたんです」

「――ところが」と青年は続けました。「ところがある日、その仲間のうちへいってみたらば、彼の本棚《ほんだな》に、山本周五郎の本が、ずらっとならんでいるじゃありませんか。しかもその位置も、すみっこなんかじゃなくて、いちばん手のとどきやすいところに並べている。愛読書というものは、無意識かもしれませんが、そういうところに納めておくものなんです。ぼくだって山本さんの本は、いちばんよいところに飾ってあります。なんだ、彼はいままで、山本作品の愛読者だなんて、一度もぼくに話したことなんかなかったじゃないか――。でも、そのときぼくはすぐ分りました。この男も山本さんのひそかな愛読者だなってことが。なあんだ、きみも山本ファンだったのか、そうかきみもかって話になりましてね。それ以後気づいたことなんですが、山本さんの愛好者というのは、実に意外なところに意外なほど多い。しかもみんな、ひそかにそして強烈に山本さんを愛している。山本ファンには、そういう愛読者が多いんです。ぼくは、そういう読まれ方が、本筋だという気がするんですが――」

作者の冥利《みようり》とは、まさにこのことではないのか、というふかい感動をこの話に受けたことでした。

この短編集にも、山本さんのさまざまな才華が示されています。『松風の門』(「現代」昭和十五年十月号)は戦前のこの作者の、〝武家もの〟の典型的な作品であります。神童と噂《うわさ》される池藤小次郎《いけふじこじろう》に、幼君宗利《むねとし》は潜在劣等感にとらえられており、剣術の仕合で彼のために右眼《みぎめ》を失明させられてはじめて優越感を抱《いだ》くことができた――。実はコンプレックスを逆立ちさせた優越感にすぎないのですが、若殿はもちろんそこまで自覚はしていない。こういう人間関係の設定はおどろくほど巧みというほかありません。二十七年後、新藩主として宗利が国入りしたとき、小次郎は伺《し》候《こう》もせず、坐禅を組みにいっていたとかで、「達磨《だるま》は面壁九年ののち、ただ睨《にら》んでいるだけでは壁に穴は明かぬ、と申したと存じます」などと現実ばなれしたことを奉答したりするので宗利は「益もない者になってしまった」と思います。だが実はそうではなかった。たまたま起った農民一揆《いっき》に、小次郎は一人で出かけてゆき、煽動者《せんどうしゃ》の浪人三名を斬《き》り捨てるという荒療治をやってのけ、穏健主義の主君に閉門を命ぜられると、一切の責任をかむって切腹してしまいます。参政の朽木大学《くちきだいがく》は、小次郎の志操をふかく理解して宗利に献言します。宗利はまた別に、彼は自分の右眼を失明させて以来、その償いのために決死の奉公を期していたのだ、と思いあたるのです。〝忠義〟という封建徳目的な人間関係を越えて、主従が真実の〝友情〟、精神的連帯で固く結ばれているところに、この作品の普遍性が息づいているように思われます。

『鼓《つづみ》くらべ』(「少女の友」昭和十六年一月号)は、少女雑誌に発表された短編であります。こんにち読み返して一驚するのは、うわべは少女小説ふうの構成でありながら、発表誌をどこに変えてもすこしもおかしくないよう配慮されていることです。芸術は、ひとのこころを楽しませ清くし高めるためにあるもので、誰《だれ》かを打ち負かすための具に用いるものではない――というのは、山本さんの生涯《しょうがい》一貫して変らなかった芸術観でした。

『狐《きつね》』（「産報」昭和十七年四月号）老職の家柄《いえがら》に坐《すわ》るものは、平凡であっても包容力の大きい人間でなければならぬ――岡崎《おかざき》藩の次席家老拝郷弥左衛門《はいごうやざえもん》は、そう考えて、乙次郎を娘の婿《むこ》にむかえました。だが一年あまりにもなるのに、茫漠《ぼうばく》とした人間で一向につかみどころがない。みそこなったかもしれないぞ、と思いはじめたころに事件は起った。夜な夜な天守閣に妖怪《ようかい》が現われるというのです。噂は広まってゆきそうにみえました。乙次郎はもののけの正体が、白鷺《しらさぎ》と木組みの緊《しま》る音であることをつきとめたうえ、ひそかに猟師から買い取った狐を天守にもちこみ、それを斬って見張番一同に示し、噂の根をたち切ってしまいます。「妖怪だと思いこんでいるからなにもかも怪しくなる、……かたちにあらわれたもの、事実で示されたものを見るまでは、こういう噂は消せないものだ」乙次郎はそう妻に語ります。作者がもっとも訴えたかったのは、どんな変事に臨んでも、平常心をうしなってはならぬ――というこころの持ち方でありましょう。執筆した昭和十七年の春は、太平洋戦争初期、連戦連勝のころで、いささか勝ちにおごった世潮がみられました。作者を含めて、読者へ呼びかけた自省の戒めだったかもしれません。

『評釈堪忍記《かんにんき》』（「新読物」昭和二十二年十二月号）は〝こっけいもの〟に仕分けられる作品であります。伯父にきつく忠告されて、すべて堪忍を宗《むね》としなければならないことになった癇癪《かんしゃく》もちの青年が、荒らくれものぞろいの配下や下男、はては美しい婚約者にまで軽蔑《けいべつ》されて悶々《もんもん》のあげく、ついに堪忍袋の緒を切って〝彼自身〟の自主性をとりもどし、その男らしさが、婚約者の心を再び彼のものとするという物語。登場人物のデフォルメの仕方がやや類型的のような感じもしますが、伯父紋太夫《もんだゆう》と甥《おい》千蔵はビビッドに描かれています。

『湯治』（「講談倶楽部《クラブ》」昭和二十六年三月号）戦後第一段の飛躍を示した記念すべき『おたふく物語』三部作のなかの三作目の小説です。おしずとおたか姉妹のあざやかな性格描写もさることながら、この作品の影の部分として設定される世なおし運動家と称する兄栄二の扱いが巧妙であればあるほど、姉妹の姿をきわだったものにする相乗効果をあげています。この作品が書かれた当時は、政治犯の釈放によって、社会活動家たちは、戦前とはうって変った脚光を浴びてはなばなしく世の檜舞台《ひのきぶたい》に登場していました。作者はそうした主役たちの家族が、当人よりも耐え忍ばねばならなかった辛苦のほうに、人間的な共感をしめしたのであります。

『ぼろと釵《かんざし》』（「キング」昭和二十七年四月号）発表されたときの原題は『瓢《ひさご》かんざし』。

作者が〝一場面もの〟と名付けた作物の一編で、下町のごくありふれた居酒屋《いざかや》を背景に切り取った一つの人生劇です。おつるは幼女時代、「あたしつうちゃんよ」とにっと微笑するのが常でした。その男はつうちゃんと夫婦約束までし合いましたが、彼女が大店《おおだな》の嫁に望まれていることを知り、家出のしめし合せも破って、前夜、ひさごの釵をかたみに抜きとって江戸を飛び出しました。けれども彼女のことが忘れられず、せめて——噂ぐらいは聞きたいと江戸へ帰ってきた、というのでした。

お鶴《つる》は、その居酒屋にいた。洗いざらしの褪《さ》めた派手な色柄の着物をき、客にせびった酒に酔いつぶれていたのでした。皮肉屋の寅次《とらじ》は、彼の述懐に、毒を含んだ調子で、お鶴の正体を暴《あば》いて聞かせますが、男はふるえ声でこう云いきります「この女は悪性かもしれねえ、こんなに汚れて、世間から嗤《わら》われ、鼻っ摘《つま》みにされてるかもしれねえ、けれども、この女はやっぱりおつうだ」「さあ起きるんだ、おつう、おれといっしょにゆこう」。

山本さんは好んで、耐えて待つこころの美しさをテーマとする一連の作品を描きました。襤褸《ぼろ》のようになってしまったお鶴。まだ純情だったころの彼女の釵を、いまも所持しつづけているであろう男の、耐えて待ったうるわしい気持。見事な対置の妙であります。

『砦山《とりでやま》の十七日』（「サンデー毎日」臨時増刊、昭和二十八年十月）は、〝武家もの〟と、〝一場面もの〟に両属する作品であります。保守派の家老を斬って隠し砦にとじこもった笈川哲太郎《おいかわてつたろう》以下七人の革新青年たちと、討手が差し向けられたことを報《し》らせにきてそのまま彼等《かれら》と行を共にすることになる哲太郎の許婚《いいなずけ》千乃《ちの》ら八人の、極限状況における十七日間の微妙な心理の揺れ動きをテーマに、サスペンスゆたかに登場人物の一人一人を生き生きと描きだしています。男ばかりの社会に、若い女性一人を参加させた野心的な実験小説ともいえましょう。こうした極限状況の追究は、昭和三十四年四月の『ちくしょう谷』へと連繋《れんけい》していますが、推理小説的な興趣の盛り上げは、新進時代に腐心した一連の探偵《たんてい》ものや、戦後の『寝ぼけ署長』、本書の『失恋第五番』などの肌合《はだあ》いとも気脈を通じているように思われます。

『夜の蝶《ちょう》』（「家の光」昭和二十九年六月号）もまた〝一場面もの〟で、下町の屋台店がバックになっています。『ぼろと釵』に似た舞台装置ですが、「爺《じい》さんが本当のことを知ってると聞いたら、高次《たかじ》という人はよろこぶだろう。一人でも知っていてくれると聞けば、その人はきっと本望だと思うに違いない。それでいいんだ、それでいいんだよ爺さん。もうその話はしなさんな」と立ち去る旅装の男の、最後の言葉のもつふかい人生的な余韻――に、前作と比して一段するどい彫下げが感じられます。

『釣忍《つりしのぶ》』（「キング」昭和三十年八月号）は〝下町もの〟の秀作です。山本さんは義理人情の作者とみられることをきびしく拒否しました。『釣忍』も一見、義理人情の作物と紛《まが》われかねない事件をテーマにして、あやうい一線で通俗の人情劇に堕すことを免《まぬか》れています。しがない棒振《ぼてふ》りの暮しではあるけれども、心底から愛するおはんのために、肉親の愛情も断ちきって富裕な実家への帰参を振り捨てる定次郎《さだじろう》の心意気は、まことにさわやかです。哀《かな》しいほどに優しいおはんの心根が、定次郎の決意を一段とあざやかなものにする支えとなっていることも云うまでもありませんが、干枯れてしまった（と思っていた）釣忍の芽ぶきという、なに気ない茶飯事が、こころ憎いばかりの暗示的な効果をあげています。この作者にしてはじめて到達しえた〝名人芸〟ではありますまいか。

〝一場面もの〟のうち、『ぼろと釵』『夜の蝶』が、すべて町人の社会を背景としたものであり、『砦山の十七日』が二作とは対蹠《たいしょ》的に、武家社会が舞台となっているのに対して、『月夜の眺《なが》め』（「小説春秋」昭和三十一年五月号）は、伊藤欣吾《いとうきんご》という浪人ものの〝先生〟が漁師の社会にまぎれこんできて、より広い意味での〝下町もの〟を形成しています。船宿「吉野《よしの》」で、将棋をさしている倉吉《くらきち》と忠二《ちゆうじ》、酒をのんでいる八人の船頭、投網《とあみ》をつくろっている亭主《ていしゆ》の仁助《にすけ》、講釈をしている伊藤欣吾、ときに半畳を入れる皮肉屋の平吉、客に酌《しゃく》をしているお雪とお常、酒を買いにくる少年の銀太……。すべての事柄が、ここでは同時進行しています。同時進行という小説手法は、相当に高度のものですが、作者はその困難に挑《いど》んで立派に自家薬籠中《やくろうちゅう》のものとしています。またこの作品の最高潮は、功名心にあせる岡《おか》っ引《ぴき》が、河岸《かし》にもやっている船へ踏み込んで博奕《ばくち》現場を抑えようとしたものの、みな取逃がしてしまって少年銀太だけを捕える。血だらけになった銀太は芝居がかりで「痛えよう、死んじまうよう、おっ母《か》ちゃーん、それから、おらあ抵抗しなかった」と叫び、先生が「——そのまま伴《つ》れてゆくつもりか、その出血を見ろ、死んでしまうぞっ」と咎《とが》めたことで、岡っ引が一転して怨嗟《えんさ》の的になってしまう——という面白《おもしろ》い人間模様です。この小説は、のちに『青べか物語』の「おらあ抵抗しなかった」の章で、現にあった事実に即して描写されています。『月夜の眺め』で興味ぶかいのは、浪人者の伊藤欣吾の位置で、仔細《しさい》に読めば、千葉県浦安町に在住していたころの〝蒸気河岸の先生〟と呼ばれていた失職中の文学青年だった作者自身が、浮彫りされていることに気づかれるにちがいありません。

〈「おれは役者じゃあない」と伊藤欣吾は呟《つぶや》いた。「おれは役者なんかじゃなかったし、あそこでは芝居なんかもしなかった。あれはあのようにあったんだ。あったとおりのものだ」それから少し黙っていて、そっと首を振りながら、云った。「——だが、おれ自身でさえ、いまになってみると……」〉という結尾の文章にも、〝蒸気河岸の先生〟の位置がはっきり投影されているようです。『月夜の眺め』に対して『薊《あざみ》』(「小説新潮」昭和三十四年一月号)では、過去と現在が同時に進行するという、さらに困難な試行がなされており、しかもかなりすぐれた成果をあげています。山本さんには、『肌匂《はだにお》う』(昭和三十一年)『屛風《びょうぶ》はたたまれた』(同三十二年)など官能的な作品が少なくありませんが、肉感的な描写を積み重ねながら、それらがいわゆるポルノ小説と全く類を異にするのは、小説の基本である〝人間把握〟が確実になされているからでありましょう。

『醜聞』(「小説新潮」昭和三十九年六月号)最晩年に属する〝武家もの〟の作品で、老熟した作風を示しています。前妻に下男と出奔《しゅっぽん》された功刀功兵衛《くぬぎこうべえ》は、世間態《せけんてい》をとりつくろうために妻が病死したことにして詐《いつわ》りの葬儀までします。八年後、そのことを知った前妻は、乞食《こじき》におちぶれて城下町へもどり功兵衛にあきることなく酒手をゆすります。「あんたは人間じゃなかった、あんたは人間であるまえに侍になっていたのよ、侍の中でもこちこちの侍、人間らしさなんてこれっぽっちもない侍にね」という前妻の批判は、痛烈に功兵衛の心につきささりました。彼が身ごもっている現在の妻や、公金を闇《やみ》貸しした悪徳の勘定吟味役にも、もっと広いこころで接しようと決心するのも、この言葉のゆえでした。いうまでもなく、基本的な人間性の回復がこの作品の支柱になっています。もっとも本源的な人間のあり方——というテーマから、終生、山本さんははなれることがありませんでした。このあたりに作者の魅力の一要素がひそんでいるのではないでしょうか。

『失恋第五番』（「新青年」昭和二十三年二月号）黒林騎士のペンネームで執筆された現代小説です。リズム感に富んだハードボイルドの文体は、当時としては先駆的なものでした。冒険推理小説ふうの構成をとっておりながら、〝平和の特攻隊〟を自認する青年たちが、特攻隊くずれの強盗団を改心・退治しようとする心ばえに、作者が当時の若い世代に寄せた期待が読みとれるようです。

（昭和四十八年四月、文芸評論家）

表記について

新潮文庫の文字表記については、原文を尊重するという見地に立ち、次のように方針を定めました。

一、旧仮名づかいで書かれた口語文の作品は、新仮名づかいに改める。
二、文語文の作品は旧仮名づかいのままとする。
三、旧字体で書かれているものは、原則として新字体に改める。
四、難読と思われる語には振仮名をつける。

なお本作品集中には、今日の観点からみると差別的表現ととられかねない箇所が散見しますが、著者自身に差別的意図はなく、作品自体のもつ文学性ならびに芸術性、また著者がすでに故人である等の事情に鑑み、原文どおりとしました。

（新潮文庫編集部）

新潮文庫編
文豪ナビ 山本周五郎
乾いた心もしっとり。涙と笑いのツボ押し名人――現代の感性で文豪作品に新たな光を当てた、驚きと発見がいっぱいの読書ガイド。

山本周五郎著
赤ひげ診療譚
貧しい者への深き愛情から〝赤ひげ〟と慕われる、小石川養生所の新出去定。見習医師との魂のふれあいを描く医療小説の最高傑作。

山本周五郎著
青べか物語
うらぶれた漁師町・浦粕に住み着いた私はボロ舟「青べか」を買わされた――。狡猾だが世話好きの愛すべき人々を描く自伝的小説。

山本周五郎著
五瓣の椿
連続する不審死。胸には銀の釵が打ち込まれ、傍らには赤い椿の花びら。おしのの復讐は完遂するのか。ミステリー仕立ての傑作長編。

山本周五郎著
柳橋物語・むかしも今も
幼い恋を信じた女を襲う悲運「柳橋物語」。愚直な男が掴んだ幸せ「むかしも今も」。男女それぞれの一途な愛の行方を描く傑作二編。

山本周五郎著
大《おお》炊《いの》介《すけ》始末
自分の出生の秘密を知った大炊介が、狂態を装って父に憎まれようとする姿を描く「大炊介始末」のほか、「よじょう」等、全10編を収録。

山本周五郎著
日本婦道記
厳しい武家の定めの中で、愛する人のために生き抜いた女性たちの清々しいまでの強靭さと、凜然たる美しさや哀しさが溢れる31編。

山本周五郎著
日日平安
橋本左内の最期を描いた「城中の霜」、武士のまごころを描く「水戸梅譜」、お家騒動をユーモラスにとらえた「日日平安」など、全11編。

山本周五郎著
さぶ
職人仲間のさぶと栄二。濡れ衣を着せられ捨鉢になる栄二を、さぶは忍耐強く支える。友情を通じて人間のあるべき姿を描く時代長編。

山本周五郎著
虚空遍歴（上・下）
侍の身分を捨て、芸道を究めるために一生を賭けて悔いることのなかった中藤冲也――苛酷な運命を生きる真の芸術家の姿を描き出す。

山本周五郎著
季節のない街
生きてゆけるだけ、まだ仕合わせさ――。貧民街で日々の暮らしに追われる住人たちの15の悲喜を描いた、人生派・山本周五郎の傑作。

山本周五郎著
おさん
純真な心を持ちながら男から男へわたらずにはいられないおさん――可愛いおんなであるがゆえの宿命の哀しさを描く表題作など10編。

松《まつ》風《かぜ》の門《もん》

新潮文庫 や-2-23

昭和四十八年八月三十日 発行
平成二十二年八月二十日 五十二刷改版
令和 四 年八月二十五日 五十八刷

著者 山《やま》本《もと》周《しゅう》五《ご》郎《ろう》

発行者 佐藤隆信

発行所 株式会社 新潮社

郵便番号 一六二―八七一一
東京都新宿区矢来町七一
電話 編集部(〇三)三二六六―五四四〇
読者係(〇三)三二六六―五一一一
http://www.shinchosha.co.jp

価格はカバーに表示してあります。

乱丁・落丁本は、ご面倒ですが小社読者係宛ご送付ください。送料小社負担にてお取替えいたします。

印刷・錦明印刷株式会社　製本・錦明印刷株式会社
Printed in Japan

ISBN978-4-10-113423-9 C0193